Peter Grosche

AF280702

Zwischen Himmel und Hölle

· Der bittere Preis der Freiheit ·

Peter Grosche

Zwischen Himmel und Hölle
· Der bittere Preis der Freiheit ·

Am Rande des Abgrunds kämpft die Familie Ajayi um ihr Überleben. Auf der Flucht vor der Gewalt und Hoffnungslosigkeit in Lagos wagen sie den gefährlichen Weg nach Europa – eine Reise voller Verzweiflung, Schmerz und unerschütterlichem Mut.

Doch auch in der scheinbaren Sicherheit Deutschlands erwarten sie neue, fast unüberwindbare, Herausforderungen.

Können sie den schmalen Grat zwischen Hoffnung und Verzweiflung überwinden und in einer fremden Welt ein neues Leben aufbauen?

Zwischen Himmel und Hölle ist ein tief bewegender, sozialkritischer Roman, der mit schonungsloser Härte den erbarmungslosen Kampf um die Freiheit und die Suche nach einem besseren Leben widerspiegelt.

Hinweis:

Der Roman basiert auf wahren Begebenheiten. Der Autor hat mehr als ein Jahr in den unterschiedlichsten Foren recherchiert und mit vielen Flüchtlingsfamilien gesprochen – teilweise via Videokonferenz und teilweise auch Face-To-Face. Aus diesen Erfahrungen und Erzählungen ist die Geschichte der Familie Ajayi entstanden.

Diese Familie gibt es wirklich, doch um ihre Identität zu schützen, wurden die Namen und einige Details geändert.

Impressum

Text:	© 2024 by: Peter Grosche
Umschlaggestaltung:	© 2024 by: Peter Grosche
Verlag:	BoD • Books on Demand GmbH, In de Tarpen 42, 22848 Norderstedt
Druck:	Libri Plureos GmbH, Friedensallee 273, 22763 Hamburg
ISBN:	978-3-7597-7999-1

Die Deutsche Nationalbibliothek verzeichnet diese Publikation in der Deutschen Nationalbibliografie; detaillierte bibliografische Daten sind im Internet
über http://dnb.dnb.de abrufbar.

Die automatisierte Analyse des Werkes, um daraus Informationen insbesondere über Muster, Trends und Korrelationen gemäß §44b UrhG ("Text und Data Mining") zu gewinnen, ist untersagt.

ACHTUNG:

Inhaltsverzeichnis

Prolog

Lagos, Nigeria – Am Rande des Abgrunds

In der feuchten, stickigen Hitze des frühen Morgens herrschte eine unheimliche Stille über den Slums von Lagos. Die Stadt, die niemals schlief, hatte für einen kurzen Moment den Atem angehalten, als ob sie ahnte, dass etwas Unheilvolles in der Luft lag. Zwischen den eng aneinandergedrängten Wellblechhütten und den überquellenden Müllbergen regte sich ein Schatten – eine Familie, die sich auf den gefährlichsten Weg ihres Lebens vorbereitete.

Ayo Ajayi stand in der schwach beleuchteten Ecke ihres kleinen Raumes und starrte auf die spärlichen Habseligkeiten, die sie in eine alte, abgenutzte Tasche gepackt hatten. Seine Hände zitterten leicht, während er versuchte, seine Gedanken zu ordnen. Er spürte das Gewicht der Verantwortung schwer auf seinen Schultern, die Last, die Entscheidung getroffen zu haben, die alles ändern würde.

Funmi saß auf der Matratze, ihre Augen leer auf den Boden gerichtet. Sie hielt Amina in den Armen, die kleine Gestalt ihrer Tochter drückte sich schutzsuchend an ihre Mutter. Tunde saß still daneben, seine Hände um die Knie geschlungen, während er schweigend auf seinen Vater blickte. Er war zu jung, um die ganze Tragweite dessen zu verstehen, was vor ihnen lag, aber er war alt genug, um die Angst in den Gesichtern seiner Eltern zu erkennen.

„Es gibt kein Zurück mehr", dachte Ayo, während er einen letzten Blick auf die armseligen Wände warf, die sie seit Jahren ihr Zuhause nannten. Ein Zuhause, das sie nun für immer verlassen würden.

Die Entscheidung war nicht leichtgefallen. Monate der Verzweiflung hatten sie an diesen Punkt gebracht, Monate des Hoffens und

Betens, dass sich etwas ändern würde, dass das Leben ihnen einen Ausweg bieten würde. Doch Lagos war ein Monster, das sie verschlingen wollte – eine Stadt, die sie nicht freigeben würde, es sei denn, sie entkamen ihr mit letzter Kraft und großem Risiko.

„Wir müssen stark sein", sagte Ayo schließlich, seine Stimme war leise, aber fest. Er wusste, dass er keine Schwäche zeigen durfte, nicht jetzt, nicht hier, wo die Dunkelheit draußen nur darauf wartete, sie zu verschlingen. „Wir müssen es für unsere Kinder tun."

Funmi hob den Kopf und sah ihn an, ihre Augen glitzerten feucht, doch sie nickte. „Ich weiß", flüsterte sie, während sie Amina fester an sich drückte. „Aber was, wenn...?"

„Nein", unterbrach Ayo sie, bevor sie den Satz zu Ende bringen konnte. „Wir dürfen nicht daran denken. Wir haben keine Wahl. Wir müssen es versuchen, oder wir werden hier untergehen."

Die Kinder sahen zu, wie ihre Eltern miteinander sprachen, ihre Gesichter waren ernst und voller Sorge. Tunde öffnete den Mund, um etwas zu sagen, doch die Worte blieben ihm im Hals stecken. Er wusste nicht, wie er seine Ängste ausdrücken sollte – die Angst vor dem Unbekannten, vor dem, was jenseits der Stadt lag.

„Papa", sagte er schließlich, seine Stimme war kaum mehr als ein Flüstern. „Was, wenn wir es nicht schaffen?"

Ayo ging zu seinem Sohn und kniete sich vor ihn, damit er ihm in die Augen sehen konnte.

„Wir werden es schaffen", sagte er, und er wollte, dass die Worte überzeugend klangen. „Wir müssen nur zusammenbleiben, egal was passiert. Wir sind eine Familie, und das bedeutet, dass wir füreinander kämpfen."

Tunde nickte langsam, während Ayo ihm durch das Haar fuhr. „Hör auf deinen Vater", sagte Funmi leise. „Er hat immer einen Weg gefunden, uns zu beschützen."

In diesem Moment wusste Ayo, dass dies die größte Lüge war, die er je erzählt hatte. Er konnte nichts versprechen. Nicht in einer Welt, die so gnadenlos war wie die, in die sie sich wagen würden. Doch es war die einzige Wahrheit, an die er sich klammern konnte – dass sie, solange sie zusammenblieben, eine Chance hatten.

Die ersten Sonnenstrahlen brachen über den Horizont und tauchten die Stadt in ein blutrotes Licht, das die Schatten der Nacht zurückdrängte. Es war Zeit zu gehen. Zeit, den Weg anzutreten, der sie entweder in die Freiheit führen oder sie für immer zerschmettern würde. Mit zitternden Händen nahm Ayo die Tasche, während Funmi die Kinder aufstehen ließ. Ohne ein weiteres Wort verließen sie die kleine Hütte, die sie so lange Heimat genannt hatten. Die Straßen von Lagos erwachten langsam zum Leben, doch die Ajayis bewegten sich lautlos, als wollten sie den Blicken der Stadt entkommen, die sie verfolgten.

Ihr Weg führte sie durch die engen Gassen, vorbei an den überfüllten Märkten, wo der Geruch von Abfall und Armut in der Luft lag. Sie vermieden es, in die Augen derer zu sehen, die ihnen begegneten. Jeder Schritt war ein Schritt ins Ungewisse, doch es gab keinen Weg zurück. Als sie den Stadtrand erreichten, hielt Ayo kurz inne und blickte zurück auf die Skyline von Lagos, die sich in der Morgensonne abzeichnete. Es war eine Stadt, die sie geformt, gequält und schließlich vertrieben hatte. Eine Stadt, die sie nun für immer hinter sich lassen würden.

„Wir müssen gehen", drängte Funmi, ihre Stimme war voller Anspannung. Ayo nickte, wandte sich ab und führte seine Familie in die weite, gefährliche Welt hinaus, die sie jetzt erwartete.

Die Reise der Ajayis hatte begonnen – eine Reise voller Schmerz, Hoffnung und unerschütterlichem Mut. Eine Reise, die sie an die Grenzen des Menschseins führen würde, und darüber hinaus.

Realität im Slum

Die Sonne stand gerade erst über dem Horizont, als Ayo Ajayi den schmalen, staubigen Pfad hinunterging, der sich durch die Slums von Lagos schlängelte. Der Morgennebel, schwer von der Feuchtigkeit der Nacht, hing noch in der Luft, doch die Hitze des Tages drückte bereits auf seine Schultern. Es war früh, aber in den Slums erwachten die Menschen mit der Sonne – oder besser gesagt, sie wurden von ihr geweckt, denn die dünnen Blechdächer boten kaum Schutz vor der glühenden Kraft, die das Leben in Lagos bestimmte.

Ayo trug einen abgenutzten Sack über der Schulter, und seine Schritte waren müde, beinahe mechanisch. Die letzten Nächte hatten ihm wenig Schlaf gebracht, und der Stress nagte an ihm. Er war auf dem Weg zur Müllhalde, wie jeden Morgen, um etwas Verwertbares zu finden – alles, was er irgendwie zu Geld machen konnte. Es war ein erniedrigender Job, doch er hatte keine Wahl. Die Tage, in denen er in einer Fabrik gearbeitet hatte, lagen weit hinter ihm. Jetzt kämpfte er täglich um das Überleben seiner Familie, Stück für Stück.

Als er die enge Gasse verließ und die Müllhalde am Rande des Slums erreichte, begrüßte ihn der widerliche Gestank von verrottendem Abfall und menschlichen Exkrementen. Ayo verzog das Gesicht und zog den Stoff seines T-Shirts über die Nase, um den schlimmsten Gestank abzuwehren.

Der Müllhaufen war gigantisch, ein Berg aus Plastik, Metall, verrotteten Lebensmitteln und unzähligen anderen Dingen, die die Stadt ausspuckte.

Um ihn herum bewegten sich bereits andere Sammler, Männer und Frauen, die wie Geier über den Müll krochen, auf der Suche nach etwas, das sich verkaufen ließ.

Ayo verschwendete keine Zeit. Er stieg auf den Haufen und begann mit bloßen Händen zu graben, wühlte sich durch Plastikflaschen, alte Zeitungen und verdorbene Lebensmittel.

Die Sonne stieg höher, und bald stand ihm der Schweiß auf der Stirn. Es war ein harter, entwürdigender Job, aber er hatte keine andere Wahl. Seine Familie zählte auf ihn.

Während Ayo in der Müllhalde wühlte, war Funmi auf einer anderen Mission. Mit einem alten Kanister in der Hand, den sie an einem dünnen Seil über die Schulter trug, machte sie sich auf den Weg zum Wasserloch, das sich am anderen Ende des Slums befand. Das Wasserholen war eine tägliche Tortur, die Stunden in Anspruch nahm. Die Wasserquelle war ein sumpfiger Tümpel, kaum mehr als ein mit Algen und Abfällen bedecktes Loch im Boden, aber es war alles, was sie hatten.

Funmi bewegte sich schnell, fast hastig, denn sie wusste, dass das Wasser nur für die Ersten reichte, die am Tümpel ankamen. Spätankömmlinge mussten sich oft mit schlammigem Wasser begnügen, das mehr Krankheitserreger als Reinheit bot. Der Weg war beschwerlich, die Straßen uneben, und der Kanister auf ihrer Schulter schien mit jedem Schritt schwerer zu werden, obwohl er leer war.

Unterwegs sah sie die gleichen Gesichter wie jeden Morgen – Frauen mit müden Augen, die ebenfalls Wasser holten, Männer, die sich auf den Weg zu Gelegenheitsarbeiten machten, und Kinder, die zu früh erwachsen wirken mussten, während sie in den Gassen spielten oder ihre Eltern begleiteten. Niemand sprach viel. Die Müdigkeit, die in der Luft lag, war zu schwer, um Worte zu finden.

Als Funmi endlich das Wasserloch erreichte, stand bereits eine Schlange von Frauen und Kindern davor, die leeren Kanister in der Hand, die Blicke fest auf den trüben Tümpel gerichtet. Funmi gesellte sich schweigend dazu und wartete geduldig, bis sie an die Reihe kam.

Es war ein Prozess, der Stunden dauern konnte, und sie wusste, dass Tunde und Amina in der Zwischenzeit alleine zur Schule gehen mussten. Sie hoffte nur, dass sie sicher ankommen würden.

Tunde und Amina verließen das Haus kurz nach ihrer Mutter. Sie hatten das Frühstück ausgelassen – es gab nichts zu essen, und selbst wenn es etwas gegeben hätte, hätten sie es für später aufgehoben. Der Hunger war ein ständiger Begleiter, und sie hatten gelernt, ihn zu ignorieren. Mit ihren abgenutzten Schultaschen auf dem Rücken machten sie sich auf den Weg durch die engen Gassen, die sie jeden Tag zur Schule führten.

Die Schule selbst war kaum mehr als eine baufällige Hütte mit einem undichten Dach und kaputten Fenstern, aber es war ein Ort, an dem sie lernen konnten. Für Tunde, der zwölf Jahre alt war, war die Schule ein Ort der Hoffnung. Er träumte davon, eines Tages Ingenieur zu werden, etwas zu erschaffen, das funktionierte, anders als die Dinge in seinem Leben, die ständig zerbrachen. Amina, acht Jahre alt, mochte die Schule, weil sie dort wenigstens für ein paar Stunden den rauen Alltag vergessen konnte. Sie liebte es zu malen, obwohl die Schule kaum Materialien hatte, und sie träumte davon, eines Tages Künstlerin zu werden.

Doch der Weg zur Schule war gefährlich. Die Gassen, die sie durchqueren mussten, waren die Reviere der Banden, die das Viertel kontrollierten. Junge Männer, die zu früh zu Kriminellen geworden waren, saßen auf alten Autowracks oder lehnten an den Wänden, ihre Augen starr und bedrohlich. Sie waren immer auf der Suche nach einem schwachen Opfer, jemandem, der zu viel hatte oder sich zu wenig wehren konnte.

„Hey, Tunde!", rief einer der älteren Jungen, als Tunde und Amina die Ecke erreichten, hinter der sich die Schule befand.

Es war Jide, ein siebzehnjähriger Junge, der die Bandenuniform trug – zerrissene Jeans und ein schmutziges Hemd, mit einem roten Tuch um den Kopf gebunden. „Komm her, Kleiner!"

Tunde erstarrte. Er wusste, dass es nichts Gutes bedeutete, wenn Jide ihn rief. Amina zog an seinem Arm, wollte ihn zum Weitergehen drängen, aber Tunde wusste, dass es keine Flucht gab.

Er musste sich Jide stellen, sonst würde es nur noch schlimmer werden.

Mit zittrigen Beinen trat Tunde vor, Amina fest an seiner Seite. „Was willst du, Jide?", fragte er, seine Stimme bemühte sich, nicht zu zittern.

Jide grinste, ein schiefes, kaltes Lächeln. „Was ich will? Ich will sehen, ob du heute was für uns hast, Kleiner. Hast du was?"

Tunde wusste, dass es keinen Sinn hatte zu lügen. Er griff in seine Tasche und zog die kleine Menge Geld heraus, die seine Mutter ihm für den Tag gegeben hatte. Es war kaum genug für ein Stück Brot, aber es war alles, was sie hatten. Jide schnappte es sich und nickte zufrieden.

„Braver Junge", sagte er und klopfte Tunde auf die Schulter, bevor er sich abwandte und mit seinen Freunden weiterplauderte, als wäre nichts geschehen.

Tunde atmete tief durch, seine Hand immer noch fest um Amina's Schulter gelegt. „Komm", flüsterte er, und sie setzten ihren Weg zur Schule fort, ohne ein weiteres Wort zu verlieren.

Amina hielt den Kopf gesenkt, ihre Augen auf die staubige Straße vor ihr gerichtet. Sie fühlte sich hilflos, und der Verlust des Geldes brannte in ihrer Brust. Aber sie wusste, dass sie nichts tun konnten. Das war die Realität ihres Lebens – ein täglicher Kampf, bei dem sie immer wieder verlieren würden.

Funmi stand in der drückenden Hitze, als sie endlich an die Reihe kam, um ihren Kanister mit Wasser zu füllen. Das Wasserloch war nicht mehr als ein Tümpel, dessen Ränder von Algen und Schmutz bedeckt waren.

Die Frauen schöpften das Wasser vorsichtig, bemüht, den schlimmsten Schlamm am Boden nicht aufzuwirbeln, doch das Ergebnis war immer dasselbe – trübes, beinahe ungenießbares Wasser, das dennoch das Überleben sicherte.

Als Funmi den Kanister füllte, hörte sie hinter sich das scharfe Klacken von Absätzen auf dem unebenen Boden. Sie drehte sich um und sah den Marktaufseher auf sie zukommen. Er war ein großer, schmächtiger Mann mit einem strengen Gesichtsausdruck, seine Kleidung war in einem Zustand, der darauf hinwies, dass er besser lebte als die Menschen, die er überwachte. Funmi verspannte sich sofort.

„Funmi", sagte er mit einem Lächeln, das nicht seine Augen erreichte. „Ich hoffe, du hast nicht vergessen, was wir letzte Woche besprochen haben."

Funmi's Herz setzte einen Schlag aus. Sie wusste genau, worauf er anspielte. Er hatte von ihr verlangt, eine zusätzliche Gebühr zu zahlen, um ihr weiterhin Zugang zum Wasser zu gewähren – eine Gebühr, die sie sich nicht leisten konnte. Doch sie hatte keine Wahl. Ohne Wasser konnte ihre Familie nicht überleben.

„Ich... ich habe es nicht vergessen", stammelte sie und versuchte, die Angst in ihrer Stimme zu verbergen. „Ich werde zahlen, sobald ich kann."

Der Aufseher trat näher, seine Augen verengten sich zu Schlitzen. „Sobald du kannst, ist nicht gut genug, Funmi. Deine Zeit läuft ab. Wenn du bis morgen nicht zahlst, wird es kein Wasser mehr für dich geben. Verstehst du?"

Funmi nickte stumm, ihre Kehle war wie zugeschnürt. Sie wusste nicht, woher sie das Geld nehmen sollte. Aber sie wusste auch, dass der Aufseher seine Drohung wahrmachen würde. Mit zitternden Händen füllte sie den letzten Rest des Wassers in den Kanister, hob ihn auf ihre Schulter und machte sich auf den Rückweg.

Das Gewicht des Wassers auf ihrer Schulter war nichts im Vergleich zu dem Druck, der auf ihrem Herzen lastete.

Wie lange konnten sie so noch weitermachen? Wie lange, bevor sie zusammenbrachen?

Der Tag neigte sich dem Ende zu, als Ayo und Funmi schließlich wieder zu Hause ankamen. Das kleine Haus, kaum mehr als ein Verschlag aus Blech und Holz, war für sie der einzige Zufluchtsort. Sie hatten kein Licht, nur eine kleine Kerze auf dem wackeligen Tisch, die den Raum in ein schwaches, flackerndes Licht tauchte.

Die Kinder saßen still auf der Matratze, die als Bett diente, die Köpfe gesenkt. Ayo sah die Müdigkeit und den Hunger in ihren Gesichtern, und sein Herz zog sich schmerzlich zusammen. Er hatte an diesem Tag nichts Verwertbares auf der Müllhalde gefunden, und Funmi hatte ihr Wasser mühsam nach Hause geschleppt, nur um von einem skrupellosen Aufseher erpresst zu werden.

Sie setzten sich zusammen um den Tisch, ihre Bewegungen waren langsam, die Last des Tages war spürbar. Es gab nichts zu essen, also tranken sie das trübe Wasser aus einem gemeinsamen Becher, jeder Schluck war ein Kampf gegen den aufsteigenden Würgereiz.

„Wir müssen stark bleiben", sagte Funmi schließlich, ihre Stimme sanft, aber bestimmt. „Wir haben schon schlimmere Zeiten überstanden. Wir werden auch das hier überstehen."

Tunde nickte stumm, doch in seinen Augen lag eine Traurigkeit, die sich in Funmi's Herz bohrte. Amina kuschelte sich an ihre Mutter, suchte Trost in ihrer Nähe. Ayo saß schweigend da, die Gedanken kreisten in seinem Kopf.

Die Worte, die Funmi sprach, waren richtig, aber er wusste, dass es keine wirkliche Antwort auf die Frage gab, die sie alle in ihren Herzen trugen: Wie lange konnten sie so weitermachen?

Die Nacht legte sich über Lagos, und in den Slums kehrte eine Ruhe ein, die trügerisch war. In ihren Herzen wussten sie, dass diese Nacht wie jede andere sein würde – ein Kampf gegen die Dunkelheit, ein Warten auf den nächsten Tag, auf die nächsten Herausforderungen, die er bringen würde.

Ayo sah seine Familie an, ihre Gesichter im schwachen Licht der Kerze. Er wusste, dass er etwas tun musste. Etwas, das über das bloße Überleben hinausging. Etwas, das ihnen eine Zukunft sichern konnte. Aber was das war, wusste er noch nicht. Er wusste nur, dass es keine Wahl mehr gab.

Die Kerze flackerte, dann erlosch sie mit einem letzten Zischen. Dunkelheit hüllte das kleine Haus ein, und Ayo schloss die Augen, versuchte, den Gedanken an die Zukunft zu verdrängen.

Doch in der Dunkelheit war nichts als die kalte, harte Realität. Eine Realität, die sie jeden Tag auf eine neue Probe stellte.

Und so begann die Nacht in Lagos, wie jede andere – in der Hoffnung, dass der nächste Tag ein wenig besser sein würde.

Doch Ayo wusste, dass es eine Hoffnung war, die allmählich verblasste, wie das Licht der Kerze, das sie gerade verloren hatten.

Im Schatten der Kriminalität

Die Sonne brannte unbarmherzig auf Lagos herab, als Ayo Ajayi sich erneut auf den Weg zur Müllhalde machte. Es war noch früher Morgen, doch die Hitze war bereits erdrückend. Die Luft war stickig, erfüllt vom Gestank verrottender Abfälle und dem drückenden Gefühl der Verzweiflung, das die Slums in einem festen Griff hielt. Ayo wusste, dass dieser Tag wie alle anderen sein würde – ein endloser Kampf ums Überleben, in einer Welt, die keinen Platz für Schwäche ließ.

Er trug wieder einen abgenutzten Sack über seiner Schulter, die Hände rissig und wund vom ständigen Graben im Müll. Seine Schritte waren schwer, seine Gedanken düster. Er hatte die ganze Nacht wachgelegen, die Drohungen der Banden schwirrten ihm immer noch im Kopf herum. Heute musste er etwas finden, irgendetwas, das er zu Geld machen konnte. Seine Familie zählte auf ihn, und der Druck, den sie alle spürten, war überwältigend.

Als er die Müllhalde erreichte, sah er bereits andere Sammler, die wie hungrige Tiere über den Müll krochen, auf der Suche nach etwas Wertvollem. Ayo mischte sich unter sie, wühlte sich durch die Berge aus Plastik, Metall und verrottetem Essen. Jeder Fund, so klein er auch war, bedeutete Hoffnung auf einen weiteren Tag.

Doch heute war das Glück nicht auf seiner Seite. Die Hitze und der beißende Gestank machten ihm zu schaffen, und nach Stunden des Suchens hatte er kaum etwas in seinem Sack, das er verkaufen konnte.

Plötzlich hörte er hinter sich das vertraute Knirschen von Schritten auf dem Müll. Ein Schauer lief ihm über den Rücken, als er sich umdrehte und drei junge Männer sah, die auf ihn zukamen. Sie trugen zerrissene Jeans, schmutzige Hemden und die typischen Bandentücher um den Kopf gebunden – die Uniform der Gewalt, die in diesen Straßen herrschte.

„Was hast du heute für uns, alter Mann?" fragte einer der Jungen, ein grinsender Schlägertyp namens Dapo, den Ayo bereits kannte. Sein Lächeln war kalt, voller Bosheit.

Ayo hielt den Atem an. Er wusste, dass Widerstand zwecklos war, doch er konnte nicht zulassen, dass sie ihm alles nahmen, was er mühsam gesammelt hatte.

„Ich habe nichts für euch", antwortete er ruhig, aber seine Stimme zitterte.

Dapo lachte trocken, während er auf Ayo zuging, das Messer an seiner Hüfte blitzte im Licht.

„Nichts gefunden? Komm schon, alter Mann, das haben wir schon oft gehört." Er trat näher, seine Hand griff nach Ayos Arm, packte ihn fest.

„Gib uns, was du hast, oder wir nehmen uns, was wir wollen", drohte Dapo und drückte das Messer gegen Ayos Kehle. Die anderen Jungen grinsten, ihre Augen voller Gier und Gewalt.

Ayo schluckte schwer, der Druck des Messers schnitt ihm in die Haut. Er wusste, dass diese Jungen kein Mitleid kannten. Sie waren hier, um zu nehmen, was sie wollten, und sie würden keine Gnade zeigen.

„Ich habe nichts", wiederholte Ayo, seine Stimme schwach.

Doch bevor er den Satz beenden konnte, traf ihn eine Faust mitten ins Gesicht. Der Schlag war hart, er warf ihn zu Boden, und bevor er sich wieder aufrappeln konnte, folgten weitere Tritte und Schläge. Die Jungen lachten und fluchten, während sie auf ihn einprügelten, seine wenigen Habseligkeiten aus dem Sack rissen und ihn schließlich wie ein Stück Abfall zurückließen.

Ayo lag keuchend auf dem Müll, sein Körper schmerzte an jeder Stelle, Blut rann aus seiner Nase und seinen Lippen.

Der Schmerz war überwältigend, doch schlimmer als die körperlichen Verletzungen war die Scham, die ihn durchdrang. Er hatte versagt – wieder einmal.

Die Jungen verschwanden, lachend und triumphierend, und ließen Ayo in seiner Verzweiflung zurück. Es war nicht das erste Mal, dass er selbst Opfer einer solchen Gewalt wurde, doch es fühlte sich jedes Mal schlimmer an. Er wusste, dass er nicht länger so weitermachen konnte, aber was blieb ihm anderes übrig? Seine Familie zählte auf ihn, doch wie sollte er sie retten, wenn er sich nicht einmal selbst schützen konnte?

Mit zitternden Händen rappelte er sich schließlich auf, wischte sich das Blut aus dem Gesicht und stolperte zurück in Richtung seines Zuhauses. Er konnte es sich nicht leisten, hier liegen zu bleiben. Doch jeder Schritt schmerzte, und mit jedem Schritt spürte er, wie die Hoffnung in ihm weiter schwand.

Während Ayo seinen schmerzhaften Rückweg antrat, erlebte sein Sohn Tunde eine ganz andere Art von Schrecken und Gewalt. Tunde war wie jeden Morgen auf dem Weg zur Schule, doch heute war die Atmosphäre anders. Die Straßen schienen stiller als sonst, die Menschen eiliger, als würden sie etwas Unheilvolles spüren.

Tunde kannte diese Stimmung. Es war die Art von Stille, die eintrat, bevor etwas Schreckliches geschah. Er spürte, wie sich eine unsichtbare Hand um sein Herz legte und es zusammendrückte, während er den Schulweg entlangging. Als er die Ecke erreichte, die ihn zur Schule führen sollte, hörte er lautes Geschrei. Zuerst war es nur wie ein fernes Murmeln, doch als er näherkam, wurde es lauter, aggressiver.

Tunde blieb stehen, sein Herz hämmerte in seiner Brust. Er wusste, dass er weitergehen sollte, aber seine Füße schienen wie festgewachsen. Er trat vorsichtig näher, spähte um die Ecke und sah die Quelle des Lärms.

Zwei Männer, beide schwer bewaffnet, standen einander gegenüber, umringt von einer Gruppe von Schaulustigen, die vor Angst
erstarrt waren. Die Männer trugen die typischen Bandentücher,
die ihre Zugehörigkeit zu rivalisierenden Gangs zeigten.

Der eine, ein muskulöser junger Mann mit einer Machete in der
Hand, brüllte etwas, das Tunde nicht verstehen konnte, während
der andere, schmächtig, aber mit einer Pistole bewaffnet, den Lauf
der Waffe direkt auf seinen Gegner richtete.

Tunde wollte wegrennen, aber er konnte nicht. Er war wie gelähmt, seine Augen waren starr auf die Szene gerichtet, die sich
vor ihm abspielte. Die Luft war wie elektrisch, gefüllt mit der un-
vermeidlichen Gewalt, die in der Luft lag.

Die Männer brüllten sich weiter an, die Spannung wuchs mit jeder
Sekunde, die verstrich. Und dann, ohne Vorwarnung, drückte der
Mann mit der Pistole ab. Ein lauter Knall hallte durch die Straße,
gefolgt von einem Schrei, der das Blut in Tundes Adern gefrieren
ließ.

Er sah, wie der Mann mit der Machete getroffen wurde, sein Körper zuckte, bevor er zu Boden fiel. Blut spritzte auf den staubigen
Boden, und ein ersticktes Gurgeln entwich seiner Kehle, bevor er
reglos liegen blieb. Der Schütze zögerte nicht, er drehte sich um
und rannte, verschwand in der Masse, die in Panik ausbrach.

Tunde stand immer noch wie angewurzelt da, unfähig zu begreifen, was gerade passiert war. Der Anblick des leblosen Körpers vor
ihm, das Blut, das sich in einer Lache um den Mann ausbreitete,
war ein Schock, den er nicht verarbeiten konnte. Er hatte zum ersten Mal in seinem jungen Leben den Tod gesehen, und es war ein
Anblick, der sich tief in seine Seele brannte.

Er wollte schreien, weglaufen, irgendetwas tun, aber sein Körper
gehorchte ihm nicht. Es war, als wäre die Welt um ihn herum zum
Stillstand gekommen, während sein Verstand verzweifelt versuchte, zu verstehen, was er gesehen hatte.

Doch es gab nichts zu verstehen. Es war nur Gewalt, sinnlose, brutale Gewalt, die sein Leben für immer verändert hatte.

Schließlich lösten sich seine Beine, und er rannte. Er rannte, so schnell er konnte, die Schule hinter sich lassend, die Straßen verschwommen vor seinen Augen. Er wollte weg, so weit weg wie möglich, doch die Bilder verfolgten ihn, egal, wohin er rannte.

Er wusste, dass sein Leben nie wieder so sein würde wie zuvor.

Zur gleichen Zeit befand sich Funmi auf dem Markt. Der Markt war ein Ort voller Leben und zugleich voller Hoffnungslosigkeit. Frauen drängten sich durch die engen Gassen, balancierten Körbe auf ihren Köpfen, die gefüllt waren mit dem Wenigen, das sie sich leisten konnten. Händler riefen lautstark ihre Waren aus, versuchten, die Aufmerksamkeit der vorbeiströmenden Menge zu erregen.

Funmi stand an ihrem kleinen Stand, kaum mehr als ein wackeliges Holzgestell, auf dem sie ein paar getrocknete Fische, ein paar Gewürze und überreifes Obst ausgebreitet hatte. Die Sonne brannte erbarmungslos auf ihren Rücken, und der Schweiß lief ihr in Strömen über das Gesicht. Doch es war nicht die Hitze, die ihr den größten Kummer bereitete.

Mit jedem flüchtigen Blick, den sie über den Markt warf, suchte sie nach ihm, dem Mann, den sie seit Wochen fürchtete. Der Marktaufseher. Ein Mann, der genauso korrupt war wie das System, das ihn einsetzte, und der nichts als Verachtung für Frauen wie Funmi übrighatte, die versuchten, ihre Familien mit dem Wenigen zu ernähren, das sie verdienten. Doch seine Verachtung allein war nicht das, was sie fürchtete.

Und dann sah sie ihn. Er bewegte sich langsam durch die Menge, sein Blick wanderte unruhig über die Stände, als würde er nach einem Ziel suchen.

Als sein Blick auf Funmi fiel, wusste sie, dass sie diesmal an der Reihe war. Mit schweren Schritten näherte er sich ihrem Stand, und Funmi spürte, wie ihr Herzschlag sich beschleunigte. Sie wusste, was kommen würde. Es war jedes Mal dasselbe. Er würde nach Geld fragen – mehr als sie sich leisten konnte – und wenn sie nicht zahlen konnte, würde er etwas anderes verlangen.

„Funmi", sagte er, als er vor ihrem Stand stehen blieb. Seine Stimme war honigsüß, doch darunter lag eine Schärfe, die ihr einen Schauer über den Rücken jagte. „Es ist wieder Zeit, deinen Beitrag zu leisten, meinst du nicht?"

Funmi hielt den Atem an. Sie wusste, dass „Beitrag" nur ein anderes Wort für „Erpressung" war. „Ich habe kaum genug verdient, um meine Familie zu ernähren", sagte sie, ihre Stimme zitterte leicht. „Bitte, sei gnädig."

Der Marktaufseher zog eine Augenbraue hoch, sein Blick wanderte langsam über ihren Körper, blieb auf ihren Brüsten und Hüften hängen, bevor er wieder in ihre Augen sah.

„Gnädig?", wiederholte er, seine Stimme triefte vor Spott. „Gnädig bin ich, wenn ich dir überhaupt erlaube, hier zu stehen. Du weißt, dass es andere gibt, die für deinen Platz bezahlen würden."

Er trat einen Schritt näher, so dass sie seinen Atem auf ihrem Gesicht spüren konnte. „Also", sagte er leise, „was hast du mir zu bieten? Geld? Oder… etwas anderes?"

Funmi's Magen zog sich schmerzhaft zusammen. Sie wusste, was er wollte. Er hatte es schon von anderen Frauen verlangt, und sie hatte die gebrochenen Blicke jener gesehen, die sich ihm hatten fügen müssen. Sie fühlte Übelkeit in sich aufsteigen, aber sie unterdrückte sie mit einem verzweifelten Willen.

„Ich habe etwas", sagte sie schnell und griff unter ihren Stand, wo sie das wenige Geld aufbewahrte, das sie an diesem Tag verdient hatte.

Sie hielt ihm die zerknitterten Scheine entgegen, ihre Hände zitterten, doch sie versuchte, den Blick des Mannes nicht zu meiden. „Das ist alles, was ich habe", flüsterte sie.

Der Aufseher schaute auf das Geld in ihrer Hand und lächelte leicht, aber es war kein freundliches Lächeln. „Das ist nicht viel", sagte er, ohne die Scheine zu nehmen. Er trat noch einen Schritt näher, bis sein Körper fast den ihren berührte. „Aber vielleicht...", er ließ den Satz in der Luft hängen, seine Hand wanderte langsam zu ihrer Wange.

Funmi erstarrte. Sie konnte den widerlichen Gestank seines Körpers riechen, das Gefühl seiner feuchten Hand, die sich ihrem Gesicht näherte. In ihrem Inneren schrie alles danach, wegzulaufen, ihn wegzustoßen, aber sie wusste, dass sie es nicht wagen konnte. Die Konsequenzen wären zu schrecklich.

„Bitte", flüsterte sie, Tränen der Hilflosigkeit standen in ihren Augen. „Das Geld... nimm es. Es ist alles, was ich habe."

Der Aufseher zögerte, seine Hand blieb in der Luft hängen, dann ließ er sie sinken. Er nahm das Geld, ohne Funmi aus den Augen zu lassen, und steckte es in seine Tasche. „Du hast Glück heute", sagte er schließlich, als er einen Schritt zurücktrat.

„Aber nächstes Mal, Funmi, da könnte es nicht mehr reichen. Überleg dir, was du sonst noch zu bieten hast." Mit diesen Worten wandte er sich ab und ging weiter, verschwand in der Menge.

Funmi stand da, ihre Beine zitterten, ihr Kopf war gesenkt. Sie hatte sich heute freigekauft, doch sie wusste, dass es nicht ewig so weitergehen konnte. Die Angst und die Scham nagten an ihr, als sie langsam zurück zu ihrem Stand ging und sich auf den wackeligen Hocker setzte. Sie fühlte sich schmutzig, entehrt – aber wenigstens war sie heute sicher.

Für wie lange noch, das wusste sie nicht.

Während Funmi auf dem Markt um das Überleben ihrer Familie kämpfte, schleppte sich Ayo nach dem brutalen Überfall durch die staubigen Straßen zurück. Jede Bewegung schmerzte, und sein Kopf dröhnte von den Schlägen, die er erlitten hatte. Der Gedanke daran, wie er seinen Kindern erklären sollte, dass er mit leeren Händen nach Hause kam, quälte ihn.

Als er eine schattige Ecke der Gasse erreichte, in der er lebte, ließ er sich erschöpft auf einen umgestürzten Holzkasten sinken. Er senkte den Kopf und massierte sich die schmerzenden Schläfen, als er plötzlich eine Stimme hörte, die ihm bekannt vorkam.

„Ayo? Bist du das?"

Ayo blickte auf und sah einen Mann auf ihn zukommen, ein breites Lächeln auf den Lippen. Es war Kola, ein alter Freund aus besseren Zeiten. Sie hatten früher zusammen in der Fabrik gearbeitet, bevor das Schicksal sie auf unterschiedliche Wege geschickt hatte. Ayo hatte ihn seit Jahren nicht mehr gesehen.

„Kola?", fragte Ayo ungläubig. Er versuchte, sich zu einem Lächeln zu zwingen, doch die Schmerzen in seinem Körper ließen es nur zu einem müden Zucken werden.

Kola setzte sich neben ihn, sein Gesicht war voller Mitgefühl, als er Ayos Zustand bemerkte. „Was ist mit dir passiert, Ayo?", fragte er, seine Stimme sanft. „Die Stadt ist gnadenlos, nicht wahr?"

Ayo nickte stumm, unfähig, seine Erschöpfung und Verzweiflung in Worte zu fassen. Kola klopfte ihm auf die Schulter. „Ich weiß, mein Freund. Aber es gibt immer einen Ausweg."

Ayo lachte bitter. „Einen Ausweg? In Lagos? Wo soll der sein?"

Kola lächelte schwach. „Nicht in Lagos, Ayo. Jenseits von Lagos. In Europa."

Ayo starrte ihn an, als hätte Kola den Verstand verloren. „Europa?", wiederholte er ungläubig. „Du redest von einem Traum, Kola. Einem unerreichbaren Traum."

Kola schüttelte den Kopf. „Nein, es ist kein Traum. Es ist möglich. Ich kenne Menschen, die es geschafft haben. Es ist nicht einfach, aber es ist möglich."

Ayo wollte es nicht hören. Er wollte sich nicht mit Hoffnungen füllen, die nur zu noch mehr Enttäuschung führen würden. „Wie?", fragte er schließlich, seine Stimme klang müde. „Wie soll das gehen? Wir haben nichts. Keine Papiere, kein Geld…"

Kola nickte verständnisvoll. „Ich weiß, es klingt unmöglich, aber es gibt Wege. Es gibt Menschen, die dir helfen können – für einen Preis. Du musst nur bereit sein, das Risiko einzugehen."

Ayo lehnte sich zurück, schloss die Augen und versuchte, das alles zu verarbeiten. Die Idee, alles hinter sich zu lassen und in ein fremdes Land zu fliehen, schien absurd. Und doch… in der Tiefe seines Herzens spürte er einen winzigen Funken Hoffnung. Eine Möglichkeit, die er nie in Betracht gezogen hatte, die sich plötzlich vor ihm auftat.

„Denk darüber nach, Ayo", sagte Kola leise, während er aufstand. „Es könnte die einzige Chance sein, die wir haben. Die einzige Chance, unseren Familien eine bessere Zukunft zu geben."

Ayo öffnete die Augen und sah seinem alten Freund nach, wie er in der Menge verschwand. Die Worte, die Kola ihm hinterlassen hatte, hallten in seinem Kopf wider, wie ein Echo, das sich in seinem Herzen festsetzte.

Vielleicht… nur vielleicht war es wirklich möglich. Vielleicht war Europa nicht nur ein Traum, sondern ein Ort, an dem er seine Familie retten konnte.

Aber war er bereit, das Risiko einzugehen?

Der gefährliche Entschluss

Die stickige Luft hing schwer über dem kleinen Haus, als die Sonne sich langsam dem Horizont zuneigte und das Zimmer in ein schummriges Licht tauchte. Ayo saß auf dem Rand der Matratze, den Kopf in die Hände gestützt. Die Ereignisse der letzten Tage hatten ihn ausgelaugt, aber sie hatten auch etwas in ihm entfacht – einen Entschluss, der ihm keine Ruhe ließ. Doch er wusste, dass dieser Entschluss nicht nur sein Leben verändern würde, sondern das seiner gesamten Familie. Funmi, die gerade das spärliche Abendessen zubereitete – ein paar trockene Brotstücke und etwas trübes Wasser –, warf immer wieder besorgte Blicke in seine Richtung. Sie konnte die Spannung in der Luft spüren, die unausgesprochene Frage, die wie ein bleiernes Gewicht auf ihren Schultern lag. Schließlich konnte sie das Schweigen nicht mehr ertragen.

„Ayo, was geht dir durch den Kopf?", fragte sie, ihre Stimme war leise, doch sie zitterte vor Sorge. Sie wusste, dass er etwas mit sich herumtrug, was er nicht aussprach. „Du bist so… anders in den letzten Tagen. Was ist los?"

Ayo hob den Kopf, seine Augen trafen die ihren. Es war dieser Blick, der ihr eine Ahnung dessen gab, was kommen würde. Ein Blick voller Entschlossenheit, aber auch voller Verzweiflung. Er räusperte sich und sprach endlich aus, was ihn quälte.

„Kola…", begann er zögernd. „Ich habe Kola getroffen."

Funmi hielt in ihrer Bewegung inne. Sie kannte Kola, wusste, dass er ein alter Freund war, den Ayo seit Jahren nicht mehr gesehen hatte. „Und? Was hat er gesagt?"

Ayo sah sie einen Moment lang schweigend an, dann sprach er leise weiter. „Er hat über eine Möglichkeit gesprochen… eine Möglichkeit, aus all dem hier zu entkommen."

Funmi stellte das Brot auf den Tisch, ihre Hände zitterten leicht. „Wovon redest du, Ayo? Was für eine Möglichkeit?"

Ayo atmete tief durch, sammelte seinen Mut. „Er hat von einer Flucht nach Europa gesprochen. Er sagt, es gibt Wege, es zu schaffen. Es ist gefährlich, ja, aber es ist... es könnte unsere einzige Chance sein."

Das Wort „Europa" hing wie ein unsichtbarer Dampf in der Luft, unerreichbar und doch plötzlich so nah.

Funmi's Augen weiteten sich vor Schreck und Unglauben.

„Europa?", wiederholte sie ungläubig. „Ayo, das ist Wahnsinn! Wie bitte sollen wir das schaffen? Wir haben nichts, kein Geld, keine Papiere... Wie sollen wir überleben?"

„Ich weiß, dass es verrückt klingt", sagte Ayo schnell, als er die wachsende Panik in ihrer Stimme hörte. „Aber was bleibt uns hier? Jeden Tag kämpfen wir ums Überleben, und es wird nicht besser. Die Banden... der Hunger... Funmi, wir können so nicht weitermachen. Unsere Kinder... sie haben keine Zukunft hier."

Funmi schüttelte den Kopf, als wollte sie die Idee vertreiben wie einen schlechten Traum.

„Und was ist, wenn wir es nicht schaffen?", flüsterte sie, ihre Stimme brach beinahe. „Hast du die Geschichten nicht gehört? Die Menschen sterben in der Wüste, auf dem Meer... Ayo, wir könnten alles verlieren!"

„Aber wenn wir bleiben, verlieren wir auch alles", antwortete Ayo, seine Stimme war nun fester, entschlossener. „Vielleicht nicht sofort, aber irgendwann. Sie werden uns zerbrechen, Stück für Stück. Funmi, ich kann das nicht mehr ertragen. Ich kann nicht zusehen, wie wir hier langsam vergehen und verenden."

Funmi drehte sich weg, ihre Hände griffen um die Tischkante, während sie die Tränen niederkämpfte, die in ihr aufstiegen. Die Vorstellung, alles hinter sich zu lassen – ihr Zuhause, so armselig es auch war, die vertrauten Straßen, die wenigen Menschen, die sie kannten – war erschreckend.

Doch noch erschreckender war die Aussicht auf das Unbekannte, auf die Gefahren, die sie auf einer solchen Reise erwarten würden.

„Und was ist mit den Kindern?", fragte sie schließlich, ihre Stimme war kaum mehr als ein Flüstern. „Was, wenn ihnen etwas zustößt?"

Ayo stand auf, ging zu ihr und legte sanft seine Hände auf ihre Schultern. „Ich habe Angst", gestand er. „Genauso wie du. Aber ich habe noch mehr Angst davor, nichts zu tun. Wenn wir hierbleiben, was für ein Leben bieten wir ihnen dann? Ein Leben in Angst, in Armut, ohne Hoffnung auf eine bessere Zukunft. Europa ist gefährlich, aber es ist auch eine Chance. Vielleicht die Einzige, die wir haben."

Funmi schloss die Augen, ließ die Worte auf sich wirken. Sie spürte die Wärme von Ayos Händen, die Entschlossenheit in seiner Stimme, aber auch die Verzweiflung, die sich in ihr selbst spiegelte. Sie wusste, dass er recht hatte, doch der Gedanke an die Flucht, an all die Gefahren, war überwältigend.

„Was, wenn wir scheitern?", fragte sie leise, ihre Augen füllten sich mit Tränen.

„Dann werden wir es gemeinsam tun", antwortete Ayo sanft. „Aber wenn wir es schaffen… wenn wir es schaffen, dann haben wir eine Zukunft. Für uns, für Tunde und Amina. Eine Zukunft, die es hier nicht gibt."

Funmi drehte sich langsam zu ihm um, sah ihm in die Augen. „Ich habe solche Angst, Ayo", gestand sie, ihre Stimme brach unter dem Gewicht ihrer Sorgen.

„Ich auch", flüsterte er, zog sie in seine Arme und hielt sie fest. „Aber wir müssen es versuchen. Für uns, für unsere Kinder."

Lange standen sie so da, in der zunehmenden Dunkelheit des Zimmers, das nur von dem schwachen Licht einer verblassenden Glühbirne erhellt wurde.

Die Entscheidung, die sie trafen, lag schwer auf ihren Schultern, aber sie wussten beide, dass es keinen anderen Weg mehr gab. Die Flucht war gefährlich, ja – aber das Leben, das sie zurückließen, war es auch.

Und während die Nacht über Lagos hereinbrach, war es dieser Gedanke, der in ihnen blieb.

In den Tagen nach der Entscheidung war die Stimmung im kleinen Haus angespannt. Jede Bewegung schien durch die Last der bevorstehenden Flucht beschwert zu sein, und jede Minute, die verstrich, war ein Schritt näher an dem ungewissen Weg, den sie bald einschlagen würden.

Ayo und Funmi versuchten, ihre Ängste vor den Kindern zu verbergen, aber Tunde und Amina spürten, dass etwas nicht stimmte. Es war, als hätte die Angst, die immer im Hintergrund ihres Lebens lauerte, plötzlich Gestalt angenommen.

Eines Nachmittags, als Ayo sich auf den Weg zu einem Treffen mit einem Mann machte, der ihm gefälschte Papiere besorgen sollte, hörte er eine Stimme hinter sich, die ihn zurückhielt. „Ajayi!"

Er drehte sich um und sah zwei Männer auf ihn zukommen, ihre Gesichter waren hart, die Augen kalt und misstrauisch. Sie trugen die roten Bandanas der lokalen Bande, die die Straßen des Viertels kontrollierte. Ayo's Herz begann schneller zu schlagen. Er wusste, dass diese Begegnung nichts Gutes bedeutete.

„Was wollt ihr?", fragte er ruhig, obwohl er spürte, wie sein Magen sich zusammenzog.

Der größere der beiden, ein bulliger Mann mit Narben im Gesicht, trat näher. „Wir haben gehört, dass du etwas planst", sagte er, seine Stimme war bedrohlich ruhig. „Etwas, das uns nicht gefällt."

Ayo hielt den Atem an. Wie konnten sie von seinen Plänen wissen? Hatte Kola unvorsichtig geredet? Oder hatte einer der Nachbarn etwas bemerkt?

„Ich weiß nicht, wovon du sprichst", antwortete er schließlich, doch seine Stimme klang hohl, selbst in seinen eigenen Ohren.

Der bullige Mann lächelte, aber es war kein freundliches Lächeln. „Versuch nicht, uns für dumm zu verkaufen, Ayo Ajayi. Du weißt genau, was ich meine. Du planst, hier abzuhauen, nicht wahr?"

Ayo blieb stumm, wusste nicht, was er sagen sollte. Jedes Wort konnte ihn tiefer in Schwierigkeiten bringen.

Der Mann trat noch näher, so dass Ayo den sauren Geruch seines Atems riechen konnte.

„Hör zu", sagte er leise, aber mit einer Schärfe, die Ayo das Blut in den Adern gefrieren ließ. „Wir lassen es nicht zu, dass jemand einfach verschwindet, ohne seinen Anteil zu zahlen. Wenn du wirklich abhaust, dann wirst du dafür bezahlen. Und wenn du nicht bezahlst, dann…", er ließ den Satz in der Luft hängen, sein Blick glitt zu Ayo's Haus hinüber.

Ayo spürte, wie ihm übel wurde. Die Drohung war eindeutig. Wenn er versuchte zu fliehen, würden sie nicht nur ihn, sondern auch seine Familie ins Visier nehmen. Er musste schnell handeln, bevor die Bande beschloss, ihre Drohung in die Tat umzusetzen.

„Wie viel?", fragte er, seine Stimme klang rau, fast unkenntlich.

„Alles, was du hast", sagte der Mann kalt. „Wir wissen, dass du dafür sparst. Gib uns, was du hast, oder deine Familie wird den Preis zahlen."

Ayo nickte stumm, wusste, dass er keine Wahl hatte. Doch in ihm brodelte die Wut – eine Wut auf das System, das Menschen wie ihn in die Enge trieb, auf die Männer vor ihm, die glaubten, sie könnten über sein Leben entscheiden. Aber jetzt war nicht die Zeit für Zorn. Jetzt war die Zeit zu handeln.

„Ich werde es besorgen", sagte er schließlich.

Der bullige Mann lächelte zufrieden. „Gut. Du hast eine Woche." Mit diesen Worten drehte er sich um und verschwand mit seinem Begleiter in den Schatten der Gasse.

Ayo blieb noch einen Moment stehen, bevor er sich langsam umdrehte und zurück ins Haus ging. Sein Herz hämmerte in seiner Brust, aber seine Gedanken waren klar. Sie hatten keine Zeit mehr. Wenn sie fliehen wollten, mussten sie es jetzt tun.

Die Entscheidung war gefallen, und es gab kein Zurück mehr. Ayo und Funmi hatten sich geeinigt: Sie würden fliehen, und das so schnell wie möglich. Doch bevor sie ihre Flucht in die Tat umsetzen konnten, mussten sie alles zurücklassen, was sie jemals besessen hatten – und die wenigen Dinge, die ihnen geblieben waren, in Geld umwandeln.

Der erste Schritt war der Verkauf all ihrer Habseligkeiten. Ayo stand in der Ecke des Raumes und blickte auf die wenigen Gegenstände, die ihnen noch gehörten: ein alter, staubiger Fernseher, der schon seit Monaten nicht mehr funktionierte; ein wackeliger Tisch und zwei Stühle; ein zerschlissener Teppich, der einmal rot gewesen war, aber jetzt eine unbestimmbare braune Farbe hatte. Es war kaum etwas, aber es war alles, was sie hatten.

„Wir müssen alles verkaufen", sagte Ayo leise, als Funmi zu ihm trat. Seine Stimme war fest, aber er konnte den Anflug von Traurigkeit nicht verbergen. „Jeden Gegenstand, den wir nicht mitnehmen können, müssen wir zu Geld machen. Wir werden jeden Naira brauchen."

Funmi nickte, doch sie konnte die Tränen in ihren Augen nicht verbergen.

„Es fühlt sich an, als würden wir unser Leben verkaufen", sagte sie leise, ihre Stimme zitterte. „Das Wenige, das wir haben... und jetzt müssen wir auch das noch aufgeben."

„Es ist nur Zeug, Funmi", antwortete Ayo, versuchte, Trost zu spenden. „Wir können es ersetzen. Aber unser Leben... unser Leben können wir nicht ersetzen."

Funmi wischte sich die Tränen ab und nickte entschlossen. „Du hast recht. Es ist nur Zeug. Und es wird uns nichts nützen, wenn wir hierbleiben und sterben."

Sie begannen, die Gegenstände zusammenzutragen, die sie verkaufen konnten. Der alte Fernseher war das Erste, das verschwand. Ein Nachbar, der sich damit auskannte, nahm ihn ihnen ab, um ihn in Einzelteile zu zerlegen. Ayo sah zu, wie der Mann den Fernseher wegbrachte, und er fühlte, wie ein weiterer Teil seines alten Lebens in der Ferne verschwand.

Als nächstes war der wackelige Tisch an der Reihe. Ein Straßenhändler bot ihnen einen lächerlich niedrigen Preis dafür, doch Ayo nahm das Geld ohne zu zögern an. Funmi gab den Teppich an eine Frau, die ihn als Flickenteppich verwenden wollte, während Ayo die beiden Stühle an einen anderen Händler verkaufte.

Der Raum, der einst ihr Zuhause gewesen war, war nun fast leer. Nur die Matratze, auf der sie schliefen, und ein paar persönliche Gegenstände, die sie bei sich behalten wollten, blieben zurück. Die kargen Wände, die nun leer waren, schienen das Gefühl der Leere und Unsicherheit zu verstärken, welches sie alle verspürten.

„Mama, warum verkaufen wir alles?", fragte Tunde plötzlich, seine Augen waren groß und voller Neugier. Er hatte die stillen Tränen seiner Mutter bemerkt und die heimlichen Blicke seines Vaters.

Er spürte, dass etwas nicht stimmte, aber er verstand nicht, warum alles anders war. Funmi kniete sich vor ihrem Sohn nieder und legte ihre Hände auf seine Schultern.

„Tunde, wir müssen das tun", sagte sie sanft, versuchte, ihn nicht zu beunruhigen. „Wir brauchen das Geld für eine wichtige Reise."

„Eine Reise?", fragte Amina, die sich neugierig zu ihrer Mutter gesellte. „Wohin gehen wir?"

Ayo trat zu ihnen, seine Stirn in Falten gelegt. „Wir werden das bald erklären, Amina", sagte er, versuchte, die Sorge in seiner Stimme zu verbergen. „Aber bis dahin müsst ihr uns vertrauen und stark sein, ja?"

Die Kinder nickten, doch ihre Gesichter waren von Unsicherheit gezeichnet. Sie wussten, dass ihre Eltern etwas vor ihnen verbargen, aber sie waren zu jung, um die volle Tragweite dessen zu begreifen, was geschehen würde.

Später, als die Nacht über Lagos hereinbrach und die Geräusche der Stadt langsam verstummten, saßen Ayo und Funmi im schwachen Schein einer flackernden Kerze und zählten das Geld, das sie durch den Verkauf ihrer Besitztümer eingenommen hatten. Es war nicht viel, kaum genug, um die gefälschten Papiere zu bezahlen und den ersten Schritt ihrer Flucht zu finanzieren.

„Das wird nicht reichen", murmelte Funmi, als sie die knisternden Scheine durch ihre Finger gleiten ließ. „Was machen wir, wenn es nicht reicht, Ayo?"

Ayo starrte auf das kleine Häufchen Geld vor ihnen, seine Gedanken rasten. „Wir müssen es reichen lassen", sagte er schließlich, obwohl er selbst nicht wusste, wie. „Wir haben keine andere Wahl."

Funmi sah ihn an, ihre Augen suchten nach einer Antwort, nach einem Funken Hoffnung.

„Und wenn uns das letzte Geld ausgeht?", fragte sie, ihre Stimme war kaum mehr als ein Flüstern. „Was machen wir dann?"

Ayo schüttelte den Kopf. „Ich weiß es nicht", gab er zu. „Aber wir können uns nicht darauf konzentrieren. Wir müssen uns auf das Hier und Jetzt konzentrieren, auf das, was wir kontrollieren können. Und das ist unser Entschluss, hier wegzukommen."

Die Stille, die auf seine Worte folgte, war schwer, doch sie war auch voller Entschlossenheit. Funmi wusste, dass Ayo recht hatte. Sie mussten alles auf eine Karte setzen – ihre letzte Chance auf eine bessere Zukunft.

Am nächsten Tag machte sich Ayo auf den Weg, um den Mann zu treffen, der ihm die gefälschten Papiere besorgen würde. Er war ein zwielichtiger Charakter, den Kola ihm empfohlen hatte, und Ayo wusste, dass es gefährlich war, ihm zu vertrauen. Doch es gab keine andere Wahl. Ohne die Papiere würden sie nicht weit kommen.

Ayo betrat die verfallene Hütte, in der das Treffen stattfinden sollte, und sah den Mann in der Ecke sitzen. Er war klein und drahtig, seine Augen waren ständig in Bewegung, als ob er in jedem Schatten eine Gefahr witterte. „Bist du Ayo Ajayi?", fragte der Mann ohne Umschweife.

„Ja", antwortete Ayo knapp, und er spürte, wie seine Nerven sich anspannten. „Hast du die Papiere?"

Der Mann nickte langsam, ein schiefes Lächeln spielte um seine Lippen. „Ich habe, was du brauchst", sagte er, während er einen Stapel Papiere aus seiner Tasche zog. „Aber das wird dich teuer zu stehen kommen."

Ayo schluckte schwer und griff nach dem Geld in seiner Tasche. Er wusste, dass es jeden Naira verschlingen würde, den sie hatten. „Wie viel?", fragte er.

Der Mann nannte eine Summe, die Ayo den Atem stocken ließ. Es war mehr, als er gehofft hatte, und es würde sie fast völlig mittellos zurücklassen.

Doch er wusste, dass sie keine Wahl hatten. „In Ordnung", sagte er schließlich und reichte dem Mann das Geld.

Der Mann zählte das Geld sorgfältig nach, bevor er die Papiere an Ayo übergab. „Pass gut auf sie auf", sagte er, während er das Geld in seine Tasche stopfte. „Wenn du damit erwischt wirst, kann ich nichts mehr für dich tun."

Ayo nickte stumm und schob die Papiere tief in seine Tasche, bevor er die Hütte schnell verließ. Die Schwere des Geldverlusts lastete schwer auf ihm, aber gleichzeitig wusste er, dass sie ohne die Papiere keine Chance hatten.

Als Ayo nach Hause kam, fand er Funmi in der leeren Hütte, die Hände gefaltet, den Kopf gesenkt. Sie sah auf, als er eintrat, und ihre Augen suchten sofort nach Antworten in seinem Gesicht. „Hast du sie?", fragte sie leise.

Ayo nickte und zog die Papiere aus seiner Tasche. „Ich habe sie", sagte er, seine Stimme war ruhig, aber in seinem Inneren tobten die Zweifel. „Aber es hat uns fast alles gekostet."

Funmi nahm die Papiere in ihre Hände, betrachtete sie still. Das waren nun die Tickets in eine ungewisse Zukunft, das Tor zu einer Flucht, die alles verändern würde. „Und jetzt?", fragte sie schließlich, ihre Stimme war sanft, fast brüchig.

„Jetzt packen wir das Wenige, das wir noch haben, und bereiten uns auf die Abreise vor", sagte Ayo entschlossen. „Wir müssen früh aufbrechen, bevor die Sonne aufgeht. Wir dürfen keine Zeit verlieren."

Funmi nickte stumm, und gemeinsam begannen sie, das Nötigste zusammenzupacken. Es gab nicht viel, was sie mitnehmen konnten – nur ein paar Kleidungsstücke, etwas zu essen für die ersten Tage, und die wenigen Habseligkeiten, die ihnen am Herzen lagen.

Während sie die Taschen packten, spürte Ayo, wie die Anspannung in ihm wuchs, aber gleichzeitig auch die Entschlossenheit, das Richtige zu tun.

Die Nacht war still, doch sie brachte keine Ruhe. Ayo und Funmi lagen wach, lauschten auf jedes Geräusch, voller Angst, dass die Bande ihre Pläne noch durchkreuzen könnte. Doch die Dunkelheit blieb still, als ob sie wüsste, dass dies die letzte Nacht war, die die Familie Ajayi in ihrem alten Leben verbringen würde.

Am frühen Morgen, noch bevor die ersten Strahlen der Sonne den Himmel erhellten, weckten sie die Kinder leise. Tunde und Amina blickten verschlafen und verwirrt, doch sie spürten die Ernsthaftigkeit in den Stimmen ihrer Eltern.

„Mama, wo gehen wir hin?", fragte Amina leise, als sie ihre kleine Tasche aufhob.

Funmi kniete sich vor ihre Tochter, strich ihr sanft über die Wange. „Wir machen eine Reise, mein Schatz", sagte sie sanft. „Eine Reise, die uns an einen besseren Ort bringen wird."

Tunde sah seinen Vater an, sein Gesicht war ernst, älter, als es sein sollte. „Wird es gefährlich sein?", fragte er.

Ayo legte eine Hand auf die Schulter seines Sohnes und drückte sie sanft. „Ja, Tunde, es wird gefährlich sein. Aber wir werden zusammen sein. Und wenn wir zusammenhalten, können wir alles schaffen."

Die Kinder nickten ernst und folgten ihren Eltern in die Dunkelheit. Die Gassen, die sie früher am Tag durchquert hatten, schienen in der Nacht noch bedrohlicher, doch sie bewegten sich schnell und leise. Niemand durfte wissen, dass sie gingen. Jede falsche Bewegung, jedes Geräusch könnte ihre Pläne zunichtemachen.

Als sie die Grenze des Viertels erreichten, hielt Ayo kurz inne und warf einen letzten Blick zurück auf das, was einmal ihr Zuhause gewesen war. Die Leere, die sie zurückgelassen hatten, würde bald von anderen gefüllt werden, aber ihre Erinnerungen würden für immer in diesen Wänden bleiben.

„Bist du bereit?", fragte er leise, als Funmi neben ihn trat.

Funmi atmete tief durch und nickte. „Ich bin bereit", sagte sie fest.

Ayo drückte ihre Hand und führte seine Familie weiter, hinaus aus dem Viertel, hinaus in die Dunkelheit, die sich vor ihnen ausbreitete.

Es gab kein Zurück mehr – nur die Hoffnung, dass sie das Licht am Ende der Dunkelheit finden würden.

Die Flucht hatte begonnen.

Abreise in die Ungewissheit

Der Morgen war düster, als die Familie Ajayi ihre letzten Schritte durch die vertrauten Gassen von Lagos machte. Die Stadt, die sie einst ihr Zuhause genannt hatten, lag in einem trüben Dämmerlicht, das die Schatten der heruntergekommenen Gebäude noch länger und bedrohlicher erscheinen ließ.

Ayo führte den Weg an, seine Schultern waren gesenkt unter dem Gewicht der Taschen, die das Wenige enthielten, das sie mitnehmen konnten. Hinter ihm gingen Funmi, Tunde und Amina, ihre Schritte waren leise, als hätten sie Angst, die Stille der Stadt zu brechen.

Der Lastwagen, der sie aus Lagos bringen sollte, wartete am Rande des Viertels. Er war alt, rostig, und die Farbe, die einst hellgrün gewesen sein musste, war zu einem blassen Grau verblichen. Der Motor brummte dumpf. Ayo war sich nicht sicher, ob dieses Fahrzeug die Reise überstehen würde.

Um den Lastwagen herum standen andere Flüchtlinge – Männer, Frauen, Kinder –, ihre Gesichter von Angst und Müdigkeit gezeichnet, während sie sich gegenseitig stumm musterten. Jeder von ihnen war sich bewusst, dass die Reise, auf die sie sich einließen, nicht nur eine Reise in die Ferne, sondern auch in eine ungewisse Zukunft war.

„Das ist es also", sagte Funmi leise, als sie neben Ayo stand und auf den Lastwagen starrte. Ihre Stimme war kaum mehr als ein Flüstern, doch in der Stille der Morgendämmerung klang sie laut und klar. „Unser letzter Blick auf Lagos."

Ayo nickte stumm, unfähig, die Worte zu finden, die seine Gefühle ausdrücken könnten. Er sah über seine Schulter zurück auf die Stadt, die sich wie ein dunkler Schatten gegen den Himmel abzeichnete.

Diese Stadt hatte ihnen alles genommen – ihre Sicherheit, ihre Träume, und nun auch ihr Zuhause. Doch sie war auch das Einzige, was sie jemals gekannt hatten. Der Abschied fiel schwer, auch wenn sie wussten, dass es keinen anderen Weg gab.

„Papa, werden wir jemals zurückkommen?", fragte Amina plötzlich, ihre Stimme war leise und unsicher. Sie klammerte sich an die Hand ihrer Mutter, ihre Augen waren weit geöffnet, als ob sie versuchte, jeden letzten Blick auf die vertrauten Straßen in sich aufzunehmen.

Ayo kniete sich vor seine Tochter und legte eine Hand auf ihre kleine Schulter. „Ich weiß es nicht, meine Kleine", sagte er sanft. „Vielleicht, eines Tages. Aber jetzt müssen wir einen neuen Weg finden, an einem neuen Ort."

Amina nickte, doch Ayo konnte die Tränen in ihren Augen sehen. Sie war zu jung, um das Ausmaß dessen zu verstehen, was sie zurückließen, aber alt genug, um die Trauer in den Augen ihrer Eltern zu erkennen.

Tunde stand schweigend daneben, seine Hände fest zu Fäusten geballt. Er hatte die Gespräche seiner Eltern in den letzten Tagen gehört, die leisen, aber angespannten Stimmen, die von Gefahren und Hoffnungen sprachen. Er spürte das Gewicht der Verantwortung, die sein Vater auf ihn gelegt hatte, und obwohl er Angst hatte, versuchte er, stark zu bleiben.

„Bist du bereit, mein Sohn?", fragte Ayo und sah seinem Sohn in die Augen.

Tunde nickte, seine Kiefer waren fest zusammengepresst. „Ja, Papa. Ich bin bereit."

Ayo spürte einen Anflug von Stolz, als er Tunde ansah. Sein Sohn war noch so jung, doch die Ereignisse der letzten Tage hatten ihn gezwungen, schneller erwachsen zu werden, als es irgendein Kind sollte. Er legte eine Hand auf Tundes Schulter und drückte sie leicht. „Gut. Bleib dicht bei uns. Wir müssen zusammenhalten."

Der Fahrer des Lastwagens, ein mürrisch wirkender Mann mit tiefliegenden Augen, rief die Passagiere zusammen. „Alle einsteigen! Wir haben nicht viel Zeit!"

Ayo half Funmi und den Kindern, auf die Ladefläche des Lastwagens zu klettern, bevor er selbst hinaufstieg. Die Ladefläche war bereits überfüllt, Männer und Frauen drängten sich aneinander, versuchten, so viel Platz wie möglich zu finden, doch es gab kaum Raum, um sich zu bewegen. Funmi setzte sich hin und zog Amina auf ihren Schoß, während Tunde sich neben sie quetschte. Ayo blieb stehen, hielt sich an der Seite des Lastwagens fest und blickte ein letztes Mal auf Lagos zurück, bevor er sich niederließ.

Der Motor brummte lauter, und der Lastwagen setzte sich ruckelnd in Bewegung. Die Stadt, die sie hinter sich ließen, verschwand allmählich im Morgennebel, und mit jedem Kilometer, den sie zurücklegten, spürte Ayo das Gewicht ihrer Entscheidung schwerer auf seinen Schultern lasten. Sie waren auf dem Weg ins Ungewisse, und es gab kein Zurück mehr.

Funmi legte eine Hand auf Ayos Knie, ihre Berührung war leicht, aber in ihr lag die stille Kommunikation, die sie nach all den Jahren des Zusammenlebens entwickelt hatten.

„Was auch immer passiert", flüsterte sie, „wir werden es gemeinsam durchstehen."

Ayo legte seine Hand auf ihre und drückte sie sanft. „Ja", antwortete er leise.

Der Lastwagen holperte über die unebenen Straßen, und die Geräusche der Stadt verblassten allmählich, bis nichts mehr zu hören war außer dem monotonen Dröhnen des Motors und dem leisen Murmeln der Flüchtlinge, die wie sie auf eine bessere Zukunft hofften.

In den Gesichtern der Menschen um sie herum spiegelten sich die-
selben Gefühle wider, die auch Ayo und Funmi empfanden –
Angst, Unsicherheit, aber auch ein kleiner, glimmender Funke der
Hoffnung, dass sie irgendwo einen Ort finden würden, der ihnen
eine neue Chance bot.

Während die Stadt hinter ihnen verschwand, blickte Ayo nach
vorn, in die ferne Landschaft, die sich vor ihnen erstreckte. Die
Straße war lang und gefährlich, und er wusste, dass dies nur der
Anfang einer Reise war, die sie an ihre Grenzen bringen würde.
Doch trotz der Angst, die in seinem Herzen nagte, hielt er an dem
Gedanken fest, dass sie einen Weg finden würden, wenn sie nur
zusammenhielten.

Und so ließ die Familie Ajayi Lagos hinter sich, nicht wissend,
welche Herausforderungen vor ihnen lagen, aber bereit, sich dem
Ungewissen zu stellen – im Namen einer besseren Zukunft für
ihre Kinder.

Die Fahrt nach Norden war beschwerlich und lang. Der Lastwagen ratterte über unebene Straßen, die sich durch endlose Land-
schaften zogen, die von der Sonne verbrannt und von der Zeit vergessen schienen. Jeder Kilometer brachte die Familie weiter weg
von dem, was sie gekannt hatten, und tiefer in das Unbekannte,
das vor ihnen lag.

Die Hitze im Inneren des Lastwagens war drückend. Der Körper-
kontakt mit den anderen Flüchtlingen, die dicht gedrängt auf der
Ladefläche saßen, machte das Atmen schwer, und die Luft war
dick und stickig.

Funmi hielt Amina fest in ihren Armen, versuchte, ihr ein Gefühl
von Sicherheit zu geben, obwohl ihre eigenen Nerven zum Zerreißen gespannt waren.

Tunde lehnte mit dem Rücken gegen die harte Wand des Lastwagens und starrte schweigend vor sich hin, die Gedanken kreisten
in seinem Kopf, doch er sagte nichts.

„Papa, wie lange noch?", fragte Amina leise, ihre Stimme war kaum mehr als ein Flüstern. Sie hatte die Augen halb geschlossen, erschöpft von der langen Fahrt und der unruhigen Nacht zuvor.

Ayo beugte sich zu ihr hinunter und strich ihr sanft über das Haar. „Nicht mehr lange, mein Schatz", sagte er, obwohl er selbst nicht wusste, wie lange die Reise noch dauern würde. „Ruh dich ein wenig aus. Ich bin hier, und ich passe auf dich auf."

Amina nickte schwach und schloss die Augen, während Funmi ihr Gesicht an ihre Tochter schmiegte und versuchte, ihre eigenen Ängste zu beruhigen.

Plötzlich verlangsamte sich der Lastwagen, das Brummen des Motors änderte sich, und die Flüchtlinge an Bord wurden unruhig. Ayo spürte, wie sein Herz schneller schlug, als er aus dem kleinen Fenster an der Seite des Lastwagens spähte. Vor ihnen tauchte eine Straßensperre auf – ein Checkpoint, bewacht von Männern in schmutzigen Uniformen und mit scharfen Mienen. In den Händen hielten sie Gewehre, die drohend auf die Straße gerichtet waren.

„Ein Checkpoint", flüsterte Ayo leise, und Funmi sah ihn sofort besorgt an. „Das ist nicht gut."

Der Lastwagen kam zum Stehen, und der Fahrer stieg aus, um mit den Männern am Checkpoint zu sprechen. Die Gespräche waren leise, aber die Anspannung war spürbar. Ayo beobachtete die Männer durch das Fenster, sah, wie der Fahrer ein paar zerknitterte Geldscheine aus seiner Tasche zog und sie dem Anführer der Gruppe überreichte. Der Mann zählte das Geld nach, bevor er dem Fahrer mit einem kurzen Nicken zu verstehen gab, dass sie weiterfahren konnten.

Ayo atmete erleichtert auf, doch seine Erleichterung währte nur kurz. Der Lastwagen setzte sich wieder in Bewegung, doch das Gefühl der Bedrohung blieb. Er wusste, dass dies nur einer von vielen Checkpoints war, die sie passieren mussten, und jedes Mal würden sie riskieren, aufgehalten, ausgeraubt oder noch schlimmer, zurückgeschickt zu werden.

„Was ist passiert?", fragte Tunde plötzlich, seine Augen waren wachsam, sein Körper angespannt.

„Nur ein Checkpoint", antwortete Ayo, versuchte, beruhigend zu klingen. „Der Fahrer hat sich um alles gekümmert. Wir sind in Sicherheit."

Doch er wusste, dass dies nur eine vorübergehende Sicherheit war. Jeden Kilometer, welchen sie weiterfuhren, brachte neue Gefahren mit sich. Die Männer am Checkpoint hatten sie zwar passieren lassen, aber sie hatten sie auch gesehen. Und in dieser Welt bedeutete gesehen zu werden, dass man verletzlich war.

Die Landschaft, die an ihnen vorbeizog, wurde allmählich karger, die Vegetation spärlicher. Die Hitze, die durch die offenen Seiten des Lastwagens hereindrang, wurde unerträglich. Die Menschen auf der Ladefläche begannen unruhig zu werden, die Anspannung war spürbar. Einige flüsterten miteinander, andere starrten still vor sich hin, die Gedanken schwer von der Ungewissheit, die vor ihnen lag.

„Wir müssen stark bleiben", sagte Ayo schließlich, seine Stimme war fest, als er zu seiner Familie sprach. „Es wird nicht einfach sein, aber wir müssen durchhalten. Für uns, für die Kinder."

Funmi nickte stumm, drückte Amina noch fester an sich. „Wir werden es schaffen", flüsterte sie, mehr zu sich selbst als zu den anderen.

Doch in ihren Augen lag die Angst, die sie nicht verbergen konnte. Sie wusste, dass dies erst der Anfang war, und dass die wirklichen Herausforderungen noch vor ihnen lagen.

Die Sonne war längst hinter dem Horizont verschwunden, als der Lastwagen in einem verlassenen Dorf anhielt.

Die Fahrt hatte Stunden gedauert, die Straßen waren uneben und staubig, und jeder Kilometer hatte sich in die erschöpften Körper der Flüchtlinge gegraben. Als der Motor des Lastwagens verstummte, war das einzige Geräusch, das die Nacht durchdrang, das leise Rascheln des Windes, der durch die leeren Gassen des Dorfes wehte.

Ayo sprang als Erster von der Ladefläche, seine Beine zitterten leicht von der langen, angespannten Fahrt. Er sah sich um und erfasste die Umgebung mit prüfenden Augen. Das Dorf, das einst von Leben erfüllt gewesen sein musste, war nun nichts weiter als eine Geisterstadt. Die Häuser standen leer, ihre Fenster waren dunkel, und die Türen hingen schief in ihren Angeln. Einige der Dächer waren eingestürzt, und das Unkraut hatte die Straßen fast vollständig überwuchert.

„Hier bleiben wir also?", fragte Funmi leise, als sie vorsichtig vom Lastwagen kletterte, Amina an ihrer Seite. Ihre Augen waren voller Sorge, als sie das verfallene Dorf musterte.

Ayo nickte langsam. „Es scheint sicher genug zu sein", sagte er, obwohl er selbst nicht sicher war. „Wir haben keine Wahl. Wir werden hier rasten und morgen früh weiterziehen."

Tunde folgte seinen Eltern, sein Gesicht war angespannt. Er hielt seine kleine Tasche fest an sich gedrückt und sah sich mit großen Augen um. „Papa, ist es wirklich sicher hier?", fragte er, und seine Stimme zitterte leicht.

Ayo legte eine Hand auf die Schulter seines Sohnes. „So sicher, wie es nur sein kann, Tunde", sagte er beruhigend. „Aber wir müssen wachsam bleiben. Diese Gegend ist nachts nicht ungefährlich."

Der Fahrer des Lastwagens kam zu ihnen und nickte in Richtung eines der weniger verfallenen Häuser. „Das dort ist das Beste, was ihr finden werdet", sagte er knapp. „Es hat noch ein Dach und die Wände sind stabil. Aber bleibt leise und zeigt kein Licht. Wir wollen keine ungebetenen Gäste anlocken."

Ayo nickte dankbar und führte seine Familie in das Haus. Die Tür quietschte protestierend, als er sie aufdrückte, und der muffige Geruch von Staub und Verfall schlug ihnen entgegen. Doch das Haus war tatsächlich in besserem Zustand als die anderen – zumindest bot es Schutz vor Sturm und Regen und einen gewissen Grad an Sicherheit.

Im Inneren des Hauses war es dunkel und kalt. Der Boden war mit einer dicken Schicht Staub bedeckt, und in den Ecken hatten sich Spinnweben gebildet.

Doch Ayo wusste, dass dies der beste Schutz war, den sie finden konnten. „Setzt euch hier hin", sagte er und deutete auf eine Ecke des Raumes, in der die Wände noch intakt schienen. „Wir müssen eng zusammenbleiben."

Funmi setzte sich mit Amina auf den kalten Boden, die kleine Amina drückte sich ängstlich an ihre Mutter. „Mama, warum ist es so dunkel?", fragte sie leise, ihre Stimme war voller Furcht.

„Es ist nur die Nacht, mein Schatz", sagte Funmi beruhigend und strich ihrer Tochter sanft über das Haar. „Aber wir sind hier zusammen, und das ist das Wichtigste. Hab keine Angst."

Ayo legte seinen Rucksack ab und holte das Wenige heraus, das sie an Vorräten mitgebracht hatten – etwas Brot und ein paar Flaschen Wasser. Er teilte das Brot unter ihnen auf, doch es war kaum genug, um den Hunger zu stillen. „Es ist nicht viel, aber es wird uns durch die Nacht bringen", sagte er, während er ein Stück Brot an Tunde reichte.

„Danke, Papa", sagte Tunde, nahm das Brot und biss ab, doch sein Gesicht blieb ernst. „Papa, was passiert, wenn die Banditen kommen?"

Ayo spürte, wie sich sein Herz zusammenzog. Er wollte seinen Kindern die Wahrheit sagen, aber er wusste, dass sie bereits genug Angst hatten.

„Wir bleiben leise, Tunde", sagte er schließlich. „Und wir werden uns verstecken, wenn wir müssen. Aber keine Sorge, ich werde die ganze Nacht wach bleiben und auf euch aufpassen."

Tunde nickte, doch die Angst in seinen Augen verschwand nicht. Er wusste, dass sein Vater ihn beruhigen wollte, aber er war alt genug, um die Gefahr zu verstehen.

„Funmi", sagte Ayo, als er sich zu seiner Frau setzte, „versuch, ein wenig zu schlafen. Du musst deine Kräfte sparen. Ich werde hier wachen."

Funmi sah ihn an, ihre Augen waren müde, aber voller Sorge. „Und du? Wann wirst du schlafen?", fragte sie, ihre Stimme war leise.

„Das spielt keine Rolle", sagte Ayo sanft und nahm ihre Hand. „Ich muss sicherstellen, dass ihr in Sicherheit seid. Das ist alles, was zählt."

Funmi nickte und legte sich schließlich mit den Kindern hin, zog sie eng an sich, während sie versuchte, den Schlaf zu finden. Doch Ayo wusste, dass der Schlaf sie nicht leicht finden würde – nicht in dieser Nacht, nicht in dieser gefährlichen Umgebung.

Die Stunden zogen sich in die Länge. Ayo saß am Eingang der Hütte, seine Augen waren auf die Tür gerichtet, und sein Körper war angespannt vor Wachsamkeit. Jeder Schatten, der sich bewegte, jedes Geräusch, das durch die Nacht drang, ließ sein Herz schneller schlagen. Der Wind heulte durch die zerbrochenen Fenster, und in der Ferne konnte er das Bellen eines Hundes hören, doch sonst war es still – unheimlich still.

Die Dunkelheit drückte auf seine Sinne, und obwohl seine Augen vor Müdigkeit schmerzten, hielt er sich wach, zwang sich, wachsam zu bleiben. Er wusste, dass sie hier draußen auf sich allein gestellt waren. Wenn die Banditen kamen, gab es niemanden, der ihnen helfen konnte. Niemand...!

Plötzlich hörte er etwas – ein leises Rascheln, das von draußen kam. Ayo spürte seine Anspannung wachsen, seine Augen fixierten die Tür, während er versuchte, das Geräusch zu lokalisieren. Es war ein schwaches Geräusch, fast unmerklich, aber in der stillen Nacht war es laut genug, um ihn in Alarmbereitschaft zu versetzen.

Er stand langsam auf, seine Bewegungen waren leise und vorsichtig, um keinen Laut zu verursachen. Er griff nach dem einzigen Werkzeug, das er hatte – einem rostigen alten Messer, das er auf dem Markt gefunden hatte – und näherte sich der Tür. Sein Herz hämmerte in seiner Brust, als er die Klinge fest umklammerte und leise durch die Ritzen in der Tür spähte.

Draußen war nichts zu sehen, doch das Rascheln blieb. Es war, als würde jemand oder etwas durch das trockene Laub schleichen, das den Boden bedeckte.

Ayo atmete tief ein und drückte die Tür vorsichtig auf, um einen besseren Blick zu bekommen. Das Holz knarrte leise, und er hielt den Atem an, als er sich nach draußen beugte.

Die Dunkelheit war undurchdringlich, und Ayo konnte nichts erkennen außer den Umrissen der verfallenen Gebäude und den Schatten, die sie warfen. Doch das Rascheln verstärkte sich, und er wusste, dass er nicht allein war.

„Wer ist da?", flüsterte er, seine Stimme war leise, aber fest. Es war ein Schuss ins Dunkle, doch er hoffte, dass es genug war, um einen möglichen Eindringling abzuschrecken.

Es kam keine Antwort, aber das Rascheln hörte plötzlich auf. Ayo blieb angespannt stehen, das Messer fest in der Hand, bereit, sich zu verteidigen, falls jemand auf ihn zustürmen würde. Die Stille war unheimlich, und Ayo konnte das Blut in seinen Ohren rauschen hören.

Sekunden vergingen, die sich wie Stunden anfühlten, bevor Ayo schließlich Schritte hörte, die sich langsam von ihm entfernten. Sie waren leise, fast lautlos, aber deutlich genug, um zu wissen, dass jemand oder etwas in der Nähe gewesen war. Er folgte dem Geräusch mit seinen Augen, doch der Eindringling war zu schnell und zu geschickt, um gesehen zu werden.

Als die Schritte in der Ferne verklangen, ließ Ayo endlich den Atem aus, den er unbewusst angehalten hatte. Doch die Anspannung blieb, und er wusste, dass die Gefahr noch nicht vorbei war. Es war nur eine Frage der Zeit, bis die Banditen, die durch die Nacht zogen, sie finden würden.

Er schloss die Tür leise wieder und setzte sich zurück an seinen Platz. Seine Gedanken rasten, während er versuchte, einen Plan zu schmieden. Wenn sie entdeckt wurden, würde er keine andere Wahl haben, als zu kämpfen. Aber mit einem rostigen Messer gegen bewaffnete Männer? Die Aussicht war düster, doch er würde alles tun, um seine Familie zu beschützen.

Die Stunden vergingen quälend langsam, doch die Nacht blieb ruhig. Ayo's Gedanken kehrten immer wieder zu den Gefahren zurück, die vor ihnen lagen. Der Weg war lang, und die Herausforderungen waren groß, doch er wusste, dass sie weitermachen mussten. Es gab kein Zurück.

Es war kurz nach Mitternacht, der Mond stand hoch am Himmel und das spärliche Licht drang durch die Ritzen im Dach. Ayo fühlte endlich die Anspannung aus seinen Schultern weichen. Sie hatten den ersten Teil der Nacht überlebt, aber er wusste, dass dies nur der Anfang war. Die wirklichen Prüfungen lagen noch vor ihnen.

Funmi wachte langsam auf, blinzelte gegen das Mondlicht, das in den Raum fiel. Sie sah zu Ayo hinüber und erkannte sofort die Müdigkeit und Anspannung in seinen Augen. „Hast du die ganzen Stunden gewacht?", fragte sie sanft.

Ayo nickte, ein schwaches Lächeln spielte um seine Lippen. „Ja, aber es war ruhig. Keine Banditen, keine Gefahren. Zumindest diese Nacht."

Funmi setzte sich auf, Amina noch immer fest in ihren Armen. „Wir müssen weitermachen, bevor es zu spät ist", sagte sie leise. „Die Straßen werden bald wieder voll sein."

„Ich weiß", antwortete Ayo und stand langsam auf, seine Muskeln protestierten gegen die Bewegung nach den langen Stunden. „Pack die Sachen, wir müssen so schnell wie möglich weiter."

Die Kinder wurden vorsichtig geweckt, ihre Augen waren noch müde, doch sie folgten den Anweisungen ihrer Eltern ohne zu murren. Sie wussten, dass die Reise noch lange nicht vorbei war, und dass sie stark sein mussten.

Als die Familie Ajayi schließlich das verfallene Haus verließ und den Weg zum Lastwagen zurückfand, lag ein Gefühl der Erleichterung in der Luft. Sie hatten einen Teil der Nacht gesund überstanden, doch die Reise, die vor ihnen lag, würde noch viele solcher Nächte bereithalten.

Der Lastwagenfahrer wartete bereits, und als die Flüchtlinge einer nach dem anderen wieder einstiegen, wurde das leise Murmeln von Worten des Trostes und der Hoffnung laut. Niemand sprach laut aus, was sie alle dachten – dass dies nur der Anfang war, und dass die wirkliche Gefahr noch bevorstand.

Ayo stieg als Letzter auf die Ladefläche und setzte sich neben Funmi, die Amina fest im Arm hielt, während Tunde sich an ihre Seite schmiegte. Es hatte plötzlich etwas Fieber bekommen.

„Wir werden es schaffen", sagte Ayo, als er seine Familie ansah, doch die Worte waren mehr für ihn selbst bestimmt als für sie.

Der Motor des Lastwagens sprang mit einem tiefen Grollen an, und sie setzten ihre Reise fort, tiefer ins Ungewisse, tiefer in die

Dunkelheit, die vor ihnen lag. Doch in ihren Herzen brannte ein kleiner Funke Hoffnung – Hoffnung, dass sie am Ende dieser Reise einen Ort finden würden, an dem sie sicher waren, an dem sie ein neues Leben beginnen konnten.

Der Lastwagen ratterte durch die Nacht, das Brummen des Motors war das einzige Geräusch in der endlosen Dunkelheit. Die Luft im Inneren der Ladefläche war stickig, schwer von Schweiß und der Anspannung der Menschen, die sich dicht aneinanderdrängten. Ayo, Funmi und die Kinder saßen still, jeder war in seine eigenen Gedanken vertieft, während die Landschaft um sie herum in der Finsternis verschwand.

Niemand sprach, und die Stille war bedrückend. Jeder von ihnen wusste, dass sie sich in eine ungewisse Zukunft begaben, doch die Furcht vor dem, was kommen würde, ließ keine Worte zu.

Funmi hielt Amina fest an sich gedrückt, während Tunde, fiebrig und erschöpft, auf ihrem Schoß ruhte. Ayo saß daneben, seine Augen starrten in die Dunkelheit, doch sein Verstand arbeitete fieberhaft. Sie hatten es so weit geschafft, aber er wusste, dass der schwierigste Teil ihrer Reise noch vor ihnen lag.

Stunden vergingen, in denen die Welt außerhalb des Lastwagens nichts anderes als ein schwarzes Nichts war. Schließlich begann das Ruckeln des Fahrzeugs nachzulassen, und Ayo spürte, wie der Lastwagen langsamer wurde. Er lehnte sich vor, um durch eine kleine Öffnung an der Seite zu spähen, doch die Dunkelheit draußen gab nichts preis.

Mit einem letzten Stottern kam der Lastwagen zum Stehen, und für einen Moment herrschte absolute Stille. Dann öffnete sich die Ladefläche, und das scharfe Licht der Scheinwerfer durchbrach die Dunkelheit, ließ die erschöpften Gesichter der Flüchtlinge aufleuchten. Ayo blinzelte gegen das grelle Licht und stand vorsichtig auf, um hinauszublicken.

Sie waren am Rand der Sahara angekommen.

Vor ihnen erstreckte sich die Wüste in alle Richtungen, ein endloses Meer aus Sand, das im schwachen Licht der Scheinwerfer glitzerte. Die Dünen türmten sich in der Ferne auf, wie riesige Wellen, die in der Dunkelheit erstarrt waren. Die Luft war kühl, fast kalt, ein scharfer Kontrast zu der Hitze, die sie erwartete, wenn die Sonne wieder aufging.

Die Schlepper, die den Lastwagen begleitet hatten, stiegen aus und begannen, die Flüchtlinge in Gruppen aufzuteilen. Ayo zog Funmi und die Kinder dicht an sich, während sie den Anweisungen der Schlepper folgten. Die Gesichter der Männer waren hart, ihre Bewegungen effizient und ohne Mitleid.

„Steigt aus!", rief einer der Schlepper, ein großer Mann mit einem vernarbten Gesicht, dessen Stimme durch die Stille der Nacht hallte. „Wir werden hier die letzte Rast machen, bevor wir die Wüste durchqueren. Ihr habt eine Stunde, dann geht es weiter."

Ayo half Funmi und den Kindern aus dem Lastwagen, und gemeinsam standen sie am Rand der Wüste, blickten auf die endlose Weite des Sandes, die vor ihnen lag. Funmi hielt Amina an sich gedrückt, während Tunde sich schwach an seinen Vater lehnte. Die Müdigkeit und das Fieber hatten ihn schwer mitgenommen, und Ayo wusste, dass sie bald handeln mussten.

„Das ist es also", sagte Ayo leise, seine Stimme war kaum mehr als ein Flüstern. „Die Sahara."

Funmi sah ihn an, ihre Augen waren voller Sorge. „Wie sollen wir das schaffen, Ayo?", fragte sie leise. „Wie sollen wir diese Wüste überleben?"

Ayo sah auf die endlosen Dünen, die sich vor ihnen erstreckten, und spürte das Gewicht ihrer Frage auf seinen Schultern.

„Wir haben keine Wahl", sagte er schließlich, seine Stimme war fest. „Wir müssen es versuchen. Für die Kinder."

Die Schlepper begannen, das Lager aufzubauen, während die Flüchtlinge sich auf dem kalten Sand niederließen. Es war eine provisorische Rast, eine kurze Verschnaufpause vor der größten Herausforderung ihrer Reise. Einige der Männer gingen umher, überprüften die Wasservorräte, zählten die Menschen, während andere leise miteinander flüsterten, die Spannung in der Luft war greifbar.

„Papa, warum ist es so kalt?", fragte Amina leise, als sie sich an ihre Mutter schmiegte.

„Das ist die Wüste, mein Schatz", antwortete Ayo sanft und zog seine Tochter näher zu sich. „Es ist kalt in der Nacht, aber sobald die Sonne aufgeht, wird es sehr heiß."

„Werden wir genug Wasser haben?", fragte Tunde, seine Stimme war schwach, und er zitterte leicht.

Ayo zögerte, bevor er antwortete. „Wir haben genug, um durchzukommen", sagte er schließlich, obwohl er wusste, dass das eigentlich nur eine optimistische Lüge war. Die Wasservorräte waren begrenzt, und jeder Tropfen zählte.

Die Nacht verging schnell, und bald begann die Sonne am Horizont zu erscheinen, ihre ersten Strahlen tauchten die Wüste in ein leuchtendes Gold. Die Schlepper begannen, die Flüchtlinge wieder zusammenzutreiben, drängten sie, ihre Sachen zu packen und sich auf den Weg zu machen.

„Es ist Zeit", sagte einer der Schlepper, als er an Ayo und seiner Familie vorbeiging. „Wir müssen die Sahara durchqueren, bevor die Hitze unerträglich wird. Keine Verzögerungen."

Ayo nickte, zog seinen Rucksack auf und half Funmi und den Kindern, ihre wenigen Habseligkeiten zusammenzupacken. Sie hatten nicht viel – nur das Nötigste, um in der Wüste zu überleben. Doch selbst das schien unzureichend, als sie sich auf den bevorstehenden Marsch vorbereiteten.

Die Gruppe begann, sich in Bewegung zu setzen, und Ayo spürte, wie sein Herz schwer wurde, als er den ersten Schritt in den Sand setzte. Vor ihnen lag die Wüste, unerbittlich und endlos, und er wusste, dass jeder Schritt sie tiefer in das Unbekannte führen würde.

„Wir schaffen das", sagte er zu sich selbst, seine Stimme war leise, aber entschlossen. „Wir müssen."

Funmi legte eine Hand auf seine Schulter und sah ihm in die Augen. „Für die Kinder", flüsterte sie, ihre Stimme war voller Entschlossenheit, trotz der Angst, die sie spürte.

„Für die Kinder", wiederholte Ayo.

Und so begann die Familie Ajayi ihre Überquerung der Sahara, einen Schritt nach dem anderen, während die Hitze der Wüste sie verschlang und die Realität der Reise sie härter traf, als sie es sich je hätten vorstellen können.

Durch die Wüste

Die Sahara erstreckte sich vor ihnen wie ein endloser Ozean aus Sand, eine unerbittliche Landschaft, die alles verschlang, was sich ihr näherte. Der Sand glühte unter der brennenden Sonne, die keine Gnade kannte. Die Luft war trocken und heiß, und jede Bewegung schien die Hitze noch mehr anzustacheln. Der Horizont flimmerte in der Ferne, als wäre er nur eine Illusion, die sie verhöhnte, während sie weiter durch die erbarmungslose Wüste marschierten.

Ayo führte seine Familie durch das Sandmeer, ihre Schritte waren schwer, die Erschöpfung zeichnete sich in jeder ihrer Bewegungen ab. Ihre Kleidung klebte an ihren verschwitzten Körpern, und ihre Kehlen brannten vor Durst. Die Wasservorräte, die sie mitgebracht hatten, waren bereits bedenklich geschrumpft, und Ayo wusste, dass sie nicht mehr lange reichen würden.

Die Schlepper, die sie auf ihrem Weg durch die Wüste begleiteten, hatten ihnen wenig Informationen gegeben. Sie waren wortkarg, ihre Augen waren von der harten Realität des Lebens in der Sahara abgestumpft. Sie hatten die Flüchtlinge gewarnt, dass die Reise gefährlich sein würde, doch Ayo hatte sich nicht vorstellen können, wie gnadenlos die Wüste wirklich war.

„Papa, ich kann nicht mehr", flüsterte Amina.

Ihre Stimme war schwach, kaum mehr als ein Hauch. Sie hielt sich an der Hand ihrer Mutter fest, ihre kleinen Beine zitterten unter der Last des endlosen Marsches.

Ayo blieb stehen und kniete sich vor seine Tochter, strich ihr sanft über das von Schweiß und Sand bedeckte Gesicht. „Ich weiß, mein Schatz", sagte er leise, seine Stimme war sanft, aber fest. „Es ist nicht mehr weit. Du musst stark bleiben, Amina."

Amina nickte schwach, doch die Tränen, die in ihren Augen aufstiegen, verrieten ihre Verzweiflung. Funmi beugte sich zu ihr hinunter, nahm sie in ihre Arme und hielt sie fest.

„Wir sind fast da", flüsterte sie, obwohl sie wusste, dass diese Worte nicht wahr waren. Sie musste ihre Tochter irgendwie trösten, auch wenn es bedeutete, eine Lüge zu erzählen.

Tunde ging schweigend neben seinem Vater her. Sein Gesicht war bleich, und der Schweiß lief ihm in Strömen über die Stirn. Die Wüstenhitze hatte ihm schwer zugesetzt, doch er hielt den Kopf gesenkt, kämpfte gegen die Erschöpfung an, die ihn zu überwältigen drohte.

Die Gruppe bewegte sich langsam weiter, jeder Schritt war eine Qual, jeder Atemzug fühlte sich an, als würde er Feuer in ihre Lungen pumpen. Der Sand brannte unter ihren Füßen, und die Hitze war unerträglich. Die Sonne stand hoch am Himmel, ein unerbittlicher Ball aus Feuer, der keinen Schatten zuließ, keine Gnade kannte.

„Wir müssen weiter", sagte einer der Schlepper, ein dürrer Mann mit einem vernarbten Gesicht. Seine Stimme war rau, als hätte er zu viel Sand geschluckt. „Wenn wir anhalten, sind wir verloren."

Ayo nickte stumm und trieb seine Familie weiter. Er spürte, wie die Verzweiflung in ihm aufstieg, doch er unterdrückte sie. Jetzt war nicht die Zeit, Schwäche zu zeigen. Seine Familie zählte auf ihn, und er würde nicht zulassen, dass sie hier, in dieser Hölle aus Sand und Hitze, aufgeben mussten.

Die Wüste schien endlos. Stunde um Stunde schleppte sich die Gruppe durch das unnachgiebige Terrain, die Füße versanken im Sand, die Muskeln brannten vor Erschöpfung.

Das Wasser, das sie bei sich hatten, wurde rationiert, jeder Tropfen wurde sorgfältig gehütet, doch es war nicht genug. Ihre Lippen waren rissig, ihre Kehlen ausgetrocknet, und die Sonne schien ihnen das letzte bisschen Kraft zu entziehen.

Funmi konnte das Schluchzen ihrer Tochter hören, während sie weiterging, und es zerriss ihr das Herz.

„Amina, bitte, du musst durchhalten", flüsterte sie, versuchte, die Verzweiflung in ihrer eigenen Stimme zu verbergen. „Wir müssen es schaffen."

„Ich will nach Hause", schluchzte Amina, ihre Worte waren kaum mehr als ein schwaches Wimmern. „Mama, ich will nach Hause."

„Ich weiß, mein Schatz", sagte Funmi, während Tränen in ihren eigenen Augen aufstiegen. „Aber es gibt keinen Weg zurück. Wir müssen weitergehen."

Die Gruppe marschierte weiter, während die Sonne ihren höchsten Punkt erreichte und die Wüste in ein glühendes Inferno verwandelte. Die Hitze war unerträglich, als würde sie ihnen die Haut von den Knochen schmelzen. Jeder Atemzug war ein Kampf, jeder Schritt eine Qual.

Ayo spürte, wie seine eigene Kraft schwand, doch er durfte nicht aufgeben. Nicht jetzt. Nicht hier. Er sah auf seine Familie, sah die Verzweiflung in den Augen seiner Frau und Kinder, und es gab ihm neue Entschlossenheit. „Wir werden es schaffen", sagte er zu sich selbst, während er weiterging, einen Fuß vor den anderen setzend. „Wir müssen."

Die Sonne sank langsam am Horizont, und die Hitze begann endlich nachzulassen. Doch mit der abnehmenden Hitze kam die Kälte – eine erbarmungslose Kälte. Ihre abgenutzte und löchrige Kleidung würde sie nur unzureichend schützen können. Die Nacht in der Wüste war ebenso gnadenlos wie der Tag, und Ayo wusste, dass sie einen Platz zum Rasten finden mussten, bevor die Dunkelheit vollständig über ihnen hereinbrach.

Einer der Schlepper deutete auf eine kleine Senke im Sand, in der sich einige Felsen befanden. „Wir rasten hier", sagte er knapp. „Es ist nicht viel, aber es gibt ein wenig Schutz vor dem Wind."

Die Gruppe sank erschöpft zu Boden, ihre Körper waren schwer und ausgelaugt. Ayo und Funmi legten ihre Kinder zwischen die Felsen, versuchten, sie so gut wie möglich vor dem Wind zu schützen. Die Nacht brachte eine erbarmungslose Kälte mit sich, die in ihre Knochen kroch und sie zittern ließ.

„Papa, ich habe Durst", flüsterte Tunde, seine Stimme war schwach und brüchig. Seine Lippen waren rissig, seine Augen waren trüb vor Erschöpfung.

Ayo zog die letzte Wasserflasche hervor, die sie noch hatten, und reichte sie seinem Sohn. „Nimm einen kleinen Schluck", sagte er leise. „Wir müssen sparen."

Tunde nahm die Flasche mit zitternden Händen und trank vorsichtig, doch das wenige Wasser konnte seinen Durst kaum stillen. Ayo sah zu, wie sein Sohn das Wasser hinunterwürgte, und er spürte einen Kloß in seinem Hals. Sie waren so nah daran, die Grenze zu erreichen, und doch fühlte es sich an, als wäre sie unerreichbar weit entfernt.

Funmi legte sich neben Amina, zog ihre Tochter in die Arme und versuchte, sie warm zu halten.

„Schlaf, mein Schatz", flüsterte sie, während sie über Aminas Haar strich. „Wir werden morgen weiterziehen, und dann sind wir bald da."

Doch selbst während sie diese Worte sprach, wusste Funmi, dass der morgige Tag genauso hart sein würde wie der heutige. Die Wüste gab nichts umsonst, und jeden Kilometer, den sie zurücklegten, forderte ihren Tribut. Sie konnte die Erschöpfung in den Gesichtern ihrer Familie sehen, die Verzweiflung, die sich in ihren Herzen ausbreitete, und sie fragte sich, wie lange sie noch durchhalten konnten.

Die Nacht in der Wüste war still, doch es war keine beruhigende Stille. Es war eine Stille, die von der unbarmherzigen Kälte durchdrungen war, die alles zu ersticken schien.

Die Sterne funkelten über ihnen, doch sie boten keinen Trost, keine Wärme. Sie waren nur Zeugen der Qualen, die die Flüchtlinge ertrugen.

Ayo blieb wach, seine Augen waren auf den Horizont gerichtet, wo die Dunkelheit den Sand verschlang. Er konnte den Wind hören, der durch die Felsen pfiff, das leise Rascheln des Sandes, der durch die Luft wirbelte. Jeder Laut, jede Bewegung ließ ihn zusammenzucken, während er wachsam blieb, um seine Familie zu schützen.

Doch während er dort saß, spürte er, wie die Erschöpfung ihn einholte. Seine Augen wurden schwer, seine Glieder schmerzten von der Kälte.

Er wollte nicht einschlafen, doch sein Körper forderte seinen Tribut. Schließlich konnte er nicht länger gegen die Müdigkeit ankämpfen, und seine Augen fielen zu.

Die Wüste blieb still, während die Familie in eine unruhige, erschöpfte Ruhe fiel. Die Nacht verging langsam, und als die ersten Strahlen der Morgensonne über den Horizont krochen, wusste Ayo, dass sie noch einen weiteren Tag in dieser Hölle aus Sand und Hitze überstanden hatten.

Aber die Herausforderungen, die vor ihnen lagen, würden noch grausamer sein.

Der nächste Tag in der Wüste begann genauso gnadenlos wie der vorherige geendet hatte. Die Sonne stieg schnell auf und verwandelte den Sand unter ihren Füßen in glühende Kohlen. Die Hitze war erdrückend, das Atmen fiel schwer, und die Erschöpfung, die in ihren Körpern brannte, wurde von Stunde zu Stunde schlimmer. Doch sie mussten weitergehen. Der Gedanke, in dieser gnadenlosen Einöde stecken zu bleiben, war zu schrecklich, um ihn zu ertragen.

Ayo führte die Familie an, seine Schritte waren schwer und zögernd, doch er trieb sich und seine Familie weiter. Funmi hielt

Amina fest an der Hand, zog ihre Tochter hinter sich her, während sie mit ihren eigenen Kräften kämpfte. Tunde ging schweigend neben ihnen her, doch Ayo bemerkte, dass etwas nicht stimmte. Sein Sohn war langsamer geworden, seine Schritte waren schleppend, und er hielt sich mit einer Hand an seinem Bauch fest, als würde er Schmerzen haben.

„Tunde, brauchst du Hilfe?", fragte Ayo besorgt und hielt inne, um auf seinen Sohn zu warten.

Tunde hob den Kopf, und Ayo sah sofort, dass etwas nicht stimmte. Das Gesicht seines Sohnes war bleich, die Augen waren glasig, und Schweißperlen standen auf seiner Stirn. „Mir ist schlecht, Papa", murmelte Tunde, seine Stimme war kaum mehr als ein Flüstern.

Ayo legte eine Hand auf Tundes Stirn und fühlte die brennende Hitze, die von seinem Körper ausging. „Du hast Fieber", sagte er leise, seine Stimme war von Sorge durchdrungen. „Wir müssen anhalten."

„Nein", protestierte Tunde schwach. „Wir dürfen nicht anhalten. Wir müssen weitergehen."

Funmi kam schnell zu ihnen, ihre Augen waren voller Panik, als sie sah, wie Tunde schwankte und sich an Ayo festklammerte. „Was ist los?", fragte sie besorgt, während sie ihren Sohn stützte.

„Er hat Fieber", antwortete Ayo und versuchte, seine eigene Panik zu unterdrücken. „Wir müssen ihm Wasser geben."

Funmi reichte die Wasserflasche, doch als Ayo versuchte, Tunde zum Trinken zu bewegen, lehnte er schwach den Kopf zur Seite. „Ich kann nicht...", flüsterte Tunde, seine Stimme war brüchig. „Mir ist so schlecht."

„Du musst trinken, Tunde", drängte Funmi sanft. „Du musst es versuchen."

Doch Tunde schüttelte den Kopf, seine Augen waren vor Schmerz zusammengekniffen. „Es tut weh, Mama", flüsterte er. „Mein Bauch... es tut so weh."

Ayo und Funmi tauschten besorgte Blicke. Sie wussten, dass dies ein schlechtes Zeichen war. In der Wüste zu erkranken bedeutet, in eine Todesfalle zu geraten, besonders ohne ausreichendes Wasser oder medizinische Versorgung. Die Dehydrierung war eine grausame Realität, die viele Flüchtlinge auf dieser Reise traf, und Ayo wusste, dass Tunde möglicherweise ihr nächstes Opfer war.

„Wir müssen einen Schattenplatz finden", sagte Ayo entschlossen, während er seinen Sohn stützte. „Wir können nicht weitermachen, wenn er so krank ist."

Die Schlepper, die ihre Gruppe anführten, warfen ihnen ungeduldige Blicke zu. „Wir haben keine Zeit, um anzuhalten", sagte einer von ihnen schroff. „Wenn wir nicht weitergehen, bleiben wir hier stecken. Die Wüste kennt keine Gnade."

Ayo schnaubte vor Frustration, aber er wusste, dass der Mann recht hatte. Sie konnten nicht einfach hierbleiben, aber er konnte auch seinen kranken Sohn nicht weiter durch die Wüste schleppen, ohne ihm eine Chance zur Erholung zu geben.

„Was sollen wir tun?", fragte Funmi verzweifelt. Sie hielt Tunde fest, versuchte, ihm Trost zu spenden, während er in ihren Armen zitterte. „Wir können ihn nicht so weiterschleppen. Er braucht Wasser, er braucht..."

„Ich weiß", unterbrach Ayo sie leise, seine Stimme war voller Schmerz. „Aber wir haben keine Wahl. Wir müssen irgendwie weiterkommen."

„Und wenn wir nicht weiterkommen?", fragte Funmi, ihre Augen füllten sich mit Tränen. „Ayo, was passiert, wenn wir hier stecken bleiben?"

Ayo sah in die Augen seiner Frau und erkannte die Angst und Verzweiflung, die er selbst spürte. Er wusste, dass sie vor einer unmöglichen Entscheidung standen. Sie konnten nicht hierbleiben, aber sie konnten auch nicht weitermachen, wenn Tunde in diesem Zustand war.

„Wir müssen ihn aus der Sonne bringen", sagte er schließlich, seine Stimme klang fest, aber innerlich fühlte er sich zerrissen. „Wir müssen einen Platz finden, wo wir rasten können. Vielleicht können wir ihm dort helfen."

Die Schlepper waren nicht glücklich über diese Entscheidung, aber sie sahen das Unvermeidliche. Sie führten die Gruppe zu einem flachen Gebiet, wo ein paar Felsen etwas Schatten boten. Es war nicht viel, aber es war das Beste, was sie in dieser erbarmungslosen Wüste finden konnten.

Ayo und Funmi legten Tunde vorsichtig auf den kühlen Boden, versuchten, ihn so gut es ging zu schützen. „Wir müssen das Fieber senken", sagte Ayo, während er ein Stück Stoff in Wasser tränkte und es auf Tundes Stirn legte. „Das ist alles, was wir tun können."

„Und dann?", fragte Funmi leise. „Was machen wir, wenn das nicht reicht?"

Ayo sah sie an, seine Augen waren dunkel vor Sorge. „Dann beten wir", sagte er schließlich. „Wir beten, dass er stark genug ist, um durchzukommen."

Funmi nickte stumm, doch die Angst ließ sie nicht los. Sie sah auf ihren Sohn hinab, wie er dort lag, seine Augen waren geschlossen, sein Atem ging schwer und unregelmäßig. „Ich habe solche Angst, Ayo", flüsterte sie, ihre Stimme brach unter dem Gewicht ihrer Sorgen. „Ich kann ihn nicht verlieren. Nicht hier."

„Das wirst du nicht", sagte Ayo fest, obwohl er selbst nicht wusste, ob das stimmte. „Wir werden ihn nicht verlieren. Er wird es schaffen, Funmi. Wir müssen nur stark bleiben."

Die Stunden vergingen quälend langsam, während die Sonne weiter über ihnen brannte. Tunde's Zustand verschlechterte sich, und seine Haut fühlte sich heiß an, während sein Atem flacher wurde. Ayo und Funmi versuchten verzweifelt, ihm zu helfen, doch die Mittel, die ihnen zur Verfügung standen, waren begrenzt.

„Wir brauchen mehr Wasser", sagte Ayo schließlich, als er bemerkte, dass Tunde kaum noch auf die Behandlung ansprach. „Das, was wir haben, reicht nicht aus."

„Wir haben nichts mehr", antwortete Funmi, ihre Stimme war von Verzweiflung erfüllt. „Das war alles, was wir hatten."

Ayo sah zu den Schleppern hinüber, die in einiger Entfernung lagerten, und überlegte fieberhaft. Er wusste, dass sie mehr Wasser hatten, aber er wusste auch, dass sie es nicht ohne Gegenleistung hergeben würden.

„Ich muss sie fragen", sagte er schließlich. „Vielleicht sind sie bereit, etwas Wasser zu teilen."

„Und wenn nicht?", fragte Funmi, ihre Stimme war angespannt. „Ayo, sie denken nur an sich selbst. Was ist, wenn sie nein sagen?"

„Dann finden wir einen anderen Weg", antwortete Ayo fest, obwohl er selbst nicht wusste, welcher Weg das sein könnte.

Er ging zu den Schleppern. Seine Schritte waren schwer, und in seinem Herzen spürte er die Last der Verantwortung, die auf ihm lastete.

Er wusste, dass Tunde in einem kritischen Zustand war, und jede Minute zählte. Doch er wusste auch, dass die Schlepper skrupellos waren, und dass sie das Wasser nicht ohne Gegenleistung herausgeben würden.

„Wir brauchen mehr Wasser", sagte Ayo direkt, als er vor den Schleppern stehen blieb. „Mein Sohn ist krank. Er wird es nicht schaffen, wenn wir kein Wasser haben."

Die Schlepper sahen ihn kalt an, ihre Augen waren hart, ohne Mitleid. „Wasser ist teuer in der Wüste", sagte einer von ihnen, ein stämmiger Mann mit einem vernarbten Gesicht. „Warum sollten wir es verschwenden?"

„Er ist ein Kind", sagte Ayo verzweifelt. „Bitte, ich werde alles tun. Ich gebe euch alles, was wir haben. Aber bitte, gebt uns Wasser."

Der Schlepper lachte kurz, ein kaltes, herzloses Geräusch. „Alles, was ihr habt?", wiederholte er spöttisch. „Was hast du schon? Nichts!"

Ayo spürte, wie die Verzweiflung in ihm wuchs. Er wusste, dass er nichts hatte, was diese Männer interessieren könnte. Aber er konnte seinen Sohn nicht sterben lassen, nicht hier, nicht jetzt.

„Bitte", sagte er, seine Stimme brach fast unter dem Gewicht seiner Gefühle. „Bitte, er ist mein Sohn. Ich flehe euch an."

Der Schlepper sah ihn einen Moment lang an, als ob er überlegte, bevor er schließlich abwinkte. „Du kannst ihn sterben lassen, wenn du willst", sagte er kühl. „Aber wir geben dir nichts. Wasser ist zu kostbar, um es zu verschwenden."

Ayo fühlte, wie die Welt um ihn herum zu schwanken schien. Er wusste nicht, was er tun sollte. Er hatte versagt. Sein Sohn lag im Sterben, und er konnte nichts tun, um ihn zu retten.

Er kehrte zu Funmi und Tunde zurück, seine Schultern waren gesenkt, sein Gesicht war blass.

„Sie… sie geben uns nichts", sagte er leise, seine Stimme war von Schuldgefühlen und Verzweiflung erfüllt.

Funmi sah ihn an, ihre Augen waren voller Schmerz, aber auch voller Verständnis. Sie wusste, dass Ayo alles getan hatte, was in seiner Macht stand. Aber sie wusste auch, dass das nicht genug war.

„Wir müssen weitergehen", sagte Ayo schließlich, seine Stimme war fest, obwohl er innerlich zerrissen war. „Vielleicht finden wir irgendwo anders Hilfe. Wir können nicht hierbleiben. Tunde hat eine bessere Chance, wenn wir weitermachen."

Funmi nickte stumm und packte ihre Sachen zusammen, ihre Hände zitterten vor Angst. Sie half Ayo, Tunde auf die Beine zu bringen, doch ihr Sohn war kaum noch bei Bewusstsein.

Seine Augen waren geschlossen, und sein Atem ging immer flacher und unregelmäßig.

„Wir müssen stark bleiben", flüsterte Ayo, als er Tunde stützte und die Gruppe sich wieder in Bewegung setzte. „Für ihn."

Und so gingen sie weiter, Schritt für Schritt, während die Wüste gnadenlos zusah, wie sie gegen die Unbarmherzigkeit der Natur ankämpften. Die Sonne brannte weiter, das Wasser ging zur Neige, und die Hoffnung schwand mit jedem Schritt, den sie machten.

Doch Ayo und Funmi wussten, dass sie keine andere Wahl hatten. Sie mussten weitergehen, für Tunde, für ihre Familie. Auch wenn die Hoffnung in der Wüste fast vollständig verloschen war.

Die Wüste war in eine tiefschwarze Dunkelheit gehüllt, als die Flüchtlinge sich für die Nacht niederließen.

Nach einem weiteren endlosen Tag unter der brennenden Sonne der Sahara waren sie erschöpft und dehydriert, ihre Körper ausgelaugt von der Hitze und dem endlosen Marsch durch den Sand.

Die Schlepper hatten sie in einer kleinen Senke zum Halten gebracht, wo die Dünen etwas Schutz vor dem kalten Wind boten, der durch die Wüste pfiff.

Sie hatten ihnen befohlen, kein Feuer zu machen, kein Licht zu zeigen. Sie wussten, dass die Nacht in der Wüste nicht nur Kälte, sondern auch Gefahren mit sich brachte. Räuber und Banditen durchstreiften die Sahara, auf der Suche nach leichtem Geld und schwachen Opfern.

Ayo wusste, dass sie genau das waren – schwache, erschöpfte Opfer, die auf der Flucht vor einer erbarmungslosen Welt nur noch wenig Hoffnung in sich trugen.

Ayo saß mit dem Rücken an einen Felsen gelehnt, seine Augen suchten die dunkle Umgebung ab. Es war still, unheimlich still, und die Stille machte ihn nervös.

Funmi und die Kinder lagen eng zusammengerollt neben ihm, um sich gegenseitig zu wärmen, doch der Schlaf wollte nicht kommen. Die Kälte der Wüstennacht kroch in ihre Knochen, und die Angst vor dem, was die Dunkelheit verbarg, ließ sie wachsam bleiben.

„Ayo", flüsterte Funmi leise, als sie sich leicht aufsetzte und zu ihm herüberlehnte. „Kannst du schlafen?"

Ayo schüttelte den Kopf, ohne den Blick von der Dunkelheit vor ihnen abzuwenden. „Nein", sagte er, seine Stimme war kaum mehr als ein Flüstern. „Ich habe ein schlechtes Gefühl."

Funmi sah ihn besorgt an. „Glaubst du, Räuber sind in der Nähe?", fragte sie, ihre Stimme war angespannt.

Ayo zögerte, bevor er antwortete. „Ich weiß es nicht", gab er schließlich zu. „Aber wir müssen vorsichtig sein. Die Wüste ist gefährlich in der Nacht. Nicht nur wegen der Kälte."

Die Minuten verstrichen, und die Kälte wurde immer stärker. Plötzlich hörte Ayo ein leises Geräusch in der Ferne – ein Rascheln, ein dumpfes Geräusch, das nicht zur natürlichen Geräuschkulisse der Wüste passte. Er horchte angestrengt in die Nacht, seine Augen suchten die Dunkelheit ab, doch er konnte nichts sehen.

„Was war das?", fragte Funmi, ihre Stimme war jetzt von Panik durchdrungen.

„Bleib hier", flüsterte Ayo, als er sich langsam erhob. „Ich gehe nachsehen."

Er bewegte sich leise durch den Sand, seine Schritte waren vorsichtig, damit er keinen Lärm machte. Das Geräusch war wieder da, dieses Mal näher. Es war ein leises Knirschen, als ob jemand über den Sand schlich. Ayo duckte sich hinter einen Felsen und spähte um die Ecke.

Was er sah, ließ ihm das Blut in den Adern gefrieren.

Eine Gruppe von Männern – zehn, vielleicht zwölf – bewegte sich lautlos durch die Nacht. Sie waren schwer bewaffnet, ihre Gesichter waren in Tücher gehüllt, und in ihren Augen glitzerte das kalte Licht der Habgier. Es waren Banditen, auf der Suche nach Beute in der Dunkelheit der Wüste.

Ayo spürte, wie sein Herz schneller schlug. Er wusste, dass diese Männer nichts Gutes im Sinn hatten. Sie waren hier, um zu stehlen, zu plündern – und vielleicht noch Schlimmeres zu tun.

Er drehte sich hastig um und rannte zurück zu seiner Familie. „Sie sind hier", flüsterte er hektisch, als er bei Funmi ankam. „Banditen. Wir müssen uns verstecken."

Funmi's Augen weiteten sich vor Schreck. „Wo sollen wir hin?", fragte sie panisch, während sie die schlafenden Kinder wachrüttelte.

„Es gibt keinen Ort, an dem wir uns verstecken können", sagte Ayo verzweifelt, während er sich umsah. „Aber wir müssen leise sein. Wenn sie uns finden, sind wir verloren."

Doch bevor sie sich in Sicherheit bringen konnten, hörte Ayo das Knirschen von Stiefeln auf dem Sand direkt hinter ihnen. Er drehte sich um und sah, wie die Banditen aus der Dunkelheit auftauchten, ihre Waffen auf die Gruppe gerichtet.

„Da sind sie!", rief einer der Männer, seine Stimme war rau und voller Triumph. „Beute!"

In einem Augenblick brach Chaos aus. Die Banditen stürmten auf die Flüchtlinge zu, ihre Stimmen hallten in der stillen Nacht wider, während sie ihre Waffen schwangen und ihre Beute einkreisten.

Die Schlepper, die die Flüchtlinge begleitet hatten, versuchten vergeblich, Widerstand zu leisten, doch sie waren zahlenmäßig unterlegen und schlecht bewaffnet. Sie wurden schnell überwältigt und entwaffnet.

Ayo drückte Funmi und die Kinder hinter einen Felsen, versuchte, sie zu schützen, während die Banditen ihre Beute durchsuchten. Er konnte hören, wie die anderen Flüchtlinge schrien, während die Banditen ihnen alles wegnahmen, was sie hatten – Wasser, Essen, Geld, alles, was irgendwie von Wert war.

Doch es war nicht nur der Raub, der die Nacht zu einem Albtraum machte. Als die Banditen sich ihren Weg durch die Gruppe bahnten, blieb einer von ihnen vor Funmi stehen. Er war groß und muskulös, sein Gesicht war in einem schmutzigen Tuch verborgen, doch seine Augen leuchteten vor Gier und etwas Dunklerem – etwas, das Ayo sofort erkannte.

„Was haben wir denn hier?", sagte der Mann und trat näher an Funmi heran, seine Augen musterten sie von Kopf bis Fuß. „Eine hübsche Frau. Vielleicht sogar mehr wert als alles Gold dieser Wüste."

Ayo spürte, wie das Adrenalin in ihm hochschoss. „Fass sie nicht an!", rief er und sprang auf, um sich zwischen den Banditen und seiner Frau zu stellen.

Der Mann lachte, ein tiefes, bösartiges Lachen, das in der stillen Nacht widerhallte. „Und wer will mich aufhalten?", fragte er spöttisch, während er Ayo mit einem harten Stoß zu Boden schickte. „Du?"

Funmi schrie, als Ayo hart im Sand aufprallte. Der Schmerz durchzuckte seinen Körper, doch er versuchte, sich wieder aufzurappeln, um Funmi zu beschützen. Doch bevor er sich erheben konnte, traten zwei weitere Banditen an ihn heran und hielten ihn mit einem Fuß auf seiner Brust nieder.

„Sieh an, der tapfere Ehemann", höhnte der Anführer, während er sich zu Funmi herunterbeugte und eine Hand nach ihrem Gesicht ausstreckte. „Warum machst du es dir nicht leicht? Es könnte sogar... angenehm sein."

Funmi's Augen waren weit aufgerissen vor Angst. Sie wich zurück, hielt Amina fest an sich gedrückt, während sie verzweifelt versuchte, sich der drohenden Gefahr zu entziehen. Doch der Mann packte sie grob am Arm und zog sie zu sich.

„Nein!", schrie Ayo, seine Stimme war voller Verzweiflung, als er sich gegen die Männer wehrte, die ihn festhielten. „Bitte, lasst sie in Ruhe!"

Die Banditen lachten nur, ihre Gesichter waren maskenhaft, ohne Mitleid. „Hier draußen zählt nur das Recht des Stärkeren", sagte einer von ihnen kalt und spöttisch. „Und du bist es nicht."

Ein anderer Bandit trat zu Funmi und riss Amina brutal aus ihren Armen. Das kleine Mädchen schrie vor Angst, als sie von ihrer Mutter weggerissen wurde, und Funmi's Herz zerbrach, als sie sah, wie ihre Tochter in die Hände dieser Monster geriet.

„Bitte, nicht!", flehte Funmi, während sie versuchte, Amina zu erreichen. „Lasst meine Kinder in Ruhe!"

Doch die Banditen ignorierten sie. Sie stießen Amina rücksichtslos in die Arme eines der Männer, der sie mit einem sadistischen Lächeln festhielt.

„Was machen wir mit dem kleinen Mädchen?", fragte er grinsend. „Vielleicht bringen wir ihr bei, wie man sich in der Wüste verhält."

Funmi brach unter dem Gewicht der Situation zusammen, ihre Knie gaben nach, als sie auf den Sand fiel.

Sie sah hilflos zu, wie Amina in den Armen des Banditen zitterte, und sie spürte, wie die Verzweiflung sie zu ersticken drohte.

Doch bevor die Männer ihre widerlichen Absichten in die Tat umsetzen konnten, hörte Ayo plötzlich ein Schuss in der Dunkelheit. Die Banditen erstarrten, drehten sich in die Richtung, aus der der Schuss gekommen war. Ein zweiter Schuss folgte, und einer der Banditen sackte leblos zu Boden.

„Zurück!", rief eine Stimme in der Dunkelheit, gefolgt von einem weiteren Schuss, der die Nacht durchbrach.

Ayo erkannte die Stimme sofort – es war einer der Schlepper, die sie begleitet hatten, einer der wenigen, die noch nicht überwältigt worden waren. Die Banditen zögerten, ihre Aufmerksamkeit wurde von den Neuankömmlingen abgelenkt.

„Los, lauf!", rief der Schlepper und gab Ayo die Chance, die er brauchte. Mit aller Kraft, die ihm noch blieb, riss er sich von den Banditen los, packte Funmi und zog sie auf die Füße.

„Wir müssen weg!", rief Ayo, als er Amina aus den Händen des Banditen riss, der das Mädchen hielt. Ohne zu zögern, rannte er mit seiner Familie in die Dunkelheit der Wüste, weg von den Schreien, den Schüssen, und den Männern, die sie demütigen und vernichten wollten.

Sie rannten, ihre Herzen hämmerten in ihren Brustkörben, während die Nacht sie verschluckte. Die Schüsse und Schreie wurden leiser, bis nur noch das Rauschen des Windes in der Wüste zu hören war. Doch selbst als die Geräusche der Banditen und des Kampfes verschwanden, blieb die Angst in ihnen, wie eine Kette, die sich um ihre Seelen gelegt hatte.

Ayo führte seine Familie weiter, tiefer in die Dunkelheit der Wüste hinein. Die Gefahr war noch nicht vorüber, doch sie hatten es geschafft, zu entkommen – für jetzt.

Als sie endlich anhielten, keuchten sie nach Luft, ihre Körper zitterten vor Erschöpfung und Angst.

Funmi hielt Amina fest in ihren Armen, während Tunde kraftlos neben ihnen saß, sein Körper war schwach von der Krankheit.

Ayo sank auf die Knie, das Adrenalin ließ langsam nach, und die Realität ihrer Situation traf ihn mit voller Wucht. Sie hatten alles verloren – ihre Vorräte, ihr Wasser, ihre Hoffnung.

„Wir… wir haben es geschafft", flüsterte Funmi, ihre Stimme war brüchig, während Tränen über ihre Wangen liefen. „Aber um welchen Preis?"

Ayo konnte nicht antworten. Er wusste, dass sie knapp dem Tod entkommen waren, aber die Wüste war unerbittlich, und sie standen nun vor einer fast unmöglichen Aufgabe. Sie mussten weiterleben, weiterkämpfen, für ihre Kinder, für ihre Zukunft.

Und so saßen sie in der Dunkelheit, eingehüllt von der Kälte der Wüste und den Schrecken, die sie gerade erlebt hatten. Sie hatten überlebt – für den Moment. Doch die Nacht war noch lange nicht vorbei, und die Herausforderungen, die vor ihnen lagen, waren noch viel größer.

„Wir müssen weitergehen", sagte Ayo leise, als er sich mit Funmi's Hilfe aufrappelte. „Wir können hier nicht bleiben."

Funmi nickte, obwohl die Verzweiflung in ihrem Herzen wuchs. Sie half Ayo, Tunde hochzuheben, und gemeinsam machten sie sich wieder auf den Weg. Die Nacht lag schwer auf ihnen, und die Wüste schien noch gnadenloser als zuvor.

Doch sie wussten, dass sie keine andere Wahl hatten. Sie mussten weitergehen, durch die Dunkelheit, durch die Kälte, durch die Hoffnungslosigkeit. Und so zogen sie weiter, tiefer in die Wüste hinein, ohne Vorräte, ohne Schutz, aber mit einem unerschütterlichen Willen, zu überleben.

Die Sahara würde sie nicht brechen. Nicht heute.

Die Karawane

Die Sonne stand hoch am Himmel und brannte gnadenlos auf die karge Wüstenlandschaft nieder. Der Sand unter den Füßen der Ajayi-Familie war heiß wie Feuer, und jeder Schritt fühlte sich an, als würde er sie tiefer in die unbarmherzige Erde ziehen.

Ayo führte den Weg an, doch seine Schultern waren schwer, und die Müdigkeit zog an seinen Gliedern, als würde jede Bewegung mehr Kraft erfordern, als er noch hatte. Hinter ihm folgten Funmi, Tunde und Amina, ihre Gesichter waren gezeichnet von Erschöpfung und Verzweiflung.

Die Wüste erstreckte sich endlos in alle Richtungen, ein Ozean aus Sand, der alles verschlang, was sich in ihm bewegte. Die Hitze war unerträglich, als hätte die Sonne beschlossen, jeden Rest von Leben aus dieser gottverlassenen Einöde zu verbrennen.

Der Durst war ein ständiger Begleiter, ein quälendes Feuer in ihren Kehlen, das mit jedem Atemzug schmerzhafter wurde. Die Lippen waren rissig, die Zungen geschwollen, und das wenige Wasser, das sie noch hatten, war längst aufgebraucht.

Ayo hielt einen Moment inne und drehte sich zu seiner Familie um. Funmi schleppte sich mühsam vorwärts, ihre Schritte waren schwer und unsicher. Sie hielt Amina an der Hand, doch das kleine Mädchen war kaum noch in der Lage, sich auf den Beinen zu halten. Ihr Kopf hing schlaff herab, und ihre Augen waren glasig, als würde sie in einem Zustand zwischen Bewusstsein und Ohnmacht schweben.

Tunde war ebenfalls am Ende seiner Kräfte, sein Gesicht war fahl, und seine Bewegungen waren kaum mehr als ein automatisches Voranschleppen seiner erschöpften Glieder.

„Wir müssen weitermachen", sagte Ayo leise, doch selbst seine Stimme war brüchig und kaum mehr als ein Flüstern.

Er wusste, dass die Worte bedeutungslos waren, dass sie nichts anderes taten, als die Realität zu verdrängen – die Realität, dass sie alle kurz davorstanden, aufzugeben.

Funmi hob den Kopf und sah Ayo an. Ihre Augen waren leer, als hätte die Wüste jede Emotion aus ihr herausgesogen.

„Ich kann nicht mehr", flüsterte sie, ihre Stimme klang hohl und gebrochen. „Ayo, ich… ich kann einfach nicht mehr."

Ayo spürte, wie sein Herz sich zusammenzog. Er wusste, dass Funmi am Rande ihrer Kräfte war, dass sie mehr durchgemacht hatte, als ein Mensch ertragen sollte. Doch er wusste auch, dass sie keine Wahl hatten. Sie mussten weitermachen, oder sie würden hier sterben.

„Du musst, Funmi", sagte Ayo, versuchte, seine Stimme fest und beruhigend klingen zu lassen, obwohl er selbst kaum an seine eigenen Worte glauben konnte. „Für die Kinder. Wir müssen es schaffen. Wir können nicht hier aufgeben."

Funmi schloss die Augen, und für einen Moment sah es so aus, als würde sie einfach zusammenbrechen, als hätte sie keine Kraft mehr, um weiterzugehen. Doch dann öffnete sie die Augen wieder und nickte schwach.

„Für die Kinder", wiederholte sie mechanisch, als wäre es ein Mantra, das sie sich selbst ins Gedächtnis rief, um nicht vollständig aufzugeben.

Ayo half Funmi, Amina auf ihren Rücken zu nehmen. Das kleine Mädchen war so leicht, dass es sich anfühlte, als hätte sie schon die Hälfte ihres Körpergewichts verloren. Ayo wusste, dass Amina es ohne Wasser und Schutz nicht mehr lange schaffen würde, und der Gedanke daran, seine Tochter in dieser endlosen Wüste zu verlieren, war fast unerträglich.

Die Gruppe setzte ihren qualvollen Marsch fort, doch jeder Schritt wurde schwerer, jeder Atemzug war ein Kampf gegen die gnadenlose Hitze.

Der Durst war wie ein Feuer, das in ihren Kehlen brannte, und das Gefühl der Hoffnungslosigkeit wuchs mit jeder Minute, die verging.

Tunde stolperte plötzlich und fiel auf die Knie. Sein Körper zitterte vor Erschöpfung, und er war nicht mehr in der Lage, sich wieder aufzurichten. Ayo eilte zu ihm und hob ihn auf, doch er spürte, wie schwer und kraftlos der Körper seines Sohnes war.

„Tunde, bitte, steh auf", flehte Ayo, doch Tunde schüttelte schwach den Kopf.

„Papa... ich kann nicht mehr", murmelte Tunde, seine Stimme war kaum mehr als ein Röcheln. „Es tut so weh... überall."

Ayo fühlte, wie die Tränen in seine Augen stiegen, doch er zwang sich, sie zurückzuhalten. Er durfte jetzt nicht schwach werden. „Du musst durchhalten, Tunde", sagte er, versuchte, die Verzweiflung aus seiner Stimme zu verbannen. „Wir sind fast da. Nur noch ein bisschen."

Doch Ayo wusste, dass diese Worte leer waren. Sie hatten keine Ahnung, wie weit es noch war, und jeder Schritt fühlte sich an, als würde er sie nur tiefer in die Hölle der Wüste führen.

Funmi blieb stehen, und Ayo sah die Verzweiflung in ihren Augen. „Ayo... was, wenn wir es nicht schaffen?", fragte sie leise, ihre Stimme war voller Angst. „Was, wenn wir hier sterben?"

Ayo schluckte schwer, wusste nicht, was er antworten sollte. Er hatte keine Antworten, keine Lösungen. Alles, was er tun konnte, war, seine Familie weiterzutreiben, weiter durch diese unbarmherzige Wüste, in der die Hoffnung zu sterben drohte.

„Wir müssen es schaffen", sagte er schließlich, doch seine Stimme war brüchig. „Wir haben keine andere Wahl."

Die Familie setzte ihren qualvollen Marsch fort, doch die Erschöpfung war greifbar, wie eine Last, die ihre Schultern niederdrückte. Jeder Schritt war ein Kampf gegen die Müdigkeit, gegen den Durst, gegen die Verzweiflung, die in ihnen aufstieg.

Die Sonne brannte weiter auf sie herab, unerbittlich und gnadenlos, als wäre sie entschlossen, sie alle zu vernichten.

Ayo spürte, wie seine eigenen Kräfte schwanden, doch er musste weitermachen. Für Funmi. Für Tunde. Für Amina.

Er durfte nicht aufgeben, durfte sich nicht der Dunkelheit ergeben, die in der Wüste lauerte. Doch mit jedem Schritt, den sie machten, wurde der Tod greifbarer, als würde er in der heißen Luft schweben, bereit, sie zu holen.

Und dann, als die Sonne langsam begann, sich am Horizont zu neigen, sah Ayo in der Ferne etwas, das seine Hoffnung wieder aufkeimen ließ – eine Bewegung, eine Silhouette, die sich durch die flimmernde Hitze der Wüste schob.

„Funmi, sieh!", rief Ayo, seine Stimme war plötzlich voller Aufregung. „Dort... ich glaube, es ist eine Karawane!"

Funmi hob den Kopf und sah in die Richtung, die Ayo wies. Ihre Augen weiteten sich, als sie die schattenhaften Umrisse von Kamelen und Menschen erkannte, die sich durch die Wüste bewegten.

„Eine Karawane...", flüsterte sie, ihre Stimme war voller Unglauben. „Vielleicht sind wir gerettet..."

Ayo spürte, wie ein Funken Hoffnung in ihm aufkeimte, doch er wusste, dass sie vorsichtig sein mussten. Karawanen waren oft die einzige Rettung in der Wüste, aber sie brachten auch ihre eigenen Gefahren mit sich. Dennoch trieb er seine Familie an, schneller zu gehen, ihre letzten Kräfte zu mobilisieren, um die Karawane zu erreichen.

„Kommt, wir müssen es schaffen!", rief er, während sie sich so schnell sie konnten auf die Karawane zubewegten. Doch in seinem Herzen wusste Ayo, dass sie keinen weiteren Tag in dieser Wüste überleben würden.

Die Karawane war näher, als es zunächst den Anschein hatte, und die Familie schleppte sich mit den letzten Kraftreserven auf die vorbeiziehende Gruppe zu.

Die Wüstenbewohner, die die Karawane anführten, waren in lange Gewänder gehüllt, ihre Gesichter waren hinter Tüchern verborgen, die sie vor dem Sand und der Sonne schützten. Die Kamele trugen schwere Lasten, und die Männer, die sie führten, wirkten hart und verschlossen, als wären sie an die Härten der Wüste gewöhnt.

Ayo erreichte die Karawane zuerst, seine Beine zitterten vor Erschöpfung, doch die Aussicht auf Rettung trieb ihn vorwärts.

„Bitte, helft uns!", rief er mit heiserer Stimme, die vom Durst und der Verzweiflung gebrochen war.

Ein Mann aus der Karawane, breit gebaut und mit einem scharfen Blick, wandte sich ihm zu. Er musterte Ayo und seine Familie mit kalten Augen, die keine Gnade kannten.

„Was wollt ihr?", fragte er, seine Stimme klang sehr rau und abweisend.

„Wir… wir brauchen Wasser", stammelte Ayo, während Funmi und die Kinder hinter ihm eintrafen. „Unsere Vorräte sind aufgebraucht. Bitte, wir können nicht mehr."

Der Mann drehte sich um und rief in einer fremden Sprache einem anderen Mann zu, der sich langsam näherte. Dieser Mann war der Anführer der Karawane – hochgewachsen, seine Augen schmal und durchdringend, die Haut von der Sonne gegerbt. Er betrachtete die Familie mit einem berechnenden Blick, als ob er jedes ihrer Bewegungen analysierte, um ihren Wert abzuwägen.

„Ihr seid Flüchtlinge", sagte der Anführer schließlich, seine Stimme klang tief und herrisch. „Ihr seid auf dem Weg nach Norden, richtig?"

Ayo nickte schnell, seine Kehle war so trocken, dass er kaum sprechen konnte.

„Ja... wir haben alles verloren", sagte er mit Mühe. „Bitte, wir brauchen Wasser und Schutz vor der Sonne. Wir... wir können euch bezahlen."

Der Anführer betrachtete Ayo eine Weile schweigend, bevor sein Blick zu den zitternden Kindern und schließlich zu Funmi glitt.

„Bezahlen?", wiederholte er skeptisch, während seine Augen auf Funmi verweilten. „Ihr seht nicht aus, als hättet ihr Wertsachen."

Ayo zog die wenigen Münzen hervor, die sie noch hatten, und hielt sie dem Mann entgegen. „Das ist alles, was wir haben", sagte er flehend. „Bitte, wir..."

Der Anführer warf einen abschätzigen Blick auf die Münzen und lachte verächtlich.

„Das ist nichts", sagte er scharf. „Wasser und Schutz in der Wüste sind kostbar. Eure armseligen Münzen sind nicht genug."

Ayo fühlte, wie seine Hoffnung zerbröckelte, doch bevor er etwas erwidern konnte, wanderte der Blick des Anführers erneut zu Funmi. Seine Augen verengten sich, und ein kaltes Lächeln legte sich auf seine Lippen.

„Aber vielleicht gibt es etwas anderes, was ihr anbieten könnt", sagte er langsam, seine Worte waren schwer von unausgesprochenen Absichten.

Funmi's Herz schlug schneller, als sie die Bedeutung seiner Worte erkannte. Sie wich unwillkürlich einen Schritt zurück, ihre Augen waren weit aufgerissen vor Angst. „Bitte...", flüsterte sie, ihre Stimme zitterte. „Nicht das..."

Der Anführer trat einen Schritt näher an Funmi heran, seine Augen funkelten gierig.

„Wasser und Schutz für etwas Spaß mit deiner Frau", sagte er kühl, als wäre dies die selbstverständlichste Vereinbarung der Welt. „Das ist mein Angebot. Ihr könnt es annehmen, oder ihr könnt hier sterben."

Ayo spürte, wie die Welt um ihn herum zu schwanken begann. Die Wahl, die ihm gestellt wurde, war grausam und unmenschlich. Er wollte Funmi schützen, wollte nicht zulassen, dass dieser Mann sie berührte, doch die Realität ihrer Situation drängte sich unerbittlich auf ihn ein. Ohne Wasser würden sie alle sterben.

„Nein…", flüsterte Ayo, seine Stimme war kaum hörbar, als er sich die Hände vors Gesicht schlug. „Bitte, das könnt ihr nicht verlangen…"

Der Anführer schnaubte verächtlich. „Hier draußen zählt nur das Gesetz des Stärkeren", sagte er hart. „Ihr seid schwach. Also entscheidet euch: Wasser im Tausch gegen deine Frau, oder ihr bleibt hier und verreckt im Sand."

Funmi spürte, wie die Tränen in ihre Augen stiegen, doch sie hielt sie zurück. Sie wusste, dass sie keinen Ausweg hatten.

Sie konnte den Ausdruck in Ayos Augen sehen, seine Qual, seine Verzweiflung. Es gab keinen anderen Weg.

Mit einem tiefen Atemzug trat Funmi vor, ihre Hände zitterten leicht, doch sie zwang sich, ruhig zu bleiben.

„Ich werde es tun", sagte sie leise, ihre Stimme war gefasst, doch in ihrem Inneren tobte ein Sturm aus Angst und Scham. „Aber nur, wenn ihr meinen Kindern sofort Wasser gebt."

Der Anführer musterte sie einen Moment lang, bevor er langsam nickte. „Wie du willst", sagte er zufrieden. „Aber du kommst mit mir. Jetzt."

Funmi sah Ayo an, ihre Augen waren voller Schmerz, doch sie versuchte, ihm ein beruhigendes Lächeln zu schenken.

„Es wird alles gut", sagte sie, obwohl sie wusste, dass nichts mehr gut sein würde. „Pass auf die Kinder auf."

Ayo wollte etwas sagen, wollte sie aufhalten, doch die Worte blieben ihm im Hals stecken. Er konnte nur zusehen, wie der Anführer der Karawane Funmi am Arm packte und sie grob in Richtung eines Sandhügels hinter der Karawane zog, der das Geschehen vor den Augen der anderen verbergen würde.

Als Funmi und der Anführer hinter dem Hügel verschwanden, spürte Ayo, wie eine tiefe Verzweiflung über ihn hereinbrach. Er konnte nichts tun, um seine Frau zu beschützen, und das Wissen darum war wie ein Dolch, der sich in sein Herz bohrte.

Doch er wusste auch, dass er für die Kinder stark bleiben musste. Er durfte jetzt nicht zusammenbrechen.

Ein anderer Mann aus der Karawane trat auf Ayo zu und reichte ihm zwei Wasserbeutel.

„Für dich und die Kinder", sagte er tonlos, ohne den Hauch von Mitgefühl in seiner Stimme.

Ayo nahm die Wasserbeutel mit zitternden Händen und kniete sich nieder, um Tunde und Amina das Wasser zu geben. Die Kinder tranken hastig, ihre ausgetrockneten Kehlen saugten das Wasser auf wie ein Schwamm. Während die Kinder tranken, konnte Ayo nur an Funmi denken und was sie gerade durchmachte.

Funmi wurde von dem Anführer grob hinter den Sandhügel gezogen. Ihr Herz raste vor Angst, doch sie wusste, dass es kein Entrinnen gab. Der Sand knirschte unter ihren Füßen, und der Wind peitschte über die Dünen, doch die Welt um sie herum schien still zu stehen, als ob die Zeit selbst sie in diesem schrecklichen Moment festhielt.

Der Anführer hielt sie fest an ihrem Arm, seine Finger gruben sich schmerzhaft in ihre Haut. Er drehte sie zu sich um und ließ seinen Blick gierig über ihren Körper wandern.

„Du wirst gehorchen", zischte er, während er sie näher zu sich zog. „Sonst leiden deine Kinder und dein Mann. Verstanden?"

Funmi nickte schwach, zu verängstigt, um etwas zu sagen. Ihr Herz schlug so heftig, dass sie das Gefühl hatte, es würde aus ihrer Brust springen. Sie konnte den Atem des Mannes auf ihrer Haut spüren, spürte, wie seine Hände sich grob an ihrer Kleidung zu schaffen machten. Die Scham und die Angst drohten sie zu überwältigen, doch sie dachte an ihre Kinder, an Ayo. Sie durfte jetzt nicht zusammenbrechen. Nicht, wenn ihre Familie davon abhing.

„Bitte", flüsterte Funmi, ihre Stimme war kaum mehr als ein Hauch. „Sei schnell... ich will es nur hinter mich bringen."

Der Anführer grinste, als ob ihre Angst ihn nur noch mehr anstachelte. „Das liegt nicht in deiner Hand", sagte er rau, bevor er sie mit einem brutalen Ruck in den Sand presste.

Funmi fühlte den kalten Sand unter ihrem Rücken, doch die Welt um sie herum begann zu verschwimmen. Die Geräusche wurden dumpf, und sie spürte, wie die Realität sich von ihr entfernte. Sie konzentrierte sich auf die Gesichter ihrer Kinder, auf Ayo, und versuchte, die Schrecken des Augenblicks zu verdrängen.

Doch die Gier des Mannes war unbarmherzig, und seine Hände fühlten sich wie Fesseln auf ihrer Haut an.

Die Minuten verstrichen quälend langsam, jede Sekunde war eine Ewigkeit, die sie in einem Alptraum gefangen hielt, aus dem es kein Erwachen gab.

Der Anführer gab gierige Laute von sich, während er seine widerliche Tat vollzog, doch Funmi hörte sie kaum.

Ihr Geist hatte sich abgeschottet, hatte sich in eine tiefe, dunkle Ecke zurückgezogen, wo der Schmerz und die Scham sie nicht erreichen konnten.

Als es schließlich vorbei war, ließ der Anführer Funmi achtlos im Sand liegen, als wäre sie nichts weiter als ein wertloses Objekt, das er benutzt und dann weggeworfen hatte. Er richtete sich auf, seine Augen waren kalt und leer, ohne jede Spur von Reue oder Mitgefühl.

„Das war der Preis für das Wasser", sagte er, während er sich von ihr abwandte. „Vergiss das nicht."

Funmi lag still da, zu erschöpft und gebrochen, um sich zu bewegen. Sie spürte, wie die Tränen über ihr Gesicht liefen, doch sie konnte sie nicht aufhalten. Die Welt um sie herum war dunkel und still, als ob sie allein auf dieser Welt wäre, gefangen in einem Abgrund aus Schmerz und Verzweiflung.

Doch dann dachte sie wieder an ihre Kinder, an Ayo, und sie wusste, dass sie sich aufrappeln musste. Sie durfte hier nicht liegen bleiben, durfte sich nicht von der Dunkelheit überwältigen lassen. Sie musste stark bleiben, für ihre Familie.

Mit letzter Kraft richtete sich Funmi langsam auf, ihre Beine zitterten, und jeder Schritt schmerzte, doch sie zwang sich weiterzugehen. Sie wusste, dass sie stark sein musste, auch wenn sie innerlich zerrissen war.

Als sie schließlich zu Ayo und den Kindern zurückkehrte, versuchte sie, ihre Tränen zu verbergen, doch Ayo konnte den Schmerz und die Scham in ihren Augen sehen. Er wollte etwas sagen, wollte sie trösten, doch Funmi legte eine Hand auf seine Lippen und schüttelte den Kopf.

„Nicht jetzt", flüsterte sie, ihre Stimme war gebrochen. „Es ist vorbei."

Ayo nickte stumm und zog sie sanft zu sich, hielt sie fest, während sie sich an seiner Schulter vergrub. Sie saßen still zusammen, während die Kälte der Wüstennacht um sie herum wuchs. Funmi hatte für ihre Familie ein schreckliches Opfer gebracht, und der Preis dafür würde sie für den Rest ihres Lebens verfolgen.

Doch in diesem Moment, als sie in Ayos Armen lag, wusste Funmi, dass sie weiterkämpfen musste. Für ihre Kinder. Für Ayo. Für sich selbst.

Und so blieb sie still, die Angst und die Scham tief in ihrem Inneren begrabend, während die Karawane mit ihnen weiterzog und die Wüste um sie herum dunkler und kälter wurde.

Die Nacht war still, doch Funmi fand keinen Frieden. Sie lag auf dem harten Boden, Amina fest an sich gedrückt, während Tunde in der Nähe schlief. Ayo saß neben ihnen, doch er sprach nicht, seine Augen waren auf den dunklen Horizont gerichtet, als könnte er in der Ferne eine Antwort auf all ihre Probleme finden.

Doch Funmi wusste, dass es keine Antwort gab, die sie trösten könnte.

In ihrem Kopf wirbelten die Gedanken durcheinander, ein unaufhörlicher Sturm aus Schuldgefühlen, Schmerz und Zweifel. Die Wüste war so still, doch in ihr tobte ein Krieg, ein Krieg um ihr eigenes Überleben, um das Überleben ihrer Familie. Doch nach allem, was sie durchgemacht hatte, fragte sie sich, ob die Entscheidung zur Flucht wirklich die richtige gewesen war.

War es das wert gewesen? Die Verzweiflung, die Erniedrigungen, die Opfer, die sie bringen mussten? Funmi spürte, wie die Zweifel an ihr nagten, wie sie ihre Seele zerrissen. Sie hatte ihre Würde geopfert, ihren Körper hergegeben, um ihre Familie zu retten, doch was hatte sie gewonnen? Ein weiteres Stück in einer endlosen Kette von Leid?

Sie erinnerte sich an die Tage, bevor sie Lagos verlassen hatten, an die Unsicherheit, die Angst, aber auch an die Momente des

Glücks, die sie geteilt hatten. Damals hatten sie nichts gehabt, aber sie hatten sich wenigstens ein bisschen Frieden in ihrem kleinen Zuhause gefunden. Jetzt war selbst dieser Frieden fort, und alles, was blieb, war die bittere Realität der Flucht.

Funmi dachte an Ayo, der neben ihr saß, seine Schultern waren gesenkt unter der Last der Verantwortung, die er trug. Sie wusste, dass er keine andere Wahl gesehen hatte, dass er alles getan hatte, um sie zu schützen. Doch die Frage blieb: Hatten sie das Richtige getan?

Sie sah zu ihren Kindern, zu Tunde und Amina, die trotz allem noch Hoffnung in ihren Augen hatten, die noch immer an eine bessere Zukunft glaubten. Und sie wusste, dass sie nicht aufgeben durfte. Nicht für sich selbst, sondern für sie. Sie hatte alles geopfert, um sie zu schützen, und sie musste weiterkämpfen, egal wie schwer der Weg wurde.

Aber die Zweifel ließen sie nicht los. Was, wenn sie das Falsche getan hatte? Was, wenn die Entscheidung, ihre Heimat zu verlassen, sie alle ins Verderben geführt hatte?

Funmi spürte, wie die Tränen in ihre Augen stiegen, doch sie zwang sich, ruhig zu bleiben. Die Kinder durften ihre Verzweiflung nicht sehen. Sie mussten stark bleiben, für sie.

„Habe ich das Richtige getan?", fragte sie sich in Gedanken immer wieder, während die Stunden der Nacht vergingen. Doch keine Antwort kam. Nur die stille, unbarmherzige Wüste, die um sie herum lag, und die Kälte, die in ihre Knochen kroch.

Ayo legte plötzlich seine Hand auf ihre, drückte sie sanft. Es war eine stille Geste, doch sie spürte, dass er ihre Gedanken kannte, dass er wusste, wie sehr sie innerlich litt. Er sagte nichts, doch das Gewicht seiner Hand auf ihrer brachte einen kleinen Trost inmitten all des Schmerzes.

Funmi schloss die Augen und atmete tief durch. Sie wusste, dass sie diese Zweifel mit sich tragen würde, dass sie immer in ihrem

Inneren brennen würden. Doch sie durfte nicht aufgeben. Nicht jetzt. Nicht nach allem, was sie durchgemacht hatten.

„Für die Kinder", sagte sie sich erneut, wie ein Mantra, das sie sich ins Gedächtnis rief. „Für Ayo. Für uns alle."

Die Wüste war still, die Dunkelheit umhüllte sie wie ein Mantel, doch in Funmi brannte noch ein Funke Hoffnung, so klein er auch sein mochte. Sie wusste, dass der Weg noch lang war, dass die Herausforderungen noch größer werden würden. Doch sie war entschlossen, weiterzukämpfen, weiterzuleben, für ihre Familie.

Die Zweifel würden bleiben, doch Funmi wusste, dass sie nicht zulassen konnte, dass sie sie überwältigten. Sie würde weitermachen, einen Schritt nach dem anderen, durch die Wüste, durch die Dunkelheit, auf der Suche nach dem Licht, das irgendwo vor ihnen lag.

Und so lag Funmi still da, ihre Gedanken waren schwer, doch ihr Herz war entschlossen.

Sie würde nicht aufgeben.

Nicht jetzt. Nicht hier.

Zusammen mit der Karawane zogen sie weiter, durch das endlose Meer aus Sand, bis die endlose Weite der Wüste allmählich in die felsige, karge Landschaft überging, die die Grenze zu Libyen markierte. Es war eine Reise, die keine Erleichterung brachte, sondern nur neue Herausforderungen.

Die erbarmungslose Sonne, die Kälte der Wüstennächte und die ständige Angst vor weiteren Übergriffen lasteten schwer auf der Familie.

Funmi, die so viel ertragen hatte, zog sich in sich selbst zurück, während Ayo verzweifelt versuchte, seine Familie zusammenzuhalten.

Die Karawane brachte sie zu einem kleinen, isolierten Außenposten am Rande der Sahara, wo sie die letzten Formalitäten für die Überquerung der Grenze nach Libyen regeln mussten.

Der Außenposten war nicht mehr als eine Ansammlung verfallener Hütten, umgeben von endloser Einöde. Hier trafen die Realität der Flucht und die Unsicherheit des Kriegsgebiets aufeinander.

Ayo sprach mit einem der Karawanenführer, der ihm den weiteren Weg nach Libyen erklärte.

„Ihr werdet von hier einen Lastwagen nehmen, der euch über die Grenze bringt", sagte der Mann, während er mit einer Zigarette in der Hand auf die staubige Straße deutete. „Aber seid gewarnt – ab hier seid ihr auf euch allein gestellt."

Ayo nickte stumm, die Worte des Mannes hallten in seinem Kopf wider. Die Grenzüberquerung war eine gefährliche und ungewisse Unternehmung, und die Geschichte, die er von anderen Flüchtlingen gehört hatte, war düster.

Der Krieg in Libyen hatte das Land in ein Chaos gestürzt, in dem Gewalt und Korruption an der Tagesordnung waren. Doch es gab keine Alternative – der einzige Weg nach Europa führte durch dieses kriegszerrüttete Land.

Die Familie bestieg den Lastwagen, der sie über die Grenze bringen würde. Der Laderaum war überfüllt mit anderen Flüchtlingen, die genauso verzweifelt und verängstigt waren.

Der Lastwagen war alt und rostig, und jeder Kilometer, den sie zurücklegten, fühlte sich an, als würde das Fahrzeug jeden Moment auseinanderfallen. Der Staub und die Hitze machten das Atmen schwer, und die Luft war dick von der Angst, die alle an Bord verspürten.

Während die Stunden vergingen, hielt Funmi Amina eng an sich gedrückt, während Tunde kraftlos gegen Ayo lehnte.

Die Kinder waren erschöpft und traumatisiert von der endlosen Flucht, und Ayo konnte den Schmerz in ihren Augen sehen.

Doch er wusste, dass sie weiterkämpfen mussten. Es gab keinen anderen Weg.

Die Fahrt zog sich endlos hin, und jeder Kilometer brachte sie tiefer in die Unsicherheit. Die Grenze zu Libyen war nicht mehr als ein einsamer Kontrollpunkt, bewacht von schwer bewaffneten Männern, deren Gesichter unter Tüchern verborgen waren.

Ayo beobachtete angespannt, wie die Schlepper mit den Wachen verhandelten, Geld wechselte die Hände, bevor sie weiterfahren durften. Die Flüchtlinge wagten kaum zu atmen, während der Lastwagen holprig über die Grenze fuhr.

Als sie schließlich libyschen Boden erreichten, wurde die Stimmung noch angespannter. Das Land war zerrüttet vom Bürgerkrieg, und die Gefahr war allgegenwärtig.

Der Lastwagen fuhr durch zerstörte Städte, vorbei an ausgebrannten Gebäuden und verlassenen Straßensperren, die von den Überresten des Krieges zeugten. Überall waren bewaffnete Männer zu sehen, die mit kalten Augen auf die Straße starrten, bereit, jeden Moment das Feuer zu eröffnen.

Schließlich erreichten sie ein provisorisches Flüchtlingslager am Stadtrand von Sabha, einer Stadt im Süden Libyens. Das Lager war eine Ansammlung von Zelten und Wellblechhütten, die inmitten von Müll und Schutt errichtet worden waren.

Die Atmosphäre war düster und bedrückend, und die Gesichter der Menschen, die dort lebten, waren von Verzweiflung und Angst gezeichnet.

Der Lastwagen hielt am Eingang des Lagers, und die Flüchtlinge wurden herausgeworfen. Ayo hielt Funmi und die Kinder fest, während sie aus dem Laderaum kletterten und sich in die

Schlange einreihten, die sich vor dem Tor des Lagers gebildet hatte.

Die Milizen, die das Lager kontrollierten, waren gnadenlos und brutal, und die Flüchtlinge wussten, dass jede falsche Bewegung schwerwiegende Konsequenzen haben konnte.

Während sie in der brütenden Hitze warteten, spürte Ayo, wie die Hoffnung in ihm weiter schwand. Die Realität des Kriegsgebiets, das Chaos und die Brutalität, die sie umgaben, machten deutlich, dass der Weg nach Europa noch weit entfernt war und von noch größeren Gefahren begleitet sein würde.

Doch es gab keinen Weg zurück.

Ankunft in Libyen

Die Ajayis hatte das Flüchtlingslager in Sabha betreten, und sofort wurden sie von der düsteren Realität eingeholt, die das Lager beherrschte. Überall herrschte Chaos – Flüchtlinge drängten sich dicht aneinander, während die Hitze und der Gestank von Müll und menschlichem Elend die Luft erfüllten.

Die Milizen, die das Lager kontrollierten, patrouillierten mit grimmigen Mienen und schwer bewaffneten Gewehren durch die Reihen der Menschen, ihre Augen waren kalt und unbarmherzig.

Ayo führte seine Familie vorsichtig durch das Gedränge, während er dabei nach einem sicheren Platz für sie suchte. Überall sahen sie die Zeichen von Gewalt und Verzweiflung. Die Menschen waren abgemagert, ihre Gesichter von Krankheit und Hunger gezeichnet. Kinder saßen weinend auf dem Boden, während ihre Eltern verzweifelt versuchten, Nahrung oder Wasser zu ergattern.

„Ayo... was machen wir jetzt?", fragte Funmi leise, ihre Stimme zitterte vor Angst und Erschöpfung. Sie hielt Amina fest an sich gedrückt, während sie sich vor den grimmigen Blicken der Milizionäre duckte.

„Wir müssen einen Platz zum Ausruhen finden", sagte Ayo mit fester Stimme, obwohl er selbst nicht wusste, wo sie anfangen sollten. „Wir müssen hier durchhalten, bis wir einen Weg finden, weiterzukommen."

Sie drängten sich durch die Massen, vorbei an einer Reihe von Zelten, die auf dem schlammigen Boden errichtet worden waren. Der Boden war übersät mit Müll und Exkrementen, und der Gestank war überwältigend.

Funmi hielt eine Hand vor ihre Nase, während sie Amina in die andere Hand nahm und versuchte, sie vor den schlimmsten Anblicken zu schützen.

„Das ist die Hölle", murmelte Tunde, seine Augen waren weit geöffnet, als er die Szenerie um sich herum aufnahm.

Er konnte kaum glauben, dass dies der Ort war, an dem sie sich jetzt befanden – ein Ort, an dem der Tod und das Elend allgegenwärtig waren.

Ayo wusste, dass sie schnell handeln mussten. Je länger sie in diesem Lager blieben, desto größer war die Gefahr, dass sie von den Milizen oder anderen skrupellosen Menschen ausgebeutet wurden.

Er sah, wie die Milizionäre Flüchtlinge herausgriffen und sie grob beiseiteschoben, um sie zu durchsuchen oder sie in die Hütten zu zerren, die als improvisierte Verhörkammern dienten. Die Schreie der Menschen, die hineingezogen wurden, hallten durch das Lager, doch niemand wagte, einzugreifen.

„Hier", sagte Ayo schließlich, als er eine Ecke des Lagers fand, die etwas ruhiger war. Es war nicht viel, nur ein Stück Land abseits der größten Menschenmengen, aber es bot ihnen zumindest einen kurzen Moment des Schutzes. „Wir werden hierbleiben, bis wir etwas Besseres finden."

Funmi nickte stumm, ihre Augen waren voller Angst, doch sie setzte sich still hin und zog die Kinder an sich. Sie wusste, dass es keinen anderen Ort gab, an den sie gehen konnten. Sie waren in diesem Lager gefangen, gefangen in einem Land, das von Krieg und Gewalt zerrissen war.

Die Stunden vergingen, und die Situation im Lager schien sich nur noch zu verschlimmern. Überall herrschte Verzweiflung – Menschen weinten, schrien, bettelten um Essen und Wasser. Krankheiten breiteten sich aus, und die Kranken lagen hilflos auf dem Boden, während niemand da war, um ihnen zu helfen.

Die Milizen, die das Lager kontrollierten, nutzten die Notlage der Flüchtlinge schamlos aus. Sie verlangten Geld und Wertgegenstände im Austausch für Schutz oder Nahrung, und diejenigen, die nichts hatten, wurden brutal misshandelt oder schlimmer.

Ayo konnte die zahlreichen Blicke der Milizionäre auf sich und Funmi spüren – gierige, berechnende Blicke, die auf der Suche nach dem nächsten Opfer waren.

„Wir müssen vorsichtig sein", flüsterte Ayo zu Funmi, während er sich dicht an sie heranlehnte. „Diese Männer sind gefährlich. Wir dürfen keine Aufmerksamkeit auf uns ziehen."

Funmi nickte, ihre Augen waren voller Sorge. Sie hielt Amina fest an sich gedrückt und versuchte, die Schreie und das Elend um sie herum auszublenden. Doch die Angst war greifbar, und sie wusste, dass sie in ständiger Gefahr schwebten.

Die Nacht brach herein, und mit ihr kam eine unheimliche Stille über das Lager. Doch die Stille war trügerisch – sie war nur die Ruhe vor dem Sturm.

Die Nacht im Lager war drückend heiß, und doch kroch die Kälte der Verzweiflung in jede Zelle der Flüchtlinge, die versuchten, inmitten des Chaos einen Moment der Ruhe zu finden. Doch der Schlaf war schwer zu erreichen in einem Ort, der so voller Gewalt und Elend war.

Ayo und Funmi saßen eng aneinander gedrängt in der kleinen Ecke des Lagers, die sie sich erkämpft hatten. Tunde und Amina schliefen unruhig auf dem harten Boden, während die Geräusche des Lagers, das niemals wirklich zur Ruhe kam, an ihren Nerven zerrten.

Plötzlich, in der drückenden Dunkelheit, durchbrach ein gellender Schrei die Stille. Es war ein Schrei voller Schmerz und Panik, und er ließ Ayo und Funmi aufschrecken. Sie tauschten einen besorgten Blick, bevor Ayo sich langsam erhob, seine Augen auf die Quelle des Geräuschs gerichtet.

„Was ist das?", flüsterte Funmi, ihre Stimme zitterte vor Angst.

„Ich weiß es nicht", antwortete Ayo leise, während er sich vorsichtig in Richtung des Lärms bewegte.

Die Nacht war finster, und die einzigen Lichtquellen waren die spärlichen Feuer, die hier und da brannten und bedrohliche Schatten an die Wände der improvisierten Hütten warfen.

Als er näherkam, sah Ayo, was vor sich ging.

Ein paar Dutzend Meter entfernt, am Rand des Lagers, war eine Gruppe von Milizionären dabei, eine Gruppe von Flüchtlingen brutal zu misshandeln. Die Männer, die das Lager kontrollierten, waren gnadenlos, ihre Gesichter zu Grimassen verzerrt, während sie ihre Opfer schlugen und traten.

Sie rissen Menschen aus ihren Unterkünften, zerrten sie auf den schlammigen Boden und lachten, während sie ihnen mit Gewehrkolben ins Gesicht schlugen.

„Steht auf!", brüllte einer der Milizionäre, während er einer jungen Frau brutal ins Gesicht trat. Sie weinte und flehte um Gnade, doch der Mann lachte nur, bevor er sie an den Haaren packte und durch den Dreck zog.

Ayo sah das Grauen in den Augen der Flüchtlinge, die hilflos zusahen, wie ihre Familienmitglieder und Freunde misshandelt wurden. Die Schreie der Opfer hallten durch das Lager, doch niemand wagte es, einzugreifen. Jeder wusste, dass Widerstand in diesem gnadenlosen Land den sicheren Tod bedeutete.

Eine alte Frau wurde von einem der Milizionäre gepackt und gegen eine Mauer geworfen. Blut lief ihr aus der Nase, während sie zu Boden sank, doch der Mann ließ nicht von ihr ab. Mit einem höhnischen Lächeln trat er auf sie ein, während sie schreiend versuchte, ihre Hände schützend vor ihr Gesicht zu halten.

„Hört auf, bitte!", rief ein junger Mann, der verzweifelt versuchte, sich zwischen die Milizionäre und die alte Frau zu werfen. Doch sein Versuch, die Gewalt zu stoppen, wurde sofort bestraft. Ein Milizionär packte ihn und warf ihn auf den Boden, bevor er ihm mit einem Gewehrkolben so hart ins Gesicht schlug, dass der Mann bewusstlos zusammenbrach.

Blut spritzte auf den staubigen Boden, und die Milizionäre lachten über das, was sie angerichtet hatten.

Ayo wusste, dass er sich nicht einmischen durfte. Jeder Versuch, diese Menschen zu retten, würde nur dazu führen, dass er und seine Familie dasselbe Schicksal erlitten. Doch das Wissen machte die Situation nicht weniger qualvoll.

Er wandte sich ab, das Herz schwer vor Schuld und Schmerz, und kehrte zu Funmi zurück. Ihr Gesicht war aschfahl, und sie zitterte, als sie die Schreie hörte, die das Lager durchdrangen.

„Was ist passiert?", fragte sie leise, obwohl sie die Antwort wahrscheinlich bereits kannte.

„Die Milizen…", begann Ayo, seine Stimme war brüchig. „Sie misshandeln die Menschen. Es ist grausam, Funmi. Wir müssen hier weg."

Funmi nickte stumm, ihre Hände umklammerten Amina fest, als wollte sie das Mädchen vor der bösen Welt, in der sie sich befanden, beschützen.

„Was… was sollen wir tun?", fragte sie schließlich, ihre Stimme war kaum mehr als ein Flüstern. „Wir haben doch keine Wahl, Ayo."

Ayo seufzte tief und ließ seinen Blick über das Lager schweifen. Die Gewalt, die Schreie, das Blut – es war alles so sinnlos und so übermächtig. Er fühlte sich hilflos, gefangen in einer Welt, die keinen Platz für Menschlichkeit zu haben schien.

Der nächste Tag begann wie die Nacht geendet hatte: mit Angst und Gewalt.

Die Milizionäre patrouillierten durch das Lager, ihre Augen suchten nach jedem Anzeichen von Widerstand oder Ungehorsam. Sie nutzten ihre Macht, um die schwächsten und verletzlichsten Flüchtlinge zu terrorisieren.

Frauen wurden aus den Zelten gezerrt, unter dem Vorwand, sie zu verhören, und kehrten nie wieder zurück. Männer wurden gezwungen, für die Milizen zu arbeiten, oder sie wurden einfach getötet, wenn sie keinen Nutzen für die Soldaten hatten.

Funmi konnte ihre Augen nicht von der Brutalität abwenden, die sich vor ihr abspielte. Während sie mit Amina im Arm durch das Lager ging, sah sie, wie eine Gruppe von Frauen sich um ein weinendes Kind drängte. Das Kind schrie nach seiner Mutter, die von den Milizionären mit Gewalt mitgenommen worden war.

Die Frauen versuchten, das Kind zu trösten, doch es war vergeblich. Die Mutter würde nie wieder zurückkehren.

Funmi sah zu Ayo, der angespannt neben ihr herging.

„Wir müssen weg", flüsterte sie, ihre Stimme zitterte vor Angst und Verzweiflung. „Hier... hier werden wir es nicht schaffen."

Ayo nickte stumm. Er wusste, dass Funmi recht hatte. Doch der Weg hinaus war gefährlich, und jeder Schritt, den sie taten, brachte neue Risiken mit sich. Sie waren gefangen in einem Land, das keine Gnade kannte, und ihre Überlebenschancen schienen mit jedem Tag zu schwinden.

Während sie sich durch das Lager bewegten, sah Ayo einen weiteren erschütternden Vorfall. Ein Mann, abgemagert und krank, kroch auf Händen und Knien zu einem der wenigen Wasserstellen, die es im Lager gab. Er war kaum in der Lage, sich fortzubewegen, und jeder Schritt war eine Qual. Doch als er das Wasser erreichte und seine Hände nach dem kostbaren Nass ausstreckte, stieß ihn ein Milizionär brutal zur Seite.

„Verschwinde, du elendes Nichts!", brüllte der Milizionär und trat den Mann mit seinem Stiefel in die Rippen. Der Mann wimmerte vor Schmerz, doch er wagte es nicht, sich zu wehren. Der Milizionär lachte höhnisch, bevor er das Wasser einfach auf den Boden schüttete und das Fass umstieß.

Das Wasser versickerte im Schlamm, während der Mann verzweifelt versuchte, auch nur einen Tropfen zu retten.

Funmi wandte den Blick ab, während Tränen über ihre Wangen liefen.

„Das ist kein Leben", flüsterte sie, ihre Stimme brach unter dem Gewicht ihrer Gefühle. „Das ist... das ist die Hölle."

Ayo wusste, dass sie in diesem Lager nicht lange überleben konnten. Die Gewalt, die Willkür der Milizionäre, die katastrophalen Lebensbedingungen – all das würde sie früher oder später zerbrechen.

Doch er wusste auch, dass es keine einfache Lösung gab. Jede Entscheidung, die sie trafen, war mit enormen Risiken verbunden, und die falsche Wahl konnte tödlich sein.

Die Tage vergingen, und die Situation im Lager wurde immer düsterer. Krankheiten breiteten sich aus, und es gab keine medizinische Versorgung, die den Menschen helfen konnte.

Die Kranken lagen auf dem Boden, ihre Körper von Fieber und Schwäche gezeichnet, während die Fliegen sich auf ihren offenen Wunden sammelten. Der Tod war allgegenwärtig, und täglich starben Menschen, die keinen Ausweg mehr sahen.

Funmi kämpfte mit ihren inneren Dämonen, während sie versuchte, ihre Kinder zu schützen und gleichzeitig mit dem Horror um sie herum zurechtzukommen. Sie konnte das Leid, das sie überall umgab, nicht mehr ertragen. Die Schreie der Menschen, die in der Nacht verschleppt wurden, die brutalen Schläge, die der Tagesordnung entsprachen – all das brannte sich in ihre Seele ein.

Eines Abends, als die Dunkelheit über das Lager hereinbrach, konnte Funmi die Schreie einer Frau hören, die von den Milizionären in eine der Wellblechhütten gezerrt wurde. Die Schreie waren durchdringend, voller Angst und Schmerz.

Funmi fühlte, wie ihr Herz in ihrer Brust hämmerte, als sie die Szene aus der Ferne beobachtete.

„Hör nicht hin", sagte Ayo leise, während er Funmi zu sich zog. „Es gibt nichts, was wir tun können."

Doch Funmi konnte nicht wegsehen. Sie sah, wie die Milizionäre die Frau brutal zu Boden warfen und auf sie eintraten, bevor sie die Tür der Hütte hinter sich schlossen. Die Schreie verstummten bald, und Funmi wusste, was das bedeutete. Die Gewalt, die in dieser Hütte geschah, würde niemals an die Öffentlichkeit dringen, und die Frau würde für immer in ihrem Schmerz gefangen bleiben.

Die Ohnmacht und der Hass, die Funmi empfand, waren überwältigend. Sie fühlte sich wie eine Gefangene in einer Welt, die nur aus Dunkelheit bestand. Sie wusste, dass sie stark bleiben musste, doch der Horror, den sie jeden Tag erlebte, nagte an ihrer Seele und ließ sie langsam zerbrechen.

Die Nacht verging quälend langsam, und als der Morgen dämmerte, wusste Funmi, dass sie nicht mehr lange in diesem Lager bleiben konnten. Sie war entschlossen, einen Weg zu finden, um ihre Familie aus dieser Hölle zu befreien, auch wenn es das Letzte war, was sie tat.

Die Tage im Lager zogen sich unendlich in die Länge, und mit jedem verstrichenen Tag fühlte Ayo, wie die Hoffnung, die ihn und seine Familie so lange am Leben gehalten hatte, allmählich verblasste. Die Umstände im Lager wurden von Tag zu Tag unerträglicher. Das Elend, die Gewalt und die ständige Bedrohung durch die Milizionäre ließen Ayo kaum noch einen klaren Gedanken fassen. Er wusste, dass sie einen Weg finden mussten, um dieses verfluchte Lager zu verlassen, bevor es zu spät war.

Es war am späten Nachmittag, als Ayo beschloss, das Lager auf eigene Faust zu erkunden, in der verzweifelten Hoffnung, irgendwo eine Möglichkeit zu finden, seine Familie zu retten.

Funmi war bei den Kindern geblieben, ihre Augen waren leer und erschöpft, doch sie versuchte, stark zu bleiben – für Amina und Tunde, aber auch für Ayo. Es war ein stilles Einverständnis zwischen ihnen gewesen: Ayo würde hinausgehen und sehen, was er finden konnte. Etwas, das ihnen helfen konnte, diesem Albtraum zu entkommen.

Ayo wanderte durch die Reihen der improvisierten Unterkünfte, seine Schritte waren schwer und seine Gedanken von Verzweiflung erfüllt. Überall sah er die Zeichen der Verzweiflung und des Zerfalls. Menschen lagen krank und verlassen am Boden, ihre Körper waren abgemagert, ihre Augen leer. Kinder schleppten sich ziellos durch den Schlamm, ihre Blicke waren von Traurigkeit und Hunger gezeichnet. Es war ein Bild des Grauens, das Ayo fast den Atem raubte.

Während er so durch das Lager streifte, fiel ihm ein Mann auf, der am Rande eines schäbigen Zelts saß und rauchte. Der Mann war dürr und drahtig, seine Augen waren scharf und durchdringend, als würde er alles um sich herum mit kaltem Kalkül beobachten. Er hatte etwas an sich, das Ayo zwang, ihn genauer zu betrachten – ein merkwürdiges Gefühl der Vorsicht, das ihn innehalten ließ.

Der Mann sah Ayo an und nickte ihm kaum merklich zu, eine Geste, die so klein war, dass sie fast nicht existierte. Ayo hielt kurz inne, dann ging er langsam auf ihn zu, unsicher, ob er sich dem Mann nähern sollte.

Doch irgendetwas in diesem stählernen Blick sagte ihm, dass dieser Mann mehr wusste, als er preisgab. Ayo zögerte einen Moment, bevor er sich setzte, die Unsicherheit lag schwer in der Luft.

„Schwere Zeiten, nicht wahr?" Der Mann sprach ruhig, fast beiläufig, während er den Rauch seiner Zigarette ausblies und in die Ferne starrte.

„Ja", antwortete Ayo langsam, während er die Umgebung mit einem vorsichtigen Blick musterte. „Es ist die Hölle."

Der Mann lachte kurz, ein trockenes, humorloses Lachen. „Das ist es wohl", sagte er, während er Ayo mit einem scharfen Blick musterte. „Viele hier suchen einen Ausweg. Wenige finden ihn."

Ayo spürte, wie sein Herz schneller schlug. Er wusste, dass er vorsichtig sein musste, aber er konnte nicht anders, als weiterzumachen.

„Gibt es denn einen Ausweg?", fragte er schließlich, seine Stimme war leise, fast flehend.

Der Mann hob eine Augenbraue und lehnte sich etwas vor.

„Ausweg?", wiederholte er langsam, als würde er das Wort abwägen. „Was bist du bereit zu geben, um diesen Ausweg zu finden?"

Ayo fühlte, wie sich die Anspannung in ihm verstärkte. Es war klar, dass dieser Mann etwas wusste – etwas, das ihm und seiner Familie vielleicht helfen konnte. Doch er wusste auch, dass dieser Mann nichts ohne Gegenleistung tun würde.

„Ich würde alles tun", sagte Ayo schließlich, seine Stimme klang entschlossen, doch in seinem Inneren spürte er die wachsende Unsicherheit.

Der Mann ließ sich Zeit, ehe er antwortete. Er nahm einen letzten Zug von seiner Zigarette, warf sie zu Boden und zerdrückte sie mit dem Absatz seines Stiefels.

„Alles", murmelte er, als würde er das Wort genießen. „Das könnte teuer werden."

Ayo schluckte schwer. „Ich habe nicht viel", gab er zu. „Aber wir müssen hier raus. Ich… ich habe meine Familie bei mir."

Der Mann beobachtete Ayo, seine Augen glitten über ihn, als würde er die Ernsthaftigkeit seiner Worte abwägen.

„Familie, hm?", sagte er nachdenklich, seine Stimme hatte einen lauernden Ton. „Das macht die Sache natürlich schwieriger.

Eine Familie durch dieses Chaos zu bringen, ist keine Kleinigkeit. Und es wird nicht billig."

Ayo spürte die Last der Situation auf seinen Schultern drücken. Er wusste, dass er keine großen Mittel hatte, doch die Alternative, in diesem Lager zu bleiben, war undenkbar.

„Ich… ich kann dir Geld geben", sagte er schließlich, obwohl er wusste, dass es nicht genug war. „Es ist nicht viel, aber es ist alles, was wir haben."

Der Mann lehnte sich zurück, sein Gesichtsausdruck war undurchdringlich.

„Geld?", sagte er, als würde das Wort ihn langweilen. „Geld ist in diesen Zeiten weniger wert als das Leben selbst. Aber… vielleicht gibt es einen anderen Weg, wie du deine Schuld begleichen kannst."

Ayo spürte, wie sich sein Magen zusammenzog. „Was… was meinst du?", fragte er vorsichtig, obwohl er die Antwort fürchtete.

Der Mann ließ sich Zeit mit seiner Antwort, seine Augen ruhten auf Ayo, als wollte er die Reaktion im Gesicht des Mannes lesen.

Dann sprach er leise, seine Stimme war fast ein Flüstern, das vor Gier triefte. „Deine Frau. Sie könnte nützlich sein."

Ayo starrte ihn an, die Worte sickerten langsam in sein Bewusstsein. „Meine Frau?", wiederholte er, als hätte er sich verhört. „Was meinst du damit?"

Der Mann beugte sich leicht vor, seine Augen glitzerten vor Gier und Berechnung.

„Es ist einfach", sagte er mit einem schmierigen Lächeln. „Deine Frau. Sie begleitet mich. Sie wird für meine Männer und mich arbeiten, helfen, uns durch die gefährlichsten Teile der Reise zu bringen. Wenn du damit einverstanden bist… bringe ich euch nach Europa."

Ayo fühlte, wie ihm das Blut in den Adern gefror. Die Worte des Mannes waren wie ein kalter Schlag ins Gesicht.

Er konnte die Bedeutung dieser Worte nicht missverstehen – der Mann verlangte, dass Funmi als Bezahlung für ihre sichere Passage diente. Er wollte sie für seine eigenen, niederträchtigen Zwecke nutzen.

„Nein...", flüsterte Ayo, seine Stimme war brüchig. „Das kann ich nicht tun."

Der Schlepper schnaubte, als ob er Ayos Entsetzen lächerlich fand.

„Du hast keine andere Wahl", sagte er kalt. „Hier bleibt niemand verschont. Du kannst deine Frau opfern, um deine Kinder und dich zu retten, oder ihr könnt alle zusammen in diesem verfluchten Lager sterben. Die Entscheidung liegt bei dir."

Ayo spürte, wie seine Welt um ihn herum zusammenbrach. Die Gier und Rücksichtslosigkeit des Mannes waren unerträglich, doch die Realität seiner Worte konnte Ayo nicht leugnen. Sie waren in einem verzweifelten Zustand, und ohne die Hilfe dieses Mannes hatten sie keine Chance, dieses Lager lebend zu verlassen.

„Das kann ich nicht...", begann Ayo, doch seine Stimme versagte.

Der Mann lehnte sich zurück, seine Augen funkelten vor Kälte.

„Denk gut nach", sagte er leise, als würde er ein Geschäft vorschlagen. „Deine Frau könnte uns nützlich sein. Wenn du ein Mann bist, der seine Familie wirklich retten will, dann weißt du, was zu tun ist."

Ayo schwieg, die Worte des Mannes waren wie Gift, das sich langsam in seinem Inneren ausbreitete. Er wusste, dass dieser Mann keinerlei Mitgefühl oder Menschlichkeit kannte.

Er war nur daran interessiert, das zu nehmen, was er wollte, ohne Rücksicht auf die Konsequenzen.

Schließlich zwang sich Ayo, etwas zu sagen. „Ich muss... ich muss mit meiner Frau sprechen", stammelte er, während er sich hastig erhob. „Ich... ich komme zurück."

Der Mann zuckte mit den Schultern, als sei es ihm gleichgültig. „Lass dir nicht zu viel Zeit", sagte er kühl. „Meine Geduld ist begrenzt."

Ayo ging zurück zu Funmi, sein Herz war schwer und seine Gedanken waren ein chaotisches Durcheinander. Wie sollte er ihr das erklären? Wie sollte er sie bitten, ein solches Opfer zu bringen? Doch als er sie erreichte und in ihre Augen blickte, wusste er, dass sie bereits eine Ahnung hatte.

„Ayo", sagte Funmi leise, ihre Stimme war voller Schmerz. „Was ist passiert? Was will er?"

Ayo zögerte, seine Hände zitterten, als er sie ergriff. „Funmi", begann er, seine Stimme war brüchig. „Er... er will dich. Als Bezahlung. Wenn..., wenn wir nach Europa wollen, müssen wir ihm geben, was er verlangt."

Funmi sah ihn an, und er konnte den Kampf in ihren Augen sehen. Der Horror, die Verzweiflung, aber auch die Entschlossenheit. Sie hatte in den letzten Tagen so viel durchgemacht, so viel Schmerz und Schande ertragen, und doch wusste sie, dass dies vielleicht ihre letzte Chance war.

„Es gibt keinen anderen Weg?", fragte sie schließlich, ihre Stimme war kaum hörbar.

Ayo schüttelte den Kopf, die Tränen standen ihm in den Augen. „Nein", flüsterte er. „Ich habe alles versucht, aber... er will nur das."

Funmi schloss die Augen, ihre Tränen liefen über ihr Gesicht. „Dann werde ich es tun", sagte sie leise, ihre Stimme war voller Mut, auch wenn sie innerlich zerbrochen war. „Für die Kinder. Für uns."

Ayo fühlte, wie seine Welt zusammenbrach. Er wollte widersprechen, sie vor diesem schrecklichen Schicksal bewahren, doch er wusste, dass sie recht hatte.

Es gab keinen anderen Ausweg.

„Ich liebe dich", flüsterte er, während er sie fest an sich drückte.

„Ich liebe dich auch", antwortete Funmi, ihre Stimme war voller Schmerz. „Aber jetzt müssen wir stark sein. Für die Kinder."

Ayo wusste, dass diese Entscheidung sie für immer verändern würde, doch in diesem Moment, inmitten der Hölle, in der sie sich befanden, gab es keine andere Wahl.

Und so gingen sie zurück zu dem Schlepper. Die Gier in seinen Augen war unübersehbar, als er sah, dass sie bereit waren, seinen grausamen Preis zu zahlen.

Die Reise nach Europa würde noch härter werden, und Ayo wusste, dass der wahre Kampf gerade erst begonnen hatte.

Doch sie hatten sich entschieden – und nun gab es keinen Weg mehr zurück.

Die Todesküste

Die Küste Libyens war ein trostloser Ort, ein Ort, an dem die Hoffnung langsam starb, während die Flüchtlinge in einem der überfüllten Lager auf ihre Überfahrt nach Europa warteten.

Ayo, Funmi, Tunde und Amina waren nach einer weiteren qualvollen Fahrt in dieses letzte, verfluchte Lager gebracht worden. Die Wochen der Unsicherheit und des Leids hatten sie gezeichnet, ihre Körper waren abgemagert, ihre Augen leer von der Last der schrecklichen Erlebnisse, die sie hinter sich hatten.

Dieses letzte Lager in Libyen war nichts weiter als eine improvisierte Hölle am Rande der Welt. Es lag in einem Küstengebiet, das von kriegszerrütteten Gebäuden umgeben war, die nur noch Ruinen ihrer ehemaligen Pracht waren.

Der Geruch von Verwesung und Müll hing schwer in der Luft, vermischt mit dem beißenden Gestank von Urin und Schweiß, der von den Tausenden von Flüchtlingen ausging, die hier zusammengepfercht waren, alle in der Hoffnung, den letzten Schritt auf ihrem Weg nach Europa zu machen.

Ayo führte seine Familie durch das Lager, ihre Schritte waren schwer und voller Müdigkeit. Er spürte die Blicke der anderen Flüchtlinge auf ihnen, hungrige, verzweifelte Blicke von Menschen, die genauso wie sie alles verloren hatten und nun am Rande des Wahnsinns standen.

Die Bedingungen hier waren schlimmer als alles, was sie bisher erlebt hatten – die Hitze war unerträglich, und das spärliche Wasser, das verteilt wurde, reichte kaum aus, um den Durst zu stillen. Die Nahrung, wenn man das denn überhaupt so nennen konnte, bestand aus verschimmeltem Brot und abgestandenem Wasser, das einen bitteren Geschmack im Mund hinterließ.

„Papa, ich habe Hunger", murmelte Amina leise, während sie an Ayos Hand zog, ihre Stimme war schwach, und ihre Augen waren glasig vor Erschöpfung.

Ayo fühlte, wie sein Herz schwer wurde, doch er wusste, dass er nichts tun konnte, um die Situation zu verbessern. „Ich weiß, mein Schatz", antwortete er leise, seine Stimme war voller Schmerz. „Bald wird alles besser."

Funmi sah Ayo an, ihre Augen waren voller Verzweiflung.

„Wie lange müssen wir noch hierbleiben?", fragte sie leise, als sie sich mit den Kindern in einer Ecke des Lagers niederließen. „Wie lange müssen wir noch leiden, bevor wir es schaffen?"

Ayo schüttelte den Kopf, er wusste keine Antwort.

„Ich weiß es nicht", sagte er schließlich. „Wir sind so nah dran, Funmi."

Doch die Realität um sie herum ließ wenig Raum für Hoffnung. Überall im Lager herrschte Verzweiflung – Menschen saßen apathisch auf dem Boden, ihre Blicke waren leer, während die Zeit an ihnen vorbeizog. Die Tage vergingen langsam, jede Stunde zog sich wie eine Ewigkeit hin, während die Flüchtlinge darauf warteten, dass die Schlepper sie endlich auf ein Boot brachten, das sie über das Mittelmeer bringen sollte.

Doch die Schlepper selbst waren ebenso gnadenlos wie das Meer, das sie überqueren mussten. Sie verlangten mehr Geld, mehr Opfer, und diejenigen, die nicht bezahlen konnten, wurden oft brutal bestraft.

Eines Nachts, als das Lager von der Dunkelheit umhüllt war, hörte Ayo das Geräusch von Stimmen, das aus einem der wenigen intakten Gebäude drang. Er sah, wie eine Gruppe von Männern in dunkler Kleidung das Gebäude betrat, und er wusste, dass dies die Schlepper waren, die darüber entschieden, wer auf die Boote kam und wer zurückgelassen wurde.

Ayo wusste, dass sie bald handeln mussten – sie mussten einen Weg finden, um sich auf eines dieser Boote zu schmuggeln, bevor es zu spät war.

„Ayo", flüsterte Funmi, ihre Stimme war angespannt. „Was werden wir tun?"

Ayo sah in ihre Augen, die von Angst und Erschöpfung gezeichnet waren.

„Wir müssen einen Weg finden, auf eines dieser Boote zu kommen", sagte er leise. „Wir können hier nicht bleiben, Funmi. Wir müssen es versuchen, auch wenn es gefährlich ist."

Funmi nickte, ihre Hände umklammerten Amina fest, als wollte sie das Mädchen vor der bösen Welt schützen.

„Aber wie?", fragte sie, ihre Stimme zitterte. „Was, wenn sie uns zurücklassen? Was, wenn…"

„Wir werden es schaffen", unterbrach Ayo sie, seine Stimme war fest, obwohl er selbst kaum daran glauben konnte. „Wir haben es so weit geschafft. Wir dürfen jetzt nicht aufgeben."

Die Nacht verging quälend langsam, und die Dunkelheit brachte keine Erleichterung, sondern nur neue Ängste. Ayo konnte nicht schlafen – die Bilder der vergangenen Wochen jagten ihm immer wieder durch den Kopf.

Die Gewalt, die Schreie, die endlose Flucht durch die Wüste, die ständige Angst um seine Familie – all das lastete schwer auf seiner Seele. Doch er wusste, dass er stark bleiben musste.

In den frühen Morgenstunden, als der Himmel noch dunkel war, hörte Ayo das Geräusch von Schritten. Er öffnete die Augen und sah, wie eine Gruppe von Schleppern durch die Reihen der schlafenden Flüchtlinge ging, ihre Stimmen waren leise, aber befehlsgewohnt. Sie traten Flüchtlinge grob mit den Füßen, weckten sie und befahlen ihnen, sich zu erheben.

„Aufstehen!", rief einer der Schlepper, seine Stimme war hart und unbarmherzig. „Zeit zu gehen. Los, alle raus!"

Ayo spürte, wie sein Herz schneller schlug. Dies war der Moment, auf den sie gewartet hatten – der Moment, in dem ihre Flucht über das Meer beginnen würde. Er weckte Funmi und die Kinder, ihre Augen waren voller Angst, doch sie erhoben sich schnell und folgten den Anweisungen der Schlepper.

„Kommt schnell", flüsterte Ayo, während sie sich durch die Massen von Flüchtlingen drängten, die aus ihren notdürftigen Unterkünften geholt wurden. „Wir müssen uns beeilen, bevor sie es sich anders überlegen."

Die Schlepper trieben die Flüchtlinge in Richtung der Küste, ihre Gewehre waren auf die Menschen gerichtet, als würden sie Vieh zu einer Schlachtbank führen. Ayo hielt Funmi und die Kinder fest an sich gedrückt, während sie durch den Sand stapften, das Rauschen des Meeres war in der Ferne zu hören, doch es klang nicht beruhigend, sondern bedrohlich.

Als sie die Küste erreichten, sah Ayo das Boot – ein altes, rostiges Fischerboot, das kaum seetüchtig aussah. Es war bereits überfüllt mit Menschen, die sich aneinanderdrängten, ihre Gesichter waren von Angst und Verzweiflung gezeichnet. Die Schlepper trieben die Flüchtlinge gnadenlos auf das Boot, obwohl es bereits gefährlich überladen war.

„Los, bewegt euch!", rief einer der Schlepper und stieß einen Mann brutal in den Rücken, sodass er fast ins Wasser fiel. „Keine Zeit zu verlieren!"

Ayo zögerte, als er das Boot sah. Es war kaum mehr als eine schwimmende Todesfalle, doch sie hatten keine Wahl.

„Funmi", sagte er leise, seine Stimme war voller Sorge. „Bist du bereit?"

Funmi sah das Boot an, ihre Augen waren weit aufgerissen vor Angst. „Haben wir eine andere Wahl?", flüsterte sie schließlich, ihre Stimme war brüchig.

„Nein", antwortete Ayo, während er Tunde und Amina fester an sich drückte. „Wir müssen es tun."

Mit zitternden Händen kletterten sie an Bord des Bootes, ihre Herzen schlugen schneller, während sie sich durch die Massen von Menschen drängten, die bereits an Bord waren. Der Raum war knapp, und die Luft war stickig und schwer von Angst. Die Schlepper drängten immer mehr Menschen auf das Boot, obwohl es bereits bedrohlich schwankte.

„Vorsicht!", rief jemand, als das Boot plötzlich zur Seite kippte. „Wir werden sinken!"

„Ruhig bleiben!", rief einer der Schlepper, doch seine Stimme klang nervös. „Kein Platz für Panik!"

Ayo spürte, wie sich die Angst in ihm ausbreitete, während er seine Familie fest an sich drückte. Sie waren jetzt auf diesem Boot, und es gab kein Zurück mehr. Die Küste Libyens verblasste in der Ferne, als das Boot sich langsam in Bewegung setzte, auf das offene Meer hinaus, in die Dunkelheit und in die Ungewissheit der nächsten Etappe ihrer Flucht.

Das Boot, überladen mit verzweifelten Menschen, kämpfte sich durch die aufgewühlte See. Die anfängliche Stille, die das Boot bei der Abfahrt von der libyschen Küste begleitet hatte, war einer unheilvollen Anspannung gewichen, als die ersten Wellen das kleine, marode Gefährt trafen.

Der Himmel war pechschwarz, die Sterne und der Mond hinter einer dichten Wolkendecke verborgen, die das Meer in eine undurchdringliche Dunkelheit tauchte. Der Wind begann, in kalten Böen über das Wasser zu peitschen, und die Wellen schlugen immer höher gegen die Planken des Bootes.

Ayo hielt Funmi fest an sich gedrückt, während Tunde und Amina zwischen ihnen saßen, ihre kleinen Körper zitterten vor Angst. Um sie herum drängten sich die anderen Flüchtlinge, zusammengepfercht in einem Raum, der viel zu klein für sie alle war. Die Luft war stickig und schwer, der Geruch von Angst und Verzweiflung lag über ihnen wie eine bleierne Decke.

„Papa, was passiert?", fragte Amina mit zittriger Stimme, ihre Augen waren weit aufgerissen vor Furcht.

„Es ist nur ein bisschen Wind, mein Schatz", versuchte Ayo sie zu beruhigen, doch seine Stimme zitterte ebenfalls. „Alles wird gut."

Doch die Realität ließ sich nicht beschönigen. Das Boot begann immer heftiger zu schwanken, und die Wellen schlugen mit wachsender Wucht gegen den Rumpf, als ob das Meer das kleine Gefährt verschlingen wollte. In der Ferne grollte der Donner, und Blitze zuckten über den Himmel, erleuchteten für einen kurzen Moment die verzerrten Gesichter der Menschen, die an Bord waren. Es waren Gesichter, die den Tod fürchteten, Gesichter voller Panik und Verzweiflung.

„Wir werden alle sterben!", schrie eine Frau in hysterischer Angst, ihre Stimme durchdrang das Heulen des Windes. „Das Boot wird sinken!"

„Maul halten!", brüllte einer der Schlepper, der versuchte, die Kontrolle zu behalten. Er schwang eine Taschenlampe durch die Dunkelheit, doch die Panik hatte bereits die Oberhand gewonnen.

Das Boot kippte plötzlich zur Seite, als es von einer massiven Welle getroffen wurde. Menschen wurden umhergeschleudert, ihre Schreie erfüllten die Nacht, als sie verzweifelt nach etwas griffen, um sich festzuhalten. Ayo hielt Funmi und die Kinder so fest wie möglich, doch das Boot schwankte so heftig, dass er kaum das Gleichgewicht halten konnte.

„Ayo!", schrie Funmi panisch, ihre Hände umklammerten Amina, die weinte und zitterte.

„Haltet euch fest!", brüllte Ayo, seine eigene Stimme war rau von der Angst, die in ihm tobte. „Lasst nicht los!"

Das Boot wurde erneut von einer gewaltigen Welle erfasst, und dieses Mal kippte es so weit, dass die Menschen, die an den Rändern saßen, über Bord geschleudert wurden. Ihre Schreie waren schrill und verzweifelt, als sie in die eisigen Fluten fielen, ihre Körper wurden sofort von den Wellen erfasst und in die Tiefe gezogen.

„Hilfe!", schrie ein Mann, seine Arme rangen verzweifelt in der Dunkelheit, während er versuchte, sich über Wasser zu halten. Doch das Meer war gnadenlos, und schon bald verschwand er in den tobenden Wellen.

„Nein!", schrie eine Frau, die versucht hatte, ihren kleinen Sohn festzuhalten, doch er war ihr aus den Armen gerissen worden. Sie stürzte sich hinter ihm her ins Wasser, versuchte ihn zu retten, ihre Schreie hallten über das Meer, doch die Wellen verschluckten sie beide im gleichen Augenblick.

Das Boot war jetzt ein Schauplatz der Panik und des Terrors. Die Flüchtlinge drängten sich in die Mitte des Bootes, weg von den Rändern, die sie in den sicheren Tod führten. Einige versuchten, das Gleichgewicht zu halten, indem sie sich aneinander festhielten, doch die Gewalt des Sturms war zu groß.

Das Boot schwankte gefährlich, Wasser strömte über das kleine Deck, und die Schreie der Menschen wurden immer lauter und verzweifelter.

„Wir sinken!", schrie ein Mann, während er sich verzweifelt an einem Teil des Boots festklammerte. „Wir werden alle sterben!"

Ayo spürte, wie das kalte Wasser über seine Füße strömte, und er wusste, dass das Boot tatsächlich zu sinken drohte. Das Wasser stieg immer höher, und die Menschen kämpften verzweifelt darum, sich über Wasser zu halten, doch die Gewalt der Natur war unerbittlich.

„Funmi, wir dürfen nicht loslassen!", schrie Ayo, während er seine Familie noch enger an sich drückte.

Doch inmitten des Chaos wurde es immer schwieriger, sich festzuhalten. Das Boot schwankte erneut, und eine weitere Gruppe von Menschen wurde über Bord geschleudert, ihre Schreie waren herzzerreißend, bevor sie im tosenden Meer verstummten. Die Panik griff weiter um sich, und einige der Flüchtlinge versuchten verzweifelt, sich in die Mitte des Bootes zu drängen, wodurch es noch instabiler wurde.

„Verdammt – bleibt ruhig!", brüllte einer der Schlepper, doch seine Stimme ging in dem ohrenbetäubenden Lärm unter.

Ein Blitz erhellte plötzlich den Himmel, und in diesem Augenblick sah Ayo das wahre Ausmaß der Katastrophe. Das Meer zeigte keine Gnade. Die Wellen türmten sich hoch auf, das Wasser war überall, und die Flüchtlinge kämpften verzweifelt um ihr Leben.

Einige hatten die Hoffnung bereits aufgegeben, sie lagen apathisch im Wasser, ihre Augen waren leer, während das Meer sie langsam verschlang.

„Das Boot wird kentern!", schrie eine Frau, ihre Stimme war schrill vor Panik, während sie sich an das Geländer klammerte. „Haltet euch fest!"

Doch bevor jemand reagieren konnte, traf eine gewaltige Welle das Boot und kippte es fast vollständig um. Die Menschen schrien und klammerten sich verzweifelt fest, doch viele wurden ins Wasser geschleudert, ihre Körper wurden sofort von den Wellen erfasst und sie verschwanden in der Tiefe.

„Hilfe!", rief ein Mann, der sich an einem Seil festhielt, doch das Seil riss, und auch er stürzte ins Wasser. Sein Schrei wurde von den tobenden Fluten verschluckt.

Ayo kämpfte mit aller Kraft, um sich und seine Familie an Bord zu halten. Funmi schrie, als sie versuchte, Amina über Wasser zu halten, während Tunde verzweifelt nach Ayos Hand griff.

„Papa, ich habe Angst!", schrie Tunde panisch.

Der Bug des Bootes bäumte sich auf und Boot legte sich fast auf Seite. Ayo spürte, wie seine Füße den Halt verloren. Er klammerte sich verzweifelt an Funmi und die Kinder, während das Wasser über sie hinwegspülte. In diesem Moment glaubte Ayo, dass es das Ende war – das Meer würde sie alle verschlingen, und niemand würde wissen, was aus ihnen geworden war.

Doch plötzlich, inmitten des Chaos und der Verzweiflung, durchbrach ein Licht die Dunkelheit. Ein gleißender Lichtstrahl, der von der Seite des Bootes kam und die aufgewühlten Wellen erleuchtete. Es war ein Licht, das von der anderen Seite der Verzweiflung kam, ein Licht, das die Dunkelheit durchbrach, als wäre es ein Zeichen des Himmels.

„Da ist ein Schiff!", rief jemand, und die Schreie der Angst verwandelten sich in Rufe der Hoffnung. „Wir werden gerettet!"

Ayo hob den Kopf, und er sah es – ein großes, starkes Schiff, das sich durch die Wellen kämpfte und auf sie zusteuerte. Es war ein NGO-Rettungsschiff, das den verzweifelten Flüchtlingen entgegenkam. Das Licht des Schiffes schnitt durch die Dunkelheit, als wäre es ein Leuchtturm, der den Weg in die Sicherheit wies.

Doch die Rettung war noch weit entfernt. Das NGO-Schiff kämpfte sich durch den Sturm, und die Retter mussten gegen die gewaltigen Wellen ankämpfen, um die Flüchtlinge aus dem sinkenden Boot zu holen. Es war ein Wettlauf gegen die Zeit, gegen das Meer, das immer wieder versuchte, sich seine Opfer zu holen.

Die ersten Retter sprangen mit Leinen gesichert ins Wasser, um zu versuchen, die Menschen aus dem Wasser ziehen. Doch das Boot war so überladen, dass es unmöglich war, alle gleichzeitig zu retten.

Die Retter kämpften verbissen, zogen die Menschen an Bord des NGO-Schiffes, doch die Wellen waren gnadenlos. Einige der Flüchtlinge, die bereits im Wasser waren, wurden von den Wellen erfasst und fortgetragen. Ihre Schreie wurden vom Sturm verschluckt.

Ayo hielt Funmi und die Kinder fest. Die Retter reichten ihnen die Hände, zogen sie an Bord des Schiffes, während das alte Fischerboot hinter ihnen langsam in den Fluten verschwand. Es war ein Moment der Erlösung, doch die Erschöpfung und die Angst hatten tiefe Wunden hinterlassen.

Nicht alle hatten es geschafft. Viele waren im Wasser geblieben, ihre Körper wurden von den Wellen verschlungen, und die Retter konnten nur hilflos zusehen, wie sie im tosenden Meer verschwanden. Es war ein bitterer Preis für die Flucht, und Ayo wusste, dass dieses Meer nicht die Rettung aller zulassen würde.

Als er schließlich an Bord des NGO-Schiffes war, spürte Ayo die kalte Realität der Situation. Sie waren zwar gerettet, doch viele hatten es nicht geschafft. Die Schreie derer, die zurückgelassen worden waren, hallten in seinen Ohren nach, während er Funmi und die Kinder fest an sich drückte. Das Meer hatte seine Opfer gefordert, und die Narben dieses Erlebnisses würden sie für immer begleiten.

An Bord des NGO-Schiffes fühlten Ayo und seine Familie eine Mischung aus Erleichterung und schmerzlicher Erschöpfung. Die Reise, die Tortur, die sie durchgemacht hatten, war fast vorbei, doch die emotionale und körperliche Belastung hatte ihre Spuren hinterlassen. Sie wurden von den Rettern in Decken gewickelt und zu einer geschützten Ecke des Schiffes gebracht, wo sie sich niederließen, ihre Körper zitterten noch immer von der Kälte und dem Schock.

„Wir sind gerettet", flüsterte Funmi, während sie Amina an sich drückte, die kleinen Hände waren eiskalt und zitterten. „Wir haben es geschafft, Ayo."

Ayo nickte, doch in seinem Herzen fühlte er keinen Trost. Die Schreie derer, die im Meer geblieben waren, verfolgten ihn, und er wusste, dass die Reise noch lange nicht vorbei war. Sie hatten das Meer überlebt, aber was würde sie nun erwarten?

Das Schiff bewegte sich langsam durch die aufgewühlten Wellen, während die Besatzung versuchte, den Kurs zu halten. Niemand sprach ein Wort, während das Schiff durch die Dunkelheit fuhr, und die Überlebenden saßen schweigend und zitternd zusammen, ihre Gesichter gezeichnet von Erschöpfung und Trauer.

Stunden vergingen, bevor sich am Horizont die ersten Lichtstreifen des Morgens zeigten. Die See hatte sich beruhigt, doch die Anspannung an Bord des Schiffes war noch immer greifbar. Die Überlebenden klammerten sich aneinander, jeder Atemzug war ein kostbares Geschenk, das sie nur knapp dem Tod entrissen hatten.

Ayo sah in die Ferne, versuchte in der Dämmerung Anzeichen von Land zu erkennen. Doch was ihn am meisten beunruhigte, war die Unsicherheit darüber, wohin das Schiff sie bringen würde. Sie hatten keinen festen Kurs, kein Ziel, und die europäische Küste war nicht mehr als eine vage Hoffnung, die irgendwo hinter dem Horizont lag.

Plötzlich kam Bewegung auf das Deck. Einer der Besatzungsmitglieder rief, dass Land in Sicht sei, und die Flüchtlinge versammelten sich, so gut sie konnten, um einen Blick auf die ferne Küste zu erhaschen.

In der Ferne sah Ayo die Umrisse einer Hafenstadt – niedrige Gebäude, die sich entlang der Küste erstreckten, umgeben von hohen Klippen, die wie Wachtürme über dem Meer thronten.

„Ist das Europa?", fragte Tunde leise, seine Stimme war voller Neugier und Furcht.

Ayo wollte ihm Hoffnung geben, doch bevor er antworten konnte, begann das Funkgerät des Kapitäns zu knistern.

Italienische Behörden waren am anderen Ende, und ihre Worte ließen Ayo's Herz sinken. Sie verweigerten dem Schiff die Einfahrt in den Hafen von Lampedusa. Die Stimme, die über das Funkgerät erklang, war kalt und unnachgiebig. Die Küstenwache forderte das Schiff auf, zurückzudrehen und die Flüchtlinge an einen anderen Ort zu bringen.

„Nein…", flüsterte Funmi, ihre Augen füllten sich mit Tränen. „Was sollen wir jetzt tun?"

Ayo hörte, wie der Kapitän des NGO-Schiffes aufgebracht mit den Behörden sprach, sie anflehte, das Schiff anlegen zu lassen. Die Lage der Flüchtlinge war verzweifelt, viele waren verletzt, krank oder am Rande der Erschöpfung. Doch die Antwort blieb dieselbe: Das Schiff durfte nicht anlegen.

Die Flüchtlinge an Bord des Schiffes begannen zu murmeln, die Panik breitete sich erneut aus.

„Was werden sie mit uns machen?", fragte eine Frau neben Ayo mit zitternder Stimme. „Wollen sie uns wieder aufs Meer schicken?"

„Wir können nicht zurück!", rief ein Mann verzweifelt. „Wir werden das nicht überleben!"

Die Anspannung wuchs, die Menschen begannen, nach Antworten zu suchen, doch die Besatzung konnte nichts tun. Das Schiff war nun in einer Art Schwebezustand gefangen, unwillkommen in Europa und unfähig, zurückzukehren.

Der Kapitän versuchte, die Situation zu beruhigen, doch die Flüchtlinge waren am Ende ihrer Kräfte.

Sie hatten alles riskiert, um Europa zu erreichen, und nun drohte ihnen die Zurückweisung.

„Sie können uns nicht zurückschicken!", rief ein junger Mann, seine Stimme war voller Verzweiflung. „Das ist Mord!"

Ayo sah die Panik um sich herum wachsen, doch er wusste, dass sie nichts tun konnten, als abzuwarten. Er hielt Funmi und die Kinder fest, versuchte, ihnen einen Hauch von Sicherheit zu geben, doch die Angst war allgegenwärtig.

Stunden vergingen, und das Schiff kreuzte vor der kleinen Insel, während die Verhandlungen zwischen der Besatzung und den italienischen Behörden weitergingen. Schließlich, als die Situation immer prekärer wurde und die Flüchtlinge an Bord drohten, in einen Aufstand auszubrechen, gaben die Behörden nach. Das Schiff durfte anlegen, aber unter strengen Bedingungen. Die Flüchtlinge würden registriert und in ein Auffanglager gebracht, wo ihr weiterer Verbleib geprüft werden würde.

Als das Schiff langsam in den Hafen von Lampedusa einfuhr, spürte Ayo die Erleichterung in sich aufsteigen, doch sie war von bitterer Realität durchdrungen. Sie hatten zwar europäischen Boden erreicht, doch sie wussten, dass sie nicht willkommen waren. Die Zukunft war ungewiss, und der Weg vor ihnen war noch lang und voller Herausforderungen.

Funmi drückte seine Hand, ihre Augen waren müde, doch in ihnen glomm ein Funken Hoffnung.

„Wir sind noch zusammen", flüsterte sie, während das Schiff anlegte und die Flüchtlinge zu den wartenden Bussen geführt wurden.

Ayo nickte, doch er wusste, dass die Reise noch lange nicht zu Ende war. Sie hatten das Meer überlebt, doch nun mussten sie sich in einer neuen, fremden Welt behaupten.

Europa war kein Paradies, sondern ein neuer Anfang, der ebenso gefährlich und ungewiss war wie die Flucht, die sie hierhergeführt hatte.

Aber trotz aller Herausforderungen, die noch vor ihnen lagen, wussten sie eines: Solange sie zusammen waren, konnten sie alles ertragen und mit etwas Glück auch überstehen.

Lampedusa

Die Ankunft auf Lampedusa hatte eine bittere Note. Die Erleichterung, nach der gefährlichen Überfahrt endlich festen Boden unter den Füßen zu haben, wich schnell einem Gefühl der Erniedrigung und Angst. Die politische Stimmung in Italien hatte sich verschärft, und die Flüchtlinge, die einst als verzweifelte Menschen gesehen wurden, galten nun als unerwünschte Eindringlinge. Die neue, harte Politik der italienischen Regierung spiegelte sich in jeder Interaktion wider, die Ayo und seine Familie mit den Behörden hatten.

Nachdem der Bus vor dem provisorischen Auffanglager gehalten hatte, wurden die Flüchtlinge hastig hinausgetrieben. Soldaten in dunklen Uniformen standen in dichten Reihen, ihre Blicke kalt und abweisend, während sie die Ankömmlinge in Schach hielten. Niemand sprach ein Wort, doch die Präsenz der Soldaten war bedrückend und einschüchternd, als wären sie dort, um eine Bedrohung abzuwehren und nicht, um Hilfe zu leisten.

„Los, bewegt euch!", rief einer der Soldaten, seine Stimme war scharf und fordernd, als er die Flüchtlinge mit einer abwertenden Geste zur Eile trieb. „Keine Zeit zu verlieren!"

Ayo führte Funmi und die Kinder vorsichtig durch die Menge, die sich wie Vieh durch das Lager drängte. Die Sonne brannte gnadenlos vom Himmel, und der Boden unter ihren Füßen war staubig und trocken.

Überall war das Lager von Zäunen umgeben, die mit Stacheldraht bewehrt waren, und das gesamte Areal war wie ein Gefängnis angelegt, in dem die Flüchtlinge vor der Außenwelt abgeschirmt wurden.

„Mama, was passiert hier?", fragte Tunde leise, seine Augen waren weit aufgerissen vor Angst.

„Ich weiß es nicht, mein Schatz", flüsterte Funmi, während sie seine Hand fest umklammerte. „Aber bleib bei uns. Wir müssen stark bleiben."

Die Familie wurde in eine lange Schlange gestellt, die zu einem großen, weißgrauen Zelt führte, das als provisorische Krankenstation diente. Doch der Anblick, der sie erwartete, war alles andere als beruhigend. Die Flüchtlinge wurden wie Ware abgefertigt, ihre Körper wurden grob untersucht, als wären sie nicht mehr als Zahlen in einem System, das sie nicht als Menschen, sondern als Problem betrachtete.

Als sie an die Reihe kamen, wurden Ayo und seine Familie von einem Beamten wortlos zu einem der schmutzigen Tische geführt. Die Krankenschwestern und Ärzte, die sie dort empfingen, wirkten erschöpft und überarbeitet, ihre Augen waren leer und ihre Bewegungen mechanisch.

„Setzen Sie sich", sagte eine Krankenschwester, ohne auch nur den Hauch eines Lächelns zu zeigen. Ihre Stimme war kalt und unpersönlich, als sie Ayo, Funmi und die Kinder auf die harten Metallstühle setzte. „Wir müssen Sie untersuchen."

Ayo konnte die Kälte in ihrem Ton hören, und er spürte, wie sich die Spannung in ihm verstärkte. Die Krankenschwester nahm Amina ohne ein Wort auf den Schoß und schob ihr – ohne Vorabhinweis – ein Thermometer in den Mund. Das kleine Mädchen zuckte zusammen, doch die Frau achtete nicht darauf, ihre Augen blieben emotionslos, als sie die Werte notierte und Amina wieder absetzte.

„Sie muss viel durchgemacht haben", murmelte die Krankenschwester, als ob das eine Routinebeobachtung wäre, ohne dabei wirklich hinzusehen.

„Ja, das hat sie", antwortete Funmi leise, ihre Stimme war brüchig. Doch die Krankenschwester hatte sich bereits abgewandt und machte weiter, als ob Funmi nicht einmal existierte.

Als die Untersuchungen abgeschlossen waren, wurden Ayo und seine Familie weiter zum Registrierungszelt getrieben. Die Flüchtlinge wurden in Gruppen abgefertigt, ihre Namen und Daten wurden in Computer eingegeben, während Beamte mit ausdruckslosen Gesichtern auf Bildschirme starrten und hastig tippten. Ayo spürte, wie sein Magen sich zusammenzog, als er den Beamten ansah, der ihn und seine Familie registrieren sollte.

„Name?", fragte der Beamte, seine Augen blieben fest auf den Computerbildschirm gerichtet.

„Ayo Ajayi", antwortete Ayo und bemühte sich, ruhig zu bleiben, obwohl die Kälte in der Stimme des Beamten ihn frösteln ließ.

„Geburtsdatum?", fragte der Beamte monoton, ohne den Blick von seinem Bildschirm abzuwenden.

Ayo gab die geforderten Informationen, während der Beamte ungeduldig mit den Fingern auf der Tastatur trommelte. Funmi und die Kinder wurden ebenfalls abgefertigt, doch es gab keine Freundlichkeit, keine Anteilnahme. Sie wurden behandelt wie Gegenstände, die katalogisiert und abgelegt wurden, ohne den geringsten Funken menschlicher Wärme.

„Weiter", sagte der Beamte schließlich und winkte sie wortlos zur Seite.

Ayo spürte, wie eine Welle der Wut in ihm aufstieg, doch er wusste, dass es sinnlos war, zu protestieren. Sie waren hier nicht willkommen, das war offensichtlich, und jede Beschwerde würde nur dazu führen, dass sie noch schlechter behandelt wurden.

Die Erleichterung, die sie bei ihrer Ankunft in Europa gespürt hatten, war nun einer bitteren Erniedrigung gewichen. Sie waren zu Fremden in einem Land geworden, das sie nicht wollte, und die Behörden machten keinen Hehl daraus.

Funmi hielt Amina an sich gedrückt, ihre Augen waren voller Tränen, doch sie versuchte, stark zu bleiben.

„Das ist nicht das, was ich mir vorgestellt habe", flüsterte sie, als sie vom Registrierungszelt zu einem weiteren Bus geführt wurden, der sie zum Hafen bringen sollte. Dort wartete bereits ein Schiff auf die Flüchtlinge.

„Ich weiß", antwortete Ayo leise, während er seine Hand um ihre legte. „Aber wir müssen durchhalten, Funmi. Wir haben keine andere Wahl."

Am Hafen angekommen wurden sie wie Vieh zum Schiff getrieben. Man teilte Ihnen nur knapp mit, dass auf dem Festland ein Bus auf sie warte, der sie dann zum nächsten Lager bringen wird.

„Es wird besser werden", flüsterte Ayo, mehr zu sich selbst als zu Funmi, während sie sich auf die lange Fahrt vorbereiteten.

Doch tief in seinem Inneren wusste er, dass sie in einer Welt angekommen waren, die sie nicht willkommen hieß. Der Hass und die Ablehnung, die sie hier spürten, waren fast greifbar, und Ayo wusste, dass der Weg vor ihnen voller neuer Herausforderungen und Kämpfe sein würde. Aber sie hatten keine Wahl – sie mussten weitergehen, Schritt für Schritt, in der Hoffnung, dass irgendwo in diesem feindseligen Land ein besseres Leben auf sie wartete.

Das Schiff, das sie von Lampedusa wegführte, war groß und überfüllt. Die Menschen drängten sich an Deck und unter Deck, die meisten von ihnen in einem Zustand zwischen Erschöpfung und Hoffnungslosigkeit. Ayo hielt Funmi und die Kinder dicht bei sich, während sie sich einen Platz an der Reling suchten, wo sie wenigstens ein bisschen frische Luft atmen konnten.

Die Reise zum Festland dauerte mehrere Stunden, und das Meer, obwohl ruhiger als zuvor, ließ das Schiff dennoch unruhig schwanken.

„Wohin bringen sie uns, Papa?", fragte Tunde leise, seine Augen waren weit aufgerissen vor Angst und Ungewissheit.

Ayo strich ihm beruhigend über den Kopf. „Nach Italien, mein Junge. Zum Festland. Dort werden wir in ein Lager gebracht."

Funmi drückte Amina fest an sich, ihre Augen blickten starr auf den Horizont, wo das Land bald auftauchen sollte.

„Wird es dort besser sein?", fragte sie, ihre Stimme war kaum mehr als ein Flüstern.

Ayo wusste nicht, was er antworten sollte.

„Ich hoffe es", sagte er schließlich, obwohl er selbst nicht daran glaubte.

Als das Schiff endlich die Küste Italiens erreichte, war es bereits dunkel. Die Flüchtlinge wurden mit einem hektischen Durcheinander von Bord gebracht, wieder in Gruppen aufgeteilt und zu wartenden Bussen geführt, die sie zu verschiedenen Lagern im Landesinneren bringen sollten.

Ayo spürte, wie sich die Anspannung in ihm verstärkte, als er die müden und abweisenden Blicke der Beamten und Soldaten bemerkte, die die Ankunft überwachten. Es war offensichtlich, dass sie hier nicht willkommen waren.

„Weiter, weiter!", rief ein Soldat, seine Stimme war scharf und fordernd, als er die Flüchtlinge mit ungeduldigen Gesten in die Busse trieb. „Wir haben keine Zeit zu verlieren!"

Die Busse waren alt und unbequem, und die Straßen, die sie nahmen, waren holprig und kurvenreich. Ayo hielt Funmi und die Kinder fest an sich gedrückt, während das Fahrzeug durch die Dunkelheit ratterte. Niemand sprach ein Wort. Die Erschöpfung und die Ungewissheit darüber, was sie am Ziel erwartete, lasteten schwer auf allen Insassen.

„Mama, wo fahren wir hin?", fragte Amina mit zitternder Stimme, als der Bus eine scharfe Kurve nahm.

„Ich weiß es nicht, mein Schatz", antwortete Funmi leise, ihre Hand lag schützend auf Amina's Schulter.

Als der Bus schließlich vor dem Lager anhielt, das irgendwo im Süden Italiens lag, wurden die Flüchtlinge unsanft geweckt und hinausgetrieben. Es war bereits dunkel, doch das Lager war von grellen Scheinwerfern erleuchtet, die die Szenerie in ein kaltes, unbarmherziges Licht tauchten.

Die Umgebung war trostlos – endlose Reihen von Zelten und Containern, die dicht an dicht auf einem staubigen Feld standen, umgeben von hohen Zäunen, die mit Stacheldraht gekrönt waren. Soldaten und Lagerpersonal patrouillierten, ihre Blicke wachsam und misstrauisch, als sie die Neuankömmlinge durch das Tor trieben.

„Weiter, weiter!", rief ein Soldat, seine Stimme war scharf und ungeduldig, als er die Flüchtlinge mit abwertenden Gesten antrieb. „Hier ist kein Platz zum Ausruhen!"

Ayo führte Funmi und die Kinder durch das Tor, ihre Schritte waren schwer und unsicher. Um sie herum drängten sich die anderen Flüchtlinge, ihre Gesichter waren von Erschöpfung und Angst gezeichnet. Einige von ihnen murmelten in verschiedenen Sprachen, doch die meisten schwiegen, ihre Augen auf den Boden gerichtet, als ob sie sich vor dem harten Blick des Lagerpersonals schützen wollten.

Das Lagerleben offenbarte sich ihnen schnell in all seiner Härte. Die Container, in denen sie untergebracht wurden, waren klein, stickig und kaum geeignet, eine Familie unterzubringen. Es gab keine Privatsphäre, keine Möglichkeit, sich zurückzuziehen. Die Wände waren dünn und kahl, und die wenigen Möbelstücke bestanden aus Metallpritschen und einfachen Tischen. Die Hitze im Inneren war erdrückend, und der Gestank von Schweiß und Abfall lag schwer in der Luft.

„Das ist also unser neues Zuhause", sagte Funmi leise, als sie die Tür des Containers hinter sich schloss und sich umsah.

Ihre Augen waren müde, und ihre Stimme zitterte vor Erschöpfung und Enttäuschung.

„Wir müssen uns damit abfinden", antwortete Ayo, während er die Kinder auf die Pritschen setzte. „Es ist nicht ideal, aber es ist besser als das, was wir hinter uns gelassen haben."

Doch trotz dieser Worte wusste Ayo, dass das Leben im Lager alles andere als einfach sein würde. Die Tage begannen früh und endeten spät, und jede Minute war geprägt von der unerbittlichen Härte des Lagerlebens.

Die Versorgung war knapp, das Essen war dürftig und bestand meist aus kaltem Reis und trockenem Brot. Das Wasser war rationiert, und die wenigen Duschen waren ständig überfüllt, sodass sie oft stundenlang in der Hitze warten mussten, um sich waschen zu können.

Die Flüchtlinge im Lager waren eine bunte Mischung aus verschiedenen Nationalitäten und Ethnien, doch die Unterschiede schürten Spannungen und Misstrauen. Es dauerte nicht lange, bis Ayo und seine Familie die Schattenseiten des Lagerlebens zu spüren bekamen. Der Neid und die Missgunst unter den Lagerbewohnern waren allgegenwärtig, und es brauchte nur einen kleinen Funken, um die latente Feindseligkeit in offene Konflikte umschlagen zu lassen.

„Du da!", rief ein Mann eines Tages, als Ayo mit Tunde und Amina auf dem Weg war, Wasser zu holen. Der Mann war groß und stämmig, seine Haut war dunkel und von der Sonne verbrannt, und seine Augen funkelten vor Zorn. „Was machst du hier, hä? Das ist unser Platz!"

Ayo blieb stehen, seine Hände fest um die Schultern seiner Kinder gelegt.

„Wir wollen nur Wasser holen", sagte er ruhig, versuchte, die Situation zu entschärfen. „Es ist genug für alle da."

Doch der Mann war nicht zu beruhigen. „Ihr Afrikaner nehmt uns alles weg!", schrie er, seine Stimme war voller Hass. „Ihr bekommt immer die besten Plätze und das beste Essen, während wir hier verrecken!"

„Das ist nicht wahr", widersprach Ayo, seine Stimme war angespannt, doch er versuchte, ruhig zu bleiben. „Wir sind alle in der gleichen Lage."

„Lügner!", rief der Mann, bevor er auf Ayo zustürmte. Es war klar, dass er bereit war, seine Frustration mit Gewalt zu entladen.

In diesem Moment trat ein Lagerwächter dazwischen, sein Gesicht war grimmig und seine Stimme scharf.

„Was geht hier vor?", fragte er, seine Hand lag bedrohlich auf dem Griff seines Schlagstocks.

„Nichts, Sir", sagte Ayo schnell, bevor der Mann sprechen konnte. „Es war nur ein Missverständnis."

Der Wächter sah sie beide an, seine Augen waren kalt und misstrauisch. „Ihr lasst das besser bleiben", sagte er schließlich, bevor er den Mann grob am Arm packte und wegzog. „Wir haben genug Ärger hier."

Ayo spürte, wie sein Herz schneller schlug, als er den Mann beobachtete, der sich widerwillig abführen ließ.

Die Spannung im Lager war greifbar, und es war nur eine Frage der Zeit, bis solche Konflikte in Gewalt ausarten würden.

Funmi war nicht minder betroffen. Während Ayo versuchte, einen Gelegenheitsjob zu finden, um die Familie zu unterstützen, kämpfte sie darum, den Alltag im Lager zu bewältigen. Die Bürokratie war erdrückend, und die ständigen Befragungen durch die Lagerbeamten zermürbte sie mehr, als sie zugeben wollte.

„Warum sind Sie nach Europa gekommen?", fragte ein Beamter eines Tages, seine Stimme war scharf und ungeduldig, als ob er die Antwort bereits kannte.

Funmi saß vor dem Beamten, ihre Hände lagen ruhig in ihrem Schoß, doch in ihren Augen glomm die Wut. „Um zu überleben", antwortete sie, ihre Stimme war fest, obwohl sie innerlich zitterte.

Der Beamte sah sie an, als ob er ihr nicht glaubte. „Das sagen alle", murmelte er, bevor er die nächste Frage stellte. „Was erwarten Sie hier zu finden?"

„Eine Chance", antwortete Funmi, ihre Augen waren fest auf den Mann gerichtet. „Nur eine Chance."

Doch der Beamte war nicht interessiert. Er notierte ihre Antworten ohne Kommentar und schickte sie schließlich wortlos weg, als wäre sie nicht mehr als eine weitere Akte in einem endlosen Stapel.

Funmi fühlte sich gedemütigt und erniedrigt, als sie das Büro verließ, doch sie wusste, dass sie nichts dagegen tun konnte. Sie war hier eine Fremde, eine unwillkommene Last, die das System so schnell wie möglich loswerden wollte.

Das Lagerleben war auch für die Kinder eine Qual. Tunde und Amina, die einst fröhlich und unbeschwert waren, hatten sich verändert. Die ständige Angst, die Unsicherheit und die harten Bedingungen hatten ihnen die Unschuld genommen, und ihre Gesichter waren nun von einer Ernsthaftigkeit gezeichnet, die in ihrem Alter unnatürlich war.

„Papa, wann können wir hier weg?", fragte Tunde eines Abends, während sie auf den harten Pritschen lagen und versuchten, den Schlaf zu finden.

Ayo wusste nicht, wie er antworten sollte. „Bald, mein Sohn", sagte er schließlich, obwohl er wusste, dass es eine Lüge war. „Bald."

Doch die Tage vergingen, und die Situation im Lager verschlechterte sich weiter. Die Spannungen unter den Flüchtlingen nahmen zu, und die Missgunst zwischen den verschiedenen Gruppen führte immer häufiger zu Streitigkeiten und Kämpfen. Besonders die Afrikaner, die oft als Eindringlinge angesehen wurden, gerieten ins Visier der Feindseligkeiten.

Eines Tages, als Funmi und Amina in der Schlange für die Essensausgabe standen, wurden sie plötzlich von einer Gruppe von Frauen angegangen, die wütend auf sie zutraten.

„Ihr nehmt uns das Essen weg!", rief eine der Frauen, ihre Augen blitzten vor Zorn. „Ihr bekommt immer mehr als wir!"

„Das stimmt nicht", widersprach Funmi, während sie Amina schützend an sich drückte. „Wir bekommen nur das, was uns zusteht."

„Lügnerin!", schrie eine andere Frau und versuchte, Funmi zu schlagen. „Ihr seid schuld, dass wir hier verhungern!"

Funmi wich zurück, ihre Hände schützend um Amina gelegt, während die Frauen sie weiter bedrängten. Es war klar, dass der Hass, der sich über die Wochen aufgebaut hatte, nun einen Kanal fand, um sich zu entladen.

„Hört auf!", rief Funmi verzweifelt, doch ihre Stimme ging im Lärm der aufgebrachten Frauen unter.

Erst als einer der Lagerwächter eingriff, ließen die Frauen widerwillig von Funmi ab. Der Wächter, ein großer, muskulöser Mann mit harter Miene, schob die Angreiferinnen grob zur Seite und stellte sich zwischen sie und Funmi.

„Was ist hier los?", fragte er, seine Stimme war bedrohlich und fordernd.

„Sie haben angefangen!", rief eine der Frauen, doch der Wächter ließ sich nicht beeindrucken. „Ruhe jetzt!", befahl er, seine Augen blitzten vor Zorn. „Es gibt hier nichts mehr zu sehen!"

Funmi zitterte, als sie den Blick des Wächters erwiderte, doch sie sagte nichts. Es war klar, dass sie in diesem Lager keine Gerechtigkeit erwarten konnte, nur mehr Gewalt und Erniedrigung. Als der Wächter die Frauen schließlich wegschickte, half er Funmi, aufzustehen.

„Seien Sie vorsichtig", sagte er leise, seine Stimme war plötzlich sanfter. „Es gibt hier viele, die nur einen Vorwand suchen, um Ärger zu machen."

Funmi nickte, ihre Augen waren voller Tränen, als sie Amina fest an sich drückte. „Danke", flüsterte sie, ihre Stimme zitterte vor Erschöpfung.

„Passen Sie auf sich auf", sagte der Wächter, bevor er sich umdrehte und zurück zu seinem Posten ging.

Als Funmi schließlich zu Ayo zurückkehrte, war sie erschüttert. „Wir müssen hier weg, Ayo", sagte sie leise, während sie ihm von dem Vorfall erzählte. „Es ist hier nicht sicher für uns."

Ayo sah in ihre Augen, die von Angst und Müdigkeit gezeichnet waren, und er wusste, dass sie recht hatte. Doch er wusste auch, dass sie keine Wahl hatten. Das Lager war ein Ort der Verzweiflung, der Missgunst und des Hasses, doch es war auch der einzige Ort, an dem sie momentan Schutz fanden.

Die Nächte im Lager waren die schlimmsten. Das ständige Geschrei, das Klirren von Metall, das Geräusch von streitenden Flüchtlingen und die Schreie von Kindern, die vor Angst weinten, ließen sie kaum schlafen. Jede Nacht war ein Kampf gegen die Finsternis, gegen die Verzweiflung, die sich wie ein lähmender Nebel über das Lager legte.

In diesen Nächten lag Ayo oft wach, er starrte in die Dunkelheit, während seine Gedanken um die Zukunft seiner Familie kreisten. Er fragte sich, ob es jemals ein Ende dieses Albtraums geben würde, ob sie jemals in einem Land ankommen würden, das ihnen Frieden und Sicherheit bot.

„Es muss besser werden", flüsterte er leise zu sich selbst, seine Stimme war kaum mehr als ein Hauch. „Wir müssen einfach weitermachen."

Doch tief in seinem Inneren wusste Ayo, dass die Reise noch lange nicht vorbei war. Die Härte des Lagerlebens hatte ihnen gezeigt, dass der Weg nach Europa nicht das Ende ihrer Kämpfe war, sondern nur der Anfang eines neuen, noch unbarmherzigeren Kapitels.

Doch trotz der Dunkelheit, die sie umgab, hielt Ayo an der Hoffnung fest – der Hoffnung, dass irgendwo in dieser feindseligen Welt ein Platz für sie war, an dem sie endlich in Frieden leben konnten.

Der Alltag im Lager setzte ihnen allen zu, doch sie hatten keine Wahl, als weiterzukämpfen, weiterzumachen, einen Tag nach dem anderen. In einer Welt, die ihnen keinen Platz bieten wollte, mussten sie ihren eigenen Weg finden – auch wenn dieser Weg voller Steine und Dornen war.

Die Tage im Lager zogen sich endlos hin, und Ayo spürte, wie die Untätigkeit und die bedrückende Atmosphäre ihn zermürbten. Die Kälte und Gleichgültigkeit, mit der die Lagerbewohner behandelt wurden, zehrten an seiner Seele.

Er wusste, dass sie nicht einfach abwarten konnten, dass sich ihre Situation von selbst besserte. Sie brauchten Geld – nicht nur, um zu überleben, sondern um sich überhaupt eine Chance auf ein besseres Leben zu erkaufen. Doch im Lager war alles ein Kampf, selbst das, was sie zum Überleben benötigten.

Die wenigen Gelegenheiten, etwas Geld zu verdienen, waren rar und hart umkämpft. Schon bald hörte Ayo von den anderen Lagerbewohnern, dass es außerhalb des Lagers Gelegenheitsjobs gab, die von lokalen Bauern angeboten wurden. Doch es war sofort klar, dass diese Arbeit alles andere als fair war.

Die Jobs waren schlecht bezahlt, die Bedingungen brutal, und es war bekannt, dass die Arbeitgeber die Flüchtlinge wie moderne Sklaven behandelten.

„Sie behandeln uns wie Hunde", sagte einer der älteren Männer im Lager eines Tages, als Ayo bei der Essensausgabe stand. „Wir arbeiten von Sonnenaufgang bis Sonnenuntergang für einen Hungerlohn, und wenn wir uns beschweren, werfen sie uns einfach raus."

„Warum tust du es dann?", fragte Ayo, während er sein trockenes Brot und das lauwarme Wasser entgegennahm.

Der Mann zuckte mit den Schultern, seine Augen waren leer.

„Weil ich keine Wahl habe", antwortete er leise. „Wenn du kein Geld hast, bist du hier ein Niemand. Die Wärter behandeln dich wie Dreck, und du musst ständig um alles kämpfen. Es gibt keinen Respekt, keine Würde. Also schlucke ich meinen Stolz herunter und arbeite, damit ich wenigstens etwas habe."

Diese Worte blieben Ayo im Kopf hängen. Er wusste, dass er seine Familie nicht länger diesem entwürdigenden Leben im Lager aussetzen konnte, ohne zumindest zu versuchen, etwas zu ändern. Der Gedanke, dass sie von den wenigen Almosen abhängig waren, die ihnen zugestanden wurden, nagte an ihm. Er wollte nicht nur überleben – er wollte ein Leben aufbauen, auch wenn es schwierig war.

Am nächsten Morgen schloss sich Ayo einer kleinen Gruppe von Männern an, die beschlossen hatten, zum Bauernhof zu gehen, um Arbeit zu suchen. Der Weg war staubig und heiß, und die Männer sprachen kaum miteinander. Jeder war in seine eigenen Gedanken versunken, jeder wusste, dass dieser Weg alles andere als leicht sein würde.

Der Bauernhof, den sie erreichten, war sehr groß. Die Felder erstreckten sich bis zum Horizont, und in der Ferne sah Ayo die

Silhouetten anderer Arbeiter, die bereits damit beschäftigt waren, die Ernte einzuholen.

Der Geruch von frischer Erde und Schweiß lag in der Luft, und das Knirschen des Kieses unter ihren Füßen war das einzige Geräusch, welches die drückende Stille durchbrach.

Als sie sich dem Haupthaus näherten, trat ein Mann aus der Tür. Er war groß, hager und hatte ein wettergegerbtes Gesicht, das von Jahren harter Arbeit und wahrscheinlich noch härteren Entscheidungen gezeichnet war. Er musterte die Neuankömmlinge mit einem kalten Blick, der nichts Gutes verhieß.

„Ihr wollt arbeiten?", fragte der Vorarbeiter schroff, ohne sie wirklich anzusehen.

„Ja, Sir", antwortete Ayo höflich, obwohl der Ton des Mannes ihm bereits einen Schauer über den Rücken jagte.

„Gut", sagte der Vorarbeiter knapp. „Hier gibt es genug zu tun, aber keine Zeit für Faulenzer. Ihr arbeitet von Sonnenaufgang bis Sonnenuntergang. Wer sich beschwert, fliegt raus. Wer nicht genug schafft, kriegt keinen Lohn. Ist das klar?"

Die Männer nickten stumm, doch Ayo spürte, wie sich sein Magen zusammenzog. Die Bedingungen waren klar: Sie waren hier, um zu schuften, und nichts anderes. Es gab keinen Raum für Fehler, keine Toleranz für Schwäche.

„Dann los", sagte der Vorarbeiter und deutete auf die Felder. „Und beeilt euch. Die Sonne wartet auf niemanden."

Die Arbeit begann sofort. Die Männer wurden in Gruppen aufgeteilt und zu verschiedenen Bereichen des Feldes geschickt. Ayo fand sich bald inmitten eines unendlichen Meeres von Pflanzen wieder, die geerntet werden mussten. Die Hitze war unerträglich, und die Sonne brannte gnadenlos auf sie herab, während sie sich durch die Reihen schleppten und die reifen Früchte und Gemüse in Körbe legten.

Die Stunden zogen sich quälend langsam hin. Jeder Muskel in Ayos Körper schmerzte, seine Hände waren bald aufgerissen und blutig von der harten Arbeit. Doch es gab keine Pausen, kein Wasser, das sie erfrischen konnte.

Die Männer arbeiteten schweigend, jeder von ihnen kämpfte gegen die Erschöpfung und den Schmerz, der sich in ihren Körpern ausbreitete.

„Mach schneller!", rief der Vorarbeiter plötzlich, als er an Ayo vorbeiging. Seine Stimme war hart und fordernd. „Wir haben keine Zeit für Faulenzer!"

Ayo biss die Zähne zusammen und zwang sich, weiterzumachen. Er wusste, dass er keine Wahl hatte. Diese Arbeit, so brutal und erniedrigend sie auch war, war ihre einzige Chance, etwas Geld zu verdienen, um sich selbst und ihre Familien zu unterstützen.

Doch die Bedingungen waren unerbittlich. Jede Stunde unter der sengenden Sonne fühlte sich wie eine Ewigkeit an, und die Männer wurden zunehmend schweigsamer und erschöpfter.

In der Mittagshitze war es fast unmöglich, weiterzuarbeiten, doch der Vorarbeiter zeigte kein Erbarmen.

„Weiter, weiter!", rief er immer wieder, während er die Männer mit einem harten Blick musterte. „Ich bezahle euch nicht fürs Rumstehen!"

„Ich kann nicht mehr", murmelte einer der Männer neben Ayo, seine Stimme war kaum mehr als ein Flüstern. „Meine Beine geben nach."

„Dann gib auf und geh zurück ins Lager", sagte ein anderer Arbeiter mit bitterem Ton. „Aber dann kriegst du keinen Cent."

Ayo sah den Mann an, der in die Knie ging, seine Hände auf den Boden gestützt. Es war offensichtlich, dass er am Ende seiner Kräfte war, doch er wusste, dass Aufgeben bedeutete, ohne Lohn zurückzukehren. Das würde ihn und seine Familie noch tiefer in die Misere stürzen.

„Steh auf", sagte Ayo leise, während er dem Mann half, sich aufzurichten. „Wir müssen durchhalten."

Der Mann nickte schwach, doch sein Gesicht war von Verzweiflung gezeichnet.

Es war ein Anblick, den Ayo nie vergessen würde – ein Mensch, gebrochen durch die unbarmherzige Realität, die sie alle zu Sklaven gemacht hatte, die für einen Hungerlohn arbeiteten, ohne Aussicht auf eine bessere Zukunft.

Als die Sonne schließlich unterging, war Ayo am Ende seiner Kräfte. Seine Hände waren blutig und wund, seine Beine zitterten vor Erschöpfung, und sein Kopf brummte von der Hitze und der Anstrengung. Doch die Arbeit war noch nicht vorbei. Der Vorarbeiter sammelte die Männer ein und führte sie zurück zum Haupthaus, wo er ihnen den Lohn auszahlen sollte.

„Hier", sagte der Vorarbeiter, während er jedem der Männer ein paar schmutzige Münzen in die Hand drückte. „Das ist alles, was ihr heute verdient habt."

Ayo sah auf die Münzen in seiner Hand und spürte, wie sich eine Welle der Bitterkeit in ihm ausbreitete. Es war kaum genug, um eine Mahlzeit für seine Familie zu kaufen, geschweige denn, um ihnen eine Zukunft zu sichern. Doch er wusste, dass dies alles war, was sie erwarten konnten.

„Das ist nicht fair", sagte einer der Männer plötzlich, seine Stimme zitterte vor Wut. „Wir haben den ganzen Tag geschuftet, und das ist alles, was wir bekommen?"

Der Vorarbeiter sah ihn mit kalten Augen an. „Wenn es dir nicht passt, kannst du gehen", sagte er schroff. „Es gibt genug andere, die deinen Platz einnehmen können. Aber dann kriegst du keinen Cent."

Der Mann schluckte seine Wut hinunter und steckte die Münzen schweigend ein. Er wusste, dass es keinen Sinn hatte, sich zu wehren. Sie waren hier nichts weiter als billige Arbeitskräfte, die leicht ersetzt werden konnten. Wer sich widersetzte, verlor alles.

Ayo folgte den anderen Männern zurück zum Lager, seine Schritte waren schwer, und die Münzen in seiner Tasche fühlten sich an wie ein Hohn. Er hatte sich für diesen Lohn fast zu Tode geschuftet, und doch war es kaum genug, um seine Familie am Leben zu halten.

Als er schließlich im Lager ankam, sah er, wie die anderen Männer das bisschen Geld, das sie verdient hatten, bei den Lagerwächtern gegen Annehmlichkeiten eintauschten. Ein zusätzliches Stück Brot, eine Flasche Wasser, eine Decke für die kalten Nächte. Alles hatte seinen Preis, und die Wärter nutzten die Not der Flüchtlinge schamlos aus.

„Hier", sagte einer der Männer, als er dem Wächter eine Münze reichte. „Kann ich damit etwas extra Wasser bekommen?"

Der Wächter nahm die Münze und grinste breit.

„Klar", sagte er, während er dem Mann eine schmutzige Flasche reichte. „Aber das ist alles, was du kriegst. Wenn du mehr willst, musst du bezahlen. Oder…", fügte er mit einem anzüglichen Lächeln hinzu, „deine Frau könnte das für dich erledigen."

Der Mann erstarrte, seine Augen weiteten sich vor Schock. „Was meinst du?", fragte er leise, seine Stimme war voller Angst.

Der Wächter lehnte sich näher, seine Augen funkelten vor Gier. „Es gibt immer einen Weg, um das Leben hier ein bisschen leichter zu machen", sagte er mit einer Stimme, die vor Abscheulichkeit triefte. „Deine Frau könnte uns einen Gefallen tun. Und im Gegenzug… sorgen wir dafür, dass es euch gut geht."

Der Mann sah aus, als wolle er dem Wächter ins Gesicht schlagen, doch er wusste, dass er damit nur seine gesamte Familie in Gefahr bringen würde. Stattdessen nahm er die Flasche, drehte sich um und ging mit gesenktem Kopf davon.

Ayo sah das Ganze aus der Ferne mit an, seine Wut und sein Ekel brodelten unter der Oberfläche. Er wusste, dass diese Art von Missbrauch im Lager alltäglich war. Die Frauen wurden oft gezwungen, sich den Wächtern hinzugeben, um ihre Familien zu schützen oder um sich selbst kleine Annehmlichkeiten zu verschaffen.

Es war ein schmutziges Geschäft, das niemand laut aussprach, doch jeder wusste, was hinter den geschlossenen Türen der Lagerbüros vor sich ging.

Als Ayo schließlich Funmi fand und ihr das wenige Geld zeigte, das er verdient hatte, konnte er die Enttäuschung in ihren Augen sehen.

„Es ist nicht viel", sagte er leise, während er das Geld auf den Tisch legte. „Aber es ist ein Anfang."

Funmi nickte, ihre Augen waren müde und voller Trauer.

„Es ist besser als nichts", sagte sie schließlich. „Aber... ich mache mir Sorgen, Ayo. Die Männer hier... die Wächter... sie sind gefährlich."

Ayo wusste, dass sie recht hatte. „Ich werde aufpassen", versprach er. „Ich werde nicht zulassen, dass sie dir oder den Kindern etwas antun."

Doch tief in seinem Inneren wusste Ayo, dass seine Worte hohl klangen. Er konnte nicht immer da sein, um sie zu beschützen. Das Lager war ein brutaler Ort, und die Menschen, die hier lebten, wurden von der Verzweiflung getrieben, die schlimmsten Dinge zu tun, um zu überleben.

Die folgenden Wochen verliefen in einem quälenden Rhythmus. Ayo arbeitete weiterhin auf dem Bauernhof, schuftete jeden Tag bis zur völligen Erschöpfung und kehrte abends ins Lager zurück, nur um den nächsten Tag von vorne zu beginnen. Doch egal, wie hart er auch arbeitete, es schien nie genug zu sein. Der Lohn, den er verdiente, war kaum genug, um seine Familie über Wasser zu halten, und die ständige Angst vor den Wärtern und den anderen Lagerinsassen nagte an ihm.

Doch Ayo wusste auch, dass er im Moment keine andere Wahl hatte, als weiterzumachen. Für Funmi, für Tunde und Amina – für ihre Zukunft.

Und so schuftete Ayo weiter, sein Körper und seine Seele wurden jeden Tag ein Stück mehr zermürbt.

Doch trotz allem hielt er an der Hoffnung fest, dass sie eines Tages diesem Albtraum entkommen könnten, dass es irgendwo einen Ort gab, an dem sie endlich in Frieden leben könnten.

Bis dahin blieb ihm nichts anderes übrig, als durchzuhalten, Tag für Tag, in einem Kampf, der niemals endete.

Fluchtroute Deutschland

Die Tage im italienischen Lager zogen sich endlos dahin, gefüllt mit der tristen Routine des Überlebens. Ayo, Funmi, Tunde und Amina hatten sich mit dem harten Lagerleben arrangiert, doch die Hoffnungen auf eine bessere Zukunft verblassten allmählich. Die brutalen Bedingungen, der ständige Druck, die starren Regeln und die erniedrigende Behandlung machten das Leben unerträglich. Ayo konnte sehen, dass Funmi sich immer mehr in sich zurückzog, ihre Augen verloren die Lebendigkeit, die sie einst auszeichnete, und Tunde und Amina wurden stiller, ihre kindliche Freude war längst einer tiefen Erschöpfung gewichen.

Eines Abends, als die Sonne hinter den staubigen Hügeln unterging und das Lager in ein fahles, oranges Licht tauchte, saßen Ayo und Funmi nebeneinander auf den harten Pritschen ihres Containers. Die Kinder schliefen bereits, ihre kleinen Körper waren erschöpft von einem weiteren Tag voller Entbehrungen.

Ayo sah hinaus durch das kleine Fenster, das nach so vielen Wochen mehr wie ein Gitter erschien, das ihnen die Freiheit verwehrte, und seufzte tief.

„Funmi", begann er leise, während er seinen Blick nicht von der untergehenden Sonne abwandte, „wir können nicht länger hierbleiben."

Funmi sah ihn an, ihre Augen waren müde und traurig, doch in ihnen loderte noch immer ein Funke Entschlossenheit.

„Ich weiß", antwortete sie schließlich, ihre Stimme war kaum mehr als ein Flüstern. „Aber wohin sollen wir gehen?"

Ayo schwieg einen Moment, während er darüber nachdachte. Die Idee, das Lager zu verlassen, war in ihm gereift, seit sie hierhergebracht worden waren. Doch der Gedanke an die Unsicherheit, die

Gefahren und die Risiken, die eine Flucht mit sich brachte, hatten ihn bisher davon abgehalten, diesen Schritt zu gehen.

„Ich habe nachgedacht", sagte er schließlich und drehte sich zu Funmi um. „Ich habe mit einigen der anderen Flüchtlinge gesprochen. Viele von ihnen planen, weiter nach Deutschland zu reisen."

Funmi runzelte die Stirn. „Deutschland? Warum ausgerechnet Deutschland? Gibt es dort wirklich eine bessere Chance für uns?"

Ayo nickte langsam. „Es heißt, dass Deutschland einer der wenigen Orte in Europa ist, wo wir eine wirkliche Chance haben könnten. Ich habe gehört, dass sie dort besser organisiert sind, dass es mehr Unterstützung gibt. Und viele sagen, dass die Chancen auf Asyl dort am höchsten sind."

Funmi schwieg, ihre Gedanken rasten. Die Vorstellung, wieder auf die Flucht zu gehen, sich erneut den Gefahren und Entbehrungen auszusetzen, machte ihr Angst. Doch sie wusste auch, dass das Leben im Lager sie und die Kinder langsam zerstörte.

„Aber… wie sollen wir das schaffen?", fragte sie schließlich. „Die Reise nach Deutschland ist so lang. Wir haben kein Geld, keine Papiere. Und was ist, wenn wir unterwegs gefasst werden?"

Ayo spürte die Verzweiflung in ihrer Stimme und nahm ihre Hand in seine.

„Ich weiß, es wird schwer", sagte er sanft. „Aber wir können nicht hierbleiben, Funmi. Wir müssen es versuchen. Wenn wir hierbleiben, wird das Leben uns zermalmen. Wir müssen an unsere Zukunft denken, an die Kinder."

Funmi sah ihn lange an, ihre Augen suchten nach einer Antwort, nach einem Funken Hoffnung.

„Und was ist, wenn es in Deutschland nicht besser ist?", fragte sie, ihre Stimme zitterte. „Was ist, wenn wir nur von einem Albtraum in den nächsten geraten?"

Ayo drückte ihre Hand fester.

„Ich kann es nicht garantieren", gab er zu. „Aber ich habe das Gefühl, dass es unsere beste Chance ist. Deutschland ist bekannt dafür, Flüchtlinge aufzunehmen. Und ich habe von Menschen gehört, die es geschafft haben. Sie leben dort, arbeiten, ihre Kinder gehen zur Schule. Es ist schwer, aber es ist möglich. Ich glaube, wir müssen es wagen."

Funmi schwieg erneut, ihre Gedanken waren ein Wirbelsturm aus Angst, Hoffnung und Verzweiflung.

Sie wusste, dass Ayo recht hatte. Sie konnten nicht hierbleiben, nicht in diesem trostlosen Lager, das sie langsam aber sicher verschlang. Aber die Angst vor dem Unbekannten, vor den Risiken der Flucht, lastete schwer auf ihrem Herzen.

„Und was ist mit den Kindern?", fragte sie schließlich. „Was ist, wenn ihnen etwas passiert?"

Ayo seufzte tief und sah auf die schlafenden Gesichter von Tunde und Amina.

„Ich werde alles tun, um sie zu schützen", sagte er leise, aber mit fester Stimme. „Wir werden zusammenbleiben. Wir haben es so weit geschafft, und wir werden auch den Rest des Weges überstehen. Wir müssen es versuchen, Funmi. Wir dürfen jetzt nicht aufgeben."

Funmi spürte, wie ihre Augen brannten, als die Tränen kamen. Sie wollte stark sein, für sich, für Ayo, für die Kinder. Aber die Last war erdrückend.

„Ich habe solche Angst, Ayo", flüsterte sie, während eine Träne ihre Wange hinunterlief. „Was, wenn wir es nicht schaffen? Was, wenn alles umsonst war?"

Ayo zog sie sanft in seine Arme und hielt sie fest.

„Ich weiß", sagte er leise, während er über ihr Haar strich. „Ich habe auch Angst. Aber was ist die Alternative? Hierzubleiben und darauf zu warten, dass wir zerbrechen?"

Funmi schluchzte leise in seiner Umarmung, doch allmählich spürte sie, wie der Funke der Hoffnung wieder zu glimmen begann. Es war ein schwaches Licht in der Dunkelheit, aber es war alles, was sie hatten.

„Du hast recht", sagte sie schließlich und hob den Kopf, um ihn anzusehen. „Wir müssen es versuchen. Für die Kinder."

Ayo nickte und küsste sanft ihre Stirn. „Ja, Funmi. Für die Kinder. Und für uns."

In dieser Nacht, als die Kinder neben ihnen schliefen und die Geräusche des Lagers leise durch die Wände des Containers drangen, schmiedeten Ayo und Funmi ihren Plan.

Sie wussten, dass es keine leichte Entscheidung war, dass die Reise voller Gefahren sein würde. Doch sie hatten keine Wahl. Die Hoffnung auf ein besseres Leben, auf eine Zukunft für ihre Kinder, trieb sie an.

„Wir werden uns gut vorbereiten müssen", sagte Ayo leise, während sie die Details ihrer Flucht besprachen. „Wir müssen vorsichtig sein, niemandem vertrauen. Aber ich weiß, dass wir es schaffen können."

Funmi nickte, ihre Entschlossenheit wuchs mit jedem Wort, das Ayo sprach.

„Deutschland", sagte sie schließlich, als ob sie das Wort schmeckte. „Vielleicht ist es wirklich unser Weg in eine bessere Zukunft."

Und so war die Entscheidung gefallen. Nach Wochen der Unsicherheit und des Leidens beschlossen Ayo und Funmi, das Lager zu verlassen und nach Deutschland weiterzureisen. Sie wussten, dass die Reise gefährlich sein würde, dass sie erneut alles riskieren mussten. Doch sie hatten keine andere Wahl.

Deutschland war ihre Hoffnung, ihre Chance auf ein neues Leben, auf Sicherheit und Würde. Sie mussten es versuchen – für sich selbst, für ihre Kinder, und für die Zukunft, die sie sich so verzweifelt wünschten.

Die Entscheidung, das Lager zu verlassen, hatte Ayo und Funmi mit neuer Entschlossenheit erfüllt, doch die Realität der Flucht durch Europa war härter, als sie es sich vorgestellt hatten. Sie hatten den Schutz des Lagers hinter sich gelassen und sich auf den gefährlichen Weg nach Deutschland gemacht, doch die Gefahren, die vor ihnen lagen, waren weit größer, als sie es sich je vorgestellt hatten.

Die Flucht begann in den frühen Morgenstunden, als die Dämmerung gerade über den Horizont brach. Ayo hatte die Route sorgfältig geplant, doch die Unsicherheiten der Reise machten jeden Schritt zu einem riskanten Unterfangen. Ihre erste Etappe führte sie durch die italienische Provinz, fernab von den großen Städten und Hauptstraßen.

Sie wussten, dass sie sich von den Autobahnen fernhalten mussten, wo die Polizei verstärkt nach illegalen Flüchtlingen suchte.

Nachdem sie sich durch die Hintertür des Lagers geschlichen hatten, folgte die Familie einer unbefestigten Straße, die sich durch die sanften Hügel Süditaliens schlängelte. Die ersten Stunden der Flucht waren von der ständigen Angst geprägt, entdeckt zu werden. Jedes vorbeifahrende Fahrzeug ließ sie erschrecken, und sie duckten sich hastig hinter Büsche oder Mauern, um nicht gesehen zu werden.

Ihr erstes Ziel war die Stadt Neapel, eine der größten Städte im Süden Italiens, wo sie hofften, in der Anonymität der Masse unterzutauchen. Doch der Weg dorthin war lang und gefährlich.

Sie marschierten tagsüber in der brennenden Sonne und versteckten sich in der Nacht, wenn die Gefahr durch nächtliche Kontrollen der Polizei am größten war.

Das wenige Essen, das sie mitgenommen hatten, ging schnell zur Neige, und bald wurden die Kinder vor Hunger und Erschöpfung unruhig.

„Papa, ich habe Hunger", jammerte Amina, als sie an einem besonders heißen Tag in einem Olivenhain rasteten. Ihre kleinen Beine waren müde, und Ayo wusste, dass sie eine Pause brauchten.

„Wir müssen weitermachen, mein Schatz", sagte Ayo und sah sich um. „Vielleicht finden wir unterwegs etwas zu essen."

Funmi, die ebenfalls erschöpft war, nickte schweigend. „Wir müssen Wasser finden", sagte sie leise. „Die Kinder können nicht mehr lange ohne Wasser auskommen."

Auf ihrem Weg durch die karge Landschaft stießen sie auf einen kleinen Bauernhof. Ayo beschloss, es zu wagen und bat um Hilfe. Der alte Bauer, der sie an der Tür empfing, musterte die Familie misstrauisch, doch die Erschöpfung in den Gesichtern der Kinder erweichte sein Herz.

„Wartet hier", sagte der Bauer schließlich und verschwand im Haus. Wenige Minuten später kehrte er mit einem Krug Wasser und einem halben Laib Brot zurück.

„Mehr kann ich euch nicht geben", sagte er, während er ihnen das Brot reichte. „Aber Gott segne euch."

„Vielen Dank", sagte Ayo tief bewegt. „Wir werden bald weiterziehen."

Der Bauer nickte und beobachtete, wie die Familie das Brot teilte und das Wasser gierig trank. Es war nicht viel, doch es gab ihnen die Kraft, weiterzugehen.

Die Nächte wurden zunehmend ungemütlicher. Einmal schliefen sie in einem verlassenen Schuppen am Rande eines Weinbergs, doch der Lärm der Nacht und das ständige Rascheln im Dunkeln ließen sie kaum einschlafen.

Ein anderes Mal fanden sie Unterschlupf unter einer Brücke, doch der Gestank des stehenden Wassers und der Müll, der sich dort angesammelt hatte, war fast unerträglich. Dennoch hielten sie durch, getrieben von der Hoffnung, in Neapel endlich einen sicheren Zufluchtsort zu finden.

Als sie schließlich die Stadtgrenze von Neapel erreichten, war es spät in der Nacht. Die Lichter der Stadt erhellten den Himmel in der Ferne, doch das bedeutete auch, dass die Gefahr, entdeckt zu werden, erheblich zunahm.

Ayo führte die Familie durch die engen Gassen, immer auf der Hut vor Patrouillen und neugierigen Blicken. Die Stadt schien niemals zu schlafen, und überall waren Menschen, die ihrem geschäftigen Treiben nachgingen.

„Wir müssen uns einen Platz zum Schlafen suchen", sagte Ayo leise zu Funmi, während sie durch die dunklen Straßen gingen. „Vielleicht finden wir irgendwo einen Park oder eine leerstehende Ecke."

Neapel war ein Labyrinth aus alten, verwinkelten Gassen und dichten Wohnblocks. Sie fanden schließlich Unterschlupf in einem verlassenen Gebäude in einem der ärmeren Viertel der Stadt. Das Haus war heruntergekommen, und der Putz fiel von den Wänden, doch es bot ihnen Schutz vor den Augen der Behörden und einen Moment der Ruhe.

„Hier können wir uns für eine Weile verstecken", sagte Ayo, während er die Umgebung prüfte. „Wir müssen morgen früh nach einem Weg suchen, weiter nach Norden zu kommen."

Die Nacht in dem verlassenen Gebäude war unruhig. Die Geräusche der Stadt drangen durch die zerbrochenen Fenster, und Funmi und Ayo konnten kaum die Augen schließen, während die Kinder in einen unruhigen Schlaf fielen. Am nächsten Morgen weckte Ayo die Familie früh. Die Straßen waren noch leer, und sie machten sich auf den Weg zum Hauptbahnhof der Stadt.

Der Bahnhof von Neapel war ein hektischer, chaotischer Ort. Ayo wusste, dass die Polizei hier oft patrouillierte, um nach Flüchtlingen zu suchen, die versuchten, illegal zu reisen. Doch sie hatten keine Wahl – sie mussten ein Mittel finden, um die große Entfernung bis nach Rom zu überbrücken, und der Zug war die schnellste Option.

„Wir müssen versuchen, einen Zug zu erwischen", sagte Ayo leise zu Funmi, als sie sich durch die Menge bewegten. „Aber wir dürfen nicht dabei ertappt werden. Es gibt immer wieder Kontrollen."

Funmi sah sich um, ihre Augen waren voller Nervosität. „Wie sollen wir das schaffen, Ayo? Wir haben keine Tickets."

„Wir werden uns in einen Waggon schleichen", sagte Ayo, seine Stimme war fest, obwohl er selbst nicht sicher war, wie sie das bewerkstelligen sollten. „Wir müssen warten, bis die Kontrolleure weg sind, dann steigen wir ein."

Es dauerte Stunden, bis sich eine Gelegenheit bot. Sie beobachteten den Bahnhof, sahen Züge kommen und gehen, immer auf der Suche nach einem Waggon, der unbewacht war. Schließlich entdeckte Ayo einen Güterzug, der gerade beladen wurde, und er wusste, dass dies ihre Chance war.

„Jetzt, schnell!", flüsterte er, als er Funmi und die Kinder zum Zug führte.

Sie schlichen sich in einen leeren Güterwagen und versteckten sich hinter einigen Kisten.

Der Zug setzte sich bald darauf in Bewegung, und Ayo spürte, wie ein Hauch von Erleichterung durch ihn hindurchströmte. Sie hatten es geschafft, unbemerkt zu bleiben.

Doch die Fahrt nach Rom war alles andere als bequem. Der Waggon war kalt und dunkel, und das Rattern des Zuges machte es fast unmöglich, zur Ruhe zu kommen.

Funmi hielt Amina fest im Arm, während Tunde sich an Ayo lehnte, seine Augen waren müde und schlaflos.

„Papa, wie lange müssen wir noch so weiterreisen?", fragte Tunde leise, seine Stimme war kaum zu hören im Lärm des Zuges.

„Nicht mehr lange, mein Sohn", antwortete Ayo, obwohl er wusste, dass die Reise noch lange nicht vorbei war. „Wir kommen bald in Rom an. Von dort aus wird es leichter."

Als der Zug in Rom hielt, verließen sie den Waggon so unauffällig wie möglich. Der Bahnhof Termini, der größte Bahnhof Italiens, war ein wimmelndes Meer aus Menschen, und Ayo wusste, dass sie sich schnell aus dem Staub machen mussten. Sie verschwanden in den Straßen der Stadt, immer auf der Hut vor den Behörden.

In Rom wagten sie es kaum, länger als eine Nacht an einem Ort zu bleiben. Sie schliefen unter Brücken, in Parks oder in den Ruinen alter Gebäude. Einmal, als sie in einem Park die Nacht verbrachten, entdeckte Ayo einen kleinen Obststand, der unbeaufsichtigt war. Er wusste, dass sie etwas zu essen brauchten, also schlich er sich vorsichtig dorthin und nahm ein paar Äpfel, die er in die Tasche stopfte.

„Das wird uns helfen, durch den Tag zu kommen", sagte er, als er zu Funmi zurückkehrte und die Äpfel mit ihr und den Kindern teilte.

Ein anderes Mal fanden sie Wasser in einem Brunnen in der Nähe eines kleinen Platzes. Funmi füllte hastig ihre leeren Flaschen auf, während Ayo die Umgebung im Auge behielt. Sie wussten, dass solche Gelegenheiten selten waren, und nutzten sie so gut wie möglich aus.

Doch die Reise wurde immer schwieriger. Die kleinen Körper der Kinder konnten den Strapazen kaum noch standhalten. Einmal wurden sie beinahe von einer nächtlichen Streife erwischt, doch sie konnten sich in letzter Sekunde in einem kleinen Park verstecken. Die Kinder waren erschöpft, ihre Füße wundgelaufen, und Ayo und Funmi wussten, dass sie schnell weiterreisen mussten.

„Wir müssen einen Weg finden, aus Rom herauszukommen", sagte Ayo, als sie sich in einem Park am Rande der Stadt ausruhten. „Hier ist es zu gefährlich."

Funmi nickte, während sie Amina, die vor Erschöpfung eingeschlafen war, sanft auf ihren Schoß legte.

„Aber wie sollen wir das schaffen, Ayo? Wir haben fast kein Geld mehr, und die Züge werden streng überwacht."

Ayo dachte lange nach, bevor er sprach.

„Wir müssen es als Anhalter versuchen", sagte er schließlich. „Es ist riskant, aber vielleicht haben wir Glück und finden jemanden, der uns ein Stück mitnimmt."

In den nächsten Tagen versuchten sie, per Anhalter weiterzukommen. Sie stellten sich an den Rand von Straßen, die aus der Stadt führten, und hofften, dass ein freundlicher Fahrer anhielt. Doch es war schwierig. Die Menschen waren misstrauisch, und viele der vorbeifahrenden Autos ignorierten sie einfach. Es dauerte lange, bis schließlich ein alter, klappriger Lieferwagen neben ihnen anhielt.

Der Fahrer, ein älterer Mann mit einem freundlichen Gesicht und müden Augen, sah sie neugierig an. „Wohin wollt ihr?", fragte er auf Italienisch.

Ayo, der ein wenig Italienisch sprechen konnte, erklärte ihm ihre Situation. „Wir müssen nach Norden, Richtung Bologna. Können Sie uns ein Stück mitnehmen?"

Der Mann zögerte, bevor er nickte. „Steigt ein", sagte er schließlich. „Aber ich kann euch nicht weit bringen. Ich fahre nur bis zur nächsten Stadt."

„Das reicht", antwortete Ayo dankbar, während er Funmi und die Kinder in den Lieferwagen half.

Die Fahrt war ruhig, doch Ayo spürte die Anspannung in Funmi's Körper. Sie wussten, dass jede Fahrt ein Risiko darstellte, doch sie hatten keine Wahl. Der Fahrer ließ sie schließlich an einer Landstraße in der Nähe einer Kleinstadt aussteigen, und Ayo bedankte sich herzlich bei ihm.

„Viel Glück", sagte der Mann, bevor er weiterfuhr.

Von dort aus setzten sie ihren Weg zu Fuß fort. Die Straßen wurden zunehmend ländlicher, und sie sahen immer weniger Menschen. Das war ein Segen, denn es bedeutete, dass die Gefahr, entdeckt zu werden, geringer war. Doch es bedeutete auch, dass es schwieriger wurde, einen Platz zum Schlafen oder etwas zu essen zu finden.

Einmal, als sie in einem kleinen Dorf Halt machten, entdeckte Funmi einen kleinen Gemüsegarten, der von einem älteren Ehepaar gepflegt wurde. Mit Ayos Unterstützung trat sie zaghaft an die beiden heran und bat um etwas Essen. Das Paar, von Funmi's Freundlichkeit und der Erschöpfung der Kinder berührt, reichte ihnen ein paar Tomaten und Gurken.

„Mehr können wir euch nicht geben", sagte die Frau mit einem entschuldigenden Lächeln. „Aber nehmt es, und möge Gott mit euch sein."

„Vielen Dank", sagte Funmi dankbar, und die Familie setzte ihre Reise fort. Sie teilten das wenige Essen sorgfältig unter sich auf.

In Bologna, einer großen Stadt im Norden Italiens, wagten sie es kaum, länger als eine Nacht an einem Platz zu bleiben. Sie fanden Unterschlupf in einem verlassenen Lagerhaus am Rande der Stadt. Es war schmutzig und dunkel, doch es bot ihnen Schutz vor der Polizei und den neugierigen Blicken der Einwohner. Die Nächte waren kalt, und sie wickelten sich in alte Decken, die sie unterwegs gefunden hatten, um nicht zu frieren.

„Wir sind fast da", sagte Ayo eines Abends, als sie sich um ein kleines Feuer versammelt hatten, das sie in einer alten Metalltonne entzündet hatten. „Die Alpen sind nicht mehr weit. Sobald wir sie überquert haben, sind wir in der Schweiz. Von dort ist es nicht mehr weit bis nach Deutschland."

Funmi nickte, doch ihre Augen waren müde und voller Sorge.

„Ayo, die Kinder sind erschöpft", sagte sie leise. „Sie können nicht mehr lange so weitermachen."

„Ich weiß, Funmi", sagte Ayo sanft und schaute Funmi zärtlich an. „Aber wir müssen durchhalten. Die Alpen sind der letzte große Schritt. Sobald wir sie überquert haben, sind wir fast am Ziel."

Die letzte Etappe ihrer Reise bis zum Rand der Alpen war die härteste. Sie bewegten sich durch kleine Dörfer und ländliche Gebiete, immer auf der Hut vor den Behörden. Mehrmals mussten sie sich in Wäldern verstecken, als sie hörten, dass die Polizei in der Nähe war. Die Nächte wurden immer kälter, und die Anstrengung, die sie alle auf sich nahmen, begann, ihren Tribut zu fordern.

Einmal, als sie versuchten, in einem alten Schuppen Unterschlupf zu finden, wurden sie fast von einem Dorfbewohner entdeckt. Der Mann, ein junger Landwirt, hatte sie bemerkt, als er nach seinem Vieh sah. Ayo reagierte schnell und zog die Familie tiefer in den Schatten des Schuppens, während der Mann vorbeiging.

„Das war wirklich knapp", flüsterte Funmi, als sie sich wieder in Sicherheit wähnten.

„Wir müssen vorsichtiger sein", sagte Ayo, während er die Umgebung nach weiteren Gefahren absuchte.

Auf einer weiteren Etappe der Reise, als sie sich einem kleinen Bach näherten, entdeckten sie eine Wasserquelle, an der sie ihre Flaschen auffüllten. Das klare, kühle Wasser war ein Segen, und sie tranken gierig, bevor sie weiterzogen.

Doch das größte Problem blieb das Essen. Als sie in einem Wald rasteten, entdeckte Ayo einige wilde Beerensträucher. Obwohl er sich nicht sicher war, ob die Beeren essbar waren, sammelte er vorsichtig einige davon und brachte sie zu Funmi.

„Ich hoffe, sie sind ungefährlich", sagte er, als er die Beeren mit einem unsicheren Blick betrachtete.

Funmi prüfte sie sorgfältig und nickte schließlich. „Ich glaube, sie sind in Ordnung", sagte sie, bevor sie den Kindern eine kleine Handvoll gab.

Schließlich, nach vielen Tagen der Flucht, erreichten sie den Rand der Alpen. Die majestätischen Berge erhoben sich vor ihnen wie eine gewaltige Mauer, und Ayo wusste, dass die schwierigste Etappe ihrer Reise noch bevorstand.

„Das sind die Alpen", sagte er leise, während sie auf einem Hügel standen und die schneebedeckten Gipfel betrachteten. „Wir müssen einen Weg finden, sie zu überqueren."

Funmi sah zu den Bergen hinauf, ihre Augen waren voller Angst. „Wie sollen wir das schaffen?", fragte sie leise.

„Wir haben keine Wahl", antwortete Ayo fest. „Wir müssen es versuchen. Für die Kinder. Für uns."

Und so bereiteten sie sich auf die gefährlichste und härteste Etappe ihrer Flucht vor – die Überquerung der Alpen, die vor ihnen lagen wie eine unüberwindbare Barriere zwischen ihnen und ihrem Traum von einem neuen Leben in Deutschland.

Die Alpen standen vor ihnen wie eine unüberwindbare Mauer. Die schneebedeckten Gipfel leuchteten im fahlen Mondlicht, und die kalte Nachtluft schnitt wie ein Messer durch die dünnen Kleider der Familie.

Ayo, Funmi, Tunde und Amina standen am Fuß der Berge und sahen den Pfad hinauf, der sich wie ein dunkles Band durch die felsige Landschaft zog.

Sie wussten, dass dies der gefährlichste Teil ihrer Reise war – die Überquerung der Alpen, die sie in die Schweiz führen würde, war voller Gefahren und unvorhersehbarer Hindernisse.

„Es wird kalt und steil werden", sagte Ayo leise, während er Funmi und die Kinder ansah. „Aber wir müssen es versuchen. Es gibt keinen anderen Weg."

Funmi nickte, ihre Augen waren fest auf die dunklen Berge gerichtet. „Wir müssen durchhalten", sagte sie, mehr zu sich selbst als zu Ayo. „Wir haben keine Wahl."

Sie machten sich auf den Weg, die Dunkelheit verschlang sie, während sie den steinigen Pfad hinaufkletterten. Jeder Schritt war mühsam, die steile Steigung und der lose Schotter machten es schwer, das Gleichgewicht zu halten. Die Kälte drang durch ihre Kleidung, und der Atem bildete weiße Wolken in der klaren Nachtluft.

Ayo führte die Gruppe an, seine Augen suchten die Umgebung nach möglichen Gefahren ab. Er wusste, dass sie nicht nur gegen die Elemente kämpfen mussten, sondern auch gegen die Erschöpfung, die sich in ihren Körpern festgesetzt hatte.

Der Pfad wurde immer steiler, und die Steine unter ihren Füßen waren rutschig von Eis und Schnee. Ayo konnte die zitternden Schritte von Funmi und den Kindern hören, und er wusste, dass sie alle am Ende ihrer Kräfte waren. Doch es gab kein Zurück. Die Kälte kroch in ihre Glieder, und jeder Atemzug schmerzte in der kalten Luft.

„Papa, ich bin so müde", jammerte Tunde, seine Stimme war schwach und voller Verzweiflung.

Ayo blieb stehen und legte eine Hand auf Tundes Schulter.

„Ich weiß, mein Sohn", sagte er sanft. „Aber wir müssen weitergehen. Die Schweiz ist nicht mehr weit. Sobald wir dort sind, finden wir einen Ort, um uns auszuruhen."

Funmi hielt Amina fest an sich gedrückt, ihre Zähne klapperten vor Kälte.

„Ayo, sie kann nicht mehr", sagte sie verzweifelt. „Wir müssen eine Pause machen."

Ayo sah sich um, doch es gab keinen sicheren Platz, um sich auszuruhen. Der Pfad war schmal und von steilen Felswänden umgeben, die im Dunkeln bedrohlich wirkten.

„Noch ein Stück weiter", sagte er entschlossen. „Wir müssen hier weg, bevor das Wetter schlechter wird."

Sie kämpften sich weiter den Berg hinauf, jeder Schritt war eine Qual. Die Kälte schnitt in ihre Haut, und die Dunkelheit machte es schwer, den Weg zu erkennen. Ayo wusste, dass sie langsam vorankamen, viel zu langsam, um die Alpen vor dem Morgengrauen zu überqueren.

„Funmi, wir müssen uns beeilen", flüsterte er, als sie einen besonders steilen Abschnitt erreichten. „Wenn wir hier erwischt werden, sind wir verloren."

Doch die Erschöpfung war zu groß, und die Kälte machte jeden Schritt zur Qual. Funmi stolperte und fiel auf die Knie, während Amina schwach in ihren Armen lag.

„Ayo, ich kann nicht mehr", flüsterte sie, Tränen liefen ihr über die Wangen. „Wir schaffen das nicht."

Ayo half ihr auf, seine eigenen Beine zitterten vor Anstrengung.

„Wir müssen, Funmi", sagte er mit fester Stimme. „Für die Kinder."

Plötzlich, ohne Vorwarnung, hörte Ayo ein tiefes Grollen, das sich durch die Berge zog. Er blickte nach oben und sah, wie sich ein großer Felsen von der Wand löste und mit zunehmender Geschwindigkeit auf sie zuraste.

„RUNTER!", schrie Ayo und warf sich auf Funmi und die Kinder, um sie zu schützen.

Der Fels krachte auf den Pfad, nur wenige Meter von ihnen entfernt.

Der Boden bebte unter der Wucht des Aufpralls, und Steinsplitter flogen in alle Richtungen. Amina schrie vor Angst auf, und Funmi drückte sie fest an sich, während sie versuchte, die Kinder zu schützen.

Als der Lärm verklungen war, hob Ayo langsam den Kopf. Der Fels hatte den Pfad vor ihnen blockiert, und der schmale Streifen, auf dem sie gestanden hatten, war nun gefährlich instabil. Er sah Funmi an, die ihn mit weit aufgerissenen Augen anstarrte, die Angst war in ihrem Gesicht eingemeißelt.

„Wir müssen weiter", sagte Ayo mit bebender Stimme, doch die Entschlossenheit in seinen Augen blieb ungebrochen. „Wir dürfen hier nicht bleiben."

Funmi nickte stumm und half den Kindern auf die Füße. Amina war blass und zitterte vor Angst, doch sie versuchte, tapfer zu sein.

„Mama, ich habe Angst", flüsterte sie, während sie sich an Funmi klammerte.

„Ich weiß, mein Schatz", sagte Funmi, ihre Stimme war sanft, obwohl sie selbst von Angst erfüllt war. „Aber wir sind stark und werden es schaffen. Wir müssen weitergehen."

Der Pfad war jetzt noch schwieriger zu begehen, und sie mussten aufpassen, um nicht den Halt zu verlieren. Die Felsen über ihnen wirkten bedrohlich, als könnten sie jeden Moment erneut ins Rutschen geraten. Ayo führte die Familie langsam und vorsichtig um die blockierte Stelle herum, seine Augen waren auf den Weg vor ihnen fixiert, während er nach dem sichersten Pfad suchte.

Die Stunden vergingen quälend langsam, und die Kälte wurde immer unerträglicher. Ayo spürte, wie seine Hände taub wurden, und jeder Atemzug war eine Qual in der eisigen Luft. Doch die Angst, in der Dunkelheit der Berge gefangen zu bleiben, trieb ihn weiter.

Als sie endlich den höchsten Punkt des Pfades erreichten, hatten sie das Gefühl, das Schlimmste überstanden zu haben. Doch der Abstieg war nicht weniger gefährlich.

Der Weg hinab war steil und rutschig, und die Dunkelheit machte es schwer, die nächsten Schritte abzuschätzen. Die Kinder waren am Ende ihrer Kräfte, und Ayo und Funmi mussten sie fast tragen, um weiterzukommen.

„Wir sind fast da", flüsterte Ayo, während sie sich vorsichtig den Berg hinab tasteten. „Noch ein bisschen weiter, und wir sind in der Schweiz."

Doch die letzten Meter waren die härtesten. Der Pfad war schmal und voller losem Geröll, und die Gefahr, abzurutschen, war allgegenwärtig. Ayo ging voran, seine Augen suchten nach einem sicheren Platz, wo sie sich ausruhen konnten. Doch die Kälte und die Erschöpfung machten es schwer, klar zu denken.

Plötzlich rutschte Tunde aus und verlor das Gleichgewicht. Ayo reagierte blitzschnell und packte ihn am Arm, bevor er den Abhang hinunterstürzen konnte.

„Vorsichtig, Tunde", sagte er, seine Stimme war angespannt. „Bleib nah bei mir."

Endlich, nach stundenlangem Kampf gegen die Natur, erreichten sie das Tal auf der Schweizer Seite. Die Erleichterung war greifbar, doch sie wussten, dass sie noch nicht in Sicherheit waren. Die Schweiz bedeutete zwar einen Schritt näher an Deutschland, aber sie waren immer noch Flüchtlinge in einem fremden Land, ohne Papiere, ohne Schutz.

„Wir müssen uns jetzt verstecken", sagte Ayo, während er die Umgebung nach einem Unterschlupf absuchte. „Es ist noch zu gefährlich, weiterzugehen."

Sie fanden schließlich einen kleinen Hohlraum unter einem großen Felsen, der sie vor dem Wind schützte. Funmi legte die erschöpften Kinder nebeneinander, während Ayo versuchte, ihre dünnen Decken über sie zu breiten, um sie vor der Kälte zu schützen.

„Wir haben es geschafft, Ayo", flüsterte Funmi, ihre Stimme war von Erschöpfung und Erleichterung durchzogen. „Wir sind in der Schweiz."

„Ja", antwortete Ayo leise, während er sich neben sie setzte und die Kinder in die Arme schloss. „Aber die Reise ist noch nicht vorbei. Wir müssen jetzt stark bleiben, für den letzten Teil unserer Reise."

Sie wussten, dass sie noch weit von ihrem Ziel entfernt waren, doch für den Moment konnten sie sich in dem Wissen ausruhen, dass sie die gefährlichste Hürde überwunden hatten.

Die Alpen lagen hinter ihnen, und vor ihnen lag die letzte Etappe ihrer Flucht – die Reise durch die Schweiz und weiter nach Deutschland, wo sie hofften, endlich Sicherheit zu finden.

Doch das Wissen, dass der nächste Morgen erneut Gefahr und Ungewissheit bringen würde, hielt Ayo wach, während die ersten Anzeichen der Morgendämmerung den Himmel im Osten erhellten.

Ankunft in Deutschland

Nach der gefährlichen Überquerung der Alpen und einer kurzen Rast im kleinen Schweizer Dorf Bivio wussten Ayo und Funmi, dass ihre Reise noch lange nicht vorbei war. Sie hatten es bis in die Schweiz geschafft, doch ihr Ziel war Deutschland, wo sie hofften, endlich Sicherheit und eine Chance auf ein neues Leben zu finden. Doch der Weg dorthin war immer noch voller Gefahren und Herausforderungen.

In Bivio war es still, sehr still. Die Sonne war gerade erst über den Gipfeln aufgegangen, und die kalte Morgenluft schnitt durch die Kleidung der Familie.

Ayo und Funmi wussten, dass sie sich nicht lange in dem kleinen Dorf aufhalten konnten – sie mussten weiter nach Deutschland, so schnell wie möglich.

Doch der Weg war noch lang, und die Erschöpfung der Kinder bereitete ihnen große Sorgen.

„Deutschland ist nicht mehr weit", sagte Ayo leise, während er die karge Umgebung musterte. „Wenn wir es bis nach München schaffen, könnten wir Hilfe finden. Es ist eine große Stadt, und von dort aus werden wir weitergeleitet."

Funmi nickte, ihre Augen waren müde, aber entschlossen. „Wie kommen wir nach München, Ayo?", fragte sie. „Wir haben kaum noch Geld, und die Kinder sind am Ende ihrer Kräfte."

Ayo sah auf das kleine Dorf vor ihnen.

„Wir müssen zuerst nach Chur", sagte er nachdenklich. „Von dort können wir einen Zug nehmen, aber wir müssen sehr vorsichtig sein. Die Kontrollen sind streng, besonders in der Nähe der Grenze."

Von Bivio nach Chur: Die erste Hürde

Nach einem hastigen Frühstück mit dem wenigen Brot und Wasser, das sie in Bivio gekauft hatten, machten sie sich auf den Weg. Die Straße führte sie aus dem Dorf hinaus und hinunter ins Tal. Die Landschaft war atemberaubend schön, doch die Familie hatte keine Zeit, sie zu bewundern. Ihre Gedanken waren nur auf eines gerichtet: den Weg nach Deutschland.

Die erste Etappe führte sie nach Chur, der größten Stadt in der Region Graubünden. Sie wussten, dass Chur ein wichtiger Verkehrsknotenpunkt war, von dem aus sie weiterreisen konnten. Doch die Reise dorthin war beschwerlich. Die Straße war steil und kurvenreich, und der Weg zog sich endlos hin. Die Kinder wurden immer langsamer, ihre kleinen Beine hatten Schwierigkeiten, Schritt zu halten.

„Papa, wie weit noch?", fragte Tunde erschöpft, seine Stimme war kaum mehr als ein Flüstern.

„Nicht mehr weit", antwortete Ayo, obwohl er wusste, dass sie noch Stunden unterwegs sein würden. „Bleib stark, mein Sohn. Wir müssen das schaffen."

Sie kamen an einem kleinen Gasthaus vorbei, das am Straßenrand lag. Ayo wusste, dass sie nichts kaufen konnten, aber er hoffte, dass sie vielleicht etwas Wasser bekommen könnten. Er klopfte vorsichtig an die Tür, und ein älterer Mann öffnete.

„Guten Morgen", sagte Ayo höflich. „Könnten Sie uns bitte etwas Wasser geben? Wir sind auf der Durchreise und haben nichts mehr."

Der Mann sah die erschöpfte Familie an und zögerte einen Moment, bevor er nickte.

„Wartet hier", sagte er und verschwand kurz im Inneren des Gasthauses.

Als er zurückkam, reichte er ihnen eine große Flasche Wasser.
„Mehr kann ich euch nicht geben", sagte er, „aber ich wünsche
euch alles Gute."

„Vielen Dank", sagte Ayo dankbar und nahm die Flasche entgegen.
Sie tranken schnell, teilten das Wasser sorgfältig unter sich auf,
bevor sie ihren Weg fortsetzten.

Die Stunden vergingen quälend langsam, doch schließlich erreichten sie Chur. Die Stadt war größer, als sie erwartet hatten, und
die Straßen waren voller Menschen. Ayo führte die Familie vorsichtig durch die Gassen, immer auf der Hut vor den Behörden.

Die Zugfahrt nach St. Margrethen: Erste Gefahr

Ihr Ziel war der Bahnhof von Chur, wo sie hofften, einen Zug nach
St. Margrethen zu nehmen, einem Grenzort am Bodensee. Ayo
hatte gehört, dass die Kontrollen dort besonders streng waren,
doch es war ihre einzige Chance, die Schweiz zu verlassen und
nach Deutschland zu gelangen.

„Wir müssen uns beeilen", sagte Ayo, als sie den Bahnhof erreichten. „Der nächste Zug nach St. Margrethen fährt bald."

Sie schlichen sich auf den Bahnsteig, immer darauf bedacht, nicht
aufzufallen. Ayo war sich bewusst, dass die Schaffner und Polizisten in den größeren Bahnhöfen besonders wachsam waren. Als der
Zug einfuhr, warteten sie, bis die meisten Passagiere eingestiegen
waren, bevor sie sich unauffällig in einen der hinteren Waggons
schlichen.

Die Zugfahrt nach St. Margrethen war angespannt. Funmi hielt
die Kinder dicht bei sich, während Ayo wachsam blieb, immer darauf bedacht, keine Aufmerksamkeit zu erregen. Die Landschaft
draußen zog an ihnen vorbei, doch keiner von ihnen konnte die
Schönheit der vorbeiziehenden Berge und Täler genießen. Ihre Gedanken waren nur auf die bevorstehende Grenzkontrolle gerichtet.

Kurz vor St. Margrethen, als der Zug langsamer wurde, tauchte plötzlich ein Schaffner im Waggon auf.

Ayo's Herz setzte einen Schlag aus. „Bleibt ruhig", flüsterte er, während er sich tiefer in den Sitz drückte.

Der Schaffner kam näher, überprüfte die Tickets der anderen Fahrgäste. Ayo wusste, dass sie keine Tickets hatten und dass die Situation schnell eskalieren könnte. Als der Schaffner jedoch an ihnen vorbeiging, ohne sie zu bemerken, atmete Ayo erleichtert auf.

„Wir hatten Glück", flüsterte Funmi, ihre Stimme zitterte vor Anspannung.

„Ja, aber die Grenze ist noch vor uns", antwortete Ayo, während er den Blick fest auf das Ziel richtete.

Grenzüberquerung St. Margrethen: Der Moment der Wahrheit

Als der Zug in St. Margrethen einfuhr, stieg die Nervosität der Familie ins Unermessliche. Sie wussten, dass sie jetzt an der Grenze waren, und dass die Schweizer Behörden oft gemeinsam mit deutschen Beamten die Züge kontrollierten. Der Bahnhof war kleiner als der in Chur, doch es wimmelte von Beamten und Sicherheitskräften.

„Wir müssen vorsichtig sein", flüsterte Ayo, während sie langsam aus dem Zug stiegen. „Folgt mir und bleibt nah bei mir."

Sie schlichen sich aus dem Bahnhof, immer darauf bedacht, nicht aufzufallen. Ayo wusste, dass die Grenzüberquerung ein heikler Moment war.

Es gab Gerüchte, dass manche Flüchtlinge es schafften, indem sie einfach durch die Stadt schlichen und versuchten, sich in der Nähe des Bodensees unauffällig nach Deutschland zu bewegen.

„Wir müssen es versuchen", sagte Ayo entschlossen. „Wir werden an der Grenze so tun, als ob wir ganz normal nach Deutschland reisen. Wenn sie uns nicht anhalten, haben wir es geschafft."

Die Familie bewegte sich durch die Straßen von St. Margrethen, und Ayo suchte nach einer Möglichkeit, die Grenze zu überqueren, ohne Aufmerksamkeit zu erregen.

Schließlich erreichten sie einen ruhigeren Abschnitt der Stadt, nahe dem Seeufer. Ayo entschied, dass es zu riskant war, die offiziellen Grenzübergänge zu nutzen. Sie mussten einen Weg finden, durch die Wälder und Felder entlang des Sees zu gehen, um nach Deutschland zu gelangen.

Der Weg durch die Natur war beschwerlich, und die Kinder waren erschöpft. Doch Ayo trieb sie weiter an, wissend, dass dies ihre einzige Chance war. Nach stundenlangem Marsch durch die dichten Wälder, immer auf der Hut vor Patrouillen, erreichten sie schließlich die deutsche Seite des Bodensees.

Lindau: Die nächste Herausforderung

Die Erleichterung war groß, als sie schließlich Lindau auf der deutschen Seite des Bodensees erreichten, doch die Gefahr war noch nicht vorüber. Ayo wusste, dass sie in Deutschland immer noch als illegale Einwanderer betrachtet wurden und dass sie sich vor den Behörden in Acht nehmen mussten.

Lindau war ein malerisches Städtchen am Bodensee, doch für die Familie war es einfach nur ein weiterer Ort, den sie so schnell wie möglich durchqueren mussten. Sie vermieden die großen Straßen und blieben in den schmalen Gassen, immer auf der Hut vor den Behörden.

„Wir müssen jetzt einen Weg nach München finden", sagte Ayo, als sie in einem kleinen Park rasteten. „Das ist unser nächstes Ziel.

Von dort aus können wir in ein Auffanglager in Aachen weiterreisen."

„Wie kommen wir nach München?", fragte Funmi besorgt. „Es sind noch viele Kilometer, und die Kinder sind erschöpft."

Ayo dachte nach. „Wir werden es wieder mit dem Zug versuchen", sagte er schließlich. „Es ist riskant, aber wir haben keine andere Wahl."

Die letzte Etappe: Der Zug nach München

Am Bahnhof von Lindau wussten sie, dass sie ihre letzte Chance ergreifen mussten. Sie schlichen sich erneut in einen der hinteren Waggons, diesmal mit einem klaren Ziel: München. Die Fahrt von Lindau nach München führte sie durch die Städte Wangen und Memmingen, und Ayo wusste, dass die Gefahr, entdeckt zu werden, mit jeder Haltestelle stieg.

Der Zug setzte sich in Bewegung, und die Familie kauerte sich in die Sitze, die Augen fest auf die vorbeiziehende Landschaft gerichtet. Der Winter war kalt, und die Landschaft war mit einer dünnen Schneeschicht bedeckt. Es war eine Fahrt voller Anspannung und Angst, doch Ayo und Funmi wussten, dass sie jetzt so nah an ihrem Ziel waren wie nie zuvor.

Als der Zug Wangen erreichte, hielten sie den Atem an. Die Kontrolleure gingen durch den Zug, doch diesmal hatten sie wieder Glück – der Waggon, in dem sie saßen, wurde nicht überprüft. Sie setzten ihre Reise fort, immer näher an München heranrückend.

In Memmingen war die Anspannung fast unerträglich. Amina, die erschöpft auf Funmi's Schoß schlief, wachte auf und begann leise zu weinen. Funmi hielt sie fest und versuchte, sie zu beruhigen, während Ayo nervös auf die Waggontür starrte. Doch auch hier passierte nichts, und der Zug setzte seine Fahrt fort.

Endlich, nach Stunden der Angst und des Wartens, erreichte der Zug den Münchner Hauptbahnhof. Als sie aus dem Zug stiegen, wurden sie von einer eisigen Kälte empfangen. Der Bahnhof war riesig, laut und voller Menschen. Es war überwältigend, nach den endlosen Tagen der Flucht in diese große, geschäftige Stadt zu kommen.

München: Die erste Begegnung mit Deutschland

„Wir sind da", flüsterte Funmi, während sie sich umblickte. „Aber was jetzt?"

Ayo sah sich um. Sie waren endlich in Deutschland, doch ihre Reise war noch nicht vorbei. „Wir müssen uns melden", sagte er. „Es gibt hier ein Flüchtlingslager. Von hier aus werden sie uns nach Aachen schicken, wo wir in einem Auffanglager unterkommen können."

Die Kinder wirkten erschöpft und überfordert von der geschäftigen Stadt um sie herum. Die hohen Gebäude, die Menschenmassen, das hektische Treiben – es war alles überwältigend. Ayo nahm ihre Hände und führte sie durch den Bahnhof, auf der Suche nach einem Ausgang. Der Empfang in München war kühl und distanziert, und sie spürten, dass sie hier nicht willkommen waren. Die Realität schlug hart zu, als sie erkannten, dass ihre Reise noch lange nicht vorbei war, und dass sie jetzt in einem Land waren, das sie nicht mit offenen Armen empfing.

Ayo wusste, dass sie nur einen Bruchteil dessen erreicht hatten, was sie erhofft hatten. Doch sie waren hier, in Deutschland, und das war ein Anfang.

Nach der langen und gefährlichen Reise hatten Ayo, Funmi und ihre Kinder endlich München erreicht. Doch obwohl sie nun deutschen Boden unter den Füßen hatten, wussten sie, dass ihre Reise noch nicht beendet war. Der Münchner Hauptbahnhof war groß und geschäftig, voller Menschen, die ihrem Alltag nachgingen.

Die Familie stand erschöpft und überwältigt zwischen den eilig vorbeiziehenden Reisenden, die kaum einen Blick auf sie warfen.

Ayo wusste, dass sie schnell handeln mussten. Sie hatten gehört, dass es in München ein Flüchtlingslager gab, wo sie sich melden konnten. Doch die Stadt war ihnen fremd, und sie wussten nicht, wohin sie gehen sollten. Mit den Kindern an der Hand führten Ayo und Funmi die Familie durch den Bahnhof, während sie nach Hinweisen oder Informationen suchten.

„Wir müssen jemanden fragen", sagte Funmi leise, während sie Amina an sich drückte. „Vielleicht kann uns jemand den Weg zeigen."

Ayo nickte und versuchte, den Mut zu finden, einen der Passanten anzusprechen. Schließlich entdeckte er einen älteren Mann in einer Uniform, der wie ein Bahnhofswärter aussah. Er näherte sich ihm vorsichtig.

„Entschuldigen Sie", begann Ayo auf Englisch, „können Sie uns bitte helfen? Wir sind auf der Suche nach dem Flüchtlingslager."

Der Mann musterte Ayo kurz, bevor er auf Deutsch antwortete. Ayo verstand nur bruchstückhaft, doch er begriff, dass der Mann ihnen die Richtung wies. „Draußen, links und dann immer geradeaus", sagte er mit einer abwinkenden Geste.

Ayo bedankte sich so gut er konnte und führte die Familie nach draußen in die kalte Münchner Luft. Sie folgten der beschriebenen Route und erreichten schließlich eine schlichte, aber gut bewachte Einrichtung – das Münchner Flüchtlingslager.

Der Eingang des Lagers wurde von Sicherheitskräften bewacht, und Ayo spürte, wie seine Nervosität stieg, als sie sich dem Tor näherten. Funmi hielt die Kinder fest an sich gedrückt, ihre Augen waren von Erschöpfung gezeichnet. Sie wussten nicht, was sie erwartete, doch sie hatten keine andere Wahl, als weiterzugehen.

„Was wollen Sie?", fragte einer der Sicherheitsbeamten, als sie sich näherten.

„Wir… wir sind Flüchtlinge", sagte Ayo zögernd. „Wir sind aus Afrika gekommen und brauchen Hilfe."

Der Beamte warf ihnen einen prüfenden Blick zu, dann nickte er knapp. „Kommen Sie mit", sagte er, bevor er sie in das Lager führte.

Im Inneren wurden sie in ein kleines Büro gebracht, wo sie von einem weiteren Beamten empfangen wurden. Dieser sprach fließend Englisch, was Ayo eine gewisse Erleichterung verschaffte.

„Sie sind also gerade angekommen?", fragte der Beamte, während er in einigen Papieren blätterte.

„Ja", antwortete Ayo. „Wir sind durch Italien und die Schweiz gekommen. Es war eine lange Reise."

Der Beamte nickte verständnisvoll, aber kühl. „Wir werden Sie registrieren und dann nach Aachen weiterleiten. Dort gibt es ein größeres Auffanglager, wo Sie untergebracht werden können. Hier in München sind wir überfüllt."

Ayo spürte, wie Funmi sich an seiner Seite verkrampfte. „Wie lange müssen wir hier warten?", fragte er.

„Nicht lange", antwortete der Beamte. „Wir kümmern uns um die Formalitäten, dann bekommen Sie Zugtickets und können nach Aachen weiterreisen."

Die Registrierung war ein erniedrigender, aber notwendiger Prozess. Sie wurden fotografiert, ihre Fingerabdrücke wurden genommen, und sie mussten Fragen zu ihrer Herkunft und ihrer Flucht beantworten. Die Prozedur erinnerte sie an die vielen ähnlichen Erfahrungen, die sie bereits in anderen Ländern gemacht hatten, doch diesmal war es anders. Sie waren in Deutschland, und hier hofften sie, endlich Sicherheit zu finden.

Nach der Registrierung erhielten sie die versprochenen Zugtickets nach Aachen. Ein Mitarbeiter des Lagers brachte sie zurück zum Bahnhof und erklärte ihnen, welchen Zug sie nehmen sollten. „Der Zug fährt in etwa einer Stunde ab", sagte er. „Er bringt Sie direkt nach Aachen. Dort werden Sie vom Personal des Lagers empfangen."

Die Familie betrat den Zug nach Aachen mit einer Mischung aus Erschöpfung und Anspannung. Sie hofften, dass die Reise diesmal weniger gefährlich und beschwerlich sein würde, doch ihre Hoffnungen wurden schnell zerschlagen. Die Waggons waren voll, und sie mussten sich mit den Kindern in ein völlig überfülltes Abteil quetschen.

Die anderen Fahrgäste warfen ihnen misstrauische Blicke zu, und Ayo konnte die ablehnende Stimmung im Waggon spüren.

„Setzt euch hier hin", sagte Ayo leise zu Funmi und den Kindern, als er einen freien Platz am Fenster fand. Er selbst blieb stehen und hielt sich an einer Haltestange fest.

Es dauerte nicht lange, bis die ersten abfälligen Kommentare zu hören waren. Zwei Männer, die am anderen Ende des Waggons saßen, warfen ihnen immer wieder verächtliche Blicke zu.

„Diese Flüchtlinge", murmelte einer der Männer laut genug, dass es Ayo hören konnte. „Die kommen hierher und nehmen uns alles weg."

Der andere Mann nickte zustimmend. „Schwarzarbeit, Kriminalität... Die bringen nur Probleme mit."

Ayo spürte, wie Wut in ihm aufstieg, doch er hielt sich zurück. Er wusste, dass es nichts brachte, sich mit diesen Menschen anzulegen. Funmi drückte die Kinder fest an sich, während sie die hasserfüllten Blicke ignorierte.

„Lass uns das einfach durchstehen", flüsterte sie Ayo zu. „Wir sind fast da."

Doch die Demütigungen nahmen kein Ende. Bei jeder Haltestelle schien es, als würden die Menschen ihnen noch kälter und feindseliger begegnen. Ayo hielt den Kopf gesenkt, doch er konnte die Spannung in der Luft förmlich spüren.

„Schaut sie euch an", sagte eine Frau, die in der Nähe saß. „Wahrscheinlich haben sie nicht einmal für den Zug bezahlt."

„Sie sollten alle zurückgeschickt werden", fügte ein anderer Mann hinzu. „Warum müssen wir uns das gefallen lassen?"

Die Worte trafen Ayo tief, doch er schwieg. Er wusste, dass jede Konfrontation nur zu weiteren Problemen führen würde. Stattdessen konzentrierte er sich darauf, Funmi und die Kinder zu schützen, während sie die lange, beschwerliche Fahrt nach Aachen überstanden.

Endlich, nach Stunden der Erniedrigung und des Unwohlseins, erreichte der Zug Aachen. Die Familie stieg aus, erleichtert, die beklemmende Atmosphäre im Zug hinter sich lassen zu können. Doch als sie auf dem Bahnsteig standen, waren sie erneut überwältigt von der Fremdheit des Ortes. Aachen war eine alte Stadt, mit einer langen Geschichte, doch für Ayo und seine Familie war sie einfach ein weiterer unbekannter Ort in einem Land, das ihnen feindlich gesinnt schien.

Ein Mitarbeiter des Auffanglagers erwartete sie am Bahnhof. „Willkommen in Aachen", sagte er auf Englisch. „Ich bin hier, um Sie in das Lager zu bringen."

Die Familie folgte ihm durch die Straßen der Stadt, bis sie schließlich das Auffanglager erreichten. Es war ein großes Containerdorf, bestehend aus Dutzenden von Containern, die als vorübergehende Unterkünfte für die ankommen Flüchtlinge dienten. Die Gebäude waren eng aneinandergereiht, und überall herrschte geschäftiges Treiben.

„Das ist Ihre neue Unterkunft", sagte der Mitarbeiter, als er sie zu einem der Container führte. „Es ist nicht viel, aber es ist besser als nichts."

Ayo und Funmi betraten den Container und sahen sich um. Der Raum war klein und spärlich eingerichtet. Zwei Metallbetten standen an den Wänden, dazwischen ein kleiner Tisch und zwei Stühle. An den Wänden hingen schwere Vorhänge, die das spärliche Licht der kleinen Fenster blockierten.

„Es ist beengt", sagte Funmi leise, als sie Amina auf eines der Betten legte. „Aber es ist besser als das, was wir in Libyen hatten."

„Ja", antwortete Ayo, während er sich setzte und die Umgebung betrachtete. „Wir müssen dankbar sein."

Doch die Realität im Lager war hart. Die Familie musste sich den Container mit einer anderen Familie teilen, die ebenfalls gerade angekommen war. Der Platz war begrenzt, und die Privatsphäre war praktisch nicht vorhanden.

Das Essen wurde in einem großen Gemeinschaftszelt ausgegeben, und die sanitären Einrichtungen waren rudimentär.

„Wir müssen uns hier alle an die Regeln halten", erklärte der Mitarbeiter, bevor er sie allein ließ. „Es gibt feste Zeiten für das Essen und die Benutzung der Duschen. Halten Sie sich daran, dann wird es keine Probleme geben."

Das Leben im Lager war besser als das, was sie in Libyen und Italien erlebt hatten, doch es war weit entfernt von dem, was sie sich erhofft hatten.

Die Tage vergingen in einem eintönigen Rhythmus, und die ständige Nähe zu den anderen Flüchtlingen führte schnell zu Spannungen. Ayo und Funmi versuchten, ihre Familie so gut wie möglich zu schützen, doch die beengten Verhältnisse machten es schwer, den Kindern ein Gefühl von Sicherheit zu geben.

„Es ist besser als nichts", sagte Funmi eines Abends, während sie Amina in den Schlaf wiegte. „Aber es ist nicht das Leben, das ich mir für uns gewünscht habe."

Ayo legte eine Hand auf ihre Schulter. „Wir müssen stark bleiben", sagte er leise. „Es ist nur vorübergehend. Irgendwann werden wir weiterziehen können, und dann wird alles besser."

Doch in ihrem Inneren wussten sie beide, dass der Weg zu einem neuen Leben noch lange und beschwerlich sein würde. Das Lager in Aachen war nur eine weitere Station auf ihrer endlosen Flucht, und sie konnten nur hoffen, dass sie eines Tages die Sicherheit und den Frieden finden würden, nach dem sie sich so sehr sehnten.

Nach einigen Tagen im Auffanglager in Aachen begann für Ayo, Funmi und ihre Kinder der nächste, besonders herausfordernde Teil ihrer Reise: Die ersten Begegnungen mit der deutschen Bürokratie und der lokalen Bevölkerung. Obwohl sie es geschafft hatten, dem unmittelbaren Chaos und der Gewalt ihrer Flucht zu entkommen, fanden sie sich nun in einer neuen Art von Kampf wieder – einem Kampf gegen ein System, das sie mit Kälte und Misstrauen empfing.

Der erste Kontakt mit der deutschen Bürokratie war so entmutigend wie erwartet. Ayo und Funmi wurden in das Hauptbüro des Auffanglagers gerufen, wo sie ihre Asylanträge stellen sollten. Der Raum, in dem sie warteten, war karg eingerichtet, mit Metallstühlen, einem großen Schreibtisch und kühlen weißen Wänden. Eine Beamtin saß hinter einem Stapel Akten, ihre Miene war ausdruckslos, als sie die Familie in das Büro bat.

„Setzen Sie sich", sagte die Beamtin auf Deutsch, bevor sie auf Englisch wechselte. Ihre Stimme war monoton, als hätte sie diesen Satz schon tausend Mal wiederholt. „Wir werden jetzt Ihre Asylanträge aufnehmen. Bitte antworten Sie genau und wahrheitsgemäß."

Ayo und Funmi setzten sich, während die Kinder still an ihrer Seite standen. Die Prozedur war lang und ermüdend. Die Beamtin stellte eine endlose Reihe von Fragen, die teilweise tief in ihre traumatischen Erlebnisse vordrangen. Sie wollte Details über ihre Flucht, ihre Beweggründe, nach Deutschland zu kommen, und ihre Hoffnungen für die Zukunft wissen.

„Warum haben Sie sich entschieden, nach Deutschland zu kommen?", fragte die Beamtin mit einem Hauch von Misstrauen in der Stimme.

Ayo, der sich bemühte, ruhig zu bleiben, antwortete: „Wir haben gehört, dass Deutschland Flüchtlingen hilft. Dass hier die Chancen besser sind, ein neues Leben zu beginnen."

Die Beamtin machte eine Notiz, ohne auf Ayos Worte zu reagieren. „Haben Sie Papiere? Irgendeine Art von Identifikation?"

Ayo schüttelte den Kopf. „Alles, was wir hatten, haben wir auf der Flucht verloren."

Die Beamtin seufzte, als ob dies eine weitere Belastung in ihrem ohnehin vollen Arbeitstag wäre.

„Das wird es schwieriger machen", sagte sie knapp und fuhr fort, weitere Fragen zu stellen. Der Ton ihrer Stimme war kühl, fast mechanisch, als ob sie vergessen hatte, dass die Menschen vor ihr keine Akten, sondern traumatisierte Familien waren.

Als die Formalitäten endlich abgeschlossen waren, sagte die Beamtin: „Ihre Anträge werden jetzt bearbeitet. Das kann einige Wochen bis Monate dauern. In der Zwischenzeit bleiben Sie hier im Lager. Sie werden informiert, wenn es Neuigkeiten gibt."

Ayo nickte und stand auf, Funmi folgte ihm, die Kinder eng an sich gedrückt. Sie verließen das Büro mit einem Gefühl der Ohnmacht und Unsicherheit.

Die Kälte des Systems hatte ihnen die Hoffnung, die sie nach Deutschland gebracht hatte, weiter geschwächt.

Sie fühlten sich verloren in einem Labyrinth aus Vorschriften und Formalitäten, das keinerlei Rücksicht auf ihre Situation zu nehmen schien. Die ersten Schritte außerhalb des Lagers waren nicht minder entmutigend. Ayo und Funmi wussten, dass sie nicht ewig im Lager bleiben konnten und dass sie sich irgendwann in der Stadt zurechtfinden mussten. Doch ihre ersten Begegnungen mit der lokalen Bevölkerung ließen schnell erkennen, dass sie nicht willkommen waren.

Eines Tages, als die Familie beschloss, das Lager zu verlassen und die Umgebung zu erkunden, wurden sie schon auf den ersten Metern mit misstrauischen Blicken empfangen. Die Straßen von Aachen waren von einer ruhigen, fast beschaulichen Atmosphäre geprägt, doch die Menschen, die ihnen begegneten, zeigten wenig Interesse, ihre neuen Nachbarn kennenzulernen.

Stattdessen bemerkte Ayo, wie einige Passanten ihnen bewusst aus dem Weg gingen, als ob sie eine unsichtbare Grenze markierten.

„Ayo, siehst du das?", flüsterte Funmi besorgt, als sie bemerkte, wie eine Frau auf der gegenüberliegenden Straßenseite stehen blieb und die Straße wechselte, um ihnen nicht zu nahe zu kommen.

Ayo nickte. „Ja, aber wir müssen es ignorieren. Wir sind hier, weil wir eine Chance auf ein besseres Leben wollen. Wir dürfen uns nicht unterkriegen lassen."

Doch das Misstrauen war allgegenwärtig. Einmal, als Ayo und Funmi mit den Kindern in einem kleinen Laden in der Nähe des Lagers einige Grundnahrungsmittel kaufen wollten, begegnete ihnen der Ladenbesitzer mit offener Feindseligkeit.

„Was wollt ihr hier?", fragte der Mann auf Deutsch, und als Ayo versuchte, ihm zu erklären, was sie kaufen wollten, unterbrach er ihn ungeduldig. „Habt ihr überhaupt Geld? Oder wollt ihr nur stehlen?"

Ayo fühlte, wie sich sein Magen zusammenzog. „Wir... wir möchten nur ein paar Dinge kaufen", sagte er, während er das wenige Geld, das sie hatten, aus seiner Tasche zog.

Der Mann musterte ihn abschätzig und nahm das Geld nur widerwillig entgegen. „Passt auf, dass ihr nichts anfasst, was ihr nicht kaufen wollt", sagte er und behielt sie während ihres gesamten Aufenthalts im Laden im Auge.

Funmi spürte die Erniedrigung tief, doch sie sagte nichts, während sie versuchte, die Kinder ruhig zu halten.

Als sie den Laden verließen, war die Stimmung gedrückt. „Sie behandeln uns wie Kriminelle", sagte Funmi leise, während sie die Straße entlang gingen. „Was haben wir ihnen getan?"

„Nichts", antwortete Ayo, der versuchte, seine eigene Wut zu unterdrücken. „Aber sie kennen uns nicht. Sie sehen nur unsere Hautfarbe und denken das Schlimmste."

Die offenen Vorurteile und das Misstrauen der Menschen in Aachen machten es der Familie schwer, sich willkommen zu fühlen. Sie waren zu Fremden in einem fremden Land geworden, das ihnen keine Wärme entgegenbrachte. Jede Begegnung mit der Außenwelt war eine weitere Erinnerung daran, dass ihre Flucht zwar das unmittelbare Chaos und die Gewalt überstanden hatte, aber sie sich nun in einem neuen, subtileren Kampf wiederfanden – einem Kampf gegen die Kälte und den Rassismus, der tief in der Gesellschaft verwurzelt schien.

Die Tage im Lager vergingen langsam, und die Isolation wuchs. Das Leben im Containerdorf war monoton und erdrückend.

Die Hoffnung, die sie nach Deutschland getragen hatte, begann zu verblassen.

Die ständige Ablehnung durch die lokale Bevölkerung und die kalte, unpersönliche Bürokratie ließen sie an ihrem Entschluss zweifeln.

Funmi zog sich immer mehr in sich zurück, während Ayo versuchte, die Familie zusammenzuhalten. Doch es war schwer, den Kindern Hoffnung zu geben, wenn sie selbst kaum noch welche spürten. Die anderen Flüchtlinge im Lager hatten ähnliche Geschichten zu erzählen – von Misstrauen, Vorurteilen und einer Bürokratie, die sie wie Zahlen behandelte.

„Wir müssen durchhalten", sagte Ayo eines Abends zu Funmi, als sie alleine auf den harten Metallbetten saßen, während die Kinder schliefen. „Es muss besser werden."

Funmi schüttelte den Kopf, ihre Augen waren von Tränen erfüllt. „Aber wann, Ayo? Wann wird es besser? Wir sind hier, aber es fühlt sich nicht wie ein Zuhause an. Die Menschen wollen uns hier nicht, und das System sieht uns nur als Last."

Ayo seufzte tief. „Ich weiß nicht, wann es besser wird. Aber wir dürfen nicht aufgeben. Wir müssen für die Kinder stark bleiben. Vielleicht finden wir irgendwann einen Ort, an dem wir willkommen sind."

Doch in seinem Inneren wusste Ayo, dass der Weg noch lang und beschwerlich sein würde. Die Realität in Deutschland war hart und ernüchternd, weit entfernt von den Hoffnungen, die sie nach Europa getrieben hatten.

Sie hatten vielleicht die Gewalt und das Chaos ihrer Heimat hinter sich gelassen, doch die Kälte und das Misstrauen, das ihnen hier begegnete, war ein anderer Feind – einer, der schwerer zu bekämpfen war, weil er unsichtbar, aber allgegenwärtig war.

Und so blieb ihnen nichts anderes übrig, als weiterzumachen, einen Tag nach dem anderen, immer in der Hoffnung, dass es irgendwann besser würde.

Doch die Zweifel nagten an ihnen, und die Erkenntnis, dass sie hier möglicherweise niemals wirklich ankommen würden, lastete schwer auf ihren Herzen.

Die Last der Bürokratie

Die Tage im Auffanglager in Aachen vergingen langsam, und ihre Situation wurde immer bedrückender. Nach der ersten Registrierung und den Aufnahmeformalitäten wussten Ayo und Funmi, dass der nächste Schritt der formelle Asylantrag war – ein Prozess, von dem sie hofften, dass er ihnen eine neue Zukunft ermöglichen würde, doch der sich schnell als noch erniedrigender und entmutigender erwies, als sie befürchtet hatten.

Es war ein kühler Morgen, als Ayo und Funmi die Nachricht erhielten, dass sie ihren Asylantrag vorlegen sollten. Sie hatten den Brief in ihrem Container gefunden, ein offizielles Dokument, das sie anwies, sich in der lokalen Außenstelle des Bundesamts für Migration und Flüchtlinge (BAMF) zu melden.

Die Nachricht löste bei beiden gemischte Gefühle aus – einerseits war dies ein notwendiger Schritt, um in Deutschland bleiben zu dürfen, andererseits hatten sie von den anderen Flüchtlingen im Lager gehört, dass der Prozess entmutigend und voller Fallen sein konnte.

„Ayo, wir müssen alles richtig machen", sagte Funmi nervös, während sie den Brief in den Händen hielt. „Was, wenn wir etwas falsch verstehen? Was, wenn sie uns ablehnen?"

Ayo legte ihr beruhigend eine Hand auf die Schulter. „Wir werden es schaffen, Funmi. Wir müssen einfach ehrlich sein und alles so gut wie möglich erklären."

Doch in seinem Inneren fühlte Ayo dieselbe Unsicherheit. Er wusste, dass dieser Prozess darüber entscheiden würde, ob sie in Deutschland bleiben durften oder ob sie zurück in das Chaos und die Gefahr geschickt würden, aus denen sie geflohen waren.

Der Druck war enorm, und die Vorstellung, sich einem weiteren bürokratischen Apparat stellen zu müssen, war entmutigend.

Am Tag des Termins machten sich Ayo und Funmi frühmorgens auf den Weg zur BAMF-Außenstelle.

Es war ein grauer, kalter Tag, und die Straßen von Aachen wirkten noch leerer und kälter als sonst. Sie hatten die Kinder im Lager gelassen, in der Obhut einer anderen Flüchtlingsfamilie, da sie wussten, dass der Prozess lange dauern konnte und für die Kinder zu anstrengend wäre.

Als sie das große, unscheinbare Bürogebäude erreichten, in dem das BAMF untergebracht war, wurden sie von einer Flut an Eindrücken überwältigt. Vor dem Eingang warteten bereits zahlreiche andere Flüchtlinge – Männer, Frauen und Kinder aus verschiedenen Ländern, alle mit demselben Ausdruck von Anspannung und Angst im Gesicht.

Ayo und Funmi reihten sich in die Schlange ein und warteten geduldig, bis sie hereingelassen wurden.

Im Inneren des Gebäudes war die Atmosphäre noch bedrückender. Die kahlen Wände, die Neonbeleuchtung und die kalten Metallstühle erinnerten an ein Krankenhaus oder ein Gefängnis.

Sie wurden in einen Wartebereich geführt, wo sie stumm nebeneinandersitzen mussten, während die Minuten quälend langsam verstrichen. Immer wieder öffnete sich eine Tür, und ein Beamter rief einen Namen auf, woraufhin die nächste Person oder Familie aufstand und in das Büro verschwand.

„Es fühlt sich an, als würden wir verurteilt werden", flüsterte Funmi, ihre Hände zitterten leicht. „Ich habe solche Angst, Ayo."

Ayo nahm ihre Hand und drückte sie fest.

„Wir müssen stark bleiben", sagte er leise. „Wir haben keine andere Wahl."

Schließlich wurde ihr Name aufgerufen, und sie wurden in ein kleines Büro geführt. Der Raum war spartanisch eingerichtet, mit einem Schreibtisch, zwei Stühlen und einem Computer.

Hinter dem Schreibtisch saß ein Beamter, ein Mann mittleren Alters mit ernster Miene und kalten Augen. Er nickte ihnen knapp zu, bevor er sie anwies, sich zu setzen.

„Guten Tag", sagte der Beamte auf Deutsch, bevor er auf Englisch fortfuhr. „Ich bin hier, um Ihren Asylantrag aufzunehmen.

Dieser Prozess ist sehr wichtig, und ich muss Sie bitten, genau und wahrheitsgemäß zu antworten."

Ayo und Funmi nickten, ihre Nervosität war fast greifbar. Der Beamte begann, eine lange Liste von Fragen zu stellen – Fragen zu ihrer Identität, ihrer Herkunft, ihrer Flucht und ihren Gründen, nach Deutschland zu kommen. Es fühlte sich an wie ein Verhör, und jede Antwort, die sie gaben, wurde kritisch hinterfragt.

„Warum haben Sie keine Papiere?", fragte der Beamte scharf, als Ayo erklärte, dass sie auf der Flucht alles verloren hatten.

„Wir wurden überfallen", antwortete Ayo, seine Stimme zitterte leicht. „Auf unserer Reise durch die Sahara. Sie haben uns alles genommen."

Der Beamte machte eine Notiz und sah Ayo skeptisch an.

„Und warum haben Sie sich entschieden, nach Deutschland zu kommen und nicht in einem anderen Land zu bleiben?"

Funmi ergriff das Wort, ihre Stimme war kaum mehr als ein Flüstern.

„Wir dachten, Deutschland sei sicherer. Wir haben gehört, dass man uns hier helfen kann."

Der Beamte nickte, aber Ayo konnte nicht sagen, ob das ein gutes oder schlechtes Zeichen war. Die Fragen wurden immer detaillierter und bohrender, und Ayo hatte das Gefühl, dass sie in eine Falle gelockt wurden. Jede Antwort schien eine neue Frage aufzuwerfen, und die kalte, distanzierte Art des Beamten machte es schwer, Vertrauen zu fassen.

Funmi spürte die Anspannung ebenfalls. Ihre Hände verkrampften sich im Schoß, während sie versuchte, die Tränen zurückzuhalten.

„Bitte", sagte sie schließlich, „wir haben alles verloren. Wir wollen nur in Sicherheit leben."

Doch der Beamte blieb ungerührt. Er setzte die Befragung fort, als ob er sie nicht gehört hätte. Ayo und Funmi fühlten sich zunehmend hilflos und ausgeliefert, als ob sie in einem System gefangen wären, das darauf aus war, sie scheitern zu lassen.

Nach der fast zweistündigen Befragung, die ihnen alle Kraft raubte, legte der Beamte schließlich seine Papiere beiseite.

„Das ist alles für heute", sagte er knapp. „Ihr Antrag wird jetzt bearbeitet. Sie werden über das Ergebnis informiert. Bis dahin bleiben Sie im Lager."

Ayo und Funmi standen auf, ihre Beine fühlten sich schwer an.

„Wie lange wird es dauern?", wagte Ayo zu fragen.

Der Beamte zuckte gleichgültig mit den Schultern.

„Das kann ich Ihnen nicht sagen. Es hängt davon ab, wie schnell Ihr Fall geprüft werden kann."

Funmi biss sich auf die Lippen, um nicht zu weinen.

„Und was passiert, wenn... wenn wir abgelehnt werden?", fragte sie mit zittriger Stimme.

Der Beamte sah sie an, ohne eine Spur von Mitgefühl. „Dann müssen Sie Deutschland verlassen", sagte er trocken. „Das sind die Regeln."

Ayo legte einen Arm um Funmi und führte sie aus dem Büro. Sie gingen wortlos durch den Korridor, der sich endlos lang anfühlte, und traten schließlich hinaus in die kalte Luft. Es war, als hätte die Welt um sie herum ihren Glanz verloren.

Die anfängliche Hoffnung, die sie nach Deutschland gebracht hatte, wurde in den langen, bedrückenden Stunden im Büro des BAMF, immer kleiner.

„Ayo, was sollen wir tun?", flüsterte Funmi, als sie schließlich alleine waren. „Was, wenn sie uns ablehnen?"

Ayo seufzte tief und sah in den grauen Himmel hinauf. „Wir können nur warten und hoffen", sagte er leise. „Aber ich weiß, dass es schwer wird."

Die Rückkehr ins Lager war bedrückend. Sie waren erschöpft, sowohl körperlich als auch emotional.

Die lange Reise, die sie nach Deutschland geführt hatte, schien plötzlich nichtig, angesichts der bürokratischen Hürden, die sie hier erwarteten.

Sie hatten geglaubt, dass ihre Flucht vor der Gewalt und dem Chaos ihrer Heimat das Schwerste gewesen war – doch nun erkannten sie, dass der Kampf um das Bleiberecht in einem fremden Land genauso zermürbend und schmerzhaft war.

Nachdem Ayo und Funmi ihren Asylantrag gestellt hatten, begann eine der schwierigsten Phasen ihrer Flucht: das Warten. Die Tage im Auffanglager in Aachen vergingen zäh und eintönig, und die Ungewissheit über ihre Zukunft lastete schwer auf der Familie. Jeder Tag ohne Nachricht vom BAMF war ein weiterer Tag voller Sorgen und Ängste, die in ihren Köpfen wucherten wie Unkraut.

Die Wochen verstrichen langsam, und die Familie lebte in ständiger Anspannung. Ayo und Funmi versuchten, so normal wie möglich weiterzumachen, um den Kindern ein Gefühl von Stabilität zu geben, doch das Leben im Lager war alles andere als normal.

Die beengten Verhältnisse im Container, die spärliche Versorgung und die ständige Nähe zu anderen Flüchtlingen, die alle ihre eigenen Geschichten und Traumata mit sich trugen, machten es schwer, Hoffnung zu bewahren.

Jeden Tag ging Ayo zur Poststelle des Lagers, in der Hoffnung, einen Brief oder eine Nachricht über den Stand ihres Antrags zu erhalten. Doch jedes Mal kehrte er mit leeren Händen zurück, und die Enttäuschung fraß sich tiefer in sein Herz. Funmi versuchte, die Kinder bei Laune zu halten, doch auch sie spürte, wie die Unsicherheit sie zermürbte.

„Wie lange müssen wir noch warten, Ayo?", fragte sie eines Abends, während sie auf dem schmalen Bett saß und Amina in den Schlaf wiegte.

Ayo, der am Tisch saß und in die Dunkelheit hinausblickte, schüttelte den Kopf.

„Ich weiß es nicht, Funmi", sagte er leise. „Aber es fühlt sich an, als ob die Zeit stehen geblieben ist."

Funmi nickte traurig. „Ich habe das Gefühl, dass wir hier feststecken. Als ob wir in einer Warteschleife gefangen sind, aus der wir nicht entkommen können."

Während Ayo und Funmi versuchten, die Familie zusammenzuhalten, begann sich Tunde merklich zu verändern. Tunde war früher ein aufgeweckter Junge gewesen, neugierig und klug, mit einem scharfen Verstand und einem guten Herzen. Doch seit ihrer Ankunft in Deutschland zog er sich immer mehr zurück, und die Eltern bemerkten, dass etwas mit ihm nicht stimmte.

Anfangs hatte Tunde versucht, die neue Umgebung zu verstehen und sich anzupassen. Doch die langen Tage im Lager, das Fehlen einer richtigen Schule und die ständige Ungewissheit zehrten an ihm.

Er begann, sich immer öfter alleine in eine Ecke des Containers zu setzen, starrte ausdruckslos auf den Boden oder spielte mechanisch mit einem abgenutzten Spielzeugauto, das er irgendwo aufgesammelt hatte.

Funmi beobachtete ihren Sohn mit wachsender Sorge.

„Ayo, hast du bemerkt, wie ruhig Tunde geworden ist?", fragte sie eines Abends, als Tunde sich wieder in eine Ecke zurückgezogen hatte.

Ayo seufzte und nickte. „Ja, ich habe es bemerkt. Aber ich weiß nicht, wie ich ihm helfen kann. Er redet kaum noch mit mir."

Funmi spürte, wie ihre Augen feucht wurden.

„Er ist so still geworden. Ich habe das Gefühl, dass er uns meidet. Früher war er immer bei uns, hat Fragen gestellt und mit Amina gespielt. Jetzt sitzt er nur noch dort und schweigt."

Die Eltern versuchten, mit Tunde zu reden, doch jeder Versuch, ihn in ein Gespräch zu verwickeln, scheiterte. Tunde antwortete nur mit knappen Worten oder zuckte die Schultern, als ob nichts von dem, was sie sagten, für ihn von Bedeutung war.

Er verbrachte immer mehr Zeit alleine, und wenn sie versuchten, ihn zu motivieren oder ihn zu Aktivitäten zu überreden, stieß das auf Ablehnung.

Eines Nachmittags, als Ayo mit Tunde allein im Container war, versuchte er erneut, zu ihm durchzudringen.

„Tunde, mein Sohn", begann er vorsichtig, „wir machen uns wirklich Sorgen um dich. Du redest kaum noch mit uns. Was ist los?"

Tunde saß auf dem Boden und spielte mit seinem Spielzeugauto, ohne aufzublicken. „Nichts", antwortete er monoton.

Ayo versuchte, geduldig zu bleiben. „Das kann nicht nichts sein, Tunde. Ich sehe, dass es dir nicht gut geht. Du kannst mit mir reden, du weißt das, oder?"

Doch Tunde schüttelte nur den Kopf und schwieg weiter. Ayo spürte, wie die Frustration in ihm aufstieg. Er wollte seinen Sohn erreichen, wollte verstehen, was in dessem Kopf vorging, doch Tunde schien sich immer weiter von ihm zu entfernen.

Ein anderes Mal, als Funmi versuchte, mit Tunde zu sprechen, reagierte er unerwartet heftig.

„Warum müssen wir überhaupt hier sein?", brach es plötzlich aus ihm heraus. „Warum können wir nicht einfach nach Hause gehen?"

Funmi war von der plötzlichen Wut ihres Sohnes überrascht.

„Tunde, du weißt, dass wir nicht zurückgehen können. Es ist zu gefährlich."

„Mir egal!", schrie Tunde, seine Augen funkelten vor aufgestauter Frustration. „Ich hasse es hier! Ich hasse das Warten! Ich hasse diese Leute, die uns nicht mögen! Ich will nicht hier sein!"

Funmi war sprachlos. Sie hatte nicht gewusst, wie tief der Schmerz und die Wut in ihrem Sohn verwurzelt waren. Sie versuchte, ihn zu beruhigen, doch Tunde rannte aus dem Container, ließ seine Mutter verzweifelt zurück.

Ayo und Funmi wussten nicht, wie sie mit der Situation umgehen sollten. Tunde war immer ein kluger, vernünftiger Junge gewesen, doch nun schien er in eine Spirale der Verzweiflung und des Widerstands zu geraten. Er begann, sich immer mehr zurückzuziehen, weigerte sich, mit anderen Kindern im Lager zu spielen, und mied sogar seine kleine Schwester Amina, die ihn früher vergöttert hatte.

„Ayo, ich mache mir solche Sorgen", sagte Funmi eines Abends, als sie alleine im Container saßen.

Tunde hatte sich nach einem weiteren Wutanfall zurückgezogen und sprach kein Wort mehr mit ihnen.

„Ich weiß nicht, was mit ihm los ist. Er verändert sich, und ich weiß nicht, wie ich ihm helfen kann."

Ayo sah seine Frau an, ihre Augen waren voller Sorge und Trauer. „Ich weiß, Funmi", sagte er leise. „Es ist die ganze Situation. Das

Warten, die Unsicherheit, die Ablehnung... Es zermürbt ihn, und er ist noch so jung."

„Aber was sollen wir tun?", fragte Funmi verzweifelt. „Wie können wir ihm helfen?"

Ayo seufzte tief und schüttelte den Kopf.

„Ich weiß es nicht. Wir müssen für ihn da sein, so gut wir können. Aber ich fürchte, dass wir ihn verlieren, wenn das so weitergeht."

Die Eltern fühlten sich hilflos. Sie hatten ihre Heimat verlassen, um ihren Kindern ein besseres Leben zu ermöglichen, doch nun sahen sie, wie ihr Sohn, der so viel Potenzial hatte, unter der Last der Unsicherheit und des erzwungenen Stillstands zerbrach. Die lange Wartezeit, die Ungewissheit über ihre Zukunft und die Feindseligkeit, der sie täglich ausgesetzt waren, hatten Tunde in ein dunkles Loch der Verzweiflung gezogen, aus dem sie ihn nicht mehr herausholen konnten.

Die Veränderung in Tunde war wie eine dunkle Wolke, die über der Familie hing. Ayo und Funmi sprachen oft leise miteinander, während die Kinder schliefen, versuchten, Lösungen zu finden, wie sie ihrem Sohn helfen könnten.

Doch je länger das Warten dauerte, desto mehr verschlechterte sich Tundes Zustand. Er begann, sich nicht nur emotional, sondern auch physisch zurückzuziehen. Er aß weniger, schlief schlecht und hatte oft Albträume, aus denen er schreiend erwachte.

„Er braucht Hilfe", sagte Funmi eines Nachts, als sie wieder einmal von Tundes Schreien geweckt wurde. „Wir können das nicht alleine schaffen, Ayo."

Ayo wusste, dass sie recht hatte, doch er wusste auch, dass sie wenig Möglichkeiten hatten. Die psychologische Unterstützung im Lager war minimal, und die Bürokratie schien sich nicht um die psychischen Belastungen der Flüchtlinge zu kümmern.

Sie waren auf sich allein gestellt, in einem fremden Land, umgeben von Menschen, die ihnen mit Misstrauen und Ablehnung begegneten.

„Wir müssen durchhalten", sagte Ayo schließlich, obwohl er selbst nicht mehr wusste, wie lange sie das noch schaffen konnten. „Für Tunde, für Amina... Wir dürfen nicht aufgeben."

Doch in ihrem Inneren wussten beide, dass die Unsicherheit, das endlose Warten und die belastende Situation im Lager ihren Tribut forderten. Tunde, der einst so starke und kluge Junge, drohte unter dieser Last zu zerbrechen – und mit ihm die Hoffnung, die sie nach Deutschland geführt hatte.

Nachdem Wochen in der bedrückenden Warteschleife des Asylprozesses vergangen waren, begann für die Familie eine neue Etappe – eine, die sie mit einer Härte konfrontierte, die sie nicht erwartet hatten. Die Herausforderungen des Alltags in Deutschland offenbarten sich in ihrer ganzen Brutalität, und sie erlebten die schmerzhafte Realität von Diskriminierung und Vorurteilen.

Besonders für Tunde und Amina, die versuchten, in der Schule Fuß zu fassen, wurde diese Zeit zur Qual.

Es war ein kalter Morgen, als Tunde und Amina zum ersten Mal ihre neue Schule betraten. Die Eltern hatten sie so gut wie möglich vorbereitet, ihnen Mut zugesprochen und versprochen, dass sie in der Schule Freunde finden würden. Doch in ihren Herzen spürten Ayo und Funmi eine tiefe Angst – die Angst, dass ihre Kinder in einer Umgebung, die ihnen fremd und feindselig gegenüberstand, leiden würden.

Die Schule, ein altes Gebäude aus roten Ziegelsteinen, war groß und einschüchternd.

Als sie durch die hohen Tore gingen, fühlten sich Tunde und Amina klein und verloren.

Die anderen Kinder, die in Gruppen auf dem Schulhof standen, starrten sie neugierig an, einige flüsterten und zeigten auf sie. Die Unsicherheit lag schwer in der Luft.

„Mama, ich habe Angst", flüsterte Amina, während sie sich an Funmi klammerte.

„Es wird alles gut, mein Schatz", sagte Funmi sanft, obwohl sie selbst vor Sorge fast umkam. „Ihr werdet neue Freunde finden, ich verspreche es."

Ein Lehrer, Herr Müller, kam auf sie zu. Er war ein Mann in den späten Vierzigern, mit einem müden Gesichtsausdruck, der von Jahren in einem herausfordernden Beruf sprach.

„Guten Morgen", sagte er in einem Tonfall, der versuchte, freundlich zu klingen, aber nicht ganz überzeugte. „Ihr müsst die neuen Schüler sein."

Ayo nickte und stellte seine Kinder vor. „Ja, das sind Tunde und Amina. Es ist ihr erster Tag."

Herr Müller musterte die Kinder kurz und versuchte, ein aufmunterndes Lächeln aufzusetzen. „Gut, dann kommen Sie mit. Ich zeige den Kindern die Klassenräume."

Tunde und Amina folgten Herrn Müller durch die langen Flure der Schule. Der Lärm der anderen Schüler hallte wider, und die Blicke, die ihnen zugeworfen wurden, machten klar, dass sie hier als Außenseiter gesehen wurden. Schließlich hielt Herr Müller vor einem Klassenzimmer an und öffnete die Tür.

„Das ist deine Klasse, Tunde", sagte er und führte den Jungen hinein. „Und Amina, ich bringe dich gleich zu deiner Klasse."

Tunde trat zögernd ein, während die anderen Schüler, etwa ein Dutzend Jungen und Mädchen, ihn neugierig ansahen. Ein Flüstern ging durch die Reihen, und Tunde spürte, wie ihm das Blut in den Ohren rauschte. Er fühlte sich wie ein Eindringling in einer fremden Welt.

„Kinder, das ist Tunde", stellte Herr Müller ihn vor. „Er kommt aus Nigeria. Ich hoffe, ihr nehmt ihn freundlich auf."

Einige Kinder kicherten leise, und Tunde bemerkte, wie ein Junge in der hinteren Reihe ihm einen spöttischen Blick zuwarf.

„Aus Nigeria, huh?", murmelte der Junge. „Der wird sich hier aber umgucken."

Herr Müller schien es nicht zu hören, oder er ignorierte es bewusst. „Setz dich bitte, Tunde", sagte er und deutete auf einen freien Platz in der ersten Reihe.

Tunde ging zögernd zu dem Platz, spürte die Blicke der anderen Kinder auf sich gerichtet. Er setzte sich und versuchte, sich auf den Unterricht zu konzentrieren, doch die Geräusche um ihn herum – das Kichern, die leisen Kommentare – lenkten ihn ständig ab. Als die Stunde begann, fühlte er sich einsamer und fremder als je zuvor.

Während Tunde in seiner Klasse Platz nahm, brachte Herr Müller Amina in ihren Klassenraum. Die kleine Amina war voller Angst, doch sie versuchte tapfer zu sein.

Als sie den Raum betrat, verstummten die Gespräche der anderen Kinder, und alle Augen richteten sich auf das neue Mädchen. Amina fühlte sich wie ein Tier im Zoo, das von allen Seiten angestarrt wurde.

„Das ist Amina", sagte Herr Müller, „sie ist neu in der Klasse. Ich hoffe, ihr zeigt ihr alles und helft ihr, sich einzuleben."

Die Lehrerin, Frau Krüger, eine Frau in den Fünfzigern mit strenger Miene, nickte und deutete auf einen freien Platz. „Setz dich bitte, Amina."

Amina setzte sich auf den Platz, spürte die Blicke der anderen Kinder auf sich. Einige flüsterten, andere starrten sie einfach nur an.

„Sie ist schwarz", hörte Amina ein Mädchen in der Nähe flüstern, „hast du das schon mal gesehen?"

Die Lehrerin ignorierte die Kommentare der Kinder, doch Amina spürte, dass hier alles anders war. Als der Unterricht begann, versuchte sie, sich auf das, was Frau Krüger sagte, zu konzentrieren, doch die ständigen Blicke und das Flüstern machten es schwer, sich zu konzentrieren. Es war, als ob die Welt um sie herum zu eng geworden war.

In der Pause, als die Kinder auf den Schulhof gingen, blieb Amina allein. Die anderen Kinder spielten und lachten, doch niemand sprach mit ihr. Sie stand abseits, sah den anderen zu und fühlte sich ausgeschlossen.

Als sie versuchte, sich einer Gruppe von Mädchen zu nähern, die Seilspringen spielten, drehte sich eines der Mädchen zu ihr um.

„Was willst du?", fragte das Mädchen kalt. „Wir brauchen dich nicht."

Amina trat einen Schritt zurück, verletzt und verwirrt. „Ich... ich wollte nur mitspielen", stammelte sie.

Das Mädchen lachte spöttisch. „Mit dir spielen? Nein, danke. Geh zurück, wo du herkommst."

Amina spürte, wie ihr die Tränen in die Augen stiegen. Sie wandte sich ab und lief weg, versteckte sich hinter einem Baum und weinte leise. Sie fühlte sich so allein, so anders. Alles, was sie wollte, war dazugehören, doch sie wurde wie ein Fremdkörper behandelt.

In der Zwischenzeit hatte Tunde seine eigenen Probleme in der Schule. Die ersten Tage waren hart, und die Situation verschlechterte sich von Tag zu Tag. Die anderen Jungen in seiner Klasse schlossen ihn aus, ignorierten ihn oder machten sich über ihn lustig.

Sie nannten ihn „Schoko" oder „Afrika", und wann immer er versuchte, sich in ein Gespräch einzubringen, wurde er ausgelacht oder ignoriert.

„Hey, Schoko", rief ein Junge namens Max eines Tages, „weißt du überhaupt, wie man Fußball spielt?"

Tunde versuchte, den Spott zu ignorieren. „Ja, ich kann spielen", sagte er, obwohl er wusste, dass die anderen Jungen ihn nicht wirklich mitspielen lassen wollten.

„Dann zeig uns doch mal, was du kannst", sagte Max, während die anderen Jungen lachten. Doch als Tunde den Ball bekam, schubsten sie ihn zu Boden, bevor er überhaupt eine Chance hatte, zu spielen.

„Du bist zu langsam", lachte Max, während Tunde auf dem Boden lag und die anderen Jungen ihn auslachten. „Du wirst es hier nie schaffen, Schoko."

Tunde stand auf, klopfte sich den Staub von den Kleidern und sagte nichts. Doch innerlich kochte er vor Wut und Schmerz. Er fühlte sich machtlos, unfähig, etwas gegen die ständige Ausgrenzung zu tun. Jedes Mal, wenn er versuchte, sich zu integrieren, wurde er zurückgewiesen.

Eines Tages, als er erneut verspottet und beleidigt wurde, konnte er es nicht mehr ertragen.

Er drehte sich um und schrie Max und die anderen Jungen an: „Lasst mich in Ruhe! Ich habe euch nichts getan!"

Doch anstatt aufzuhören, lachten sie nur noch mehr.

„Oh, der Schoko ist sauer", sagte Max mit gespielter Angst. „Was willst du tun, heulen?"

Tunde ballte die Fäuste, wollte etwas sagen, doch er wusste, dass es keinen Sinn hatte. Er drehte sich um und rannte weg, seine Augen brannten vor Tränen. Er fühlte sich so allein, so verloren.

Alles, was er wollte, war ein normales Leben, doch er wurde ständig daran erinnert, dass er anders war.

Die Lehrer und Lehrerinnen schienen sich der Situation bewusst zu sein, doch sie taten wenig, um einzugreifen. Einige von ihnen hatten sich an die alltägliche Diskriminierung gewöhnt, waren abgestumpft und hatten die Hoffnung aufgegeben, etwas ändern zu können.

Frau Krüger, Aminas Lehrerin, war eine von ihnen.

Als Amina eines Tages mit Tränen in den Augen zu ihr kam und ihr von den Hänseleien der anderen Kinder erzählte, seufzte Frau Krüger nur und legte ihre Hand auf Aminas Schulter.

„Das wird schon", sagte sie müde. „Du musst einfach stark bleiben und dich durchsetzen."

Doch Amina wusste, dass diese Worte nichts änderten. Die Lehrerin schien resigniert, als ob sie nicht glaubte, dass sich die Situation verbessern könnte.

Amina fühlte sich nicht verstanden, nicht unterstützt. Sie fühlte sich allein gelassen in einer Welt, die ihr feindlich gesinnt war.

Tunde erlebte eine ähnliche Resignation bei Herrn Müller. Obwohl der Lehrer die ständigen Hänseleien in seiner Klasse bemerkte, tat er wenig, um sie zu stoppen.

Einmal, als Max und die anderen Jungen Tunde wieder verspotteten, sah Herr Müller nur kurz auf und schüttelte den Kopf, bevor er sich wieder seinem Unterricht zuwandte.

„Herr Müller, die haben mich wieder alle nur gehänselt", sagte Tunde leise, nachdem der Unterricht vorbei war.

Herr Müller sah ihn müde an. „Tunde, du musst lernen, damit umzugehen", sagte er. „Es wird nicht leicht, aber du musst stark bleiben."

Doch Tunde fühlte sich nicht stark. Er fühlte sich schwach, allein und verlassen. Die Lehrer schienen ihn im Stich zu lassen, genauso wie die anderen Schüler. Er begann, sich immer mehr zurückzuziehen, vermied den Kontakt zu seinen Mitschülern und sprach kaum noch im Unterricht.

Auch Ayo und Funmi erlebten die Härte des deutschen Alltags. Sie versuchten, sich in die Gesellschaft zu integrieren, doch sie stießen immer wieder auf Vorurteile und Misstrauen. Es war, als ob sie ständig unter Beobachtung standen, als ob jede ihrer Bewegungen kritisch beäugt wurde.

Eines Tages, als Ayo versuchte, Arbeit zu finden, ging er in ein kleines Unternehmen, das Hilfsarbeiter suchte.

Er sprach mit dem Chef, einem Mann mittleren Alters mit strengem Gesichtsausdruck.

„Wir suchen jemanden, der hart arbeitet", sagte der Chef. „Jemanden, der sich nicht vor Dreck scheut."

„Ich bin bereit, hart zu arbeiten", sagte Ayo hoffnungsvoll. „Ich habe in meinem Land als Handwerker gearbeitet und bin stark und gesund."

Doch der Chef musterte ihn misstrauisch. „Haben Sie eine Arbeitserlaubnis?", fragte er scharf.

Ayo zögerte. „Ich... ich warte noch auf meine Papiere, aber ich brauche dringend Arbeit."

Der Chef schüttelte den Kopf. „Ohne Papiere kann ich Sie nicht einstellen. Außerdem, was kann ich von Ihnen erwarten? Sie kommen aus einem fremden Land, wissen nicht, wie wir hier arbeiten. Es tut mir leid, aber ich kann das Risiko nicht eingehen."

Ayo verließ das Büro mit hängendem Kopf. Er hatte gehofft, eine Chance zu bekommen, doch das Misstrauen, das ihm entgegengebracht wurde, war überwältigend.

Es war, als ob er keine Chance hatte, sich zu beweisen, als ob die Vorurteile ihm jede Möglichkeit nahmen.

Auch Funmi erlebte ähnliche Situationen.

Wenn sie versuchte, Einkäufe zu machen oder mit den Nachbarn zu sprechen, spürte sie das Misstrauen in den Blicken der Menschen.

Einmal, als sie in einem Supermarkt einkaufte, bemerkte sie, wie der Kassierer sie argwöhnisch beobachtete, als ob er erwartete, dass sie etwas stehlen würde.

„Haben Sie alles bezahlt?", fragte der Kassierer, als Funmi ihre Sachen einpackte.

Funmi nickte. „Ja, natürlich."

Doch der Kassierer schüttelte den Kopf. „Ich möchte sicherstellen, dass nichts fehlt", sagte er und begann, ihre Tasche zu durchsuchen.

Funmi fühlte sich gedemütigt und verletzt, doch sie sagte nichts. Sie wusste, dass es keinen Sinn hatte, sich zu beschweren. Die Menschen sahen sie als Fremde, als Eindringlinge, und nichts, was sie tat, konnte das ändern.

Mit jeder neuen Erfahrung wuchs die Kluft zwischen den Erwartungen, die Ayo und Funmi an ihr neues Leben in Deutschland gehabt hatten, und der Realität, die sie nun erlebten.

Sie hatten gehofft, in einem Land, das für seine Ordnung und Gerechtigkeit bekannt war, Sicherheit und Akzeptanz zu finden. Doch stattdessen stießen sie auf Misstrauen, Ablehnung und Diskriminierung.

Ayo und Funmi saßen oft abends zusammen, wenn die Kinder schliefen, und sprachen leise über ihre Sorgen.

„Ich hatte gehofft, dass es hier besser wird", sagte Funmi eines Abends, als sie auf dem schmalen Bett saßen und die Dunkelheit sie umgab. „Aber ich habe das Gefühl, dass wir nie wirklich dazugehören werden."

Ayo nickte, seine Augen waren von Müdigkeit und Sorge gezeichnet.

„Ich weiß, was du meinst. Es ist schwer, jeden Tag mit diesen Vorurteilen zu kämpfen. Die Menschen sehen uns nicht als gleichwertig an, sondern als Last, die sie ertragen müssen."

„Und die Kinder...", fügte Funmi hinzu, „sie leiden so sehr. Besonders Tunde. Er zieht sich immer mehr zurück, und ich weiß nicht, wie wir ihm helfen können."

Ayo legte seine Hand auf ihre und drückte sie sanft.

„Wir dürfen nicht aufgeben, Funmi. Wir sind weit gekommen, und wir müssen weiterkämpfen. Und ich weiß, dass es schwer ist."

Die Realität in Deutschland war härter, als sie es sich je vorgestellt hatten.

Sie waren in einem Land angekommen, das ihnen zwar Schutz vor der Gewalt ihrer Heimat bot, doch der Preis war hoch.

Sie mussten jeden Tag gegen die unsichtbaren Mauern der Vorurteile und des Misstrauens ankämpfen, die sie umgaben.

Und während sie kämpften, wuchs die Kluft zwischen ihren Träumen und der Realität, die sie erlebten.

Sie hatten gehofft, in Deutschland eine neue Heimat zu finden, doch stattdessen fühlten sie sich mehr denn je als Fremde in einem Land, das ihnen keine wirkliche Chance gab, sich zu beweisen.

Kampf um die Anerkennung

Es war ein Tag, der eigentlich keinen Unterschied zu den vielen anderen, tristen Tagen im Flüchtlingslager zu machen schien. Doch als Ayo an diesem kalten Morgen den Umschlag aus dem Postfach zog, fühlte er ein beklemmendes Gefühl in seiner Brust. Er erkannte sofort das Siegel des Bundesamts für Migration und Flüchtlinge auf dem Umschlag und wusste, dass dieser Brief alles verändern könnte – im Guten oder im Schlechten.

Mit zittrigen Händen öffnete er den Umschlag und zog das Schreiben heraus. Die kühle, formelle Sprache des Dokuments ließ keinen Raum für Hoffnung:

„Sehr geehrte Familie Ajayi,

nach eingehender Prüfung Ihres Asylantrags müssen wir Ihnen leider mitteilen, dass Ihr Antrag auf Asyl abgelehnt wurde. Die vorgelegten Beweise reichen nicht aus, um eine Verfolgung aufgrund Ihrer politischen Überzeugungen nachzuweisen. Zudem hat sich die Sicherheitslage in Ihrem Herkunftsland verbessert, sodass eine allgemeine Schutzwürdigkeit gemäß der aktuellen Lage nicht gegeben ist.

Wir fordern Sie daher auf, das Land innerhalb von 30 Tagen zu verlassen, andernfalls droht Ihnen die Abschiebung.

Mit freundlichen Grüßen, Bundesamt für Migration und Flüchtlinge"

Die Worte hallten in Ayo's Kopf wider, während er sie immer wieder las, als ob er hoffte, dass sich der Inhalt ändern würde, wenn er nur lange genug hinsah.

Doch die kalte, harte Realität blieb unverändert. Sie waren abgelehnt worden. Ihre Hoffnung auf ein neues Leben in Sicherheit war gerade zerschmettert worden.

„Ayo? Was steht da?", fragte Funmi, ihre Stimme war voller Angst. Sie sah den Ausdruck auf seinem Gesicht und wusste, dass die Nachricht schlecht war.

Ayo schloss die Augen, atmete tief ein und reichte ihr das Schreiben.

„Sie haben uns abgelehnt", sagte er mit erstickter Stimme. „Sie sagen, wir haben keinen Anspruch auf Asyl."

Funmi's Gesicht wurde blass, während sie die Zeilen überflog.

„Das kann nicht wahr sein", flüsterte sie. „Das kann einfach nicht wahr sein."

Funmi ließ das Schreiben auf den Tisch fallen, ihre Hände zitterten.

„Was sollen wir jetzt tun, Ayo?", fragte sie, während Tränen in ihre Augen traten. „Was wird jetzt aus uns?"

Ayo setzte sich schwerfällig auf den Stuhl und vergrub das Gesicht in den Händen. Die Kinder sahen ihre Eltern mit großen, verängstigten Augen an. Amina drückte sich an Funmi, suchte nach Trost, während Tunde schweigend das Geschehen beobachtete, seine Stirn in Sorgenfalten gelegt.

„Ich weiß es nicht", flüsterte Ayo. „Ich weiß wirklich nicht, was wir jetzt tun sollen."

Die Familie saß schweigend um den kleinen Tisch im Container. Die Luft war schwer von unausgesprochenen Ängsten und einer zunehmenden Verzweiflung. Die Kinder spürten die Anspannung, doch sie wussten nicht, wie sie ihre Eltern trösten sollten.

Funmi schluchzte leise, während sie Amina an sich drückte.

„Wir haben alles riskiert, um hierher zu kommen. Alles, was wir hatten, haben wir aufgegeben. Und jetzt sagen sie uns, dass es umsonst war?"

Ayo wollte etwas Tröstendes sagen, doch er fand keine Worte. Er fühlte sich machtlos, gefangen in einem System, das ihm keine Chance ließ, seine Familie zu beschützen. Die Ablehnung ihres Asylantrags war wie ein Urteil, das sie zurück in die Unsicherheit und die Gefahr schicken wollte, aus der sie geflohen waren.

Nach einer endlosen Weile des Schweigens hob Funmi den Kopf und sah Ayo mit tränenüberströmtem Gesicht an.

„Wir können das nicht einfach hinnehmen, Ayo. Wir müssen etwas tun. Wir müssen kämpfen."

Ayo sah in ihre verzweifelten Augen und spürte die Last ihrer Worte.

„Funmi, ich weiß, dass wir kämpfen müssen, aber wie? Sie haben uns abgelehnt. Was können wir noch tun?"

„Wir legen Berufung ein", sagte Funmi entschlossen, ihre Stimme zitterte noch immer, doch sie versuchte, stark zu bleiben. „Wir suchen uns einen Anwalt. Wir dürfen das nicht einfach akzeptieren."

Ayo lehnte sich zurück und schloss die Augen, versuchte, einen klaren Gedanken zu fassen.

„Das kann Monate dauern, vielleicht sogar Jahre. Und was, wenn sie uns wieder ablehnen? Können wir das durchstehen?"

Funmi nahm seine Hand und drückte sie fest. „Was ist die Alternative, Ayo? Zurückgehen? Wir haben keine Heimat mehr, nichts, wohin wir zurückkehren könnten. Dort gibt es nur Tod und Zerstörung."

Ayo öffnete die Augen und sah seine Frau an. Er konnte die Angst und die Entschlossenheit in ihren Augen sehen. Er wusste, dass

sie Recht hatte, doch die Aussicht auf einen langwierigen, ungewissen Kampf erfüllte ihn mit Furcht.

„Wir haben doch auch die Kinder", sagte Funmi leise, während sie
Amina über das Haar strich. „Wir können sie nicht zurück in die
Gefahr bringen. Wir müssen für sie kämpfen, Ayo."

Ayo nickte langsam, fühlte aber eine schwere Last auf seinen
Schultern.

„Ich weiß, dass wir kämpfen müssen", sagte er leise. „Aber ich
habe Angst, dass es nicht genug sein wird."

Während die Diskussion fortgesetzt wurde, spürte Ayo, wie sich
die Familie allmählich zu spalten begann. Funmi war entschlossen
zu kämpfen, doch Tunde, der sonst so stark und klug war, begann
sich zurückzuziehen. Die Ablehnung des Asylantrags hatte etwas
in ihm gebrochen, eine Frustration und Wut, die immer mehr zum
Vorschein kamen.

„Vielleicht haben sie recht", sagte Tunde plötzlich, seine Stimme
klang kühl und distanziert. „Vielleicht sollten wir einfach gehen.
Was bringt es, hier zu bleiben, wenn sie uns nicht wollen?"

Funmi drehte sich erschrocken zu ihrem Sohn um.

„Tunde, wie kannst du das sagen? Wir haben alles riskiert, um
hierherzukommen. Wir können nicht einfach aufgeben."

Tunde stand abrupt auf, seine Augen funkelten vor unterdrücktem
Zorn.

„Aufgeben? Was haben wir hier denn gewonnen? Sie behandeln
uns wie Dreck! Niemand will uns hier! Warum sollten wir weiterkämpfen?"

Ayo versuchte, seinen Sohn zu beruhigen.

„Tunde, ich verstehe, dass du wütend bist. Aber wir müssen zusammenhalten. Wenn wir jetzt aufgeben, war alles umsonst. Wir müssen einen Weg finden, das durchzustehen."

Doch Tunde schüttelte den Kopf, seine Fäuste waren geballt.

„Ihr versteht es einfach nicht! Ich will das alles nicht mehr! Ich will nicht in einem Land leben, wo uns niemand will."

Funmi stand auf und ging zu ihm, legte ihm die Hände auf die Schultern.

„Tunde, bitte, wir müssen stark bleiben. Wir dürfen nicht aufgeben, nicht jetzt."

Tunde riss sich von ihr los und stürmte aus dem Container, ließ seine Eltern und seine kleine Schwester sprachlos und erschüttert zurück. Die Tür schlug hinter ihm zu, und der Aufprall hallte in den Köpfen der Eltern nach.

„Ayo, was sollen wir tun?", flüsterte Funmi verzweifelt. „Unser Sohn verliert den Glauben, und ich… ich weiß nicht, ob ich stark genug bin, weiterzukämpfen."

Ayo seufzte tief, seine Gedanken rasten.

„Wir müssen eine Entscheidung treffen, Funmi", sagte er schließlich mit schwerer Stimme. „Wir können fliehen und woanders versuchen, eine neue Chance zu bekommen, oder wir bleiben hier und kämpfen. Aber wir müssen es gemeinsam tun."

Die Diskussion ebbte schließlich ab, doch die Spannungen blieben. Funmi weinte leise, während sie Amina tröstete, die sich verzweifelt an ihre Mutter klammerte. Ayo saß stumm da, den Kopf in den Händen, unfähig, eine klare Entscheidung zu treffen.

Die Ablehnung des Asylantrags hatte nicht nur ihre Hoffnung zerschlagen, sondern auch die Einheit ihrer Familie bedroht.

„Ayo, ich weiß nicht, ob ich die Kraft habe, weiterzukämpfen", sagte Funmi schließlich, ihre Stimme kaum mehr als ein Flüstern. „Aber ich werde tun, was du für richtig hältst. Wir dürfen unsere Familie nicht auseinanderbrechen lassen."

Ayo sah auf, seine Augen schwer von Sorge und Erschöpfung.

„Wir kämpfen weiter", sagte er schließlich mit fester Stimme. „Für die Kinder, für unsere Zukunft. Wir dürfen nicht aufgeben."

Doch tief in seinem Inneren wusste er, dass dieser Entschluss sie alle an den Rand ihrer Kräfte bringen würde. Der Kampf um Anerkennung würde härter und schmerzhafter werden, als sie es sich je vorgestellt hatten. Aber es gab keinen anderen Weg – zumindest nicht für Ayo. Er musste stark bleiben, für seine Frau, für seine Kinder, und für die Hoffnung, dass sie eines Tages in Frieden leben könnten.

Die Ablehnung des Asylantrags hatte eine tiefe Wunde in der Familie hinterlassen. Während Ayo und Funmi versuchten, stark zu bleiben um sich auf die bevorstehende Berufung vorzubereiten, begann Tunde, sich immer mehr von ihnen zu entfremden. Die Wut und Frustration, die in ihm wuchsen, fanden zunehmend einen Weg nach außen – und schließlich führte diese innere Zerrissenheit zu einer folgenschweren Entscheidung.

Seit der Ablehnung war Tunde wie ausgewechselt. Der Junge, der einst still und gefasst war, begann, sich in der Schule und im Lager zunehmend unauffällig und distanziert zu verhalten. Funmi und Ayo bemerkten, wie er immer öfter aus dem Lager verschwand, ohne ihnen zu sagen, wohin er ging. Er wurde in der Schule stiller, schwieg während des Unterrichts und weigerte sich, an Aktivitäten teilzunehmen.

„Tunde, wo warst du?", fragte Funmi eines Abends, als er erst spät in den Container zurückkehrte.

Tunde zuckte nur mit den Schultern. „Draußen", murmelte er und vermied es, ihr in die Augen zu sehen.

„Draußen? Wo draußen?", drängte Funmi. „Du kannst nicht einfach alleine herumlaufen, Tunde. Es ist gefährlich."

„Es ist mir egal", schoss Tunde zurück, seine Stimme war voller Trotz. „Warum sollte ich mich kümmern, wenn niemand sonst es tut?"

Funmi war von seiner Reaktion schockiert.

„Tunde, wir sind deine Familie. Wir kümmern uns. Aber du musst mit uns reden."

Doch Tunde zog sich zurück und verweigerte jede weitere Antwort. Er starrte nur auf den Boden, seine Hände fest in den Taschen vergraben. Funmi seufzte und schüttelte den Kopf.

„Ayo, ich mache mir Sorgen um ihn", sagte sie leise zu ihrem Mann, als Tunde ins Bett gegangen war. „Er wird immer verschlossener. Ich weiß nicht, wie wir zu ihm durchdringen sollen."

Ayo nickte, auch er war besorgt.

„Ich weiß. Aber wir müssen ihm Zeit geben. Es ist schwer für uns alle."

Doch die Zeit brachte keine Besserung. Stattdessen wurde Tunde immer rebellischer. Er begann, sich mit einigen anderen Jugendlichen aus dem Lager zusammenzutun, die einen ähnlichen Groll gegen die Welt hegten. Sie streiften gemeinsam durch die Straßen von Aachen, suchten nach einem Ort, wo sie ihren Frust abreagieren konnten. Tunde fühlte sich in ihrer Gesellschaft wohl, weil sie seine Wut teilten und ihn nicht drängten, zu reden oder sich zu erklären.

Eines Nachmittags, als Tunde und seine neuen Freunde durch die Innenstadt von Aachen zogen, führte ihr Weg sie in die Nähe eines kleinen Supermarkts. Das Geschäft war ein typisches Familienunternehmen, klein und übersichtlich, mit engen Gängen und Regalen, die bis unter die Decke reichten. Es war der Ort, wo die Menschen aus der Nachbarschaft ihre täglichen Besorgungen machten, und Tunde war schon oft daran vorbeigegangen, ohne es besonders zu beachten.

„Ich hab' Hunger", sagte einer der Jungen, ein größerer Junge namens Kevin, der eine aggressive, selbstbewusste Art hatte. „Aber kein Geld."

„Wer hat schon Geld?", antwortete ein anderer Junge, Tom, mit einem zynischen Lachen. „Die werfen uns sowieso raus, bevor wir was kaufen können."

Tunde stand still, betrachtete den Eingang des Supermarkts. Eine leise Stimme in ihm sagte, dass es falsch war, doch die größere, wütendere Stimme übertönte diese Warnung. Er fühlte sich betrogen, ungeliebt und verzweifelt – und diese Gefühle wuchsen in ihm zu einer unkontrollierbaren Wut heran.

„Was ist, Tunde? Hast du Angst?", fragte Kevin spöttisch, als er Tunde's zögernden Blick bemerkte.

Tunde spürte, wie der Zorn in ihm aufstieg.

„Ich hab' keine Angst", sagte er scharf. „Was soll's. Die haben genug Zeug da drin."

Er wusste, dass es falsch war, aber in diesem Moment schien es ihm egal zu sein. Die Ablehnung ihres Asylantrags, die ständige Ausgrenzung und das Gefühl, nirgends dazuzugehören, hatten ihn in eine Ecke gedrängt, aus der er keinen anderen Ausweg sah. Ohne weiter nachzudenken, trat er durch die Schiebetür des Supermarkts.

Die anderen Jungen folgten ihm, lachten leise, als sie durch die Gänge schlenderten. Tunde fühlte, wie sein Herz schneller schlug, doch die Wut überdeckte die aufkommende Panik.

Er griff nach einem Schokoriegel aus dem Regal und steckte ihn in die Tasche seiner Jacke, ohne stehenzubleiben. Es war ein kleiner, scheinbar unbedeutender Akt, doch für Tunde war es ein

Ausdruck seines Aufbegehrens gegen eine Welt, die ihn nicht akzeptieren wollte.

„Schnell, komm, wir hauen ab", flüsterte Tom und zog Tunde am Ärmel.

Sie wollten gerade den Laden verlassen, als eine laute, entschlossene Stimme sie aufhielt: „Hey! Was habt ihr da gemacht?"

Tunde wirbelte herum und sah einen älteren Mann auf sie zukommen.

Es war der Ladenbesitzer, ein hagerer Mann in den späten Sechzigern mit grimmigem Gesichtsausdruck und durchdringenden Augen.

„Bleibt stehen!", rief er und kam auf sie zu, während er eine Hand in die Luft hob, um sie zu stoppen.

Tunde spürte, wie ihm das Blut in den Adern gefror. Er wollte wegrennen, doch seine Beine fühlten sich wie Blei an. Die anderen Jungen waren bereits aus der Tür geflüchtet, doch Tunde blieb wie angewurzelt stehen, unfähig, sich zu rühren.

„Was hast du da in deiner Tasche?", fragte der Ladenbesitzer scharf, als er direkt vor Tunde stand. Seine Augen waren voll Misstrauen und Zorn.

Tunde wich zurück, doch der Mann griff nach seiner Jacke und zog den Schokoriegel hervor.

„Glaubst du, du kannst einfach hier reinkommen und stehlen?", fuhr er Tunde an. „Was fällt dir ein?"

Tunde öffnete den Mund, wollte etwas sagen, doch keine Worte kamen heraus. Er war wie gelähmt vor Angst und Scham. Der Mann hielt ihn fest, während er sich umsah, ob jemand in der Nähe war, der helfen konnte.

„Du bleibst hier, bis die Polizei kommt", sagte der Mann schließlich und zog sein Handy aus der Tasche. „Die werden sich um dich kümmern."

Die Minuten, die Tunde im Laden festgehalten wurde, kamen ihm wie eine Ewigkeit vor. Er stand dort, stumm und erstarrt, während der Ladenbesitzer die Polizei rief. Der Mann ließ ihn keine Sekunde aus den Augen, als ob er befürchtete, Tunde könnte jeden Moment weglaufen.

Ein Polizeiwagen hielt vor dem Laden, die Tür öffnete sich. Zwei Beamte, ein Mann und eine Frau, traten ein. Ihre Mienen waren ernst, doch nicht unfreundlich, als sie auf Tunde zugingen. Der Ladenbesitzer erklärte ihnen die Situation, während Tunde weiterhin schwieg, den Blick starr auf den Boden gerichtet.

„Junger Mann, du weißt, dass das, was du getan hast, falsch ist, oder?", sagte der männliche Polizist, während er Tunde leicht an der Schulter berührte.

Tunde nickte stumm, fühlte sich kleiner und hilfloser als je zuvor. Die Polizisten tauschten einen Blick aus, dann wandte sich die Frau an ihn.

„Wir werden dich jetzt ins Revier mitnehmen und deine Eltern informieren", sagte sie sanft, doch bestimmt. „Das hier ist eine ernste Sache."

Tunde konnte sich kaum bewegen, als sie ihn aus dem Laden führten. Die Kälte draußen schlug ihm ins Gesicht, doch er fühlte nichts außer Scham und Angst. Er wusste, dass er einen Fehler gemacht hatte, doch in diesem Moment war es, als ob er nichts anderes hätte tun können.

Im Polizeirevier warteten Ayo und Funmi bereits, ihre Gesichter waren von Sorge und Erschöpfung gezeichnet. Sie hatten einen Anruf von der Polizei erhalten, und Funmi war fast zusammengebrochen, als sie erfuhren, was passiert war.

„Tunde, warum?", fragte Funmi, als sie ihn endlich sahen. Ihre Stimme brach, Tränen rannen über ihr Gesicht. „Warum hast du das getan?"

Tunde konnte seine Eltern nicht ansehen.

„Ich weiß nicht", murmelte er. „Es ist einfach passiert."

Ayo's Gesicht war ernst, doch in seinen Augen lag keine Wut, sondern tiefe Enttäuschung.

„Tunde, wir haben dich besser erzogen als das", sagte er leise. „Du weißt, dass das nicht der richtige Weg ist."

„Es tut mir leid", flüsterte Tunde, doch die Worte klangen hohl. Er fühlte sich, als ob alles, was er getan hatte, nur dazu geführt hatte, seine Familie noch mehr zu enttäuschen. „Ich wollte es nicht…"

Funmi umarmte ihn, ihre Tränen fielen auf sein Haar.

„Du bist unser Sohn, Tunde", sagte sie, ihre Stimme war voller Schmerz. „Wir lieben dich, egal was passiert. Aber du musst verstehen, dass das, was du getan hast, uns alle in Gefahr bringt."

Die Polizisten, die das Gespräch still beobachtet hatten, traten vor.

„Wir verstehen, dass das eine schwierige Situation für alle ist", sagte die Polizistin. „Da der Junge minderjährig ist und dies sein erstes Vergehen war, werden wir keine Anzeige erstatten. Aber wir müssen sicherstellen, dass so etwas nicht noch einmal passiert."

Ayo nickte dankbar. „Es wird nicht wieder vorkommen."

Doch als die Familie das Revier verließ, war die Last des Geschehenen schwer auf ihnen. Tunde's Tat hatte sie alle erschüttert, und die Auswirkungen würden noch lange zu spüren sein.

Die Unsicherheit, die sie alle verspürten, war jetzt noch größer, und die Kluft zwischen Tunde und seinen Eltern schien unüberwindbar.

Die Wochen nach Tunde's Ladendiebstahl waren für die Familie Ayo besonders schwer. Funmi war immer die starke Säule der Familie gewesen, diejenige, die versuchte, Hoffnung und Zuversicht zu bewahren, selbst in den dunkelsten Momenten. Doch die ständige Unsicherheit, die Sorge um ihre Kinder und die tiefe Angst vor der Zukunft nagten an ihr, bis die Last schließlich zu groß wurde.

Es begann schleichend, fast unbemerkt. Funmi war immer müder, fand es schwer, morgens aufzustehen, um den Tag zu beginnen. Ayo bemerkte es zuerst, als sie eines Morgens nicht wie gewohnt aufstand, um das Frühstück für die Kinder vorzubereiten.

„Funmi, es ist schon spät. Die Kinder müssen bald zur Schule", sagte Ayo sanft, als er ihre Schulter berührte.

Funmi blinzelte, ihre Augen schwer von Erschöpfung.

„Ich… ich bin so müde, Ayo", flüsterte sie. „Kannst du es heute machen? Ich fühle mich einfach so leer."

Ayo nickte besorgt und erhob sich, um das Frühstück vorzubereiten. Während er den Tisch deckte, warf er immer wieder besorgte Blicke zu Funmi, die sich schwerfällig aus dem Bett erhob und ins Bad schleppte. Es war nicht das erste Mal in den letzten Wochen, dass sie so müde und erschöpft wirkte, aber heute war es besonders schlimm.

Als die Kinder schließlich zur Schule aufbrachen, blieb Funmi noch lange im Badezimmer, starrte in den Spiegel und sah ein Gesicht, das ihr fremd vorkam. Ihre Haut war blass, ihre Augenringe tief und dunkel. Sie fühlte sich, als würde sie in ein tiefes Loch fallen, aus dem es kein Entkommen gab.

„Was ist nur los mit mir?", flüsterte sie sich selbst zu, während sie sich auf den Rand der Badewanne setzte. „Ich muss stark sein, aber ich… ich kann nicht mehr."

Die Tage vergingen, und Funmi's Zustand verschlechterte sich weiter. Sie versuchte, ihre Pflichten zu erfüllen, doch es fiel ihr immer schwerer, die Energie dafür aufzubringen. Ihre Gedanken kreisten ständig um die Unsicherheit ihrer Situation, die Angst um ihre Kinder und die ständige Sorge, dass sie alles verlieren könnten.

Eines Abends, als Ayo von einem Termin bei ihrem Anwalt zurückkehrte, fand er Funmi in der Küche, wie sie in Tränen aufgelöst vor dem Herd stand. Das Abendessen, das sie zubereitet hatte, war angebrannt, und der Rauch füllte den kleinen Raum.

„Funmi! Was ist passiert?", rief Ayo besorgt, als er das Fenster öffnete, um den Rauch abzulassen.

Funmi sah ihn mit tränenverschmiertem Gesicht an, ihre Hände zitterten heftig.

„Ich… ich weiß es nicht. Ich habe das Essen vergessen, ich… ich konnte mich einfach nicht konzentrieren. Ayo, ich schaffe das nicht mehr. Ich fühle mich, als ob alles über mir zusammenbricht."

Ayo trat zu ihr, nahm ihre Hände in seine und versuchte, sie zu beruhigen.

„Es wird alles gut, Funmi. Wir werden das durchstehen. Du musst nicht alles alleine tragen."

Doch Funmi schüttelte den Kopf, ihre Augen waren voller Verzweiflung.

„Aber das tue ich doch, Ayo. Jeden Tag trage ich die Angst um unsere Kinder, die Unsicherheit, was mit uns passieren wird. Ich kann einfach nicht mehr."

In dieser Nacht schlief Funmi kaum. Sie lag wach, ihre Gedanken rasten, während sie das leise Atmen ihrer Kinder hörte. Die Dunkelheit, die sie umgab, schien ihre Seele zu erdrücken, und sie fragte sich, wie lange sie noch durchhalten konnte, bevor sie endgültig zerbrach.

Der endgültige Zusammenbruch kam an einem Tag, der wie jeder andere begann. Die Familie war auf dem Weg zu einem weiteren Termin beim Anwalt, um die Berufung gegen die Ablehnung ihres Asylantrags zu besprechen. Funmi war schweigsam, ihre Augen leer, während sie den Kindern durch die Straßen von Aachen folgte.

Als sie das Büro des Anwalts betraten, spürte Funmi, wie sich der Druck in ihrer Brust verstärkte. Die Wände des kleinen Büros schienen auf sie zuzukommen, der Raum wurde enger und dunkler. Der Anwalt, ein freundlicher, aber geschäftsmäßiger Mann, begann, über die nächsten Schritte im Berufungsverfahren zu sprechen, doch Funmi hörte kaum zu. Die Worte verschwammen vor ihren Augen, wurden zu einem unverständlichen Rauschen.

„Frau Ajayi, sind Sie in Ordnung?", fragte der Anwalt plötzlich, als er ihren abwesenden Blick bemerkte.

Funmi blinzelte und versuchte, sich zu konzentrieren, doch ihre Gedanken waren wie in Watte gepackt.

„Ich... ich weiß nicht", flüsterte sie. „Ich kann einfach nicht mehr..."

Plötzlich fühlte sie, wie ihr Kopf schwindelig wurde, die Luft schien ihr aus den Lungen gepresst zu werden.

„Ayo... ich kann nicht mehr atmen...", stammelte sie, bevor sie in sich zusammensackte.

Ayo sprang auf, fing sie gerade noch rechtzeitig auf, bevor sie zu Boden stürzte.

„Funmi!", rief er verzweifelt. „Hilfe, jemand muss helfen!"

Der Anwalt eilte herbei, während er hektisch den Notruf wählte. „Es wird alles gut, bleiben Sie ruhig", sagte er, doch seine Stimme klang unsicher.

Funmi lag in Ayo's Armen, ihre Augen waren geschlossen, ihre Atmung flach. Ayo hielt sie fest, Tränen rannen über sein Gesicht. Er wusste nicht, wie er ihr helfen sollte, fühlte sich hilflos und verzweifelt.

Funmi wurde ins Krankenhaus gebracht, wo die Ärzte bei ihr einen Nervenzusammenbruch diagnostizierten. Sie erklärten Ayo, dass der anhaltende Stress und die Belastungen, denen sie ausgesetzt gewesen war, schließlich ihren Tribut gefordert hatten.

„Sie braucht dringend Ruhe und Stabilität", sagte der behandelnde Arzt, ein älterer Mann mit einem ernsten Gesichtsausdruck.

„Wir können ihr Medikamente geben, aber was sie wirklich braucht, ist eine Umgebung, in der sie sich sicher und unterstützt fühlt. Das Leben im Lager ist für jemanden in ihrer Verfassung sehr schwierig."

Ayo nickte mechanisch, doch die Worte des Arztes trafen ihn hart. Wie sollte er Funmi diese Sicherheit bieten, wenn sie selbst nicht wussten, wie lange sie noch in Deutschland bleiben durften? Er fühlte sich zerrissen zwischen dem Wunsch, seine Frau zu schützen, und der Realität ihrer Situation.

Nachdem Funmi aus dem Krankenhaus entlassen worden war, kehrte die Familie in ihren Container zurück. Doch nichts war mehr wie zuvor.

Funmi war still, in sich gekehrt, und schien nur noch ein Schatten ihrer selbst zu sein. Sie verbrachte die meiste Zeit des Tages im Bett, unfähig, sich zu den täglichen Aufgaben aufzuraffen.

Die Kinder, besonders Amina, spürten die Veränderung in ihrer Mutter und reagierten verängstigt und unsicher.

„Mama, warum sprichst du nicht mit uns?", fragte Amina eines Abends, als sie sich zu Funmi ans Bett setzte.

Funmi drehte sich zu ihr um, ihre Augen waren leer und müde.

„Es tut mir leid, mein Schatz", flüsterte sie. „Mama ist einfach so müde."

Amina klammerte sich an ihre Mutter, doch die Wärme und Geborgenheit, die sie sonst bei ihr gefunden hatte, waren verschwunden. Funmi schien in eine tiefe, dunkle Höhle gefallen zu sein, aus der sie keinen Ausweg fand.

In den folgenden Tagen versuchte Ayo, Hilfe zu finden. Er sprach mit den Sozialarbeitern im Lager, doch sie konnten nur begrenzt Unterstützung bieten.

„Wir haben so viele Fälle, und die Ressourcen sind begrenzt", erklärte eine der Sozialarbeiterinnen, eine junge Frau mit besorgtem Gesichtsausdruck. „Wir können Ihnen psychologische Unterstützung anbieten, aber es wird nicht genug sein, um Ihre Frau vollständig zu stabilisieren."

„Wir brauchen mehr als das", sagte Ayo verzweifelt. „Meine Frau ist am Ende. Sie braucht mehr Hilfe, mehr Sicherheit."

Doch die Sozialarbeiterin schüttelte bedauernd den Kopf.

„Ich wünschte, wir könnten mehr tun, aber die Realität ist, dass viele Familien in ähnlichen Situationen sind. Wir können nur das Nötigste bieten."

Ayo fühlte sich, als ob er gegen eine unsichtbare Mauer ankämpfte, die ihn immer wieder zurückwarf. Die Bürokratie, die Überlastung des Systems, die fehlende Unterstützung – alles schien sich gegen sie zu stellen. Er war allein mit seiner Verzweiflung, allein mit der Aufgabe, seine Familie irgendwie zusammenzuhalten.

Der Tiefpunkt kam eines Abends, als Ayo nach einem langen, erfolglosen Tag ins Lager zurückkehrte. Funmi saß in der Ecke des Containers, die Arme um ihre Knie geschlungen, und schaukelte hin und her. Sie murmelte leise vor sich hin, ihre Augen starrten ins Leere.

„Funmi?", fragte Ayo vorsichtig, als er nähertrat.

Sie reagierte nicht, schien ihn nicht einmal zu bemerken. Ayo kniete sich vor sie, nahm ihre Hände in seine, doch sie waren kalt und schlaff.

„Funmi, bitte… du musst stark bleiben, wir brauchen dich", flüsterte er, doch in seiner Stimme lag pure Verzweiflung.

Funmi sah ihn schließlich an, doch ihre Augen wirkten fremd, als ob sie durch ihn hindurchsah.

„Es ist alles zu viel, Ayo", flüsterte sie. „Ich kann nicht mehr kämpfen. Ich… ich will einfach nur, dass der Schmerz aufhört."

Ayo spürte, wie ihm Tränen in die Augen stiegen.

„Wir werden einen Weg finden, Funmi. Ich verspreche es dir. Aber du darfst nicht aufgeben."

Doch in seinem Inneren wusste Ayo, dass er kurz davor war, selbst zusammenzubrechen. Die ständige Sorge um Funmi, die Verantwortung für die Kinder, die Ungewissheit über ihre Zukunft – alles lastete schwer auf ihm. Er war der Fels in der Brandung gewesen, doch nun drohte auch er zu zerbröckeln.

Die Familie war auf sich allein gestellt, doch eines Tages, als Ayo völlig verzweifelt im Lager saß, trat eine ältere Frau, die sie schon einmal gesehen hatten, auf ihn zu. Sie war eine Freiwillige, die regelmäßig im Lager aushalf, und hatte ein freundliches, mütterliches Wesen.

„Ich habe von Ihrer Situation gehört", sagte sie sanft. „Ich weiß, dass es schwer ist, aber Sie müssen durchhalten. Es gibt immer einen Weg, auch wenn er verborgen ist."

Ayo sah sie mit leeren Augen an. „Ich weiß nicht, wie lange wir das noch durchstehen können", flüsterte er.

Die Frau legte eine Hand auf seine Schulter.

„Ich kenne eine Organisation, die Familien in Ihrer Situation unterstützt. Es ist keine sofortige Lösung, aber sie können Ihnen helfen, ein wenig Stabilität zu finden. Manchmal reicht ein kleiner Funken Hoffnung, um weiterzumachen."

Diese Worte gaben Ayo ein kleines Stück Halt, ein kleines Stück Hoffnung, an dem er sich festklammerte.

Es war nicht viel, aber in ihrer Dunkelheit war es vielleicht genau das, was sie brauchten – einen kleinen Funken, der sie daran erinnerte, dass es immer noch Hoffnung gab, selbst in den dunkelsten Momenten.

Doch die Realität war, dass sie einen langen Weg vor sich hatten, einen Weg, der voller Schmerz, Verlust und Unsicherheit war.

Aber inmitten all dessen hielt Ayo an dem Gedanken fest, dass sie diesen Weg nicht allein gehen mussten – dass es Menschen gab, die ihnen helfen konnten, auch wenn die Hilfe klein und unzureichend schien.

Für Funmi war der Zusammenbruch ein Wendepunkt – der Moment, in dem sie erkennen musste, dass sie nicht alles alleine tragen konnte.

Und für Ayo war es der Moment, in dem er erkannte, dass auch er Hilfe brauchte, um seine Familie zu retten, bevor alles endgültig zerbrach.

Die stille Stärke

Die Tage im Lager hatten einen monotonen Rhythmus angenommen. Die Unsicherheit und die bedrückende Atmosphäre lasteten schwer auf Ayo, Funmi und den Kindern. Doch eines Tages sollte eine Begegnung alles verändern – eine Begegnung, die sie niemals erwartet hätten.

Es begann an einem regnerischen Nachmittag, als eine Gruppe von Journalisten das Lager besuchte, um über die Situation der Flüchtlinge in Deutschland zu berichten. Unter ihnen war eine Frau mittleren Alters, die schon seit Jahren als Reporterin für eine große, nationale Zeitung arbeitete, welche für ihre gründlichen Recherchen und tiefgehenden Reportagen bekannt war. Sie hatte bereits in vielen Krisengebieten der Welt berichtet und war bekannt für ihre Fähigkeit, menschliche Geschichten in den Mittelpunkt zu stellen.

Diesmal war ihr Ziel das Flüchtlingslager in Aachen, wo sie die Lebensbedingungen der Menschen dokumentieren wollte, die nach Deutschland geflohen waren, um Schutz zu suchen. Ihr Interesse galt besonders den Geschichten, die oft übersehen wurden – den Familien, die im Schatten der Bürokratie und des Misstrauens ums Überleben kämpften.

Während ihres Besuchs ging die Journalistin durch das Lager, sprach mit verschiedenen Flüchtlingen und nahm ihre Geschichten auf. Sie machte Notizen, sprach mit den Sozialarbeitern und versuchte, ein umfassendes Bild von der Situation zu zeichnen. Doch es war der Zufall, der sie schließlich zu Ayo, Funmi und den Kindern führte.

Die Familie saß in der Nähe des zentralen Versammlungsraums, als die Journalistin sie bemerkte. Etwas an ihrer Haltung, an der Art, wie sie still und in sich gekehrt beieinandersaßen, zog sie an. Sie sah das erschöpfte Gesicht von Funmi, die tiefe Traurigkeit in

Ayo's Augen und die stillen, nachdenklichen Gesichter von Tunde und Amina. Es war, als würde die Last der ganzen Welt auf ihnen ruhen.

„Entschuldigen Sie", sagte die Journalistin leise, als sie nähertrat. Ihre Stimme war warm, mitfühlend, aber auch voller Professionalität. „Darf ich mich zu Ihnen setzen?"

Ayo sah sie überrascht an, doch er nickte. „Natürlich."

Sie setzte sich auf die Bank neben ihnen und nahm ihre Notizblöcke heraus. „Ich bin hier, um über die Situation im Lager zu berichten. Ich würde gerne Ihre Geschichte hören, wenn Sie bereit sind, sie zu teilen."

Funmi zögerte, ihre Augen suchten Ayos Blick. Es war nicht leicht, Fremden zu vertrauen, besonders nicht nach allem, was sie erlebt hatten. Doch etwas in der Stimme der Frau gab ihnen das Gefühl, dass sie wirklich verstehen wollte – dass sie nicht nur eine weitere Journalistin war, die sensationelle Geschichten suchte, sondern jemand, der ihre Menschlichkeit erkannte.

„Was möchten Sie wissen?", fragte Ayo schließlich.

Die Journalistin lächelte sanft. „Alles, was Sie bereit sind zu erzählen. Wie sind Sie hierhergekommen? Was haben Sie erlebt? Was sind Ihre Hoffnungen und Ängste?"

Und so begann Ayo zu erzählen. Er sprach von ihrer Flucht aus Nigeria, den Gefahren der Sahara, den Schrecken in Libyen, der riskanten Überfahrt über das Mittelmeer und schließlich von der kalten Ablehnung ihres Asylantrags. Funmi fügte ihre eigenen Erlebnisse hinzu, sprach über ihre Angst um die Kinder, ihren Nervenzusammenbruch und die ständige Sorge, was die Zukunft bringen würde.

Die Journalistin hörte aufmerksam zu, unterbrach nur gelegentlich, um eine Frage zu stellen oder etwas zu notieren.

Ihre Augen blieben die ganze Zeit auf die Familie gerichtet, als wollte sie jede Nuance der Emotionen einfangen.

Sie spürte die Verzweiflung, aber auch die stille Stärke, die in Funmi und Ayo schlummerte – eine Stärke, die durch die ständigen Rückschläge und die nie endende Unsicherheit auf die Probe gestellt wurde.

„Es tut mir so leid, dass Sie all das durchmachen mussten", sagte die Journalistin schließlich, als Ayo seine Erzählung beendete. „Aber ich bin dankbar, dass Sie bereit waren, Ihre Geschichte mit mir zu teilen. Ich denke, es ist wichtig, dass die Menschen in Deutschland – und darüber hinaus – wissen, was hier passiert."

Funmi sah sie an, ihre Augen voller Fragen.

„Was wird aus unserer Geschichte?", fragte sie leise. „Was kann sie ändern?"

Die Journalistin lächelte traurig.

„Ich kann nicht versprechen, dass es sofort etwas ändert. Aber ich werde Ihre Geschichte erzählen, so wie sie ist, ohne sie zu beschönigen. Manchmal reicht es, dass Menschen die Wahrheit hören. Und vielleicht, nur vielleicht, wird das jemanden erreichen, der helfen kann."

Einige Wochen nach dem Treffen mit der Journalistin erschien der Artikel in der Zeitung, begleitet von eindringlichen Bildern, die die harte Realität im Lager einfingen. Der Artikel war lang und detailliert, er erzählte nicht nur von der allgemeinen Situation der Flüchtlinge, sondern hob auch die Geschichte von Ayo, Funmi und ihren Kindern hervor.

Der Text beschrieb ihre Flucht, die Ablehnung ihres Asylantrags, die Krise mit Tunde und Funmi's Zusammenbruch. Doch er sprach auch von ihrer unglaublichen Stärke und ihrem ungebrochenen Willen, trotz allem weiterzumachen.

Die Journalistin hatte es geschafft, ihre Menschlichkeit und ihre Würde in den Mittelpunkt zu stellen, und der Artikel ließ die Leser nicht kalt.

Die Reaktionen auf den Artikel waren überwältigend. In den Tagen nach der Veröffentlichung begann eine Welle der Unterstützung, die niemand erwartet hatte. Menschen aus ganz Deutschland und darüber hinaus schrieben an die Redaktion der Zeitung, boten Hilfe an oder spendeten Geld, um die Familie zu unterstützen. Einige Leser forderten sogar die Behörden auf, ihren Fall erneut zu prüfen.

„Hast du das gesehen?", sagte Ayo eines Abends, als er die Zeitung in den Händen hielt und Funmi den Artikel noch einmal zeigte. „Die Menschen reagieren. Sie unterstützen uns."

Funmi, die sich langsam von ihrem Zusammenbruch erholte, sah ihn ungläubig an. „Glaubst du, das könnte wirklich etwas ändern?", fragte sie leise.

„Ich weiß es nicht", antwortete Ayo ehrlich. „Aber es gibt uns Hoffnung. Und das ist mehr als das, was wir seit langer Zeit hatten."

Durch den Artikel wurden nicht nur Ayo und seine Familie bekannter, sondern auch die Bedingungen im Lager rückten in den Fokus der Öffentlichkeit. Die Journalistin hatte in ihrem Artikel auch auf die Missstände im Lager hingewiesen – die überfüllten Container, die mangelhafte medizinische Versorgung, die fehlende psychologische Betreuung.

Als die Geschichte größere Aufmerksamkeit erlangte, begannen sich auch lokale Organisationen und Hilfsgruppen für das Lager zu interessieren. Freiwillige kamen, um den Flüchtlingen zu helfen, Lebensmittel und Kleidung zu bringen und ihnen bei der Bewältigung ihrer täglichen Herausforderungen zur Seite zu stehen.

Für Ayo und Funmi war dies ein kleiner, aber wichtiger Lichtblick. Die Unterstützung von außen, die sie nun erhielten, half ihnen, neue Kraft zu schöpfen.

Sie waren nicht mehr allein in ihrem Kampf – sie hatten einen unerwarteten Verbündeten gefunden, der bereit war, ihre Geschichte zu erzählen und für ihre Rechte einzutreten.

Die Journalistin blieb in Kontakt mit der Familie, besuchte sie regelmäßig und brachte immer wieder kleine Geschenke oder nützliche Dinge mit. Für die Kinder war sie fast zu einer Art Tante geworden, jemand, dem sie vertrauten und der ihnen zeigte, dass es auch Menschen gab, die ihnen helfen wollten.

„Ihr seid stark", sagte sie bei einem ihrer Besuche zu Funmi. „Ich bewundere euren Mut. Und ich werde weiterhin alles tun, was ich kann, um eure Geschichte bekannt zu machen."

Funmi lächelte schwach, aber dankbar.

„Danke", flüsterte sie. „Wir hätten nie gedacht, dass jemand wie Sie sich für uns interessieren würde."

Die Journalistin legte eine Hand auf Funmi's Schulter.

„Eure Geschichte ist wichtig, Funmi. Sie zeigt den Menschen, dass hinter den Zahlen und den Schlagzeilen echte Menschen stehen – Menschen wie ihr, die um ihr Leben kämpfen."

Durch die Unterstützung, die sie nun erhielten, begann sich für Ayo und Funmi ein kleiner Funke der Hoffnung zu regen. Sie wussten, dass der Weg vor ihnen noch lang und schwer sein würde, doch sie fühlten sich nicht mehr so allein. Sie hatten einen Verbündeten gefunden, der bereit war, ihre Geschichte in die Welt hinauszutragen und vielleicht – nur vielleicht – damit eine Veränderung herbeizuführen.

Nachdem die Familie durch den Artikel der Journalistin unerwartete Unterstützung erfahren hatte, begann sich eine leichte Veränderung im Leben von Ayo, Funmi, Tunde und Amina abzuzeichnen. Es war, als ob ein kleiner Funken Hoffnung in ihrem düsteren Alltag aufglomm. Doch während Ayo und Funmi damit beschäftigt waren, diese neuen Entwicklungen zu verarbeiten, fand Amina auf ihre eigene Weise einen Weg, mit den Erlebnissen der vergangenen Monate umzugehen.

Amina war schon immer ein stilles Kind gewesen. Sie beobachtete die Welt um sich herum mit großen, neugierigen Augen, sprach jedoch wenig darüber, was sie beschäftigte. Während der langen Reise nach Deutschland hatte sie sich oft in ihre eigene Welt zurückgezogen, um den Schrecken und der Unsicherheit zu entkommen. Doch jetzt, in den ruhigen Momenten im Lager, begann sie, ihre Gedanken und Gefühle in einer neuen Form auszudrücken – durch Kunst.

Es begann ganz unauffällig. Eines Tages, als eine der freiwilligen Helferinnen, die nun regelmäßig ins Lager kamen, eine Schachtel mit Buntstiften und Papier für die Kinder mitbrachte, griff Amina fast automatisch danach.

Sie setzte sich in eine ruhige Ecke des Containers und begann, auf dem Papier zu kritzeln. Anfangs waren es einfache, kindliche Zeichnungen – Häuser, Bäume, die Sonne, wie man es von einem Kind in ihrem Alter erwarten würde. Doch je länger sie zeichnete, desto tiefer tauchte sie in ihre Gedankenwelt ein.

Ayo beobachtete sie an diesem Nachmittag, wie sie vertieft in ihre Zeichnungen war.

„Was malst du da, Amina?", fragte er neugierig, als er sich zu ihr setzte.

Amina sah von ihrem Papier auf, ihre Augen funkelten vor Konzentration. „Ich male unsere Reise, Papa", sagte sie leise.

Ayo war überrascht. „Unsere Reise?"

Amina nickte und zeigte ihm ihre Zeichnung. Auf dem Papier war ein einfaches Bild zu sehen – eine kleine Familie, die durch eine Wüste wanderte, die Sonne brannte unerbittlich vom Himmel herab. In der Ferne konnte man die Silhouette eines Lastwagens erkennen, und darüber kreisten Vögel, die wie bedrohliche Schatten wirkten.

„Das ist, als wir in der Wüste waren", erklärte Amina. „Und das sind wir. Ich habe uns alle gemalt."

Ayo betrachtete die Zeichnung mit gemischten Gefühlen. Es war eine erstaunlich treffende Darstellung ihrer Erlebnisse, und doch war es erschütternd, zu sehen, wie Amina diese düsteren Erinnerungen verarbeitete.

„Das hast du sehr gut gemacht, Amina", sagte er schließlich, während er ihr übers Haar strich. „Ich wusste nicht, dass du so gut malen kannst."

Amina lächelte schwach.

„Ich mag es, Papa. Es hilft mir, wenn ich daran denke, was alles passiert ist."

In den folgenden Tagen und Wochen wurde das Zeichnen zu Amina's ständiger Begleiterin. Sie verbrachte Stunden damit, ihre Erlebnisse auf Papier zu bringen. Ihre Zeichnungen wurden detaillierter, expressiver, und sie begann, sich durch ihre Kunst auszudrücken, was sie mit Worten nicht sagen konnte.

Funmi bemerkte die Veränderung in ihrer Tochter.

„Amina scheint ruhiger zu sein, seit sie mit dem Zeichnen angefangen hat", sagte sie eines Abends zu Ayo, während sie zusah, wie Amina erneut mit ihren Buntstiften arbeitete.

Ayo nickte. „Ja, es scheint ihr zu helfen, das alles zu verarbeiten. Und ich denke, sie ist wirklich talentiert."

Funmi lächelte sanft.

„Vielleicht ist das ihre Art, mit dem Erlebten umzugehen. Ich bin froh, dass sie einen Weg gefunden hat, das alles auszudrücken."

Eines Tages, als die freiwillige Helferin, die die Buntstifte gebracht hatte, erneut ins Lager kam, entdeckte sie Amina, wie sie vertieft in ihre Arbeit war. Die Helferin, eine Kunstlehrerin an einer örtlichen Schule, war sofort von der Intensität und dem Ausdruck in den Zeichnungen des kleinen Mädchens beeindruckt.

„Das ist wirklich beeindruckend, Amina", sagte sie, als sie sich neben das Mädchen setzte und die Zeichnungen betrachtete. „Du hast ein echtes Talent."

Amina sah scheu auf, ihre Wangen wurden leicht rot. „Danke", murmelte sie.

Die Helferin nahm eine der Zeichnungen in die Hand – ein Bild, das die Überfahrt über das Mittelmeer zeigte, mit einem überfüllten Boot, das von riesigen Wellen hin und her geworfen wurde.

„Das ist sehr ausdrucksstark", sagte sie. „Weißt du, Amina, Kunst kann ein mächtiges Werkzeug sein, um anderen Menschen zu zeigen, was du erlebt hast."

Amina nickte, ohne wirklich zu verstehen, was die Frau meinte. Für sie war das Zeichnen einfach eine Möglichkeit, den Schmerz und die Angst in ihrem Inneren loszulassen.

Die Helferin sprach später mit Ayo und Funmi über Amina's Zeichnungen.

„Ihre Kunst ist nicht nur beeindruckend für ein Kind ihres Alters", sagte sie. „Sie hat eine Tiefe und Ausdruckskraft, die man selten sieht. Ich kenne jemanden, der eine lokale Kunstausstellung organisiert. Vielleicht könnten wir einige von Amina's Werken dort zeigen."

Ayo und Funmi waren überrascht.

„Eine Kunstausstellung?", fragte Funmi ungläubig. „Aber Amina ist doch noch so klein. Glauben Sie wirklich, dass ihre Zeichnungen dort gezeigt werden könnten?"

Die Helferin lächelte.

„Kunst kennt kein Alter. Es geht nicht darum, wie alt sie ist, sondern was sie durch ihre Bilder ausdrückt. Ich denke, es könnte für sie eine großartige Möglichkeit sein, ihre Erlebnisse zu teilen – und vielleicht auch, ein wenig Anerkennung zu bekommen."

Funmi sah zu Ayo hinüber. Sie konnte die Unsicherheit in seinen Augen sehen, doch auch den Funken von Stolz, der in ihm aufstieg.

„Was denkst du, Ayo?", fragte sie leise.

Ayo überlegte einen Moment.

„Wenn es Amina hilft, ihre Geschichte zu erzählen, dann sollten wir es versuchen", sagte er schließlich. „Es könnte etwas Positives in all dem Negativen sein."

Die Helferin nahm Kontakt zu den Organisatoren der Kunstausstellung auf und erzählte ihnen von Amina und ihren Zeichnungen. Die Organisatoren, die stets auf der Suche nach neuen, ungewöhnlichen Talenten waren, zeigten sofort Interesse. Sie luden Amina und ihre Familie ein, einige ihrer Werke in der Ausstellung zu präsentieren.

Als der Tag der Ausstellung näher rückte, war die Aufregung in der Familie spürbar. Für Amina war es ein ganz besonderer Moment. Noch nie hatte sie sich vorstellen können, dass ihre Zeichnungen jemals von anderen Menschen gesehen werden würden – und schon gar nicht in einer echten Kunstausstellung.

„Ich bin ein bisschen nervös", gestand sie Funmi am Morgen der Ausstellung. „Was, wenn die Leute meine Bilder nicht mögen?"

Funmi kniete sich zu ihrer Tochter und nahm sie in die Arme.

„Amina, deine Bilder sind wunderschön, weil sie deine Gefühle zeigen. Es ist egal, was andere denken. Was zählt, ist, dass du dich ausdrücken kannst."

Die Ausstellung fand in einer kleinen, aber gut besuchten Galerie in der Innenstadt von Aachen statt. Als die Familie die Galerie betrat, spürten sie sofort die besondere Atmosphäre – die leise Musik im Hintergrund, das gedämpfte Licht, die Kunstwerke an den Wänden. Es war eine Welt, die ihnen fremd war, doch gleichzeitig fühlten sie sich willkommen.

Amina's Zeichnungen waren auf einer eigenen kleinen Tafel ausgestellt, begleitet von einer kurzen Erklärung der Organisatoren über das, was sie darstellten. Neben den Bildern standen kleine Schilder mit Titeln, die Amina selbst ausgewählt hatte – „Die Wüste", „Das Meer", „Unsere Reise".

Die Besucher der Ausstellung blieben oft vor Amina's Werken stehen, betrachteten sie aufmerksam und lasen die Erklärung dazu. Viele von ihnen waren tief bewegt von der Ausdruckskraft der Bilder, die so viel von den Erfahrungen eines kleinen Mädchens erzählten, das viel zu früh mit der harten Realität des Lebens konfrontiert worden war.

Ein älteres Paar, das vor den Zeichnungen stand, sprach leise miteinander.

„Es ist unglaublich, wie ein Kind solche Gefühle ausdrücken kann", sagte die Frau. „Man kann den Schmerz und die Angst in jedem Strich spüren."

„Ja", stimmte der Mann zu. „Aber auch eine tiefe Sehnsucht nach Frieden. Diese Bilder sind mehr als nur Kunst. Sie sind ein Fenster in die Seele eines Kindes."

Amina stand in einiger Entfernung und beobachtete die Menschen, die ihre Werke betrachteten. Sie fühlte sich ein wenig unsicher, doch als sie sah, wie die Menschen auf ihre Bilder reagierten, stieg ein Gefühl von Stolz in ihr auf.

Es war das erste Mal seit langer Zeit, dass sie sich wirklich gesehen fühlte – nicht als ein Flüchtlingskind, sondern als ein Mensch mit einer eigenen Stimme.

„Das sind meine Bilder, Mama", flüsterte Amina, als Funmi sich neben sie stellte.

Funmi legte einen Arm um ihre Tochter und drückte sie sanft. „Ja, meine Liebe. Und sie sind wunderschön. Du hast etwas geschaffen, das die Menschen berührt."

Am Ende der Ausstellung trat einer der Organisatoren zu Amina und ihrer Familie.

„Ich möchte Ihnen gratulieren", sagte er mit einem warmen Lächeln.

„Amina's Arbeiten haben viele Menschen bewegt. Wir möchten eines ihrer Bilder in unserer Dauerausstellung behalten, wenn das für Sie in Ordnung ist."

Amina sah überrascht zu ihren Eltern. „Sie wollen mein Bild behalten?", fragte sie.

Ayo lächelte stolz. „Ja, Amina. Sie wollen, dass dein Bild hierbleibt, damit es noch mehr Menschen sehen können."

Amina konnte es kaum glauben. Es war, als hätte sie inmitten all des Schmerzes und der Unsicherheit einen kleinen Sieg errungen – einen Moment, in dem sie ihre Geschichte erzählen konnte und dafür Anerkennung fand.

Als die Familie an diesem Abend zurück ins Lager fuhr, war die Stimmung im Auto ruhig, doch erfüllt von einer leisen Freude. Amina hielt das kleine Zertifikat, das ihr in der Ausstellung überreicht worden war, fest in den Händen. Es war ein Symbol für das, was sie erreicht hatte – nicht nur als Künstlerin, sondern auch als jemand, der ihre Stimme gefunden hatte.

„Ich bin so stolz auf dich, Amina", sagte Funmi, als sie nach Hause kamen und sich auf die Betten setzten.

Amina lächelte schüchtern. „Es hat mir geholfen, Mama. Das Zeichnen hat mir geholfen, das alles zu verstehen."

Ayo nickte. „Kunst kann manchmal mehr ausdrücken, als Worte es jemals könnten. Du hast uns gezeigt, wie stark du wirklich bist, Amina."

Und in diesem Moment, inmitten der Schwierigkeiten und der Ungewissheit, fühlte die Familie eine neue Stärke in sich aufsteigen. Amina's Kunst hatte ihnen nicht nur einen Moment des Stolzes gebracht, sondern auch die Erkenntnis, dass sie trotz allem immer noch in der Lage waren, etwas Schönes zu schaffen – etwas, das einen kleinen, aber bedeutenden Unterschied machen konnte.

Nachdem die Familie durch Amina's künstlerische Erfolge und die Unterstützung der Gemeinschaft neue Hoffnung geschöpft hatte, begann Funmi, einen Weg zu finden, mit der Unsicherheit und den Herausforderungen ihrer Situation umzugehen. Ihr Zusammenbruch hatte ihr gezeigt, dass sie nicht alles allein bewältigen konnte, aber die Unterstützung, die sie und ihre Familie erfahren hatten, hatte in ihr eine neue Entschlossenheit geweckt.

Funmi wollte nicht länger nur ein Opfer ihrer Umstände sein – sie wollte etwas tun, um wieder Kontrolle über ihr Leben zu gewinnen und gleichzeitig anderen zu helfen, die in derselben schwierigen Lage waren.

Es begann ganz einfach. Eines Morgens, als Funmi durch das Lager ging, bemerkte sie, dass einige der anderen Flüchtlinge, insbesondere die älteren Frauen und alleinstehenden Mütter, Mühe hatten, das spärliche Essen, das verteilt wurde, zuzubereiten. Die Gemeinschaftsküche des Lagers war oft überfüllt, und viele der Menschen, die hier lebten, hatten keine Erfahrung darin, für so viele Menschen zu kochen. Die Verpflegung war dürftig, und die Mahlzeiten, die daraus entstanden, waren oft unzureichend und ungesund.

Funmi blieb stehen, als sie eine Gruppe von Frauen sah, die in der kleinen Küche des Lagers versuchten, eine Mahlzeit für ihre Familien zuzubereiten. Die Atmosphäre war hektisch, und die Frauen schienen überfordert zu sein.

„Braucht ihr Hilfe?", fragte Funmi vorsichtig, als sie sich näherte.

Die Frauen sahen auf, ihre Gesichter waren gezeichnet von Stress und Müdigkeit. Eine von ihnen, eine ältere Frau mit tiefen Falten im Gesicht, seufzte und wischte sich den Schweiß von der Stirn.

„Wir könnten jede Hilfe gebrauchen", sagte sie mit einem erschöpften Lächeln. „Es ist schwer, hier etwas Anständiges zu kochen."

Funmi lächelte schwach und trat näher.

„Vielleicht kann ich euch helfen", sagte sie. „Ich habe früher daheim in Nigeria viel gekocht, für meine Familie und Freunde. Vielleicht können wir gemeinsam etwas Leckeres zaubern."

Die Frauen schienen erleichtert zu sein, und eine von ihnen reichte Funmi einen Kochlöffel. „Das wäre wirklich eine große Hilfe", sagte sie dankbar. „Wir wissen oft nicht, wie wir aus dem, was wir hier haben, Gutes machen können."

Funmi nickte und machte sich an die Arbeit. Sie begann, die Zutaten zu sortieren, die zur Verfügung standen – einfache Dinge wie Reis, Bohnen, etwas Gemüse und wenige Gewürze. Mit geübten Händen und einem ruhigen, konzentrierten Ausdruck auf dem Gesicht bereitete sie die Zutaten vor und erklärte den anderen Frauen dabei, was sie tat.

„Wenn wir die Bohnen länger einweichen, werden sie weicher und schmecken besser", erklärte Funmi, während sie die getrockneten Hülsenfrüchte in eine Schüssel mit Wasser gab. „Und mit ein bisschen Salz und Pfeffer können wir aus dem Gemüse eine einfache, aber schmackhafte Suppe machen."

Die anderen Frauen hörten aufmerksam zu, und nach einer Weile begannen sie, sich zu entspannen. Sie arbeiteten gemeinsam, schnitten Gemüse, rührten in den Töpfen und probierten die Speisen. Funmi fühlte sich zum ersten Mal seit langer Zeit wieder nützlich. Es war, als ob die einfachen Handlungen des Kochens und des gemeinsamen Arbeitens ihr eine Art Frieden brachten.

„Du hast wirklich ein Händchen dafür", sagte die ältere Frau, die sich als Mariam vorgestellt hatte, nachdem sie von der Suppe gekostet hatte. „Ich hätte nicht gedacht, dass wir aus so wenig so viel herausholen können."

Funmi lächelte verlegen. „Es ist nicht viel, aber es ist besser, wenn wir es gemeinsam machen."

In den folgenden Tagen wurde Funmi immer häufiger in der Küche des Lagers gesehen. Sie begann, regelmäßige Kochsessions zu organisieren, bei denen sie den anderen Flüchtlingen half, aus den begrenzten Ressourcen, die zur Verfügung standen, nahrhafte und schmackhafte Mahlzeiten zuzubereiten. Die Gemeinschaftsküche, die zuvor ein Ort der Hektik und des Stresses gewesen war, verwandelte sich allmählich in einen Ort der Begegnung und des Austauschs.

Die Frauen, die zuerst nur dankbar für die Hilfe gewesen waren, begannen, sich auf diese gemeinsamen Kochsessions zu freuen. Es war eine willkommene Abwechslung im tristen Alltag des Lagers, und es gab ihnen die Möglichkeit, sich auszutauschen, zu lachen und sich gegenseitig zu unterstützen.

Eines Tages, als Funmi wieder einmal in der Küche stand und einen großen Topf mit Reis rührte, kam eine junge Frau mit einem kleinen Kind auf dem Arm herein. Sie wirkte unsicher, fast ein wenig scheu.

„Entschuldigung", sagte sie leise, „darf ich mitmachen? Ich habe gesehen, wie ihr hier kocht, und ich würde gerne helfen."

Funmi lächelte sie herzlich an. „Natürlich. Wir können jede helfende Hand gebrauchen. Komm rein und mach mit."

Die junge Frau setzte ihr Kind in einem kleinen Stuhl ab und machte sich daran, das Gemüse zu schneiden. Während sie arbeiteten, erzählte sie Funmi ihre Geschichte – sie war aus Syrien geflohen, hatte auf der Reise ihren Mann verloren und war nun allein mit ihrem Kind im Lager.

Funmi hörte aufmerksam zu und fühlte eine tiefe Verbindung zu dieser Frau, die ähnliche Schrecken erlebt hatte wie sie selbst.

„Du bist hier willkommen", sagte Funmi sanft, als die junge Frau ihren Tränen freien Lauf ließ. „Wir alle haben schwere Zeiten hinter uns, aber hier können wir uns gegenseitig unterstützen."

Nach und nach begannen immer mehr Flüchtlinge, sich Funmi anzuschließen. Männer, Frauen, sogar ältere Kinder kamen in die Küche, um zu helfen, zu lernen und einfach Teil der Gemeinschaft zu sein.

Funmi wurde zu einer Art inoffizieller Leiterin dieser kleinen Kochgruppe, und ihre stille Stärke und Entschlossenheit halfen, den Menschen im Lager ein Gefühl von Normalität und Gemeinschaft zu geben.

Mit der Zeit sprach sich Funmi's Engagement in der Küche des Lagers herum.

Auch die Lagerleitung wurde auf ihre Bemühungen aufmerksam, und eines Tages, als Funmi gerade dabei war, ein Abendessen für die Gruppe vorzubereiten, trat eine der Sozialarbeiterinnen, die das Lager betreuten, zu ihr.

„Funmi, ich wollte Ihnen danken", sagte die Sozialarbeiterin mit einem freundlichen Lächeln. „Wir haben bemerkt, wie sehr Sie sich hier in der Küche engagieren, und ich wollte fragen, ob Sie Interesse hätten, diese Arbeit offiziell zu übernehmen."

Funmi sah überrascht auf. „Offiziell? Was meinen Sie damit?"

„Nun", erklärte die Sozialarbeiterin, „wir haben gesehen, dass Sie eine Art Führungsrolle in der Küche übernommen haben. Die anderen Flüchtlinge vertrauen Ihnen, und Sie haben ein Talent dafür, aus wenig etwas Gutes zu machen. Wir könnten jemanden wie Sie gut gebrauchen, der dabei hilft, die Küche zu organisieren und vielleicht auch kleine Workshops anbietet, um anderen beizubringen, wie man mit den vorhandenen Mitteln gesunde Mahlzeiten zubereitet."

Funmi war überwältigt von dem Angebot. Sie hatte nie erwartet, dass ihre Arbeit in der Küche so viel Aufmerksamkeit erregen würde.

„Ich… ich weiß nicht, was ich sagen soll", stammelte sie. „Ich habe das doch nur getan, weil ich helfen wollte."

„Und genau deshalb sind Sie die Richtige für diesen Job", sagte die Sozialarbeiterin freundlich. „Es muss nichts Offizielles sein, aber wenn Sie bereit sind, weiterzumachen, möchten wir Sie gerne unterstützen. Es wäre auch möglich, dass wir Ihnen eine kleine Entlohnung anbieten, um Ihre Arbeit zu würdigen."

Funmi fühlte, wie eine Welle von Emotionen in ihr aufstieg. Zum ersten Mal seit langer Zeit hatte sie das Gefühl, dass sie wirklich etwas bewirken konnte – dass sie nicht nur hilflos abwarten musste, sondern aktiv etwas beitragen konnte.

„Ich werde es tun", sagte sie schließlich mit fester Stimme. „Ich werde weiterhelfen. Wenn es den Menschen hier im Lager hilft, dann möchte ich das tun."

Die Entscheidung, sich weiterhin in der Küche zu engagieren, brachte Funmi eine neue Art von Sinn und Struktur in ihren Alltag.

Sie begann, regelmäßige Workshops zu organisieren, bei denen sie den anderen Flüchtlingen einfache, aber nahrhafte Gerichte beibrachte. Die Küche wurde zu einem Treffpunkt für alle, die nicht nur etwas lernen, sondern auch Gemeinschaft erleben wollten.

Eines Tages, als Funmi gerade dabei war, ein neues Rezept vorzustellen – eine einfache Suppe aus Linsen, die sie in ihrer Heimat oft gekocht hatte – trat Mariam, die ältere Frau, die sie am Anfang unterstützt hatte, zu ihr.

„Funmi, du hast etwas Wunderbares geschaffen", sagte sie und drückte Funmi's Hand. „Du hast uns allen hier so viel gegeben. Ich weiß nicht, wie wir dir danken sollen."

Funmi lächelte bescheiden.

„Ich habe auch viel von euch gelernt. Wir alle haben etwas, das wir einbringen können. Und zusammen sind wir stärker."

„Du bist wirklich eine Anführerin geworden", sagte Mariam mit einem stolzen Lächeln. „Du gibst uns Hoffnung."

Die Worte berührten Funmi tief. Sie hatte nie daran gedacht, dass sie eine Anführerin sein könnte. Aber in diesen Momenten, als sie sah, wie die Menschen um sie herum aufblühten und sich gegenseitig unterstützten, erkannte sie, dass sie in der Lage war, eine Veränderung zu bewirken – nicht nur für sich selbst, sondern für die gesamte Gemeinschaft.

Durch ihre Arbeit in der Küche gewann Funmi ein neues Gefühl von Sinn und Kontrolle zurück. Sie hatte das Gefühl, dass sie endlich etwas bewirken konnte, anstatt nur passiv auf das Schicksal zu warten. Die täglichen Herausforderungen im Lager waren noch immer schwer zu bewältigen, doch Funmi fühlte sich nicht mehr so hilflos wie zuvor.

Jeden Abend, wenn sie erschöpft, aber zufrieden in den Container zurückkehrte, sah sie ihre Familie mit neuen Augen. Sie wusste, dass die Zukunft noch ungewiss war, aber sie hatte das Vertrauen, dass sie es gemeinsam schaffen würden.

„Mama, du bist jetzt eine richtige Köchin!", sagte Amina eines Abends stolz, als Funmi sich zu ihr setzte.

Funmi lachte und strich ihrer Tochter über das Haar.

„Ich mache nur, was ich kann, um zu helfen, meine Liebe. Aber wenn es uns allen hilft, dann bin ich glücklich."

Ayo nickte zustimmend. „Du hast uns allen gezeigt, dass es auch in den schwierigsten Zeiten möglich ist, stark zu bleiben. Du bist wirklich eine Inspiration, Funmi."

Funmi lächelte, doch ihre Augen waren voller Dankbarkeit. Sie wusste, dass der Weg vor ihnen noch lang war, aber sie hatte in sich eine Kraft gefunden, die sie nie für möglich gehalten hätte.

Und durch die Unterstützung der Gemeinschaft und die Liebe ihrer Familie fühlte sie sich bereit, alles zu tun, um ihre Zukunft in die eigenen Hände zu nehmen.

Der zweite Asylantrag

Nach den Ereignissen der letzten Monate hatte die Familie in ihrer Verzweiflung einen kleinen Funken Hoffnung gefunden. Funmi hatte durch ihr Engagement in der Gemeinschaftsküche neuen Mut geschöpft, Amina hatte durch ihre Kunst Anerkennung erfahren, und auch Tunde begann langsam, wieder in die Spur zu finden. Doch trotz all dieser positiven Entwicklungen lastete weiterhin eine schwere Wolke über der Familie – die Unsicherheit bezüglich ihres Aufenthaltsstatus.

Der alte Asylantrag war abgelehnt worden, und die Aussicht auf eine Abschiebung drohte wie ein Damoklesschwert über ihnen. Doch die Familie wusste, dass sie kämpfen musste, und so beschlossen sie, einen neuen Versuch zu wagen. Diesmal wollten sie nichts dem Zufall überlassen.

Der erste Anwalt, den die Familie für ihren Asylantrag beauftragt hatte, war zwar kompetent, aber überarbeitet und in seiner Herangehensweise eher passiv gewesen. Er hatte die nötigen Dokumente eingereicht und die Verhandlungen geführt, doch es hatte ihnen an einer echten, persönlichen Betreuung gefehlt. Nachdem ihr Antrag abgelehnt worden war, hatten sie sich oft allein gelassen gefühlt.

Funmi und Ayo wussten, dass sie für ihren zweiten Antrag jemanden brauchten, der nicht nur die rechtlichen Aspekte verstand, sondern auch bereit war, sich wirklich für ihren Fall einzusetzen. Doch wo sollten sie einen solchen Anwalt finden? Die Frage beschäftigte sie wochenlang, bis eine unerwartete Begegnung den entscheidenden Hinweis lieferte.

Eines Abends, während Funmi in der Gemeinschaftsküche arbeitete, kam die Journalistin, die ihnen bereits geholfen hatte, auf sie zu. Sie war im Rahmen ihrer Recherchen wieder einmal im Lager und erkundigte sich nach dem Wohlergehen der Familie.

„Wie geht es euch?", fragte sie, während sie sich zu Funmi setzte, die gerade das Abendessen vorbereitete.

Funmi seufzte tief. „Es geht uns besser, als wir es uns vor einigen Monaten noch vorstellen konnten. Aber die Angst vor einer Abschiebung bleibt. Wir wissen, dass unser erster Antrag abgelehnt wurde, und wir überlegen, einen zweiten Versuch zu wagen. Aber wir brauchen jemanden, der uns wirklich hilft."

Die Journalistin nickte verständnisvoll. „Ich verstehe, wie schwierig das ist. Aber ich kenne jemanden, der euch vielleicht helfen kann. Er ist ein Anwalt, der sich auf Flüchtlingsrecht spezialisiert hat und für seine engagierte Arbeit bekannt ist. Er hat schon vielen Familien geholfen, die in einer ähnlichen Situation waren wie ihr."

Funmi's Augen weiteten sich vor Hoffnung.

„Wirklich? Glauben Sie, dass er uns helfen würde?"

„Ich bin mir sicher", antwortete die Journalistin. „Ich werde euch seine Kontaktdaten geben. Ihr könnt ihn einfach anrufen und einen Termin vereinbaren. Er ist sehr direkt, aber auch unglaublich engagiert. Wenn es jemand schaffen kann, dann er."

Am nächsten Tag suchten Funmi und Ayo das Gespräch mit dem Anwalt (dessen Name bewusst anonym bleibt, um rechtliche Probleme zu vermeiden). Sie riefen ihn an und vereinbarten einen Termin, um ihren Fall zu besprechen.

Das Büro des Anwalts befand sich in einem unscheinbaren Gebäude am Rande der Stadt. Es war ein kleines, aber gut organisiertes Büro, das eindeutig den Fokus auf Effizienz und Sachlichkeit legte. Als Ayo und Funmi das Büro betraten, wurden sie von einer freundlichen Sekretärin begrüßt, die sie in einen Besprechungsraum führte.

Kurz darauf betrat der Anwalt den Raum. Er war ein Mann in seinen späten Vierzigern, mit einem ernsten, aber freundlichen

Gesichtsausdruck und durchdringenden Augen, die sofort das Vertrauen von Ayo und Funmi gewannen. Er stellte sich vor und setzte sich dann gegenüber der Familie.

„Ich habe von Ihrem Fall gehört", begann er, während er seine Unterlagen öffnete.

„Mir wurde gesagt, dass Ihr erster Asylantrag abgelehnt wurde. Das ist leider eine häufige Situation, die oft nicht die Umstände der betroffenen Menschen widerspiegelt. Aber ich möchte Ihnen helfen, eine zweite Chance zu bekommen."

Ayo nickte, seine Stimme war schwer vor Sorge.

„Wir haben Angst, dass es wieder schiefgeht. Wir können uns keine weitere Ablehnung leisten."

Der Anwalt lehnte sich vor, seine Stimme fest und entschlossen.

„Ich verstehe Ihre Sorgen, und ich werde alles tun, was in meiner Macht steht, um sicherzustellen, dass Ihr Antrag diesmal gründlich vorbereitet wird. Der Schlüssel zu einem erfolgreichen Asylantrag liegt in den Details – wir müssen jede mögliche Lücke schließen und sicherstellen, dass Ihr Fall unbestreitbar ist."

Funmi sah den Anwalt mit großen Augen an. „Wie wollen Sie das machen? Was ist anders als beim letzten Mal?"

„Zunächst einmal", begann der Anwalt, während er eine Liste von Fragen und Anforderungen durchging, „werde ich sicherstellen, dass wir alle relevanten Beweise sammeln, die Ihre Geschichte stützen. Das bedeutet, dass wir detaillierte Berichte über die Situation in Ihrem Heimatland einholen, ärztliche Gutachten erstellen und alle notwendigen Zeugenberichte sammeln. Es geht darum, einen Fall aufzubauen, der so stark wie möglich ist."

Die folgenden Wochen waren eine Zeit intensiver Vorbereitung. Der Anwalt arbeitete eng mit Ayo und Funmi zusammen, um jeden Aspekt ihrer Geschichte genau zu beleuchten und zu dokumentieren.

Er beauftragte einen privaten Ermittler, um zusätzliche Beweise über die politische Situation in Nigeria zu sammeln, insbesondere über die Bedrohungen, denen Ayo und seine Familie ausgesetzt waren.

Diese Informationen sollten belegen, dass eine Rückkehr in ihr Heimatland eine ernsthafte Gefahr für ihr Leben darstellen würde.

„Wir müssen zeigen, dass die Situation in Nigeria sich nicht verbessert hat, sondern dass es für Sie und Ihre Familie nach wie vor gefährlich ist", erklärte der Anwalt bei einem ihrer vielen Treffen. „Die deutschen Behörden müssen verstehen, dass es hier um Ihr Leben geht, und nicht um irgendwelche formalen Kriterien."

Der Anwalt half auch dabei, medizinische Gutachten zu beschaffen, die Funmi's psychische Belastung und die Folgen ihres Nervenzusammenbruchs dokumentierten. Diese Gutachten sollten belegen, dass eine Abschiebung nicht nur eine immense psychische Belastung darstellen würde, sondern auch gesundheitliche Risiken für sie und ihre Familie mit sich bringen würde.

„Es ist wichtig, dass wir auch Ihre gesundheitliche Situation einbeziehen", betonte der Anwalt. „Die Behörden müssen erkennen, dass eine Abschiebung nicht nur unmenschlich, sondern auch gefährlich wäre."

Neben den rechtlichen Aspekten legte der Anwalt auch großen Wert auf die persönliche Betreuung der Familie. Er nahm sich Zeit, um ihre Fragen zu beantworten, sie über den Fortschritt des Verfahrens auf dem Laufenden zu halten und ihnen Mut zu machen.

„Ich weiß, dass das eine sehr stressige Zeit für Sie ist", sagte er während eines Treffens, bei dem die ganze Familie anwesend war. „Aber Sie sind nicht allein. Ich bin hier, um Ihnen zu helfen, und ich werde alles tun, um sicherzustellen, dass Ihr Antrag diesmal Erfolg hat."

Funmi, die inzwischen durch ihre Arbeit in der Gemeinschaftsküche und die Unterstützung ihrer Familie neue Stärke gefunden hatte, fühlte sich zum ersten Mal seit langer Zeit wirklich unterstützt.

„Ich danke Ihnen", sagte sie leise. „Es bedeutet uns so viel, dass Sie sich so sehr für uns einsetzen."

Der Anwalt lächelte sanft. „Sie verdienen es, in Sicherheit zu leben. Und ich werde alles tun, um das möglich zu machen."

Nach Wochen der intensiven Vorbereitung war der Tag gekommen, an dem der neue Asylantrag eingereicht werden sollte.

Der Anwalt hatte alle notwendigen Dokumente und Beweise sorgfältig zusammengestellt und präsentierte sie den Behörden in einer ausführlichen und gut strukturierten Antragsmappe.

Am Morgen der Einreichung war die Nervosität in der Familie spürbar. Ayo und Funmi hatten die Nacht zuvor kaum geschlafen, und auch die Kinder spürten die Anspannung. Doch als sie das Büro des Anwalts betraten, empfing er sie mit einem beruhigenden Lächeln.

„Heute ist ein wichtiger Tag", sagte er, während er die Antragsmappe in die Hand nahm. „Ich habe alles vorbereitet, und ich bin zuversichtlich, dass wir diesmal Erfolg haben werden."

Ayo nickte, seine Hände zitterten leicht. „Wir vertrauen Ihnen. Wir wissen, dass Sie Ihr Bestes tun."

Der Anwalt legte eine Hand auf Ayo's Schulter. „Und das werde ich auch. Jetzt heißt es abwarten und hoffen."

Der Antrag wurde an diesem Tag offiziell bei den Behörden eingereicht. Der Anwalt informierte die Familie darüber, dass es einige Wochen dauern könnte, bis eine Entscheidung getroffen werde, aber er versprach, sie über jeden Schritt des Prozesses auf dem Laufenden zu halten.

Die Tage nach der Einreichung des neuen Antrags waren von einer bedrückenden Ungewissheit geprägt. Obwohl sie wussten, dass sie alles in ihrer Macht Stehende getan hatten, um ihre Chancen zu verbessern, blieb die Angst vor einer erneuten Ablehnung allgegenwärtig.

„Was, wenn sie uns wieder ablehnen?", fragte Funmi eines Abends, als sie mit Ayo in ihrem Container saß. Ihre Stimme war kaum mehr als ein Flüstern.

Ayo nahm ihre Hand und drückte sie fest.

„Wir dürfen jetzt nicht an das Schlimmste denken. Wir müssen hoffen und daran glauben, dass es diesmal anders ausgeht."

Doch selbst Ayo konnte die nagende Angst nicht vollständig abschütteln. Die Erinnerungen an die erste Ablehnung waren noch frisch, und die Vorstellung, dass sie erneut durch diesen Alptraum gehen könnten, raubte ihm den Schlaf.

In diesen Tagen suchte die Familie Trost bei den kleinen Freuden des Alltags – den Momenten, die ihnen das Gefühl gaben, dass sie trotz allem noch ein Leben hatten, das es zu verteidigen galt. Amina malte weiter, Tunde versuchte, sich in der Schule wieder zu integrieren, und Funmi fand Halt in ihrer Arbeit in der Küche.

Der Anwalt blieb in ständigem Kontakt mit der Familie, informierte sie über den Stand der Dinge und versuchte, ihnen Mut zu machen.

„Es ist normal, dass Sie sich sorgen", sagte er bei einem ihrer Telefonate. „Aber ich bin zuversichtlich, dass wir diesmal Erfolg haben werden. Der Fall, den wir aufgebaut haben, ist stark. Wir haben alle notwendigen Beweise und Argumente vorgebracht. Jetzt müssen wir nur noch warten."

Doch das Warten war die schwerste Prüfung. Jeder Tag, der ohne Nachricht verging, schien die Ungewissheit und die Angst weiter zu schüren.

Ayo und Funmi versuchten, stark zu bleiben, doch sie wussten, dass das Schicksal ihrer Familie nun in den Händen anderer lag.

Trotz der anhaltenden Ungewissheit begann sich in der Familie ein leiser Hoffnungsschimmer zu zeigen. Sie hatten das Gefühl, dass sie diesmal besser vorbereitet waren – dass sie mit einem stärkeren Rückhalt und einer besseren Unterstützung in den Kampf gingen. Und dieser Gedanke gab ihnen die Kraft, weiterzumachen.

„Wir haben alles getan, was wir konnten", sagte Ayo eines Abends zu Funmi, als sie gemeinsam auf den Tag zurückblickten. „Jetzt müssen wir auf Gott und auf die Gerechtigkeit hoffen."

Funmi nickte, ihre Augen waren voller Entschlossenheit.

„Ja. Wir müssen stark bleiben. Für uns, für die Kinder. Wir werden es schaffen."

In diesen Momenten der Zuversicht fanden sie den Mut, weiterzumachen – und die Hoffnung, dass ihre Mühen diesmal belohnt würden. Die Entscheidung über ihren Asylantrag war noch ungewiss, aber sie wussten, dass sie alles gegeben hatten. Und das gab ihnen die Kraft, den nächsten Tag mit neuem Mut zu beginnen.

Das Flüchtlingslager, in dem Ayo, Funmi und ihre Kinder lebten, war lange Zeit ein Ort relativer Ruhe gewesen. Die Bewohner, die aus den unterschiedlichsten Teilen der Welt kamen, hatten es trotz ihrer unterschiedlichen Hintergründe geschafft, in friedlicher Koexistenz miteinander auszukommen.

Doch in den Wochen nach der Einreichung ihres neuen Asylantrags begann sich die Atmosphäre im Lager merklich zu verändern.

Was einst eine Gemeinschaft war, die sich gegenseitig stützte, verwandelte sich allmählich in einen Kessel der Spannungen und Konflikte.

Es begann mit kleinen, scheinbar unbedeutenden Vorfällen. Lebensmittelvorräte, die ohnehin schon knapp waren, wurden noch knapper. Die Lagerverwaltung hatte Schwierigkeiten, die wachsende Zahl von Flüchtlingen zu versorgen, und es kam immer häufiger vor, dass es nicht genug Essen für alle gab. Das löste bei den Bewohnern des Lagers Unzufriedenheit aus, die sich allmählich in Frustration verwandelte.

Ein weiterer Auslöser war die zunehmende Überfüllung des Lagers. Immer mehr Menschen kamen an, und der Platz wurde immer knapper. Die Container, in denen die Familien untergebracht waren, wurden noch enger belegt, und die Privatsphäre, die ohnehin kaum vorhanden war, schrumpfte weiter. Die ständige Nähe und die fehlenden Rückzugsmöglichkeiten sorgten dafür, dass die Nerven der Bewohner immer blanker lagen.

Doch der entscheidende Auslöser für die wachsenden Spannungen war die Verteilung der knappen Ressourcen und die damit verbundenen Konflikte zwischen den verschiedenen ethnischen Gruppen im Lager. Jede Gruppe fühlte sich benachteiligt und suchte nach Schuldigen für ihre Situation – und so entstanden die ersten Feindseligkeiten.

Eines Abends, als Ayo und Funmi nach einem langen Tag in die Gemeinschaftsküche gingen, um das Abendessen für ihre Familie zu holen, stießen sie auf eine aufgebrachte Menschenmenge. Eine Gruppe von Männern, die alle aus dem Nahen Osten stammten, stand einem anderen, kleineren Grüppchen afrikanischer Männer gegenüber. Die Stimmung war angespannt, die Gesichter der Menschen waren wütend und angespannt.

„Ihr habt uns schon wieder das Essen weggenommen!", schrie einer der Männer aus dem Nahen Osten, seine Fäuste geballt. „Wir sind genauso hungrig wie ihr!"

„Das stimmt nicht!", erwiderte einer der Afrikaner heftig. „Wir haben nur genommen, was uns zusteht. Ihr bekommt immer mehr, weil ihr in der Überzahl seid!"

Funmi spürte, wie sich ihre Brust zusammenzog.

„Ayo, wir sollten besser gehen", flüsterte sie, während sie sich an seinen Arm klammerte. „Das wird nicht gut enden."

Doch bevor sie sich entfernen konnten, eskalierte die Situation. Einer der Männer stieß den anderen, und plötzlich brach ein wilder Tumult aus. Die beiden Gruppen gingen aufeinander los, Fäuste flogen, und Schreie erfüllten die Luft. Ayo zog Funmi schnell zurück, um sie aus der Gefahrenzone zu bringen, doch das Gefühl der Beklemmung blieb in ihm haften.

„Was passiert hier nur?", murmelte er, während er seine Familie in Sicherheit brachte. „Warum sind alle so wütend?"

Funmi schüttelte den Kopf, ihre Augen waren voller Angst.

„Es ist die Verzweiflung, Ayo. Jeder hier hat Angst. Wir alle sind unsicher, und wenn Menschen sich bedroht fühlen, suchen sie nach Schuldigen."

In den folgenden Tagen und Wochen nahmen die Spannungen im Lager weiter zu. Es waren nicht mehr nur einzelne Vorfälle, sondern eine anhaltende Atmosphäre des Misstrauens und der Feindseligkeit, die sich immer weiter ausbreitete. Die Konflikte, die zunächst nur zwischen den ethnischen Gruppen ausgetragen wurden, begannen, auf alle Bewohner des Lagers überzugreifen. Freundschaften, die sich zuvor gebildet hatten, zerbrachen unter dem Druck der Umstände, und immer mehr Menschen zogen sich in ihre kleinen Gruppen zurück, die durch gemeinsame Herkunft oder Sprache verbunden waren.

Ayo spürte diese Veränderung besonders stark. Als Afrikaner in einem Lager, das zunehmend von Menschen aus dem Nahen Osten und Nordafrika dominiert wurde, fühlte er sich zunehmend isoliert. Auch Funmi und die Kinder spürten die Veränderung. Die Blicke, die sie von anderen Flüchtlingen erhielten, waren nicht mehr freundlich oder mitfühlend, sondern oft misstrauisch und kalt.

Eines Abends, als Ayo und Funmi in ihrem Container saßen und leise über die Ereignisse des Tages sprachen, klopfte es plötzlich laut an der Tür. Ayo öffnete die Tür und fand sich einem Mann gegenüber, den er nur flüchtig kannte – einen der Anführer der größeren Gruppe von Flüchtlingen aus dem Nahen Osten.

„Wir müssen reden", sagte der Mann, ohne eine Begrüßung. Seine Stimme war hart und entschlossen.

Ayo nickte zögernd und ließ den Mann eintreten. Funmi sah nervös zu, wie sich der Mann in der kleinen Küche des Containers umsah, bevor er sich umdrehte und Ayo direkt in die Augen sah.

„Es gibt hier Leute, die glauben, dass ihr Afrikaner zu viel nehmt", begann der Mann. „Ihr seid in der Minderheit, und trotzdem versucht ihr, mehr als euren Anteil zu bekommen. Das wird nicht geduldet."

Ayo's Herz begann schneller zu schlagen.

„Wir nehmen nicht mehr als das, was uns zusteht", sagte er ruhig, obwohl er innerlich aufgewühlt war. „Wir versuchen nur, zu überleben, genau wie ihr."

Der Mann schnaubte verächtlich.

„Das sagen sie alle. Aber ich warne dich, Ayo – haltet euch zurück. Wir werden nicht zulassen, dass ihr uns das wenige, das wir haben, wegnehmt."

Mit diesen Worten drehte sich der Mann um und verließ den Container, ließ Ayo und Funmi sprachlos und verängstigt zurück. Funmi schüttelte den Kopf und lehnte sich gegen die Wand, ihre Augen waren voller Tränen.

„Warum passiert das?", flüsterte sie. „Warum wenden sie sich gegen uns? Wir haben doch nichts falsch gemacht."

Ayo fühlte eine Mischung aus Wut und Hilflosigkeit.

„Es ist die Angst", sagte er schließlich, als er seine Frau tröstend in die Arme nahm. „Die Angst macht die Menschen zu Feinden, wo es keine geben sollte."

Die Spannungen erreichten ihren Höhepunkt, als eines Nachts ein gewalttätiger Vorfall das gesamte Lager erschütterte. Ayo, Funmi und die Kinder schliefen in ihrem Container, als sie plötzlich von lauten Schreien und Schlägen geweckt wurden. Draußen hörten sie das Geräusch brechender Fensterscheiben und das Kreischen von Menschen, die vor Panik und Wut außer sich waren.

„Was ist das?", rief Tunde erschrocken, als er aus dem Bett sprang.

Ayo sprang ebenfalls auf, riss die Tür des Containers auf und sah, dass draußen das Chaos ausgebrochen war. Eine Gruppe von Männern hatte begonnen, auf andere Container einzuschlagen, Fenster einzuschlagen und die wenigen Besitztümer der Bewohner zu zerstören. Andere Flüchtlinge versuchten, die Angreifer zurückzuhalten, doch die Situation war völlig außer Kontrolle geraten.

„Bleibt drinnen!", rief Ayo, während er die Tür wieder schloss und sich vor seine Familie stellte. „Es ist nicht sicher, rauszugehen."

Funmi drückte Amina fest an sich, ihre Augen weit vor Angst.

„Was sollen wir tun, Ayo?", flüsterte sie verzweifelt.

Ayo wusste, dass es in diesem Moment nichts gab, was sie tun konnten, außer zu hoffen, dass der Sturm vorüberging, ohne dass jemand verletzt wurde.

„Wir bleiben zusammen", sagte er schließlich. „Wir halten durch."

Die Minuten zogen sich wie Stunden hin, während die Familie in ihrem Container zusammengekauert saß und auf das Ende des Tumults wartete.

Draußen tobte der Aufruhr weiter, Schreie und das Geräusch von Glas, das auf den Boden fiel, erfüllten die Nacht. Schließlich, nach Stunden die sich wie eine Ewigkeit anfühlten, beruhigte sich die

Situation allmählich. Die Angreifer zogen sich zurück, und eine unheilvolle Stille legte sich über das Lager.

Als der Morgen dämmerte, wagte sich Ayo vorsichtig nach draußen, um den Schaden zu begutachten. Überall im Lager lagen Scherben und Trümmer verstreut, und die Gesichter der anderen Bewohner waren gezeichnet von Angst und Erschöpfung. Das Lager, das einst ein Ort des Zusammenhalts gewesen war, hatte sich in einen Ort des Misstrauens und der Gewalt verwandelt.

Nach dem gewalttätigen Vorfall fühlte sich Ayo mehr denn je isoliert. Die Menschen, die zuvor seine Nachbarn und Freunde gewesen waren, sahen ihn nun mit Misstrauen an. Funmi und die Kinder spürten diese Veränderung ebenfalls. Der kleine Kreis von Menschen, denen sie noch vertrauen konnten, schrumpfte weiter, und das Gefühl der Einsamkeit und Unsicherheit wuchs.

Eines Tages, als Ayo in der Nähe des zentralen Platzes im Lager stand, bemerkte er eine Gruppe von Männern, die ihm verächtliche Blicke zuwarfen und leise miteinander sprachen. Er wusste, dass sie über ihn redeten, aber er konnte nicht hören, was sie sagten. Das Gefühl, dass er und seine Familie scheinbar nicht mehr willkommen ist, war fürchterlich.

„Vielleicht sollten wir versuchen, woanders hinzugehen", sagte Funmi eines Abends leise, als sie gemeinsam im Container saßen. „Es wird immer schwieriger, hier zu bleiben."

Ayo sah sie an, doch er schüttelte den Kopf.

„Wo sollten wir denn hin? Dies ist unser Zuhause, so unvollkommen es auch ist. Wir können nicht einfach weglaufen."

Funmi seufzte. „Ich weiß. Aber ich habe Angst, Ayo. Angst, dass es schlimmer wird."

„Ich auch", gab Ayo zu. „Aber wir müssen stark bleiben. Für die Kinder, für uns selbst. Vielleicht... vielleicht beruhigt sich die Lage ja wieder."

Doch tief in seinem Inneren wusste Ayo, dass dies nur ein schwacher Trost war. Die Spannungen im Lager waren zu tief, die Konflikte zu weit fortgeschritten. Es schien, als würde der Ort, der ihnen einst Sicherheit und Zuflucht geboten hatte, nun zu einem Gefängnis aus Angst und Misstrauen werden.

Mit jedem Tag, der verging, wuchs der Druck auf Ayo und seine Familie. Die Spannungen im Lager nahmen nicht ab, im Gegenteil, sie schwelten weiter unter der Oberfläche, bereit, jederzeit wieder auszubrechen. Die ständige Anspannung machte es Ayo immer schwerer, sich auf das zu konzentrieren, was wirklich wichtig war – ihre Zukunft und den neuen Asylantrag.

„Ich habe das Gefühl, dass wir gegen die ganze Welt kämpfen", sagte Ayo eines Abends, als er mit Funmi sprach. „Es ist, als ob uns nichts bleibt. Nicht einmal der Frieden im Lager."

Funmi nahm seine Hand und drückte sie. „Wir müssen uns daran erinnern, wofür wir kämpfen. Für uns, für unsere Kinder. Egal, wie schwer es wird."

Ayo nickte, doch die Last auf seinen Schultern fühlte sich erdrückend an. Er wusste, dass sie noch einen langen Weg vor sich hatten, und dass der Kampf um ihre Anerkennung in Deutschland noch lange nicht vorbei war. Doch die zunehmende Isolation und die Feindseligkeit im Lager machten es schwer, die Hoffnung aufrechtzuerhalten.

Die Spannungen im Lager waren wie ein dunkler Schatten, der über Ayo und seiner Familie hing. Sie wussten, dass sie sich in einem gefährlichen Umfeld befanden, in dem jede Kleinigkeit einen erneuten Ausbruch von Gewalt auslösen konnte. Die Gemeinschaft, die sie einst stützte, war zersplittert, und sie waren nun auf sich allein gestellt.

Doch trotz der dunklen Wolken, die sich über ihnen zusammenzogen, gab es in Ayo noch einen Funken Entschlossenheit. Er wusste, dass sie nicht aufgeben durften – nicht jetzt, wo sie so viel durchgemacht hatten. Und auch wenn das Lager nun ein Ort der Angst geworden war, so war es doch noch immer ihr Zuhause.

Ein Zuhause, das sie beschützen mussten, um ihre Hoffnung auf eine bessere Zukunft am Leben zu erhalten.

Die Tage im Lager waren düster und von anhaltender Spannung geprägt, doch inmitten dieser Unruhe begann sich für Tunde ein leiser Hoffnungsschimmer abzuzeichnen. Inspiriert von Amina's künstlerischem Erfolg und den leisen Veränderungen, die dadurch in der Familie ausgelöst wurden, entschloss er sich, etwas an seinem eigenen Leben zu ändern. Es war ein langsamer, aber stetiger Prozess, der schließlich dazu führte, dass Tunde begann, sich wieder in der Schule zu engagieren.

Die dunklen Tage nach dem gewaltsamen Vorfall im Lager hatten Tunde stark mitgenommen. Er hatte gesehen, wie die Spannungen im Lager seine Familie belasteten und wie Ayo und Funmi mit der ständigen Angst und Unsicherheit kämpften.

Doch es war Amina's unerwarteter Erfolg mit ihren Zeichnungen, der etwas in ihm auslöste. Sie hatte gezeigt, dass es möglich war, trotz der widrigen Umstände etwas Gutes zu erreichen, und das gab Tunde den Anstoß, sich ebenfalls neu zu orientieren.

„Wenn Amina das kann, warum nicht auch ich?", dachte er eines Abends, als er in seinem Bett lag und an die Vergangenheit dachte – an die Zeiten, bevor sie geflüchtet waren, als er ein guter Schüler gewesen war und davon träumte, einmal etwas Großes zu erreichen.

Am nächsten Morgen entschloss sich Tunde, wieder zur Schule zu gehen – diesmal mit einer neuen Einstellung. Anstatt sich abzukapseln und passiv am Unterricht teilzunehmen, wollte er aktiv werden und zeigen, dass er trotz allem, was sie durchgemacht hatten, stark bleiben konnte.

Als er an diesem Tag das Klassenzimmer betrat, fiel ihm auf, wie anders die Atmosphäre war.

Früher hatte er sich unsichtbar gemacht, sich an die hinterste Ecke gesetzt und gehofft, dass niemand ihn bemerkte. Doch diesmal setzte er sich in die Mitte des Raumes, direkt vor den Lehrer, und nahm seine Schulbücher heraus. Er wollte es versuchen – wirklich versuchen.

Der erste Schritt war der schwerste. Tunde musste sich überwinden, seine innere Angst und Unsicherheit zu bekämpfen, die ihn oft davon abhielten, sich zu äußern. Doch er erinnerte sich daran, wie Amina es geschafft hatte, ihre Stimme durch ihre Kunst zu finden, und das gab ihm den Mut, sich zu melden, als der Lehrer eine Frage stellte.

„Wer kann mir sagen, was die Lösung für dieses Problem ist?", fragte der Lehrer, während er auf die Tafel zeigte.

Tunde's Herz schlug schneller, aber er hob die Hand. Der Lehrer, überrascht, dass Tunde sich meldete, nickte ihm zu. „Ja, Tunde?"

„Die Lösung ist…", begann Tunde zögernd, doch als er die Augen seines Lehrers auf sich gerichtet sah, fasste er Mut und fuhr mit festerer Stimme fort, „die Lösung ist 25."

Der Lehrer lächelte und nickte. „Richtig. Gut gemacht, Tunde."

Dieser einfache Akt – das Sich-Melden und die richtige Antwort zu geben – war für Tunde ein großer Schritt. Er fühlte, wie sich ein kleines Stück Selbstvertrauen in ihm festigte, und von diesem Moment an bemühte er sich, sich mehr am Unterricht zu beteiligen. Er begann, Fragen zu stellen, mit seinen Mitschülern zu sprechen und sich in Gruppenarbeiten einzubringen.

In den folgenden Wochen bemerkten auch Ayo und Funmi die Veränderung in Tunde. Er wirkte konzentrierter, weniger wütend und viel offener als zuvor. Eines Abends, als Amina neben ihm saß und ihre neuesten Zeichnungen betrachtete, sprach Tunde zum ersten Mal über seine neuen Bemühungen in der Schule.

„Amina", begann er, während er ihre Zeichnung bewunderte, „weißt du, dass du das alles in mir ausgelöst hast?"

Amina sah ihn überrascht an. „Wirklich? Aber wie?"

Tunde lächelte leicht.

„Ich habe gesehen, wie du durch deine Zeichnungen etwas geschaffen hast. Du hast dir damit Anerkennung verschafft, obwohl wir in dieser schwierigen Situation sind. Das hat mir gezeigt, dass auch ich etwas ändern kann – in der Schule."

Amina strahlte vor Stolz.

„Das freut mich, Tunde. Ich wusste nicht, dass meine Bilder dir so viel bedeuten."

„Doch, das tun sie", antwortete Tunde ernst. „Ich will nicht mehr einfach nur herumsitzen und nichts tun. Ich möchte wieder gut in der Schule sein, so wie früher."

Amina legte ihre Hand auf die seines Bruders.

„Ich glaube an dich, Tunde. Du bist schlau und stark."

Dieses Gespräch mit seiner Schwester stärkte Tunde noch mehr in seinem Entschluss, sich weiter zu engagieren. Er wusste, dass er durch seinen Einsatz nicht nur sich selbst helfen konnte, sondern auch seiner Familie. Wenn er Erfolg hatte, würde das ihren Mut stärken und ihnen allen zeigen, dass es trotz der schwierigen Umstände möglich war, ihre Träume zu verfolgen.

Kurz nachdem Tunde begonnen hatte, sich wieder intensiver am Unterricht zu beteiligen, bekam die Klasse einen neuen Lehrer – einen jungen, engagierten Pädagogen, der erst kürzlich an die Schule gekommen war. Dieser Lehrer, (dessen Name ebenfalls anonym bleibt), bemerkte sofort Tunde's Bemühungen und beschloss, ihn zu fördern.

„Tunde, ich habe gesehen, dass du in den letzten Wochen sehr viel Interesse am Unterricht gezeigt hast", sagte der Lehrer eines Tages, nachdem der Unterricht beendet war. „Ich denke, dass du großes Potenzial hast. Hast du Lust, an einem speziellen Projekt mitzuarbeiten?"

Tunde, der überrascht und zugleich erfreut über das Angebot war, nickte schnell. „Ja, das würde ich gerne machen."

Der Lehrer erklärte ihm, dass es sich bei dem Projekt um eine Präsentation handelte, die sich mit der Geschichte und Kultur verschiedener afrikanischer Länder befassen sollte. „Ich denke, du könntest eine wertvolle Perspektive einbringen", sagte der Lehrer. „Du könntest uns viel über deine Heimat erzählen und so deinen Mitschülern helfen, mehr über Afrika zu lernen."

Tunde war zunächst etwas unsicher, doch die Worte des Lehrers ermutigten ihn. „Ich würde das gerne machen", sagte er schließlich. „Es wäre eine gute Gelegenheit, mehr über mein Heimatland zu erzählen."

In den folgenden Wochen arbeitete Tunde intensiv an dem Projekt. Er recherchierte über Nigeria, sammelte Informationen über die Geschichte, Kultur und Traditionen seines Landes und setzte sich mit den politischen und sozialen Herausforderungen auseinander, die Nigeria prägten. Dabei lernte er nicht nur viel über sein eigenes Erbe, sondern auch, wie er seine Gedanken und Ideen klar und selbstbewusst präsentieren konnte.

Der Tag der Präsentation kam schneller, als Tunde es erwartet hatte. Er war nervös, doch gleichzeitig freute er sich darauf, das Ergebnis seiner Arbeit zu zeigen.

Als er vor die Klasse trat und seine Mitschüler ansah, spürte er eine Mischung aus Anspannung und Aufregung. Doch er wusste, dass dies ein wichtiger Moment war – nicht nur für ihn, sondern auch für seine Familie.

„Heute möchte ich euch etwas über mein Heimatland Nigeria erzählen", begann Tunde mit fester Stimme. „Nigeria ist das bevölkerungsreichste Land in Afrika und hat eine reiche Geschichte und Kultur. Aber es gibt auch viele Herausforderungen, mit denen das Land konfrontiert ist."

Tunde sprach über die Vielfalt der Ethnien in Nigeria, über die verschiedenen Sprachen und Traditionen, aber auch über die Probleme, die das Land durch die politische Instabilität und die wirtschaftlichen Schwierigkeiten durchlebt. Er zeigte Bilder, die er aus dem Internet gesammelt hatte, und erklärte, wie diese Aspekte sein Leben und das seiner Familie beeinflusst hatten.

Die Mitschüler hörten aufmerksam zu, einige stellten interessiert Fragen, die Tunde geduldig beantwortete. Der Lehrer war sichtlich beeindruckt von Tunde's Wissen und seiner Fähigkeit, komplexe Themen klar und verständlich zu erklären.

„Das war eine großartige Präsentation, Tunde", sagte der Lehrer, als er sich nach der Stunde an ihn wandte. „Du hast gezeigt, dass du nicht nur ein intelligenter Schüler bist, sondern auch jemand, der in der Lage ist, andere zu inspirieren. Ich bin wirklich stolz auf dich."

Tunde fühlte sich von diesen Worten tief berührt. Es war das erste Mal seit langer Zeit, dass er wieder Stolz auf sich selbst empfand.

„Danke", sagte er leise, aber mit einem breiten Lächeln im Gesicht.

Als Tunde nach Hause kam und seiner Familie von der Präsentation erzählte, spürte Ayo, wie sich eine Last von seinen Schultern löste. Die letzten Wochen waren so von Ungewissheit und Angst geprägt gewesen, dass es schwierig gewesen war, Hoffnung zu schöpfen. Doch Tunde's Engagement und sein Erfolg in der Schule waren wie ein Lichtblick in dieser düsteren Zeit.

„Tunde, das ist wunderbar", sagte Funmi, als sie ihren Sohn stolz umarmte. „Du hast gezeigt, dass du trotz allem stark und entschlossen bleiben kannst. Wir sind so stolz auf dich."

Ayo nickte zustimmend. „Du hast uns allen gezeigt, dass es möglich ist, weiterzumachen, auch wenn die Umstände gegen uns sprechen. Du bist ein Vorbild für uns alle."

Amina, die strahlend neben ihrem Bruder saß, fügte hinzu:

„Ich wusste, dass du es schaffst, Tunde. Du bist mein großer Bruder, und du bist stark."

Tunde lächelte, doch in seinen Augen spiegelte sich eine tiefe Dankbarkeit wider. Er wusste, dass seine Bemühungen nicht nur ihm selbst, sondern auch seiner Familie geholfen hatten. Sie hatten einen neuen Grund zur Hoffnung gefunden – einen Grund, weiterzukämpfen und daran zu glauben, dass sie eines Tages ein neues Leben in Deutschland aufbauen konnten.

Trotz dieser positiven Entwicklungen blieb die Ungewissheit über ihre Zukunft bestehen. Der neue Asylantrag war eingereicht, aber die Entscheidung der Behörden stand noch aus.

Jeder Tag, an dem sie keine Nachricht erhielten, ließ die Sorgen wieder aufkommen.

„Wir wissen nicht, was passieren wird", sagte Ayo eines Abends, als sie gemeinsam am Tisch saßen und das Abendessen einnahmen. „Aber wir dürfen nicht aufgeben. Tunde hat uns gezeigt, dass es immer einen Weg gibt, weiterzumachen."

Funmi nickte.

„Ja, wir müssen stark bleiben. Für uns, für unsere Kinder. Und auch wenn die Zukunft ungewiss ist, wissen wir, dass wir es schaffen können, solange wir zusammenhalten."

Tunde, der bei diesen Worten still dasaß, spürte, wie sich in ihm ein neues Gefühl der Entschlossenheit festigte.

Er hatte einen ersten Schritt getan, und er wusste, dass noch viele weitere Schritte folgen würden.

Doch er war bereit, diesen Weg zu gehen – für sich, für seine Familie und für die Hoffnung auf eine bessere Zukunft.

Der Hoffnungsschimmer, den Tunde durch sein Engagement in der Schule entfacht hatte, war klein, aber er reichte aus, um die Dunkelheit, die sie umgab, zu durchdringen.

Und in dieser Hoffnung fanden sie die Kraft, den nächsten Tag mit einem neuen Gefühl der Zuversicht zu beginnen, auch wenn die Ungewissheit sie weiterhin begleitete.

Die Entscheidung

Die Nachricht von der bevorstehenden Anhörung traf die Familie Ayo an einem kühlen, grauen Morgen, als der Wind durch die engen Gassen des Lagers wehte und die Spannung in der Luft förmlich spürbar war.

Es war ein Brief, der von einem Beamten der Lagerverwaltung überbracht wurde, und seine Ankunft versetzten Ayo, Funmi, Tunde und Amina in einen Zustand nervöser Erwartung.

„Ayo, wir haben Post", rief Funmi, als sie den Umschlag mit zitternden Händen öffnete. Ihre Stimme war eine Mischung aus Hoffnung und Angst. „Es ist von den Behörden."

Ayo trat schnell zu ihr, sein Herz klopfte heftig in seiner Brust. Sie beide wussten, dass dies der Moment war, auf den sie seit Wochen gewartet hatten – und zugleich gefürchtet hatten.

Funmi zog das Schreiben vorsichtig heraus und begann zu lesen, während Ayo über ihre Schulter schaute.

„Hier steht, dass wir zu einer Anhörung geladen sind", sagte Funmi mit leiser Stimme. „Nächste Woche, in Köln."

Ayo nahm den Brief in die Hand und überflog den Text. Die formalen Worte schienen ihm kalt und distanziert, doch der Inhalt war von enormer Bedeutung.

Es war die Einladung zu ihrer letzten Chance, ihren Fall vor den Behörden zu präsentieren und um ihr Bleiberecht zu kämpfen.

„Wir müssen uns gut vorbereiten", sagte Ayo, während er den Brief zusammenfaltete. „Diesmal darf nichts schiefgehen."

Funmi nickte stumm, ihre Gedanken rasten. Sie wussten, dass diese Anhörung entscheidend sein würde.

Alles hing von diesem einen Tag ab – ihre Zukunft, die Sicherheit ihrer Kinder, das gesamte Leben, das sie in den letzten Monaten aufgebaut hatten.

In den Tagen nach der Ankunft des Briefes arbeitete der Anwalt unermüdlich mit der Familie, um sie auf die Anhörung vorzubereiten. Das kleine Büro des Anwalts wurde zum Zentrum ihrer Bemühungen, und die Besprechungen waren intensiv und detailliert. Der Anwalt wusste, dass dies ihre letzte Chance war, und er wollte sicherstellen, dass sie bereit waren, jede Frage, jede Herausforderung und jede mögliche Hürde zu meistern.

„Die Anhörung wird in einem formellen Gerichtssaal stattfinden", erklärte der Anwalt während einer der Sitzungen. „Es wird ein Richter anwesend sein, der Ihren Fall beurteilt, und Sie werden vor ihm aussagen müssen. Das bedeutet, dass Sie wirklich sehr genau darauf achten müssen, wie Sie Ihre Geschichte erzählen."

Funmi, die nervös auf ihrem Stuhl saß, nickte und fragte dann: „Müssen unsere Kinder auch dabei sein?"

Der Anwalt überlegte kurz, bevor er antwortete.

„Es wäre gut, wenn die ganze Familie anwesend ist. Tunde und Amina müssen vielleicht nicht sprechen, aber ihre Anwesenheit könnte zeigen, wie wichtig diese Entscheidung für Ihre gesamte Familie ist."

Ayo nickte zustimmend. „Wir werden alle hingehen. Wir müssen zeigen, dass wir zusammenstehen und dass unser Leben hier in Deutschland von dieser Entscheidung abhängt."

Der Anwalt führte sie durch das, was sie während der Anhörung erwarten konnten. Er erklärte, dass sie mit harten Fragen rechnen mussten – Fragen, die ihre Glaubwürdigkeit infrage stellen könnten, die Details ihrer Flucht durchleuchten würden und die darauf abzielten, herauszufinden, ob sie wirklich schutzbedürftig waren.

„Sie müssen vorbereitet sein, ehrlich und klar zu antworten", sagte der Anwalt mit fester Stimme. „Jede Unklarheit, jedes Zögern könnte gegen Sie ausgelegt werden. Es ist wichtig, dass Sie ruhig bleiben und Ihre Geschichte so detailliert und wahrheitsgemäß wie möglich erzählen."

Der Tag der Anhörung rückte schnell näher, und die Nervosität in der Familie wuchs mit jeder vergehenden Stunde.

Schließlich brach der Morgen an, an dem sie sich auf den Weg nach Köln machen mussten. Der Anwalt hatte einen Transport organisiert, der sie früh am Morgen abholen würde, damit sie rechtzeitig zur Anhörung im Gericht eintrafen.

Die Fahrt war still und angespannt. Tunde und Amina saßen auf dem Rücksitz, beide in Gedanken versunken. Funmi hielt Ayo's Hand fest, während sie aus dem Fenster auf die vorbeiziehende Landschaft starrte. Die Kinder spürten die Schwere dieses Tages, auch wenn sie vielleicht nicht alle Details verstanden. Sie wussten, dass heute ein wichtiger Tag für ihre Familie war.

„Alles wird gut", flüsterte Ayo leise, mehr zu sich selbst als zu Funmi, während sie sich der Stadt näherten. „Wir haben alles getan, was wir konnten. Jetzt müssen wir darauf vertrauen, dass es gut ausgeht."

Das Gerichtsgebäude in Köln war imposant und einschüchternd. Hohe Säulen säumten den Eingang, und das Innere war kalt und steril, mit weißen Wänden und polierten Böden. Der Kontrast zu dem tristen Lager, aus dem sie kamen, war überwältigend, und Ayo spürte, wie seine Nervosität erneut aufstieg.

„Sind Sie bereit?", fragte der Anwalt, als sie sich der Tür zum Gerichtssaal näherten.

Ayo nickte, auch wenn sein Herz schneller schlug. „Ja, wir sind bereit."

Der Gerichtssaal selbst war groß und spärlich eingerichtet. In der Mitte des Raumes stand ein langer Tisch, hinter dem der Richter Platz nehmen würde. Auf einer Seite des Tisches waren die Plätze für Ayo, Funmi, ihre Kinder und den Anwalt vorgesehen. Auf der gegenüberliegenden Seite saßen die Vertreter der Behörden, die den Fall der Familie prüfen würden.

Die Familie setzte sich, und Ayo spürte, wie die Blicke der Beamten auf ihnen ruhten. Der Raum war erfüllt von einer gespannten Stille, die nur durch das leise Rascheln von Papier und das Klicken der Stifte unterbrochen wurde, während die Beamten ihre Unterlagen ordneten.

Kurz darauf trat der Richter in den Raum. Er war ein älterer Mann mit ernstem Gesichtsausdruck, der eine Aura von Autorität ausstrahlte. Seine grauen Haare waren kurz geschnitten, und seine Augen funkelten kalt hinter einer Brille mit dünnem Rand. Er setzte sich an den Tisch und sah die Familie Ayo aufmerksam an, während er die Unterlagen vor sich aufschlug.

„Guten Morgen", begann der Richter mit einer tiefen, durchdringenden Stimme. „Wir sind hier, um den Fall der Familie Ajayi zu prüfen. Es geht um die Entscheidung, ob Ihrem neuen Asylantrag stattgegeben wird oder nicht."

Ayo fühlte, wie sein Herz schneller schlug, doch er versuchte, ruhig zu bleiben. Der Richter war offensichtlich ein erfahrener Mann, der bereits viele solcher Fälle behandelt hatte. Er wusste, dass dies ein harter Kampf werden würde.

Der Richter wandte sich zunächst an den Anwalt der Familie.

„Sind Sie bereit, den Fall Ihrer Mandanten vorzutragen?"

Der Anwalt nickte und stand auf. „Ja, Euer Ehren. Meine Mandanten sind bereit, ihre Geschichte zu erzählen und alle Fragen zu beantworten."

Der Richter nickte, bevor er sich Ayo und Funmi zuwandte.

„Herr und Frau Ajayi, Sie haben in Ihrem Antrag angegeben, dass Sie und Ihre Familie aus Nigeria geflohen sind, weil Sie dort verfolgt wurden. Ist das richtig?"

Ayo räusperte sich und antwortete mit fester Stimme: „Ja, das ist richtig."

„Erzählen Sie mir, warum Sie glauben, dass Sie in Nigeria in Gefahr sind", fuhr der Richter fort. „Was genau hat dazu geführt, dass Sie Ihr Heimatland verlassen haben?"

Ayo atmete tief durch, bevor er zu sprechen begann. Er wusste, dass dies der Moment war, in dem er alles offenlegen musste.

„In Nigeria wurden meine Familie und ich wegen meiner politischen Überzeugungen verfolgt", erklärte er. „Ich habe gegen die Korruption in unserem Land protestiert und mich öffentlich gegen die Regierung gestellt. Das hat dazu geführt, dass wir von den Behörden bedroht wurden. Unser Leben war in Gefahr."

Der Richter hob eine Augenbraue. „Können Sie Beweise für diese Bedrohungen vorlegen?"

Der Anwalt trat erneut nach vorne und legte eine Mappe mit Dokumenten auf den Tisch.

„Euer Ehren, in diesen Unterlagen finden Sie Beweise für die Bedrohungen, denen meine Mandanten ausgesetzt waren. Es handelt sich um Berichte von Menschenrechtsorganisationen sowie um Zeugenaussagen, die bestätigen, dass Herr Ajayi und seine Familie in Nigeria ernsthaft gefährdet waren."

Der Richter nahm die Dokumente und überflog sie kurz, bevor er sie beiseitelegte. „In Ordnung. Und was ist mit den Bedingungen, unter denen Sie und Ihre Familie geflohen sind?"

Hier trat Funmi nach vorne, ihre Hände zitterten leicht, doch ihre Stimme war klar und entschlossen.

„Wir mussten unser Zuhause in der Nacht verlassen, um der Verfolgung zu entkommen", sagte sie. „Die Reise war lang und gefährlich. Wir sind durch die Sahara gereist, wurden in Libyen festgehalten und mussten uns in überfüllten Booten über das Mittelmeer retten. Es war eine schreckliche Zeit, und wir hatten Angst um unser Leben."

Der Richter hörte aufmerksam zu, sein Gesichtsausdruck blieb unverändert.

„Und warum haben Sie sich entschieden, nach Deutschland zu kommen? Warum wollten Sie nicht in einem anderen Land bleiben?"

Ayo antwortete auf diese Frage.

„Deutschland ist ein Land, das für seine Menschenrechte und seine Rechtsstaatlichkeit bekannt ist. Wir dachten, dass wir hier sicher sind, dass wir hier eine Zukunft für unsere Kinder aufbauen könnten."

Der Richter machte sich Notizen und wandte sich dann den Vertretern der Behörden zu. „Haben Sie Fragen an die Antragsteller?"

Ein Beamter erhob sich und trat an den Tisch.

„Ja, Euer Ehren. Wir möchten wissen, warum die Antragsteller nicht bereits in einem der ersten sicheren Länder, die sie durchquert haben, Asyl beantragt haben. Warum sind sie weiter nach Deutschland gereist?"

Der Anwalt ergriff das Wort, bevor Ayo oder Funmi antworten konnten.

„Euer Ehren, meine Mandanten haben sich dafür entschieden, weiter nach Deutschland zu reisen, weil sie in den anderen Ländern, durch die sie gekommen sind, keine Sicherheit gefunden haben. Sie wurden in Libyen misshandelt und in Italien in einem überfüllten Lager unter unmenschlichen Bedingungen festgehalten. Deutschland war ihre einzige Hoffnung auf Schutz und eine Zukunft."

Der Beamte schien nicht zufrieden mit der Antwort, doch er setzte sich wieder, ohne weiter nachzuhaken.

Nachdem die formellen Fragen geklärt waren, wandte sich der Richter erneut an Ayo.

„Gibt es noch etwas, das Sie dem Gericht mitteilen möchten, bevor wir zu einer Entscheidung kommen?"

Ayo spürte, wie sich ein Kloß in seinem Hals bildete. Er wusste, dass dies seine letzte Gelegenheit war, die Dringlichkeit ihres Falls zu unterstreichen. Er atmete tief durch und sprach dann, seine Stimme zitterte leicht, aber seine Worte waren klar und voller Emotion.

„Euer Ehren", begann er, „ich weiß, dass wir in den Augen vieler Menschen vielleicht nur eine weitere Flüchtlingsfamilie sind, die Schutz sucht. Aber für uns geht es um mehr als das. Es geht um das Leben meiner Frau, meiner Kinder und um mein eigenes Leben. Wir sind hier, weil wir nirgendwo anders sicher sind. Wir haben alles verloren, und unsere einzige Hoffnung ist es, hier in Deutschland ein neues Leben zu beginnen."

Funmi, die neben ihm saß, legte ihre Hand auf seine und sah den Richter mit Tränen in den Augen an.

„Unsere Kinder haben so viel durchgemacht", fügte sie hinzu. „Sie verdienen eine Chance auf eine sichere und friedliche Kindheit. Wir bitten nicht um viel – nur um das Recht, hier in Sicherheit leben zu dürfen."

Der Richter sah die beiden aufmerksam an, bevor er seine Unterlagen zusammenpackte.

„Ich habe genug gehört", sagte er schließlich. „Ich werde alle vorgelegten Beweise sorgfältig prüfen und eine Entscheidung treffen. Sie werden in den kommenden Wochen von uns hören."

Mit diesen Worten erhob er sich und verließ den Raum, ohne ein weiteres Wort zu sagen. Die Stille, die nach seinem Abgang im Raum herrschte, war überwältigend. Ayo, Funmi und die Kinder blieben regungslos sitzen, ihre Gedanken drehten sich um das, was gerade geschehen war.

Der Anwalt wandte sich schließlich an sie.

„Wir haben alles getan, was wir konnten", sagte er leise. „Jetzt liegt es in den Händen des Richters."

Ayo nickte stumm, doch in seinem Herzen wusste er, dass dies die schwerste Prüfung war, die sie je durchstehen mussten. Die Entscheidung war gefallen, doch das Warten auf das Urteil würde zur härtesten Geduldsprobe ihres Lebens werden.

Nachdem die Anhörung vorbei war, schien die Zeit für die Familie Ayo stillzustehen. Sie hatten alles gegeben, hatten ihre Geschichte vor dem Richter dargelegt, und nun konnten sie nichts weiter tun, als zu warten. Die Tage zogen sich dahin, und mit jedem vergehenden Tag wuchs die Angst in ihnen. Das Leben im Lager ging weiter, doch die Ungewissheit war ein ständiger Begleiter, der schwer auf ihren Schultern lastete.

Die Tage nach der Anhörung waren erfüllt von einer lähmenden Mischung aus Hoffnung und Angst. Die Familie versuchte, sich abzulenken und ihrem Alltag nachzugehen, aber die Ungewissheit über das bevorstehende Urteil machte es schwer, sich auf irgendetwas anderes zu konzentrieren.

Funmi war es, die am meisten unter der ständigen Anspannung litt. Sie konnte kaum schlafen, lag oft die ganze Nacht wach und starrte an die Decke, während ihre Gedanken immer wieder zu der Anhörung zurückkehrten. Hatten sie genug getan? Hatten sie die Richter überzeugt? Oder würde alles umsonst gewesen sein?

„Ayo", sagte sie eines Abends, als sie zusammen auf den harten Matratzen ihres Containers lagen, „was, wenn wir es nicht schaffen? Was, wenn sie uns wieder ablehnen?"

Ayo drehte sich zu ihr um und nahm ihre Hand. Er konnte den Schmerz und die Angst in ihren Augen sehen, und es brach ihm das Herz, dass er keine Antwort für sie hatte.

„Ich weiß es nicht, Funmi", antwortete er ehrlich, seine Stimme war rau vor Sorge. „Aber wir müssen hoffen. Es gibt nichts anderes, was wir tun können."

„Hoffen", wiederholte Funmi leise, als ob sie das Wort selbst nicht ganz glauben konnte. „Es fühlt sich an, als ob wir schon unser ganzes Leben lang nur hoffen."

„Das stimmt", stimmte Ayo zu. „Aber wenn wir aufhören zu hoffen, was bleibt uns dann?"

Die Tage vergingen, und die Familie versuchte, ihren Alltag so normal wie möglich zu gestalten. Amina zeichnete weiter, Tunde konzentrierte sich auf die Schule, und Funmi versuchte, in der Gemeinschaftsküche weiterhin einen Sinn zu finden. Doch die Ungewissheit nagte an ihnen allen.

Ayo hatte es in den letzten Monaten geschafft, eine Arbeit zu finden, die ihm half, ein Gefühl von Kontrolle über sein Leben zu behalten, während sie auf die Entscheidung der Behörden warteten. Im Lager war er als Helfer bei der Verwaltung der Lagerinfrastruktur beschäftigt. Es war ein harter, oft undankbarer Job, aber es gab ihm eine Routine und die Möglichkeit, etwas Geld zu verdienen, mit dem er seine Familie unterstützen konnte.

Sein Job bestand hauptsächlich darin, die grundlegenden Wartungsarbeiten im Lager durchzuführen. Er reparierte defekte Wasserleitungen, sorgte dafür, dass die Sanitäranlagen funktionierten, und kümmerte sich um die Beleuchtung und die Stromversorgung der Container.

Es war eine Arbeit, die körperlich anstrengend war, aber auch eine gewisse Befriedigung bot, weil er das Gefühl hatte, einen Beitrag zur Gemeinschaft zu leisten.

„Es ist nicht viel", sagte er einmal zu Funmi, als er nach einem langen Arbeitstag zurückkehrte, „aber es hilft uns, über die Runden zu kommen. Und es gibt mir das Gefühl, dass ich etwas Nützliches tue."

Funmi nickte und lächelte müde. „Ich bin froh, dass du diesen Job hast. Es gibt uns zumindest ein wenig Stabilität."

Doch eines Morgens, als Ayo sich auf den Weg zur Arbeit machen wollte, wurde er von einem der Lagerleiter abgefangen. Es war ein älterer Mann mit strengem Gesichtsausdruck, der selten sprach und dessen Auftreten immer eine gewisse Kälte ausstrahlte.

„Ayo, wir müssen reden", sagte der Mann, als er Ayo zur Seite nahm.

Ayo spürte sofort, dass etwas nicht stimmte.

„Was gibt es?", fragte er, bemüht, ruhig zu bleiben, doch ein ungutes Gefühl breitete sich in ihm aus.

Der Lagerleiter seufzte und sah ihn mit ernsten Augen an. „Ich fürchte, ich habe schlechte Nachrichten. Wir müssen Ihre Stelle hier im Lager abbauen. Es gibt einfach nicht genug Mittel, um alle Helfer weiter zu beschäftigen."

Ayo starrte den Mann an, unfähig, seine Worte zu verarbeiten.

„Aber… aber ich habe diese Arbeit gebraucht. Wir brauchen das Geld. Meine Familie…"

Der Lagerleiter schüttelte bedauernd den Kopf.

„Es tut mir leid, Ayo. Ich weiß, wie schwer es für Sie ist. Aber die Entscheidung ist gefallen. Sie müssen Ihre Arbeit sofort niederlegen."

Ayo fühlte, wie ihm der Boden unter den Füßen wegzog. Er hatte gewusst, dass die Lage im Lager angespannt war, aber er hatte nicht erwartet, dass sie ihn so plötzlich entlassen würden.

„Was soll ich meiner Familie sagen?", fragte er leise, seine Stimme war kaum mehr als ein Flüstern.

Der Lagerleiter legte eine Hand auf seine Schulter.

„Ich weiß, dass es schwer ist. Aber vielleicht können Sie woanders eine Arbeit finden. Ich hoffe, dass Sie eine Lösung finden."

Doch Ayo wusste, dass das leichter gesagt als getan war. Die Möglichkeiten im Lager waren begrenzt, und er hatte keine Ahnung, wie er seine Familie nun unterstützen sollte. Er kehrte schweren Herzens in den Container zurück, wo Funmi ihn erwartete.

„Ayo, warum bist du so früh zurück?", fragte sie überrascht, als er durch die Tür trat. Doch als sie sein Gesicht sah, wusste sie sofort, dass etwas nicht stimmte. „Was ist passiert?"

Ayo setzte sich schweigend auf die Bettkante, sein Blick war leer und erschüttert.

„Sie haben mich entlassen", sagte er schließlich. „Es gibt keine Arbeit mehr für mich."

Funmi schnappte nach Luft und setzte sich neben ihn. „Oh nein, Ayo... Was sollen wir jetzt tun?"

„Ich weiß es nicht", antwortete er, während er seinen Kopf in die Hände stützte. „Ich weiß es einfach nicht."

Die Nachricht von Ayo's Entlassung war ein weiterer Schlag für die Familie. Es war nicht nur das finanzielle Problem, das sie nun zu bewältigen hatten, sondern auch die psychische Belastung, die mit der wachsenden Unsicherheit einherging. Sie hatten bereits so viel durchgemacht, und nun schien alles, was sie mühsam aufgebaut hatten, erneut zusammenzubrechen.

Die Stimmung im Container war bedrückt. Ayo und Funmi versuchten, ihren Kindern gegenüber stark zu bleiben, doch die Angst und Verzweiflung waren kaum zu verbergen. Ayo fühlte sich wie ein Versager, unfähig, seine Familie zu unterstützen, während

Funmi sich immer mehr in sich zurückzog, erschöpft von der ständigen Belastung.

„Es fühlt sich an, als ob wir auf ein Urteil warten, welches unser ganzes Leben zerstören könnte", sagte Funmi eines Abends, als sie zusammen mit Ayo am Tisch saß. „Und jetzt, ohne deinen Job... wie sollen wir es schaffen?"

Ayo schüttelte den Kopf, seine Augen waren leer vor Erschöpfung.

„Ich weiß es nicht, Funmi. Aber wir dürfen nicht aufgeben. Wir haben schon so viel überstanden. Wir müssen irgendwie weiterkämpfen."

Doch die Worte fühlten sich hohl an, und Ayo wusste, dass er sie mehr für sich selbst sagte als für seine Frau. Die Unsicherheit über das bevorstehende Urteil, verbunden mit dem Verlust seines Jobs, drückte ihn nieder wie eine schwere Last, die er kaum noch tragen konnte.

In den Tagen nach seiner Entlassung versuchte Ayo verzweifelt, eine neue Arbeit zu finden. Er sprach mit den wenigen Kontakten, die er hatte, fragte bei den Lagerverwaltern nach anderen Möglichkeiten, aber überall stieß er auf dasselbe Problem: Es gab einfach keine freien Stellen. Die Ressourcen des Lagers waren erschöpft, und die wenigen Jobs, die es gab, waren entweder schon vergeben oder wurden abgebaut.

„Es gibt nichts, Funmi", sagte er eines Abends, als er nach einem weiteren erfolglosen Tag nach Hause kam. „Ich habe alles versucht, aber es gibt einfach keine Arbeit. Wir sitzen fest."

Funmi legte eine Hand auf seinen Arm, ihre Augen waren voller Sorge und Mitgefühl.

„Wir müssen zusammenhalten, Ayo. Es wird eine Lösung geben. Es muss einfach eine geben."

Doch in Ayo wuchs die Verzweiflung. Er fühlte sich, als würde ihm der Boden unter den Füßen weggezogen, als ob alles, was sie aufgebaut hatten, sich in Luft auflöste. Die Tage zogen sich in einer endlosen, trüben Monotonie dahin, während die Familie versuchte, irgendwie über die Runden zu kommen. Jede Minute schien eine weitere Erinnerung daran zu sein, wie wenig Kontrolle sie über ihr eigenes Schicksal hatten.

Inmitten dieser dunklen Tage kam jedoch ein kleiner Trost, der Ayo und Funmi half, die Hoffnung nicht völlig aufzugeben. Es war Amina, die trotz der schwierigen Umstände weiterhin zeichnete und dabei immer wieder positive Momente schuf. Ihre Zeichnungen waren wie Fenster in eine andere Welt, eine Welt, in der Hoffnung und Schönheit existierten, auch wenn es manchmal schwerfiel, sie zu sehen.

„Schau mal, Mama", sagte Amina eines Abends, als sie Funmi eine neue Zeichnung zeigte. „Ich habe uns alle gemalt, wie wir glücklich zusammen sind."

Funmi betrachtete die Zeichnung und fühlte, wie sich ein Kloß in ihrem Hals bildete. Es war eine einfache Darstellung ihrer Familie, zusammen an einem Ort, der von Wärme und Licht durchflutet war.

„Das ist wunderschön, Amina", flüsterte sie, während sie ihre Tochter in die Arme nahm. „Du hast so viel Talent."

Amina lächelte. „Ich will, dass wir alle wieder glücklich sind, Mama. Dass alles wieder gut wird."

Diese einfachen Worte berührten Funmi tief und gaben ihr die Kraft, weiterzumachen, auch wenn die Lage noch so aussichtslos schien. Amina's Unschuld und Optimismus waren eine Erinnerung daran, dass es immer noch Hoffnung gab – auch wenn sie schwer zu finden war.

Während die Familie versuchte, mit der neuen Situation zurechtzukommen, blieb die Angst vor dem Urteil allgegenwärtig. Jeder Tag, der ohne Nachricht verstrich, ließ die Nervosität weiter anwachsen.

Sie wussten, dass das Urteil über ihren Asylantrag jede Minute eintreffen konnte, doch es war, als ob die Zeit selbst stillstand.

„Es ist, als ob wir in einem endlosen Warteraum sitzen", sagte Ayo eines Abends, als er mit Funmi über die Zukunft sprach. „Wir wissen, dass eine Entscheidung kommen wird, aber wir haben keine Ahnung, was sie sein wird."

Funmi nickte, ihre Augen waren müde von den schlaflosen Nächten.

„Ich wünschte, wir könnten einfach wissen, was passiert. Diese Ungewissheit ist schlimmer als alles andere."

Doch das Warten ging weiter, und mit jedem Tag, der verstrich, wurde die Angst, die in ihnen nagte, unerträglicher. Es war, als ob sie in einem dunklen Tunnel gefangen waren, ohne zu wissen, ob am Ende ein Licht wartete – oder nur noch mehr Dunkelheit.

Trotz allem klammerten sie sich an die Hoffnung, dass es eine Lösung geben würde. Dass sie die Kraft finden würden, weiterzukämpfen, auch wenn alles gegen sie sprach. Und in dieser Hoffnung fanden sie einen kleinen Funken Licht, der ihnen half, die Dunkelheit zu ertragen – in der ständigen Hoffnung, dass das Urteil, wenn es schließlich kam, das Leben ihrer Familie zum Besseren wenden würde.

Die Nachricht von Ayo's Entlassung hatte sich wie ein Lauffeuer im Lager verbreitet, und mit jedem Tag wuchs die Ungewissheit über das bevorstehende Urteil. Doch inmitten der Dunkelheit, die die Familie Ajayi umgab, begann sich ein neuer Hoffnungsschimmer abzuzeichnen – einer, der aus einer unerwarteten Quelle kam und der möglicherweise ihre letzte Chance sein könnte, das Blatt zu wenden.

Es war an einem grauen Nachmittag, als die Journalistin, die bereits zuvor über die Situation der Familie Ayo berichtet hatte, erneut im Lager auftauchte. Seit ihrem letzten Besuch war sie in engem Kontakt mit der Familie geblieben, und die Nachricht von

Ayo's Entlassung und der wachsenden Spannungen im Lager hatten sie tief berührt.

„Wir können nicht einfach zusehen, wie diese Familie zerstört wird", sagte sie zu ihren Kollegen, als sie in der Redaktion der Zeitung saß, für die sie arbeitete. „Wir müssen etwas tun. Wir müssen diese Geschichte groß machen, die Menschen darauf aufmerksam machen."

Ihre Kollegen stimmten ihr zu, doch es war klar, dass dies kein einfacher Kampf werden würde. Die öffentliche Meinung war gespalten, und viele Menschen in Deutschland standen Flüchtlingen skeptisch gegenüber. Doch die Journalistin war entschlossen, nicht aufzugeben.

„Wir werden eine Kampagne starten", erklärte sie entschlossen. „Eine Kampagne, die nicht nur die Geschichte der Familie Ayo erzählt, sondern auch zeigt, wie viele andere Familien in ähnlichen Situationen sind. Es ist an der Zeit, dass die Menschen aufwachen und sehen, was hier wirklich passiert."

Die Journalistin begann damit, eine umfangreiche Reportage über die Familie zu schreiben. Sie verbrachte Tage damit, alle Details ihres Falles zu recherchieren, sprach erneut mit Ayo und Funmi, um ihre Geschichte so authentisch wie möglich darzustellen, und sammelte Beweise für die ungerechten Bedingungen, unter denen sie lebten.

Ihre Reportage war nicht nur ein einfacher Zeitungsartikel – sie war ein kraftvolles Porträt einer Familie, die gegen alle Widrigkeiten kämpfte, um ein Leben in Sicherheit zu führen.

„Wir müssen den Menschen die Wahrheit zeigen", sagte die Journalistin zu Ayo, als sie ihn in ihrem Büro traf. „Es geht nicht nur um Zahlen oder Statistiken. Es geht um Menschen – um euch. Eure Geschichte muss gehört werden."

Ayo war bewegt von ihrem Engagement.

„Ich weiß nicht, wie wir Ihnen danken sollen", sagte er leise. „Sie haben schon so viel für uns getan."

Die Journalistin lächelte warm.

„Es geht nicht um Dank, Ayo. Es geht darum, das Richtige zu tun. Ihr seid eine Familie, die eine Zukunft verdient, und ich werde alles tun, um sicherzustellen, dass die Welt das erfährt."

Der Artikel wurde in der Sonntagsausgabe der Zeitung veröffentlicht und erregte sofort große Aufmerksamkeit. Die Reportage war emotional und aufrüttelnd, sie zeigte die Qualen und die Hoffnungen der Familie Ajayi auf eine Weise, die die Leser nicht kaltließ.

In den Tagen nach der Veröffentlichung erreichten die Redaktion zahlreiche Briefe und E-Mails von Menschen, die ihre Unterstützung anboten und sich bereit erklärten, sich für die Familie einzusetzen.

Doch die Journalistin wollte nicht nur auf die Macht der Medien setzen. Sie wusste, dass es noch mehr brauchte, um wirklich etwas zu bewirken.

Also begann sie, zusammen mit einigen ihrer Kollegen, eine Kampagne ins Leben zu rufen, die weit über den Zeitungsartikel hinausging.

„Wir müssen die Menschen mobilisieren", sagte sie in einem Meeting, das sie mit mehreren Unterstützern der Familie Ajayi organisiert hatte. „Es reicht nicht, dass die Leute nur lesen und sich aufregen. Sie müssen aktiv werden. Wir brauchen Petitionen, Proteste, öffentliche Kundgebungen."

Die Journalistin kontaktierte mehrere NGOs und Flüchtlingsorganisationen, die bereit waren, die Kampagne zu unterstützen. Sie organisierten Treffen, bei denen sie über die Situation der Familie Ayo und anderer Flüchtlinge sprachen, und riefen dazu auf, Petitionen zu unterschreiben, die an die Regierung gerichtet waren, um ein Bleiberecht für die Familie zu fordern.

„Wir müssen die Aufmerksamkeit der Politiker auf uns ziehen", erklärte sie bei einem dieser Treffen. „Wir müssen zeigen, dass diese Familie nicht alleine ist – dass es Menschen gibt, die bereit sind, für sie zu kämpfen."

Die Kampagne gewann schnell an Fahrt. In sozialen Medien verbreiteten sich Hashtags, die Solidarität mit der Familie Ayo und anderen Flüchtlingen forderten. Auf Facebook, X (ehem. Twitter) und Instagram tauchten Bilder und Videos von Kundgebungen auf, bei denen Menschen Plakate mit der Aufschrift „Gerechtigkeit für die Ajayis" und „Menschenrechte sind kein Privileg" hochhielten.

Die Bewegung wuchs, und es war klar, dass diese Geschichte nicht einfach unter den Teppich gekehrt werden würde.

Schließlich kam der Tag, an dem die Journalistin eine große Kundgebung in Köln organisierte, die das Ziel hatte, die Aufmerksamkeit der Öffentlichkeit und der Politik endgültig auf den Fall der Familie Ayo zu lenken.

Hunderte Menschen versammelten sich auf dem Platz vor dem Gerichtsgebäude, in dem die Anhörung stattgefunden hatte. Die Atmosphäre war geladen, die Luft voller Erwartung und Kampfgeist.

Die Journalistin stand auf einer kleinen Bühne und sprach zu der Menge.

„Heute sind wir hier, um eine Botschaft zu senden – eine Botschaft an die Regierung, an die Behörden und an die ganze Welt: Wir stehen für Gerechtigkeit. Wir stehen für Menschlichkeit. Und wir stehen für die Familie Ajayi und für alle, die wie sie kämpfen, um in Sicherheit zu leben."

Die Menge jubelte, und die Journalistin wandte sich an Ayo, der nervös am Rand der Bühne stand.

„Ayo, es ist an der Zeit, dass du sprichst. Erzähle den Menschen, warum du hier bist. Erzähle ihnen deine Geschichte."

Ayo spürte, wie sich ein Kloß in seinem Hals bildete. Er hatte noch nie vor so vielen Menschen gesprochen, und die schiere Größe der Menge war überwältigend.

Doch als er auf die Bühne trat und die vielen Gesichter sah, die ihn erwartungsvoll ansahen, spürte er eine unerwartete Welle von Mut in sich aufsteigen. Dies war seine letzte Chance – ihre letzte Hoffnung.

Er griff nach dem Mikrofon, seine Hände zitterten leicht, aber seine Stimme war fest.

„Ich stehe heute hier", begann er, „nicht nur für meine Familie, sondern für alle, die wie wir um ihr Leben kämpfen. Wir sind nach Deutschland gekommen, weil wir an die Werte dieses Landes glauben – an Freiheit, an Gerechtigkeit, an die Menschenrechte."

Er machte eine Pause, um seine Gedanken zu sammeln, und fuhr dann mit wachsender Entschlossenheit fort.

„Meine Familie und ich haben alles verloren. Wir sind durch die Hölle gegangen, um hierher zu kommen, und wir haben alles riskiert, um in Sicherheit zu leben. Aber jetzt stehen wir wieder am Abgrund. Wir haben um Asyl gebeten, weil wir nirgendwo sonst sicher sind. Wir wollen nichts anderes, als in Frieden zu leben und unseren Kindern eine Zukunft zu bieten."

Die Menge war still, alle Augen waren auf Ayo gerichtet. Er spürte, wie die Emotionen in ihm hochkamen, doch er kämpfte dagegen an. Dies war der Moment, den er nicht vergeuden durfte.

„Ich weiß, dass viele Menschen in Deutschland uns als Fremde sehen, als Menschen, die hier nicht hingehören", fuhr er fort. „Aber ich bitte Sie – sehen Sie uns nicht als Fremde. Sehen Sie uns als Menschen, die verzweifelt nach einer Chance suchen, ein normales Leben zu führen. Meine Frau, meine Kinder und ich – wir wollen nichts anderes, als Teil dieser Gesellschaft zu sein, Teil dieser Gemeinschaft. Wir wollen arbeiten, lernen, unseren Beitrag leisten. Aber wir brauchen Ihre Hilfe, um das möglich zu machen."

Seine Stimme brach leicht, als er über seine Familie sprach, doch er zwang sich, weiterzusprechen.

„Ich bitte Sie – geben Sie uns diese Chance. Lassen Sie uns nicht im Stich. Lassen Sie es nicht zu, dass man uns wieder in eine Welt zurückschickt, die uns nichts als Schmerz und Angst gebracht hat. Wir bitten Sie nicht um Mitleid – wir bitten Sie um Gerechtigkeit."

Die letzten Worte hallten über den Platz, und für einen Moment war alles still. Dann brach die Menge in Jubel aus, und Ayo fühlte, wie ihm Tränen über die Wangen liefen. Es war ein Moment, in dem all die Angst und der Schmerz der letzten Monate in einem einzigen Ausbruch von Emotionen ihren Höhepunkt fanden.

Die Kundgebung war ein Wendepunkt. Die Kampagne, die durch die Entschlossenheit der Journalistin, die Unterstützung der NGOs und den leidenschaftlichen Appell von Ayo getragen wurde, begann Wirkung zu zeigen.

Politiker nahmen Stellung, einige versprachen sogar, den Fall der Familie Ajayi genauer zu prüfen, und in den sozialen Medien verbreitete sich die Geschichte wie ein Lauffeuer.

„Wir haben sie erreicht", sagte die Journalistin, als sie Ayo und Funmi nach der Kundgebung traf. „Die Menschen hören euch. Jetzt liegt es an den Behörden, das Richtige zu tun."

Ayo war erschöpft, doch er spürte auch einen Funken Hoffnung, den er seit langem nicht mehr gespürt hatte.

„Ich weiß nicht, wie wir Ihnen danken sollen", sagte er, seine Stimme war heiser vor Erschöpfung und Emotion.

Die Journalistin lächelte und legte eine Hand auf seine Schulter.

„Ihr habt gekämpft, Ayo. Ihr habt alles gegeben, was ihr hattet. Und jetzt, egal was passiert, könnt ihr stolz auf euch sein."

Doch trotz aller Erfolge der Kampagne blieb die Ungewissheit bestehen.

Die Entscheidung der Behörden stand noch aus, und die Familie wusste, dass der Weg noch nicht zu Ende war.

Doch in diesem Moment, als sie zusammen auf dem Platz standen und den Sonnenuntergang beobachteten, fühlten sie, dass sie nicht mehr alleine waren.

Sie hatten gekämpft, sie hatten ihre Geschichte erzählt – und sie hatten die Welt erreicht.

Und in dieser letzten Hoffnung, getragen von der Unterstützung einer Gemeinschaft, die für sie eingetreten war, fanden sie die Kraft, weiterzugehen, egal was kommen mochte.

Das Urteil

Die Tage nach der großen Kundgebung in Köln waren von einer bedrückenden Stille geprägt. Die Familie Ajayi hatte alles gegeben – ihre Geschichte erzählt, ihre Ängste und Hoffnungen offenbart, und nun konnten sie nichts weiter tun, als auf das Urteil zu warten. Die Ungewissheit war wie eine schwere Decke, die sich über ihr Leben legte, jede Stunde, jeden Moment, jede Handlung von der drohenden Entscheidung überschattet.

Der Tag, an dem das Urteil bekannt gegeben werden sollte, begann wie jeder andere, doch die Anspannung in der Luft war fast greifbar. Funmi konnte kaum schlafen und lag die halbe Nacht wach, ihre Gedanken kreisten immer wieder um die Frage, was die Zukunft für sie bereithielt. Neben ihr schlief Ayo unruhig, seine Stirn in Falten gelegt, als ob er selbst im Schlaf mit der Unsicherheit kämpfte.

„Ayo", flüsterte Funmi leise, als das erste Licht des Morgens durch die dünnen Vorhänge fiel. „Heute ist der Tag."

Ayo öffnete die Augen, und für einen Moment schien es, als hätte er die Bedeutung ihrer Worte vergessen. Doch dann sah er den Ausdruck in ihrem Gesicht, und die Realität kehrte mit voller Wucht zurück.

„Ja", antwortete er heiser. „Heute erfahren wir, was mit uns passieren wird."

Sie standen wortlos auf, bereiteten das Frühstück für die Kinder vor, doch das Essen blieb größtenteils unberührt. Tunde und Amina spürten die Anspannung ihrer Eltern, auch wenn sie nichts sagten.

Der sonst so lebhafte Container war in eine bedrückende Stille gehüllt.

Gegen Mittag kam der Anwalt. Er war ein ernster Mann, dessen Gesicht normalerweise nur wenig Emotionen zeigte, doch an diesem Tag war auch er ungewöhnlich angespannt.

„Wir müssen zum Gericht", sagte er knapp. „Das Urteil wird gleich verkündet."

Die Fahrt zum Gericht war still und bedrückend. Funmi hielt Ayo's Hand fest, während sie durch die Straßen von Köln fuhren. Die Gebäude und Menschen draußen verschwammen vor ihren Augen, als ob sie sich in einer anderen Welt befänden – einer Welt, die nichts mit der ihren zu tun hatte.

Als sie das Gericht erreichten, war die Atmosphäre angespannt. Der Gerichtssaal war fast leer, nur der Richter, der Anwalt der Familie und einige Beamte waren anwesend. Der Raum selbst war kühl und sachlich, mit hohen Decken und großen Fenstern, durch die das graue Tageslicht hereinfiel.

Ayo und Funmi setzten sich auf die harten Holzstühle, ihre Hände immer noch ineinander verschlungen. Tunde und Amina saßen neben ihnen, leise und angespannt, als ob sie spürten, dass dies ein Moment von großer Bedeutung war.

Der Richter, derselbe, der ihre Anhörung geleitet hatte, trat ein und setzte sich an den Tisch. Sein Gesichtsausdruck war neutral, doch die Schwere seiner Anwesenheit lastete auf allen Anwesenden. Er nahm die Unterlagen vor sich, blätterte kurz darin und hob dann den Kopf, um die Familie anzusehen.

„Herr und Frau Ajayi", begann er mit einer Stimme, die durch den Raum hallte, „wir haben Ihre Situation sorgfältig geprüft. Ihre Geschichte, die vorgelegten Beweise und Ihre Aussagen wurden umfassend berücksichtigt."

Funmi spürte, wie ihr Herz in ihrer Brust hämmerte. Jeder Satz des Richters schien sich in die Länge zu ziehen, als ob die Zeit selbst sie quälen wollte.

„Leider", fuhr der Richter fort, und bei diesem Wort zog sich Ayo's Magen schmerzhaft zusammen, „sehen wir keine ausreichende Grundlage, um Ihnen den Asylstatus zu gewähren. Die Beweise, die Sie vorgelegt haben, sind nicht ausreichend, um die Gefahr zu belegen, der Sie in Ihrem Heimatland ausgesetzt sind. Aus diesem Grund lehnen wir Ihren Antrag ab."

Ein für alle Beteiligten fast grausames Schweigen erfüllte den Raum. Funmi's Atem stockte, sie fühlte, wie die Welt um sie herum zusammenbrach. Ayo saß wie betäubt da, unfähig, die Worte des Richters zu begreifen.

Alles, wofür sie gekämpft hatten, all die Hoffnung, die sie investiert hatten, schien in diesem einen Moment zerstört worden zu sein.

„Das kann nicht wahr sein", flüsterte Funmi, ihre Augen füllten sich mit Tränen. „Das kann einfach nicht wahr sein."

Der Richter sprach weiter, seine Stimme klang wie aus weiter Ferne.

„Sie haben die Möglichkeit, innerhalb der nächsten Wochen Berufung einzulegen. Bis dahin bleibt Ihr vorläufiger Aufenthaltsstatus bestehen, aber Sie müssen mit einer möglichen Abschiebung rechnen, falls auch die Berufung abgelehnt wird."

Ayo konnte nichts sagen. Er fühlte sich, als wäre ihm die Luft aus den Lungen genommen worden, als ob die Welt plötzlich jeglichen Sinn verloren hätte. Er sah zu seinen Kindern, die still und verängstigt neben ihm saßen, und spürte eine tiefe, lähmende Verzweiflung.

Die Rückfahrt ins Lager war bedrückend. Niemand sprach ein Wort, die Stille im Auto war drückend und erdrückend zugleich. Ayo hielt Funmi's Hand fest, doch es fühlte sich an, als würden sie in einem endlosen Abgrund versinken. Tunde und Amina, die das Gewicht der Entscheidung spürten, saßen still auf dem Rücksitz, ihre Augen starrten ins Leere.

„Was machen wir jetzt?", fragte Funmi schließlich, ihre Stimme zitterte vor Angst und Verzweiflung. „Was sollen wir jetzt tun, Ayo?"

Ayo schüttelte den Kopf, unfähig, eine Antwort zu finden. „Ich weiß es nicht, Funmi. Ich weiß es einfach nicht."

Als sie das Lager erreichten, fühlte es sich anders an als zuvor. Es war, als hätte sich die Atmosphäre verändert, als ob die Schatten länger und dunkler geworden wären. Ayo und Funmi gingen gemeinsam zu ihrem Container, die Kinder folgten ihnen, und als sie schließlich in die kleine, enge Behausung traten, schien es, als würde der Raum noch kleiner und erdrückender wirken.

Funmi setzte sich auf das Bett, ihre Hände zitterten, als sie das Gesicht in den Händen vergrub.

„Das ist das Ende", flüsterte sie, ihre Stimme brach. „Das ist das Ende für uns."

Ayo setzte sich neben sie, legte einen Arm um sie und zog sie an sich. Er spürte die Verzweiflung in ihrer Berührung, den Schmerz, den sie beide fühlten.

„Wir dürfen noch nicht aufgeben", sagte er leise, auch wenn er selbst kaum an seine Worte glauben konnte. „Es gibt immer noch eine Chance. Wir müssen kämpfen, Funmi. Für die Kinder."

Doch Funmi konnte nichts mehr sagen, die Tränen liefen ihr unaufhörlich über das Gesicht, während sie sich an Ayo festhielt, als wäre er ihre letzte Rettung in einem Ozean der Verzweiflung.

Die Nacht brachte keine Erleichterung. Ayo lag wach in der Dunkelheit, hörte das leise Schluchzen seiner Frau neben sich und fühlte die Last der Verantwortung schwer auf seinen Schultern. Er wusste, dass er für seine Familie stark sein musste, doch in diesem Moment fühlte er sich schwach und hilflos.

„Wie sollen wir das überstehen?", fragte er sich leise, während er in die Dunkelheit starrte. „Wie soll ich meine Familie schützen, wenn uns jede Hoffnung genommen wird?"

Die Gedanken kreisten unaufhörlich in seinem Kopf, während er versuchte, einen Ausweg zu finden. Die Berufung – das war die einzige Option, die ihnen noch blieb. Doch die Erfolgsaussichten waren ungewiss, und der Gedanke, wieder vor Gericht zu stehen, wieder von Fremden über ihr Leben entscheiden zu lassen, war kaum zu ertragen.

Ayo wusste, dass er stark sein musste, dass er für seine Familie kämpfen musste, doch in dieser Nacht fühlte er sich kleiner und schwächer als je zuvor. Er wusste nicht, wie sie das überstehen sollten, wusste nicht, ob es noch eine Chance für sie gab.

Am nächsten Morgen schien die Welt grau und trostlos, als Ayo aufstand und in die Gesichter seiner Kinder blickte.

Tunde und Amina schienen die Bedeutung der Entscheidung noch nicht vollständig zu verstehen, doch sie spürten die Verzweiflung ihrer Eltern und reagierten mit einer bedrückenden Stille.

„Papa", fragte Tunde schließlich, als sie gemeinsam am Tisch saßen, „was passiert jetzt mit uns?"

Ayo spürte, wie sich sein Herz zusammenzog, doch er zwang sich zu einem schwachen Lächeln.

„Wir werden weiterkämpfen", sagte er leise. „Wir werden nicht aufgeben."

Doch die Worte fühlten sich leer an, und Ayo wusste, dass er seine Kinder nicht lange vor der harten Realität würde schützen können. Die Unsicherheit nagte an ihnen allen, und die dunklen Wolken, die sich über ihrer Zukunft zusammenbrauten, schienen undurchdringlich.

Am Nachmittag klopfte es an der Tür des Containers. Funmi, die seit dem Morgen kaum gesprochen hatte, öffnete die Tür und fand die Journalistin vor, die ihnen bereits so viel geholfen hatte. Ihr Gesicht war ernst, doch in ihren Augen lag ein Ausdruck von Entschlossenheit.

„Ich habe von der Entscheidung gehört", sagte sie, als sie eintrat. „Es tut mir so leid, aber wir dürfen nicht aufgeben. Es gibt noch Möglichkeiten."

Ayo, der auf einem der kleinen Stühle saß, sah sie hoffnungsvoll an. „Was können wir tun?", fragte er, seine Stimme war rau vor Anspannung. „Wie können wir weiterkämpfen, wenn alles gegen uns spricht?"

Die Journalistin setzte sich zu ihm und legte ihm beruhigend eine Hand auf den Arm.

„Wir müssen die Öffentlichkeit weiter mobilisieren", sagte sie bestimmt. „Wir haben schon so viel erreicht. Wir können diesen Kampf nicht aufgeben. Wir müssen den Druck auf die Behörden erhöhen. Es gibt noch Hoffnung, Ayo."

„Wie?", fragte Funmi leise, ihre Stimme war schwach. „Was können wir tun?"

„Es gibt immer noch die Möglichkeit, eine Berufung einzulegen", erklärte die Journalistin. „Und wir werden nicht aufhören, eure Geschichte zu erzählen. Wir werden weiterkämpfen – zusammen. Es ist noch nicht vorbei."

Ayo spürte, wie sich ein Funke Hoffnung in ihm regte, doch er wusste auch, wie hart der Weg vor ihnen sein würde. Die Entscheidung des Richters war ein schwerer Schlag, doch er konnte nicht zulassen, dass sie die letzte Entscheidung über ihr Leben war. Er musste für seine Familie kämpfen, egal wie schwer es sein würde.

„Wir werden kämpfen", sagte er schließlich mit fester Stimme, seine Augen trafen die der Journalistin. „Wir werden nicht aufgeben. Für Funmi, für die Kinder – wir müssen es schaffen."

Funmi sah ihn an, ihre Augen waren rot und geschwollen, doch in ihrem Blick lag ein schwacher Hoffnungsschimmer. „Ja", flüsterte sie. „Wir müssen kämpfen. Für uns alle."

Und so begann für die Familie Ajayi ein neuer Kampf – ein Kampf, der härter und länger sein würde als alles, was sie bisher erlebt hatten. Doch trotz aller Zweifel, trotz aller Angst und Verzweiflung, wussten sie, dass sie diesen Weg gemeinsam gehen mussten.

Das Urteil hatte die Familie wie ein Keulenschlag getroffen. Die Ablehnung ihres Asylantrags hatte all ihre Hoffnungen auf ein sicheres und stabiles Leben in Deutschland vorerst zerstört. Doch das Leben im Lager ging weiter, auch wenn es sich nun anders anfühlte – schwerer, dunkler, fast erdrückend. Die Ungewissheit über ihre Zukunft lastete wie ein drückender Schatten auf ihren Schultern, und jeder Tag schien die Angst und die Verzweiflung weiter zu verstärken.

Die ersten Tage nach der Entscheidung waren die schwersten. Ayo, Funmi und die Kinder schleppten sich durch den Alltag, als ob sie durch ein zähes, unsichtbares Netz gingen, das sie bei jedem Schritt zurückzog. Die Routine des Lagers, die ihnen zuvor zumindest eine gewisse Stabilität gegeben hatte, fühlte sich nun sinnlos und leer an.

Es war, als ob das Urteil ihnen nicht nur den rechtlichen Schutz genommen, sondern auch ihre Lebensenergie entzogen hätte.

Funmi verbrachte Stunden damit, in den kleinen Container zu starren, ihre Gedanken kreisten unaufhörlich um die bevorstehende Abschiebung. Sie konnte die Bilder nicht abschütteln, die vor ihrem inneren Auge auftauchten – Bilder von ihnen, zurück in Nigeria, ohne Schutz, ohne Sicherheit, ausgeliefert den Gefahren, vor denen sie einst geflohen waren.

„Was wird mit den Kindern passieren?", fragte sie Ayo eines Abends, als sie zusammen auf dem harten Bett saßen.

Ihre Stimme war leise, fast ein Flüstern, doch die Angst in ihren Augen war unübersehbar.

„Wie sollen wir sie beschützen, wenn wir nach Nigeria zurückgeschickt werden?"

Ayo sah sie an, doch er wusste nicht, was er sagen sollte. Er fühlte sich wie ein Versager, unfähig, seine Familie vor dem drohenden Unheil zu bewahren.

„Ich weiß es nicht, Funmi", antwortete er schließlich, seine Stimme war rau vor unterdrückten Emotionen. „Aber wir dürfen nicht aufgeben. Wir müssen stark bleiben, für Tunde und Amina."

Funmi nickte schwach, doch ihre Augen waren voller Tränen. „Es ist so schwer, Ayo. So schwer, die Hoffnung nicht zu verlieren."

Auch Tunde und Amina spürten die Last der Entscheidung, auch wenn sie die vollen Konsequenzen nicht ganz verstanden. Sie sahen die Verzweiflung in den Augen ihrer Eltern, hörten die gedämpften Gespräche und spürten die Spannung, die sich wie ein unsichtbares Gewicht über die Familie legte.

„Papa", fragte Tunde eines Nachmittags, als er mit Ayo auf dem Gelände des Lagers spazieren ging, „werden wir wirklich nach Nigeria zurückgeschickt? Werden wir das Lager verlassen müssen?"

Ayo blieb stehen und sah seinen Sohn an. Tunde war erst zwölf, doch die Erlebnisse der letzten Monate hatten ihn älter und ernster gemacht.

„Ich weiß es nicht, Tunde", antwortete er leise. „Wir kämpfen dagegen an, aber im Moment wissen wir nicht, was passieren wird."

Tunde nickte, doch Ayo konnte den Schmerz und die Angst in den Augen seines Sohnes sehen.

„Ich will nicht zurück, Papa. Ich habe Angst."

Ayo kniete sich hin und legte eine Hand auf Tundes Schulter.

„Ich habe auch Angst, Tunde. Aber egal was passiert, wir werden als Familie zusammenbleiben. Das verspreche ich dir."

Amina, die still neben Funmi saß und in ein kleines Notizbuch zeichnete, fragte ihre Mutter eines Abends:

„Mama, warum seid ihr alle so traurig? Warum weint ihr immer?"

Funmi zog ihre Tochter an sich, streichelte sanft über ihr Haar und kämpfte gegen die Tränen an.

„Wir sind nicht traurig, meine Liebe", flüsterte sie, obwohl sie wusste, dass dies nicht die Wahrheit war. „Wir machen uns nur Sorgen, weil wir nicht wissen, was die Zukunft bringt. Aber wir lieben dich und deinen Bruder sehr, und wir werden immer für euch da sein."

Amina nickte ernst, doch Funmi wusste, dass ihre Tochter die Lüge durchschaute. Die Unsicherheit nagte an ihnen allen, selbst an den jüngsten Mitgliedern der Familie, die diese schwere Last zu tragen hatten.

Nach einigen Tagen der lähmenden Verzweiflung wusste Ayo, dass sie nicht einfach untätig bleiben konnten. Sie mussten etwas tun, um ihre Situation zu ändern, auch wenn die Chancen noch so gering erschienen. Er sprach mit dem Anwalt, der ihnen half, die nächsten Schritte zu planen.

„Wir haben die Möglichkeit, Berufung einzulegen", erklärte der Anwalt in einem Treffen, bei dem die ganze Familie anwesend war. „Es ist ein langwieriger Prozess, und die Erfolgsaussichten sind ungewiss, aber es ist unser bester Versuch, die Abschiebung zu verhindern."

Ayo nickte. „Was müssen wir tun?"

„Zunächst müssen wir neue Beweise sammeln, die belegen, dass eine Rückkehr nach Nigeria für Sie und Ihre Familie gefährlich ist", antwortete der Anwalt. „Das bedeutet, dass wir Berichte über die aktuelle politische und soziale Lage in Nigeria einholen müssen, sowie persönliche Zeugenaussagen, die Ihre Gefährdung bestätigen.“

Funmi, die neben Ayo saß und aufmerksam zuhörte, fragte leise:

„Und wie lange wird es dann wieder dauern, bis wir eine Antwort erhalten?“

Der Anwalt seufzte und schüttelte den Kopf.

„Das kann in Deutschland niemand genau sagen. Es könnte Wochen oder sogar Monate dauern. In der Zwischenzeit müssen Sie sich darauf einstellen, dass die Unsicherheit bestehen bleibt.“

Die Vorstellung, dass sie noch Monate in dieser Ungewissheit leben mussten, war für Funmi fast unerträglich, doch sie wusste, dass es keine andere Wahl gab.

„Wir werden es versuchen“, sagte sie schließlich, ihre Stimme war fest, obwohl ihre Augen vor Sorge glitzerten. „Wir werden kämpfen.“

In den Wochen, die folgten, versuchte die Familie, so gut es ging, eine Art Normalität in ihrem Leben aufrechtzuerhalten. Ayo suchte nach neuen Möglichkeiten, Arbeit zu finden, doch die Lage im Lager war schwierig. Die wenigen verfügbaren Jobs waren hart umkämpft, und viele Flüchtlinge standen unter ähnlichem Druck, eine Einkommensquelle zu finden, um ihre Familien zu unterstützen.

Eines Tages hörte Ayo von einer möglichen Arbeit in einer nahegelegenen Baustelle, wo dringend Hilfskräfte gesucht wurden. Er zögerte nicht lange und machte sich auf den Weg dorthin, in der Hoffnung, wenigstens etwas Geld verdienen zu können.

„Es ist keine sichere Arbeit“, warnte ihn ein anderer Flüchtling, als sie zusammen auf der Baustelle ankamen. „Die Bezahlung ist schlecht, und die Arbeitsbedingungen sind hart. Aber es ist besser als nichts.“

Ayo nickte und war bereit, die Risiken einzugehen. Er wusste, dass er keine Wahl hatte. Jede Möglichkeit, etwas Geld zu verdienen, war besser, als die Familie ohne Mittel dastehen zu lassen.

Die Arbeit auf der Baustelle war hart und gefährlich. Ayo musste schwere Zementsäcke schleppen, in engen Gruben arbeiten und lange Stunden unter der glühenden Sonne ausharren. Doch trotz der Erschöpfung und der harten Bedingungen war er dankbar, dass er überhaupt arbeiten konnte.

Am Ende eines langen Arbeitstages kehrte Ayo müde und erschöpft in den Container zurück, wo Funmi ihn mit einem müden, aber dankbaren Lächeln empfing.

„Du bist unglaublich, Ayo", sagte sie leise, als sie ihm eine Schüssel mit einfachem Reis und Bohnen reichte. „Du machst das alles für uns."

Ayo lächelte schwach, seine Hände waren rau und zerschunden.

„Ich tue, was ich tun muss", antwortete er schlicht. „Wir müssen weiterkämpfen, Funmi. Für uns, für die Kinder."

Während Ayo arbeitete, kämpfte auch Funmi mit ihren eigenen Herausforderungen. Die Angst vor der Zukunft lastete schwer auf ihr, und es gab Tage, an denen sie kaum die Kraft fand, den Tag zu beginnen. Doch sie wusste, dass sie für ihre Kinder stark sein musste. Sie beschloss, an einem Sprachkurs teilzunehmen, der im Lager angeboten wurde, in der Hoffnung, dass sie dadurch eine bessere Chance auf Integration haben würde, falls sie doch bleiben konnten.

„Es ist nicht einfach", sagte Funmi eines Tages zu Amina, als sie zusammen an einem der kleinen Tische im Lager saßen. „Aber ich will die Sprache lernen, damit ich mit den Menschen hier sprechen kann. Vielleicht finde ich dann eine Arbeit, die uns hilft, besser zu leben."

Amina, die ein neues Bild entwarf, sah zu ihrer Mutter auf und lächelte.

„Ich weiß, dass du es schaffst, Mama. Du bist die stärkste Person, die ich kenne."

Funmi fühlte, wie sich Tränen in ihren Augen sammelten, doch sie unterdrückte sie und zwang sich zu einem Lächeln.

„Danke, meine Liebe. Wir werden das zusammen durchstehen."

Die Sprachkurse waren für Funmi eine Herausforderung, nicht nur wegen der sprachlichen Barrieren, sondern auch wegen der psychischen Belastung, die sie mit sich brachte. Sie musste sich konzentrieren und lernen, auch wenn die Angst und Verzweiflung in ihr tobten. Doch sie wusste, dass dies ein wichtiger Schritt war, um ihrer Familie zu helfen, falls sie eine weitere Chance auf Asyl erhielten.

Trotz ihrer Bemühungen, einen neuen Alltag zu finden, wurden die Ajayis immer wieder mit Vorurteilen und Misstrauen konfrontiert. Die Nachricht von der Ablehnung ihres Asylantrags hatte sich im Lager verbreitet, und es gab Menschen, die sie mieden oder ihnen misstrauische Blicke zuwarfen. Die Solidarität, die sie früher erfahren hatten, war nicht mehr so stark, und Ayo spürte, wie sich die Distanz zwischen ihnen und anderen Flüchtlingen vergrößerte.

Eines Nachmittags, als Ayo mit einem Sack Lebensmittel aus dem kleinen Lagerladen zurückkam, wurde er von einem anderen Flüchtling angesprochen. Es war ein Mann aus einem anderen Teil Afrikas, der vor kurzem ins Lager gekommen war.

„Ich habe gehört, dass ihr abgelehnt wurdet", sagte der Mann mit einem kalten Blick. „Warum kämpft ihr weiter? Warum gebt ihr nicht auf und geht?"

Ayo fühlte, wie sich Wut in ihm aufstaute, doch er hielt sich zurück.

„Wir geben nicht auf", antwortete er ruhig. „Wir haben noch nicht alle Möglichkeiten ausgeschöpft. Und solange es einen Weg gibt, werden wir kämpfen."

Der Mann lachte verächtlich.

„Du verschwendest deine Zeit, Ayo. Die Deutschen wollen uns hier nicht. Je eher du das akzeptierst, desto besser für dich und deine Familie."

Ayo sah den Mann fest an, dann wandte er sich ab und ging zurück zu seinem Container. Die Worte des Mannes hallten in seinem Kopf wider, doch er weigerte sich, sie zu akzeptieren. Er wusste, dass der Weg schwer war, aber er konnte nicht zulassen, dass die Verzweiflung ihn überwältigte.

Während sie auf die nächste Möglichkeit warteten, legte der Anwalt die Berufung ein und bereitete die notwendigen Unterlagen vor. Es war ein langer, zermürbender Prozess, der die Geduld und die Nerven der ganzen Familie strapazierte. Jeder Brief, der im Lager ankam, ließ ihre Herzen schneller schlagen, doch meistens handelte es sich nur um Formalitäten, die die Entscheidung weiter hinauszögerten.

„Es fühlt sich an, als ob wir in einer endlosen Warteschleife gefangen sind", sagte Funmi eines Abends zu Ayo, als sie die neuesten Briefe durchlasen. „Wie lange sollen wir das noch ertragen?"

Ayo legte einen Arm um sie und drückte sie an sich.

„Ich weiß es nicht, Funmi. Aber wir müssen durchhalten. Es gibt keine andere Wahl."

Trotz der dunklen Wolken, die über ihnen hingen, versuchte die Familie, einen neuen Alltag zu schaffen, der ihnen zumindest eine gewisse Stabilität gab. Sie kämpften gegen die Verzweiflung an, suchten nach kleinen Freuden und Lichtblicken in ihrem Leben und klammerten sich an die Hoffnung, dass die Berufung Erfolg haben könnte.

Inmitten all der Ungewissheit und der Angst fand die Familie Ayo einen kleinen, aber bedeutungsvollen Funken Hoffnung in ihrer Entschlossenheit, zusammenzuhalten. Sie hatten gelernt, in den dunkelsten Momenten Stärke zu finden, und sie wussten, dass sie nur gemeinsam durch diese schwere Zeit kommen konnten.

„Wir dürfen nicht vergessen, was uns stark macht", sagte Ayo eines Abends zu Funmi, als sie zusammen mit Tunde und Amina am Tisch saßen. „Wir sind als Familie stark. Und solange wir zusammen sind, können wir alles überstehen."

Funmi sah ihn an, und in ihren Augen lag ein Ausdruck von Dankbarkeit und Liebe.

„Ja, Ayo. Wir haben schon so viel durchgestanden. Wir dürfen jetzt nicht aufgeben."

Die Worte waren einfach, doch sie gaben der Familie die Kraft, weiterzumachen. Die Entscheidung des Gerichts hatte sie hart getroffen, doch sie hatten gelernt, dass das Leben trotz allem weiterging. Und solange sie die Hoffnung nicht verloren, gab es immer noch die Möglichkeit, dass sie eines Tages einen neuen Anfang finden würden – egal, wie schwer der Weg auch sein mochte.

Nach der anfänglichen Schockstarre, die durch die Ablehnung ihres Asylantrags verursacht wurde, begann die Familie Ayo allmählich, sich wieder aufzurappeln. Es war kein einfacher Prozess, doch sie wussten, dass sie weitermachen mussten, um nicht in der Hoffnungslosigkeit zu versinken. Ayo und Funmi waren sich einig, dass sie ihre Situation nicht passiv hinnehmen, sondern aktiv nach Wegen suchen wollten, um sich doch noch in Deutschland eine Zukunft aufzubauen.

Nachdem Ayo seine Arbeit auf der Baustelle verloren hatte, war die Suche nach einem neuen Job zu einem vordringlichen Anliegen geworden. Das Lagerleben bot nur begrenzte Möglichkeiten, doch Ayo wollte nicht aufgeben.

Er wusste, dass es der einzige Weg war, seine Familie irgendwie zu unterstützen und ihnen einen Hauch von Normalität zu bieten.

Eines Tages hörte Ayo von einem anderen Flüchtling im Lager, dass ein kleines Unternehmen in der Nähe dringend nach Arbeitern suchte. Es handelte sich um eine Firma, die einfache Verpackungsarbeiten und Lagerarbeiten anbot. Die Arbeit war körperlich anstrengend und schlecht bezahlt, doch es war eine Chance – und Ayo wusste, dass er jede Gelegenheit ergreifen musste.

„Hast du schon gehört?", fragte der Mann, während sie zusammen in der Warteschlange für Lebensmittel standen. „Da ist dieser Betrieb in der Nähe. Sie suchen Leute für die Nachtschicht. Nichts Besonderes, aber besser als nichts."

Ayo sah den Mann aufmerksam an. „Was genau ist das für eine Arbeit?"

„Es geht darum, Waren zu verpacken und für den Versand vorzubereiten. Es ist harte Arbeit, aber es gibt Essen und die Bezahlung ist nicht ganz schlecht", erklärte der Mann. „Du solltest dich beeilen, bevor die Plätze weg sind."

Am nächsten Morgen machte sich Ayo auf den Weg zu der kleinen Firma, die am Rande einer Industriezone lag, nicht weit vom Lager entfernt. Das Gebäude war unscheinbar, ein einfacher Zweckbau aus Beton und Glas, doch für Ayo repräsentierte es eine Möglichkeit, wieder auf die Beine zu kommen.

Er betrat das Büro, das direkt an die Lagerhalle angrenzte, und wurde von einem mürrisch aussehenden Mann mittleren Alters begrüßt, der gerade an einem Stapel Papiere arbeitete.

„Ja? Was willst du?", fragte der Mann, ohne von seiner Arbeit aufzusehen.

„Ich habe gehört, dass Sie nach Arbeitern suchen", antwortete Ayo höflich. „Ich bin bereit zu arbeiten, wann immer Sie mich brauchen."

Der Mann sah endlich auf, musterte Ayo skeptisch und zog dann ein Formular hervor.

„Füll das aus", sagte er knapp. „Die Arbeit ist hart, aber wenn du durchhältst, kannst du anfangen. Die Schichten beginnen heute Nacht."

Ayo zögerte nicht und füllte das Formular aus, während der Mann ihn weiter beobachtete.

„Hast du schon mal in einer Lagerhalle gearbeitet?", fragte der Mann, als Ayo das Formular zurückgab.

„Nein, aber ich bin bereit, zu lernen", antwortete Ayo mit fester Stimme.

Der Mann nickte langsam.

„Gut. Sei heute Abend um sieben Uhr hier. Die Arbeit ist nichts für Schwächlinge, also erwarte nicht, dass es einfach wird."

Ayo bedankte sich und verließ das Büro mit gemischten Gefühlen. Es war nicht der Job, den er sich vorgestellt hatte, doch es war ein Anfang. Er wusste, dass er hart arbeiten musste, aber er war bereit, alles zu tun, um seine Familie zu unterstützen.

Am Abend machte sich Ayo auf den Weg zur Arbeit, sein Herz schlug schneller vor Aufregung und Nervosität. Es war seine erste Schicht, und er wusste, dass viel auf dem Spiel stand. Funmi sah ihm nach, als er den Container verließ, ihre Augen waren voller Sorge, aber auch Stolz.

„Pass auf dich auf", sagte sie leise, als er zur Tür hinausging. „Und komm gesund wieder nach Hause."

Ayo lächelte schwach und nickte.

„Ich werde mein Bestes geben. Wir schaffen das, Funmi."

Die Arbeit in der Lagerhalle war genauso hart, wie der Mann es angekündigt hatte. Die Luft war stickig, der Lärm der Maschinen dröhnte in den Ohren, und die Aufgaben waren eintönig und körperlich anstrengend. Ayo musste Kisten mit Waren füllen, sie versiegeln und auf Paletten stapeln, die dann für den Versand bereitgestellt wurden. Die Nachtschicht zog sich endlos in die Länge, und die Müdigkeit nagte an ihm, doch er biss die Zähne zusammen und arbeitete weiter.

Während der kurzen Pausen, die ihnen gewährt wurden, unterhielt er sich mit den anderen Arbeitern. Viele von ihnen waren ebenfalls Flüchtlinge oder Migranten, die wie er versuchten, in Deutschland Fuß zu fassen. Sie sprachen über ihre Familien, ihre Träume und die Schwierigkeiten, die sie täglich bewältigen mussten.

„Es ist nicht einfach, hier zu arbeiten", sagte ein junger Mann aus Syrien, der neben Ayo eine Kiste verpackte. „Aber es ist besser als nichts. Wir müssen kämpfen, um hier zu überleben."

Ayo nickte zustimmend. „Ja, das stimmt. Wir haben keine Wahl. Wir müssen weitermachen."

Als die Schicht schließlich endete, war Ayo erschöpft, aber auch erleichtert. Er hatte es geschafft. Er hatte durchgehalten. Und er wusste, dass dies der erste Schritt war, um seiner Familie eine bessere Zukunft zu ermöglichen.

Während Ayo arbeitete, bemühte sich Funmi, ihre eigenen Schritte in Richtung Integration zu machen. Die Sprachkurse, die im Lager angeboten wurden, waren für sie eine Herausforderung, doch sie wusste, wie wichtig es war, die Sprache des Landes zu lernen, in dem sie hofften, bleiben zu können.

Die ersten Wochen waren hart. Funmi kämpfte mit den komplizierten Grammatikregeln und der Aussprache, die so anders war als die ihrer Muttersprache. Oft fühlte sie sich überfordert und wollte aufgeben, doch die Gedanken an ihre Familie trieben sie weiter an.

„Ich muss das schaffen", sagte sie sich immer wieder. „Für Ayo, für Tunde, für Amina. Ich muss stark sein."

Der Sprachkurs wurde von einer älteren Lehrerin geleitet, die geduldig war und Verständnis für die Schwierigkeiten ihrer Schüler zeigte.

„Es ist nicht einfach, eine neue Sprache zu lernen", sagte die Lehrerin eines Tages zu Funmi, als sie nach dem Unterricht zusammen das Klassenzimmer verließen. „Aber Sie machen Fortschritte, Funmi. Geben Sie nicht auf."

Funmi lächelte dankbar.

„Es ist schwer, aber ich weiß, dass es wichtig ist. Ich möchte mit den Menschen hier sprechen können. Ich möchte mich integrieren."

„Das ist der richtige Weg", antwortete die Lehrerin ermutigend. „Mit der Sprache öffnen sich Ihnen viele Türen. Es ist ein langer Weg, aber ich bin sicher, dass Sie es schaffen werden."

In den Wochen, die folgten, verbesserte sich Funmi langsam, aber stetig. Sie begann, einfache Gespräche auf Deutsch zu führen, sprach mit anderen Müttern im Lager und fühlte sich allmählich sicherer. Die Sprache war nicht mehr nur eine Barriere, sondern wurde zu einem Werkzeug, das ihr half, sich in der neuen Umgebung zurechtzufinden.

Eines Tages, als Funmi mit Amina einkaufen ging, wagte sie es zum ersten Mal, selbstbewusst auf Deutsch mit der Kassiererin zu sprechen.

„Guten Tag", sagte sie höflich, als sie ihre Einkäufe auf das Band legte. „Wie viel macht das?"

Die Kassiererin, eine ältere Frau mit freundlichem Gesicht, lächelte und antwortete: „Zehn Euro, bitte."

Funmi zählte das Geld ab und reichte es der Kassiererin, die sie freundlich ansah.

„Ihr Deutsch ist gut", bemerkte die Kassiererin, während sie das Wechselgeld herausgab. „Woher kommen Sie?"

Funmi errötete leicht, doch sie fühlte sich auch stolz.

„Aus Nigeria", antwortete sie auf Deutsch. „Ich lerne noch, aber es ist wichtig für mich."

„Das ist es wirklich", bestätigte die Kassiererin. „Bleiben Sie dran. Es wird Ihnen das Leben hier leichter machen."

Als Funmi das Geschäft verließ, fühlte sie sich gestärkt. Es war ein kleiner Schritt, doch es war ein Schritt in die richtige Richtung.

Sie wusste, dass sie noch viel zu lernen hatte, aber sie war entschlossen, weiterzumachen. Die Sprache gab ihr das Gefühl, mehr Kontrolle über ihr Leben zu haben, und es half ihr, sich in der neuen Gesellschaft zu behaupten.

Trotz der Fortschritte, die sie machten, wurden Ayo und Funmi weiterhin mit Vorurteilen und Misstrauen konfrontiert. Es war nicht einfach, sich in eine Gesellschaft zu integrieren, die ihnen oft mit Skepsis begegnete. Sie spürten die Blicke auf sich, hörten die flüsternden Stimmen und mussten sich immer wieder beweisen.

Eines Tages, als Ayo auf dem Weg zur Arbeit war, wurde er von einem Mann auf der Straße angesprochen. Der Mann war in mittleren Jahren, trug einen Anzug und sah Ayo mit einem abfälligen Blick an.

„Was machst du hier?", fragte der Mann scharf. „Warum arbeitest du nicht in deinem eigenen Land?"

Ayo hielt inne, überrascht und verletzt von der plötzlichen Konfrontation.

„Ich arbeite hier, um meine Familie zu unterstützen", antwortete er ruhig, obwohl es ihm schwerfiel, die Wut in sich zu unterdrücken. „Ich versuche, ein Leben aufzubauen."

Der Mann schnaubte verächtlich. „Ihr nehmt uns die Jobs weg. Geht zurück, wo ihr herkommt."

Ayo spürte, wie ihm das Blut in den Adern gefror, doch er zwang sich, ruhig zu bleiben.

„Ich bin hier, weil ich keine andere Wahl habe", sagte er fest. „Ich will nur arbeiten und meine Familie ernähren, wie jeder andere auch."

Der Mann warf ihm noch einen letzten verächtlichen Blick zu, bevor er davonspazierte, und Ayo blieb zurück, zutiefst verletzt von den Worten, die ihm entgegengeschleudert worden waren. Doch er wusste, dass er nicht aufgeben durfte. Es gab Menschen, die gegen ihn und seine Familie waren, doch er musste weiterkämpfen, um ihnen zu beweisen, dass sie einen Platz in dieser Gesellschaft verdienten.

Auch Funmi hatte ähnliche Erlebnisse. Eines Tages, als sie mit Amina in einem Park spielte, wurden sie von einer Gruppe Jugendlicher beobachtet, die abfällige Bemerkungen über ihre Hautfarbe und ihre Herkunft machten. Funmi versuchte, die Worte zu ignorieren, doch sie nagten an ihr, ließen sie sich unsicher und unerwünscht fühlen.

„Mama, warum sagen die das?", fragte Amina leise, als sie die Bemerkungen hörte.

Funmi zögerte, dann kniete sie sich hin und sah ihrer Tochter in die Augen.

„Manche Menschen verstehen nicht, dass wir alle gleich sind, egal woher wir kommen", sagte sie sanft. „Aber wir dürfen uns von ihren Worten nicht verletzen lassen. Wir sind hier, um zu bleiben, und wir sind stark."

Amina nickte, obwohl sie die volle Bedeutung der Worte ihrer Mutter noch nicht ganz verstand. Funmi wusste, dass ihre Kinder mit diesen Vorurteilen aufwachsen würden, doch sie war entschlossen, ihnen beizubringen, stolz auf ihre Herkunft zu sein und sich nicht von den negativen Stimmen beeinflussen zu lassen.

Trotz der Herausforderungen, denen sie sich täglich stellen mussten, fanden Ayo und Funmi in ihrer gemeinsamen Entschlossenheit und ihrer Liebe zueinander neue Kraft. Sie unterstützten sich gegenseitig, sprachen über ihre Ängste und Sorgen und fanden Trost in der Gewissheit, dass sie zusammen stärker waren.

„Wir haben so viel durchgemacht, Funmi", sagte Ayo eines Abends, als sie zusammen auf dem schmalen Bett lagen, die Dunkelheit des Containers um sie herum. „Aber wir haben es geschafft, bis hierher zu kommen. Wir dürfen nicht aufgeben."

Funmi nickte und legte ihren Kopf auf seine Brust, während sie seine Worte auf sich wirken ließ.

„Nein, das dürfen wir nicht", stimmte sie zu. „Wir haben noch einen langen Weg vor uns, aber wir werden ihn gemeinsam gehen."

Ayo drückte sie sanft an sich und flüsterte:

„Wir haben einen neuen Anfang gemacht. Es ist nicht einfach, aber wir schaffen das. Zusammen."

Und so fand die Familie Ajayi, trotz aller Widrigkeiten, die Entschlossenheit, weiterzumachen. Sie wussten, dass der Weg vor ihnen steinig und schwer war, doch sie waren bereit, ihn zu gehen.

Sie hatten bereits so viele Kämpfe durchgestanden, und sie waren entschlossen, nicht aufzugeben, bis sie ihr Ziel erreicht hatten — ein Leben in Sicherheit und Würde, für sich und ihre Kinder.

Neue Herausforderungen

Die Ablehnung des Asylantrags hatte die Familie erschüttert, doch sie wussten, dass sie weitermachen mussten. Die Herausforderung, sich in einer fremden Kultur und einer neuen Gesellschaft zurechtzufinden, war gewaltig, aber sie hatten keine Wahl. Jeder Tag brachte neue Hindernisse, und die Integration in Deutschland stellte sich als weitaus schwieriger heraus, als sie es sich jemals vorgestellt hatten.

Für Ayo und Funmi war die Sprache das größte Hindernis. Sie wussten, dass Deutsch der Schlüssel zur Integration war, aber das Lernen fiel ihnen schwer. Funmi besuchte weiterhin die Sprachkurse, doch die Fortschritte waren langsam, und die täglichen Herausforderungen überwältigend.

An einem regnerischen Nachmittag saß Funmi in ihrem kleinen Container und versuchte, ihre Hausaufgaben zu machen. Sie las die Sätze immer wieder, doch die Worte schienen keinen Sinn zu ergeben. Schließlich legte sie den Stift beiseite und vergrub ihr Gesicht in den Händen.

Ayo, der von seiner Arbeit auf der Baustelle zurückgekehrt war, bemerkte ihre Verzweiflung.

„Was ist los, Funmi?" fragte er sanft, während er sich zu ihr setzte.

„Es ist so schwer, Ayo", antwortete sie, ihre Stimme war erstickt. „Ich versuche zu lernen, aber es fühlt sich an, als ob ich nichts verstehe. Die Worte bleiben nicht in meinem Kopf. Wie soll ich mich jemals in diesem Land integrieren, wenn ich die Sprache nicht beherrsche?"

Ayo legte einen Arm um sie und drückte sie fest an sich.

„Du machst das großartig, Funmi", sagte er mit Nachdruck. „Es ist nicht leicht, aber du gibst dein Bestes. Das ist alles, was zählt."

Funmi hob den Kopf und sah ihn mit Tränen in den Augen an.

„Ich will doch nur, dass wir hier eine Zukunft haben, Ayo. Aber wie soll das gehen, wenn ich die einfachsten Sätze nicht einmal richtig formulieren kann?"

Ayo nahm ihre Hand und drückte sie fest.

„Wir lernen gemeinsam, Funmi. Es wird Zeit brauchen, aber wir dürfen nicht aufgeben. Jeder kleine Fortschritt bringt uns näher an unser Ziel. Und egal wie schwer es ist, wir machen das für unsere Kinder, für Tunde und Amina."

Während die Sprache eine große Hürde darstellte, waren es auch die kulturellen Unterschiede, die den Ajayis das Leben schwer machten. In Nigeria war das Leben anders gewesen, die sozialen Normen und Bräuche waren ihnen vertraut. Doch in Deutschland fühlten sie sich oft unsicher und fremd, als ob sie sich in einer Welt bewegten, die sie nicht ganz begreifen konnten.

Ein Beispiel dafür erlebte Ayo, als er eines Tages versuchte, die Mülltrennung zu verstehen – etwas, das in Deutschland eine große Rolle spielte, ihm aber völlig fremd war. Im Lager gab es verschiedene Müllcontainer für Papier, Plastik, Glas und Bioabfälle, doch Ayo fand die Regeln verwirrend.

Eines Morgens, als er den Müll hinausbrachte, wurde er von einem anderen Bewohner des Lagers angesprochen, einem älteren deutschen Mann, der ebenfalls Müll wegwarf. „Das gehört in den gelben Sack", sagte der Mann mit strengem Blick und zeigte auf den Plastikmüll, den Ayo gerade in den falschen Container geworfen hatte.

Ayo errötete vor Verlegenheit und versuchte, den Fehler zu korrigieren.

„Entschuldigung, ich wusste es nicht", murmelte er, während er den Plastikmüll in den richtigen Sack warf.

Der Mann seufzte und schüttelte den Kopf.

„Es ist wichtig, dass richtig zu machen", sagte er in einem Ton, der sowohl belehrend als auch herablassend war. „Hier in Deutschland achten wir darauf."

Ayo nickte stumm, doch innerlich fühlte er sich klein und gedemütigt. Es war nur ein kleiner Fehler gewesen, doch die Reaktion des Mannes machte ihm schmerzlich bewusst, wie anders alles hier war und wie sehr er sich noch anpassen musste.

Am Abend erzählte er Funmi von dem Vorfall, und sie seufzte ebenfalls.

„Es ist nicht leicht, Ayo", sagte sie nachdenklich. „Sie haben ihre Regeln und ihre Gewohnheiten, und wir müssen sie lernen, wenn wir hier leben wollen."

Ayo nickte. „Aber manchmal fühlt es sich an, als ob wir niemals wirklich dazugehören werden. Es gibt so viel, was wir nicht verstehen, so viel, das uns fremd ist."

Funmi nahm seine Hand und sah ihn ernst an.

„Aber wir müssen es versuchen. Wir müssen uns anpassen, auch wenn es schwer ist. Denn das ist unsere einzige Chance."

Die Ajayis versuchten, sich anzupassen und die neue Kultur zu verstehen, doch immer wieder stießen sie auf Vorurteile und Misstrauen. Diese Momente trafen sie besonders hart, da sie versuchten, sich in die Gesellschaft zu integrieren und gleichzeitig ihre eigene Identität zu bewahren.

Eines Tages, als Ayo auf dem Weg zur Arbeit war, stieg er in den Bus, der ihn zur Baustelle bringen sollte. Der Bus war voll, und Ayo nahm einen Platz neben einem älteren Mann ein, der ihn sofort mit einem skeptischen Blick musterte. Nach ein paar Minuten spürte Ayo, wie sich der Mann unbehaglich bewegte, als ob er etwas sagen wollte.

Schließlich drehte sich der Mann zu ihm um und fragte mit einem unangenehm festen Blick:

„Sind Sie schon lange hier in Deutschland?"

Ayo, der die feindseligen Untertöne in der Stimme des Mannes bemerkte, antwortete höflich: „Seit ein paar Monaten."

„Und wie lange haben Sie vor, zu bleiben?", fragte der Mann unverhohlen.

Ayo war überrascht von der direkten Frage, aber er blieb ruhig.

„Wir hoffen, hier eine Zukunft für unsere Familie aufzubauen."

Der Mann schnaubte leise. „Ja, das hoffen viele. Aber nicht jeder passt hierher."

Ayo spürte, wie ihm das Blut in den Adern gefror, doch er zwang sich, ruhig zu bleiben.

„Wir tun unser Bestes, um uns anzupassen", sagte er mit fester Stimme. „Wir wollen arbeiten, lernen und unseren Beitrag leisten."

Der Mann zuckte mit den Schultern und drehte sich wieder nach vorne, als ob das Gespräch für ihn beendet sei. Doch Ayo blieb nachdenklich und fühlte, wie die Worte des Mannes an ihm nagten. Es war nicht das erste Mal, dass er auf solche Vorurteile stieß, aber jedes Mal traf es ihn tief, weil es ihm das Gefühl gab, dass er und seine Familie niemals wirklich akzeptiert werden würden.

Am Abend erzählte er Funmi von der Begegnung, und sie seufzte.

„Es wird immer Menschen geben, die uns so sehen, Ayo", sagte sie leise. „Aber wir dürfen uns davon nicht entmutigen lassen. Wir müssen weitermachen, auch wenn es schwer ist."

Doch es gab auch Lichtblicke in ihrem neuen Leben, Momente, in denen sie spürten, dass sie nicht allein waren und dass es Menschen gab, die bereit waren, ihnen zu helfen. Funmi fand in ihrer Gruppe von Müttern im Lager eine Gemeinschaft, die sie unterstützte und ihr half, sich in der neuen Umgebung zurechtzufinden.

Eines Tages, als die Gruppe zusammenkam, um sich über ihre Fortschritte im Sprachkurs auszutauschen, fragte eine der Frauen, eine junge Mutter aus Syrien:

„Wie geht es dir, Funmi? Fühlst du dich schon wohler hier?"

Funmi zögerte kurz, dann lächelte sie schwach.

„Es ist schwer", gestand sie. „Aber es hilft, dass ich euch habe. Es ist gut, mit Menschen zu sprechen, die ähnliche Erfahrungen gemacht haben."

Die anderen Frauen nickten zustimmend, und eine ältere Frau aus Afghanistan legte eine Hand auf Funmi's Schulter.

„Wir müssen nur zusammenhalten", sagte sie mit fester Stimme. „Wir alle haben unsere Schwierigkeiten, aber gemeinsam können wir sie überwinden."

Diese Unterstützung gab Funmi neuen Mut. Sie wusste, dass der Weg zur Integration lang und beschwerlich war, aber es half zu wissen, dass sie nicht allein war.

Gemeinsam mit den anderen Frauen aus dem Lager lernte sie, die Herausforderungen zu meistern und einen Weg in die neue Gesellschaft zu finden.

Auch Ayo fand in seinem neuen Job Menschen, die ihm halfen, sich in der neuen Umgebung zurechtzufinden. Eines Abends, nachdem die Schicht beendet war, setzte sich einer der älteren Arbeiter, ein Mann aus der Türkei, neben ihn und reichte ihm eine Zigarette.

„Es ist nicht leicht, hier zu arbeiten, oder?", fragte der Mann mit einem mitfühlenden Lächeln.

Ayo schüttelte den Kopf. „Nein, es ist hart. Aber ich bin froh, dass ich Arbeit habe."

Der Mann nickte und zog an seiner Zigarette.

„Ich war vor vielen Jahren in einer ähnlichen Situation wie du", sagte er nachdenklich. „Ich kam hierher, ohne die Sprache zu sprechen, ohne Freunde. Es war schwer, aber ich habe durchgehalten. Du wirst das auch schaffen, Ayo. Gib nicht auf."

Ayo fühlte sich ermutigt durch die Worte des Mannes und lächelte schwach. „Danke. Es bedeutet viel, das zu hören."

„Wir müssen zusammenhalten", fügte der Mann hinzu und klopfte ihm freundschaftlich auf die Schulter. „Wir sind hier, um ein neues Leben aufzubauen."

Trotz der vielen Herausforderungen und Rückschläge begannen Ayo und Funmi langsam, sich in ihrem neuen Alltag zurechtzufinden. Es war nicht einfach, und es gab Tage, an denen sie das Gefühl hatten, dass sie niemals wirklich dazugehören würden. Doch sie klammerten sich an die Hoffnung, dass ihre Bemühungen eines Tages Früchte tragen würden.

„Wir haben schon so viel durchgemacht, Ayo", sagte Funmi eines Abends, als sie zusammen am Küchentisch saßen. „Aber wir haben es bis hierhergeschafft."

Ayo nickte und griff nach ihrer Hand.

„Nein, das dürfen wir nicht", stimmte er zu. „Wir haben noch einen langen Weg vor uns, aber wir gehen ihn gemeinsam. Für Tunde, für Amina und für uns."

Die Herausforderungen, denen sie gegenüberstanden, waren groß, aber sie waren entschlossen, sie zu überwinden.

Die Familie wusste, dass die Integration in die deutsche Gesellschaft ein langer und schwieriger Prozess war, aber sie waren bereit, ihn zu gehen. Mit jedem kleinen Schritt, den sie machten, wuchs ihre Entschlossenheit, sich eine neue Zukunft in ihrer neuen Heimat aufzubauen.

Tunde hatte bereits in jungen Jahren mehr erlebt, als viele Menschen in einem ganzen Leben durchmachen.

Die Flucht aus Nigeria, die gefährliche Reise durch die Wüste, die Überfahrt über das Mittelmeer und die harten Monate im Flüchtlingslager hatten aus dem einst unbeschwerten Jungen einen nachdenklichen und ernsten Jugendlichen gemacht.

Als die Familie in Deutschland ankam, war Tunde zwölf Jahre alt. Nun, gut ein Jahr später, war er dreizehn, bald vierzehn, und die Herausforderungen, denen er sich in dieser neuen Welt stellen musste, hatten ihn zu einer bemerkenswert reifen jungen Person gemacht.

Die ersten Monate in Deutschland waren für Tunde schwierig gewesen. Die Sprache, die neuen sozialen Normen und die ständige Unsicherheit über ihre Zukunft lasteten schwer auf ihm. Doch trotz all dieser Schwierigkeiten begann er langsam, seine Umgebung zu erkunden und sich auf die Suche nach einem neuen Ziel im Leben zu machen.

Es begann alles mit einer Begegnung in der Schule, die für Tunde von besonderer Bedeutung war. Eines Tages, während des Mathematikunterrichts, bemerkte sein Lehrer, Herr Schulz, Tundes außergewöhnliches Talent für Zahlen. Herr Schulz war ein erfahrener Lehrer, der es schaffte, seine Schüler zu motivieren und zu inspirieren, und er war sofort beeindruckt von Tundes Fähigkeiten.

„Tunde", sagte Herr Schulz nach dem Unterricht, als er den Jungen bat, noch einen Moment zu bleiben. „Du hast heute im Test außergewöhnlich gut abgeschnitten. Ich sehe, dass du ein großes Talent für Mathematik hast."

Tunde, der überrascht war, dass sein Lehrer ihm so viel Aufmerksamkeit schenkte, zuckte leicht mit den Schultern.

„Ich mag Mathe, Herr Schulz. Es ist irgendwie… logisch."

Herr Schulz lächelte und nickte.

„Das ist es, ja. Mathematik ist eine universelle Sprache, und du scheinst sie gut zu verstehen. Hast du schon einmal darüber nachgedacht, was du später einmal machen möchtest?"

Tunde zögerte. In den letzten Monaten hatte er viel darüber nachgedacht, doch die Idee, sich auf ein Ziel festzulegen, hatte ihn oft überfordert.

„Ich weiß es nicht genau", gab er schließlich zu. „Ich denke manchmal darüber nach, aber ich bin mir nicht sicher. Früher wollte ich immer Ingenieur werden."

Herr Schulz sah ihn ermutigend an.

„Das ist in Ordnung, Tunde. Du hast ja noch Zeit. Aber ich denke, du solltest dein Talent nicht verschwenden. Es gibt viele Möglichkeiten, bei denen du mit deinen mathematischen Fähigkeiten etwas anfangen könntest. Denkst du ab und zu noch daran, Ingenieur zu werden?"

Tunde blinzelte überrascht. „Ingenieur? Ja…"

„Das ist gut", fuhr Herr Schulz fort. „Ingenieure nutzen Mathematik, um die Welt zu verändern. Sie entwerfen Maschinen, bauen Brücken, entwickeln neue Technologien. Wenn du dich für Mathematik interessierst, könnte das wirklich eine Richtung für dich sein."

Diese Worte blieben bei Tunde hängen. Auf dem Heimweg dachte er immer wieder über die Idee nach. Ingenieur. Das klang faszinierend, und je mehr er darüber nachdachte, desto mehr begann sich in ihm ein kleiner Funke von Begeisterung zu regen. Er hatte schon immer gerne Dinge gebaut und zerlegt, hatte eine natürliche Neugierde für alles, was mit Technik zu tun hatte.

Vielleicht war das genau das, wonach er gesucht hatte – ein Ziel, ein Traum, den er verfolgen konnte.

In den folgenden Wochen begann Tunde, sich intensiver mit der Idee auseinanderzusetzen, Ingenieur zu werden. Er recherchierte online, las Bücher über Ingenieurwesen und begann, sich mehr für Mathematik und Naturwissenschaften zu interessieren.

Die Idee, eines Tages Brücken zu bauen oder Maschinen zu entwerfen, faszinierte ihn zunehmend.

Eines Abends, als die Familie beim Abendessen saß, beschloss Tunde, seinen Eltern von seinem neuen Traum zu erzählen. Er hatte den Moment sorgfältig gewählt, nachdem er gesehen hatte, wie sehr seine Mutter sich über ihre Fortschritte im Sprachkurs gefreut hatte und wie stolz sein Vater auf seine neue Arbeit war.

„Mama, Papa", begann er zögernd, während er seine Gabel auf dem Teller drehte. „Ich habe etwas, worüber ich mit euch sprechen möchte."

Ayo und Funmi sahen ihn aufmerksam an, überrascht von der plötzlichen Ernsthaftigkeit in seiner Stimme.

„Was ist es, Tunde?", fragte Ayo.

Tunde atmete tief durch und hob den Kopf.

„Ich habe darüber nachgedacht, was ich später einmal machen möchte. Und ich glaube, ich möchte Ingenieur werden."

Funmi lächelte sanft.

„Das klingt wundervoll, Tunde. Aber warum Ingenieur?"

„Es begann mit einem Gespräch mit meinem Mathelehrer", erklärte Tunde. „Er hat gesagt, dass ich gut in Mathematik bin und dass ich das nutzen könnte, um Ingenieur zu werden. Und je mehr ich darüber nachdenke, desto mehr gefällt mir die Idee. Ich könnte Dinge entwerfen und bauen, vielleicht sogar Maschinen, die Menschen helfen können."

Ayo, der mit stolzem Blick zuhörte, nickte zustimmend.

„Das ist ein großartiges Ziel, Tunde. Ingenieure sind wichtige Menschen, sie helfen, die Welt zu verändern. Wenn das dein Traum ist, dann solltest du alles tun, um ihn zu verwirklichen."

„Aber es wird nicht einfach sein", fügte Funmi hinzu, ihre Augen waren voller Sorge. „Du musst viel lernen, hart arbeiten, und es wird lange dauern, bis du dein Ziel erreicht hast."

Tunde sah seine Mutter fest an.

„Ich weiß, Mama. Aber ich bin bereit, hart zu arbeiten. Ich will das wirklich."

Funmi lächelte stolz und legte eine Hand auf Tundes. „Dann stehen wir hinter dir, Tunde. Wir unterstützen dich, wo wir nur können."

Von diesem Tag an begann Tunde, seinen Traum zielstrebig zu verfolgen. Er arbeitete hart in der Schule, besonders in den Fächern Mathematik und Naturwissenschaften. Sein Lehrer, Herr Schulz, wurde zu einem wichtigen Mentor für ihn und unterstützte ihn bei seinen Vorbereitungen.

„Du musst dich darauf konzentrieren, deine Grundlagen in Mathematik und Physik zu stärken", erklärte Herr Schulz eines Tages, als sie nach dem Unterricht zusammensaßen. „Wenn du Ingenieur werden willst, sind diese Fächer von entscheidender Bedeutung. Und du solltest auch darüber nachdenken, welche Richtung im Ingenieurwesen dich am meisten interessiert."

„Welche Möglichkeiten gibt es?", fragte Tunde neugierig.

„Es gibt viele Richtungen", antwortete Herr Schulz. „Maschinenbau, Elektrotechnik, Bauingenieurwesen, um nur einige zu nennen. Du solltest herausfinden, was dich am meisten fasziniert. Vielleicht kannst du dir ein paar Projekte überlegen, die du in deiner Freizeit umsetzen möchtest."

Tunde dachte lange darüber nach und beschloss schließlich, sich auf den Maschinenbau zu konzentrieren. Die Idee, Maschinen und

Geräte zu entwerfen, die das Leben der Menschen verbessern könnten, begeisterte ihn.

Er begann, sich intensiver mit dem Thema auseinanderzusetzen, las Bücher über Maschinenbau und begann, an eigenen kleinen Projekten zu arbeiten.

Eines Tages kam er nach Hause und erzählte Ayo begeistert von einem Projekt, das er begonnen hatte.

„Papa, ich habe angefangen, eine einfache Maschine zu bauen", sagte er, während er stolz ein paar Skizzen auf den Tisch legte. „Es ist nichts Großes, aber es hilft mir, die Grundlagen zu verstehen."

Ayo betrachtete die Skizzen mit einem bewundernden Lächeln.

„Das sieht beeindruckend aus, Tunde. Du hast wirklich ein Talent dafür."

Tunde strahlte vor Stolz.

„Ich habe viel darüber nachgedacht, wie ich es verbessern kann. Vielleicht könnte ich irgendwann einmal Maschinen bauen, die Menschen in Not helfen. Zum Beispiel Maschinen, die in Krisengebieten eingesetzt werden können, um Lebensmittel oder Wasser zu verteilen."

Ayo nickte zustimmend.

„Das ist eine großartige Idee, Tunde. Du denkst nicht nur an die Technik, sondern auch daran, wie sie den Menschen nützen kann. Das ist es, was einen guten Ingenieur ausmacht."

Tunde wusste jedoch, dass der Weg, den er gewählt hatte, nicht einfach sein würde. Es gab viele Hindernisse zu überwinden, und nicht alles lief immer nach Plan. Manchmal fühlte er sich von den Anforderungen überwältigt, besonders wenn die Schule anspruchsvoller wurde und die Sprachbarriere immer noch ein großes Problem darstellte.

Eines Tages kam Tunde niedergeschlagen nach Hause, nachdem er in einem wichtigen Mathematiktest schlecht abgeschnitten hatte. Er hatte hart gearbeitet, doch die Komplexität der Aufgaben hatte ihn überfordert, und er fühlte sich, als hätte er versagt.

„Ich weiß nicht, ob ich das schaffe, Papa", gestand er, als er sich erschöpft auf das Sofa setzte. „Es ist so schwer, alles zu verstehen. Manchmal frage ich mich, ob ich überhaupt gut genug bin, um Ingenieur zu werden."

Ayo setzte sich neben ihn und legte einen Arm um seine Schultern.

„Es ist normal, dass man manchmal Zweifel hat, Tunde. Aber du darfst nicht aufgeben. Rückschläge sind Teil des Lernprozesses. Jeder Fehler bringt dich einen Schritt näher an dein Ziel."

Tunde sah seinen Vater unsicher an.

„Aber was, wenn ich es nicht schaffe? Was, wenn ich einfach nicht gut genug bin?"

„Du bist gut genug, Tunde", sagte Ayo mit Nachdruck. „Du hast das Zeug dazu, ein großartiger Ingenieur zu werden. Aber es wird nicht einfach sein. Du musst hart arbeiten, Fehler machen und daraus lernen. Das Wichtigste ist, dass du weitermachst, auch wenn es schwierig wird."

Tunde nickte langsam, fühlte sich aber immer noch entmutigt. Doch die Worte seines Vaters gaben ihm neue Kraft. Er wusste, dass der Weg schwer sein würde, aber er war entschlossen, nicht aufzugeben.

Neben der Unterstützung seiner Familie spielte auch die Schule eine entscheidende Rolle in Tundes Entwicklung. Sein Lehrer, Herr Schulz, glaubte an das Potenzial in ihm und tat alles, um ihn zu fördern. Er gab ihm zusätzliche Aufgaben, ermutigte ihn, an Mathematikwettbewerben teilzunehmen, und stellte sicher, dass Tunde das notwendige Wissen und die Fähigkeiten erwarb, um seine Ziele zu erreichen.

Eines Tages, als Tunde nach der Schule länger blieb, um mit Herrn Schulz an einem besonders schwierigen Problem zu arbeiten, sah ihn der Lehrer ernst an.

„Tunde, ich möchte, dass du weißt, wie stolz ich auf dich bin", sagte er. „Du hast in den letzten Monaten so viel gelernt und bist gewachsen. Du hast das Potenzial, Großes zu erreichen."

Tunde lächelte schüchtern.

„Danke, Herr Schulz. Aber es ist nicht immer einfach. Manchmal fühle ich mich, als ob ich nicht dazugehöre."

Herr Schulz nickte verständnisvoll.

„Das ist normal, Tunde. Du bist in einem neuen Land, in einer neuen Umgebung, und du musst dich an viele Dinge gewöhnen. Aber du bist nicht allein. Du hast deine Familie, deine Freunde und mich. Wir alle sind hier, um dich zu unterstützen."

Diese Worte gaben Tunde neuen Mut. Er wusste, dass er nicht allein war und dass er auf die Unterstützung seiner Familie und seiner Lehrer zählen konnte. Diese Gemeinschaft, diese Menschen, die an ihn glaubten, gaben ihm die Kraft, weiterzumachen und seine Träume zu verfolgen.

Mit jedem Tag, der verging, wuchs Tunde in seine neue Rolle hinein. Er war entschlossen, seinen Traum, Ingenieur zu werden, zu verwirklichen, und arbeitete hart, um die notwendigen Fähigkeiten zu erlernen. Doch es war mehr als nur ein berufliches Ziel – es war eine Möglichkeit für ihn, seine Vergangenheit zu verarbeiten und sich eine neue Zukunft aufzubauen.

Tunde wusste, dass er noch einen langen Weg vor sich hatte, aber er war bereit, ihn zu gehen. Er wollte Maschinen bauen, die den Menschen helfen konnten, wollte Brücken schlagen – nicht nur im technischen Sinne, sondern auch zwischen den Kulturen und Menschen, die in seiner neuen Heimat lebten.

Abends, als er wieder einmal über seinen Büchern saß, kam Funmi zu ihm und setzte sich neben ihn.

„Du arbeitest so hart, Tunde", sagte sie leise, während sie eine Hand auf seine Schulter legte. „Wir sind so stolz auf dich."

Tunde sah auf und lächelte schwach.

„Ich will das wirklich, Mama. Ich will Ingenieur werden. Und ich will euch zeigen, dass all die Mühe, die ihr auf euch genommen habt, nicht umsonst war."

Funmi strich ihm sanft über das Haar.

„Du musst nichts beweisen, Tunde. Wir wissen, wie hart du arbeitest. Aber denk daran, dass es auch wichtig ist, auf dich selbst zu achten. Mach eine Pause, wenn du sie brauchst. Wir werden immer hinter dir stehen, egal was passiert."

Tunde nickte und spürte, wie sich in ihm eine tiefe Dankbarkeit ausbreitete. Er wusste, dass der Weg nicht einfach sein würde, aber mit der Unterstützung seiner Familie und seiner Lehrer fühlte er sich stark genug, um jede Herausforderung anzunehmen.

Und so begann Tunde, sich zu einem jungen Mann zu entwickeln, der seine Vergangenheit hinter sich ließ und entschlossen war, seine Träume zu verwirklichen. Mit jedem Schritt, den er machte, wuchs sein Selbstvertrauen, und er wusste, dass er eines Tages etwas Großes erreichen konnte – für sich selbst, für seine Familie und für all diejenigen, die an ihn geglaubt hatten.

Amina war von Anfang an ein außergewöhnliches Kind. Schon in Nigeria hatte sie eine tiefe Liebe zur Kunst entwickelt, die sie in den schwierigen Zeiten während der Flucht und im Lager in Deutschland immer wieder auslebte. Doch jetzt, mit neun – eigentlich fast zehn Jahren, begann sich ihr Talent auf eine Weise zu entfalten, die nicht nur ihre Familie, sondern auch die Menschen um sie herum tief beeindruckte.

Schon als kleines Kind hatte Amina sich in die Welt der Farben und Formen verliebt. Während andere Kinder in ihrem Alter mit Puppen spielten oder draußen herumtollten, zog es Amina immer wieder zu Stiften und Papier. Das Zeichnen war für sie mehr als nur ein Spiel – es war eine Flucht aus der Realität, eine Möglichkeit, ihre Gedanken und Gefühle auszudrücken, die sie sonst nicht in Worte fassen konnte.

Nach der Ankunft in Deutschland hatte Amina trotz der schwierigen Umstände immer weiter gezeichnet. Sie skizzierte die Menschen, denen sie begegnete, die Orte, an denen sie lebte, und die Träume, die sie nachts verfolgten. Ihre Kunstwerke waren geprägt von einer erstaunlichen Tiefe und einem Verständnis für Emotionen, das weit über ihr Alter hinausging.

Funmi, die ihre Tochter oft dabei beobachtete, wie sie in ihre Zeichnungen vertieft war, erkannte bald, dass Aminas Kunst nicht nur eine vorübergehende Leidenschaft war.

„Sie hat ein besonderes Talent", sagte Funmi eines Abends zu Ayo, als sie sich zusammen die neuesten Zeichnungen ihrer Tochter ansahen. „Es ist, als ob sie die Welt auf eine Weise sieht, die uns verborgen bleibt."

Ayo nickte nachdenklich.

„Ja, sie hat eine Gabe. Es ist erstaunlich, wie sie ihre Gefühle und Gedanken in ihre Kunst einfließen lässt. Wir müssen sie unterstützen, damit sie ihr Talent weiterentwickeln kann."

Aminas Kunstwerke blieben nicht unbemerkt. Eines Tages, als die Familie an einem Treffen im Lager teilnahm, entdeckte eine Sozialarbeiterin einige von Aminas Zeichnungen, die sie stolz an die Wand ihres Containers gehängt hatte.

„Diese Zeichnungen sind wirklich beeindruckend", sagte die Sozialarbeiterin zu Funmi, während sie die Bilder bewunderte. „Ihre Tochter hat ein außergewöhnliches Talent. Ich kenne jemanden, der sich für Kinderkunstprojekte engagiert. Ich werde mit ihm darüber sprechen."

Die Wochen vergingen, und die Sozialarbeiterin hielt ihr Versprechen. Sie stellte den Kontakt zu einer kleinen Galerie in der Stadt her, die regelmäßig Werke von Kindern ausstellte, die aus schwierigen Verhältnissen kamen.

Als Amina's Zeichnungen dort angenommen wurden, war die Freude in der Familie groß.

Am Tag der Ausstellung waren Ayo, Funmi, Tunde und Amina gleichermaßen nervös und aufgeregt. Sie fuhren gemeinsam in die Stadt, wo die Galerie in einem charmanten alten Gebäude untergebracht war.

Amina hielt Funmi's Hand fest, während sie die Stufen hinaufgingen, ihr Herz klopfte vor Aufregung.

„Bist du nervös, meine Liebe?", fragte Funmi sanft, als sie den Eingangsbereich der Galerie betraten.

Amina nickte und sah sich mit großen Augen um. „Ein bisschen. Aber ich freue mich auch."

Als sie den Ausstellungsraum betraten, blieb die Familie staunend stehen.

An den Wänden hingen einige von Aminas besten Werken – sorgfältig gerahmt und beleuchtet, so dass jede einzelne Zeichnung zur Geltung kam. Die Besucher, die sich im Raum aufhielten, betrachteten die Bilder aufmerksam und tauschten leise Worte der Bewunderung aus.

„Das sind wirklich wunderbare Werke", hörte Amina eine Frau zu ihrer Begleitung sagen. „Man kann spüren, dass sie aus tiefem Herzen kommen."

Amina trat näher an eines ihrer Bilder heran, welches eine Szene aus ihrer Kindheit in Nigeria zeigte – eine Momentaufnahme aus glücklicheren Zeiten, bevor die Flucht begann.

Sie erinnerte sich noch genau daran, wie sie diese Szene gezeichnet hatte, und fühlte sich plötzlich unglaublich stolz auf das, was sie geschaffen hatte.

„Das bist du, Amina", sagte Ayo sanft, als er sich neben sie stellte. „Das ist deine Kunst, deine Geschichte."

Amina sah zu ihrem Vater auf und lächelte.

„Ich bin froh, dass ich es gemacht habe, Papa. Es fühlt sich gut an, meine Geschichte mit anderen zu teilen."

Die Ausstellung war ein voller Erfolg, und Aminas Werke erhielten viel Lob von den Besuchern.

Einige Menschen, darunter auch Kunstlehrer und andere Künstler, waren tief beeindruckt von der Reife und der Emotionalität, die in den Zeichnungen des jungen Mädchens zum Ausdruck kamen.

„Ihre Tochter hat ein mehr als außergewöhnliches Talent", sagte eine Kunstlehrerin zu Funmi, während sie sich gemeinsam eines der Bilder ansahen. „Sie kann mit ihren Bildern Gefühle und Geschichten ausdrücken, die weit über ihr Alter hinausgehen. Ich würde sie gerne in einem meiner Kurse fördern, wenn das möglich ist."

Funmi war überwältigt von der positiven Reaktion.

„Das wäre wundervoll", antwortete sie mit einem dankbaren Lächeln. „Ich möchte, dass Amina jede Chance bekommt, ihr Talent weiterzuentwickeln."

Die Kunstlehrerin nickte zustimmend.

„Ich denke, sie hat großes Potenzial. Wenn sie ihre Fähigkeiten weiter ausbaut, könnte sie eines Tages eine wichtige Künstlerin werden."

Die Möglichkeit, dass Amina tatsächlich eine Zukunft in der Kunst haben könnte, erfüllte Funmi mit Stolz und Hoffnung. In den Tagen nach der Ausstellung spürte sie, wie sich eine neue Energie in ihrer Tochter entwickelte – eine Entschlossenheit, die sie zuvor noch nicht so stark bemerkt hatte.

Eines Abends, als Funmi Amina zu Bett brachte, fragte sie:

„Was möchtest du jetzt machen, Amina?"

Amina dachte einen Moment nach, bevor sie antwortete:

„Ich möchte weiter zeichnen, Mama. Und ich möchte noch mehr Menschen zeigen, was ich machen kann. Ich möchte, dass sie wissen, wie es uns ergangen ist, und dass sie verstehen, warum wir hier sind."

Funmi strich ihrer Tochter sanft über das Haar.

„Das ist eine wundervolle Idee, Amina. Deine Kunst kann die Herzen der Menschen berühren und ihnen etwas über unsere Geschichte erzählen. Mach weiter, meine Liebe. Zeichne alles, was in deinem Herzen ist."

Nach der erfolgreichen Ausstellung in der Galerie eröffnete sich für Amina eine völlig neue Welt. Sie wurde zu weiteren Veranstaltungen eingeladen, wo sie ihre Werke zeigen konnte, und begann, an Kunstkursen teilzunehmen, die speziell für talentierte junge Künstler angeboten wurden.

Die Kunst wurde für Amina zu einem wichtigen Teil ihres Lebens, einem Mittel, um ihre Erfahrungen und Emotionen zu verarbeiten und mit der Welt zu teilen. Sie zeichnete nicht nur die Geschichten ihrer Vergangenheit, sondern auch die Träume, die sie für die Zukunft hatte. Ihre Bilder wurden immer ausdrucksstärker, und mit jedem neuen Werk zeigte sich ihr wachsendes Können.

Eines Tages, als sie nach einem dieser Kunstkurse nach Hause kam, erzählte sie Funmi und Ayo voller Begeisterung von einem neuen Projekt, an dem sie arbeitete.

„Ich zeichne ein Bild von uns allen", sagte sie stolz, während sie ihre neuen Stifte und Pinsel auspackte. „Es zeigt unsere Familie, wie wir zusammen in einem Haus in Deutschland leben, glücklich und sicher."

Funmi, die ihre Tochter mit einem liebevollen Blick ansah, konnte die Tränen des Stolzes und der Rührung kaum zurückhalten. „Das ist wunderschön, Amina. Du hast so viel erreicht, und wir sind so stolz auf dich."

Ayo nickte zustimmend und legte einen Arm um Funmi.

„Ja, das sind wir. Du bringst uns alle zum Strahlen, Amina."

Amina lächelte breit und begann sofort, an ihrem neuen Bild zu arbeiten. Für sie war die Kunst nicht nur eine Möglichkeit, ihre Gedanken und Gefühle auszudrücken – es war auch eine Brücke, die ihr half, sich in ihrer neuen Heimat zu integrieren und ihre Geschichte mit anderen zu teilen.

Als Amina schließlich das Bild ihrer Familie fertigstellte, zeigte sie es stolz Funmi und Ayo. Es war ein buntes, lebendiges Bild, das die Wärme und den Zusammenhalt der Familie Ajayi widerspiegelte. In der Mitte stand die ganze Familie zusammen, lächelnd und vereint, während im Hintergrund ein Haus zu sehen war – ihr Traum von einem sicheren Zuhause in Deutschland.

„Das ist wunderschön, Amina", sagte Funmi mit Tränen in den Augen, als sie das Bild betrachtete. „Du hast unser Herz auf Papier gebracht."

Ayo stimmte zu und zog seine Tochter in eine liebevolle Umarmung.

„Du hast eine großartige Gabe, Amina. Du zeigst uns, dass es immer Hoffnung gibt, egal wie schwierig die Zeiten sind."

Amina strahlte vor Stolz.

„Ich möchte, dass die Menschen sehen, dass wir glücklich sein können, egal woher wir kommen. Ich möchte, dass sie verstehen, dass wir alle das gleiche Ziel haben – ein Zuhause zu finden, in dem wir sicher und glücklich leben können."

Und so brachte Aminas Kunst der Familie nicht nur Hoffnung und Stolz, sondern auch eine Verbindung zur Welt um sie herum.

Ihre Werke erzählten die Geschichte ihrer Flucht, ihrer Ängste und Hoffnungen, und sie halfen ihnen, ihre Vergangenheit zu verarbeiten und sich eine neue Zukunft vorzustellen.

Amina war jung, aber sie hatte bereits eine außergewöhnliche Fähigkeit entwickelt, durch ihre Kunst Brücken zu bauen – Brücken zwischen Kulturen, zwischen Menschen, zwischen Vergangenheit und Zukunft.

Ihre Werke waren nicht nur Bilder, sondern Fenster in ihre Seele, und sie berührten die Herzen der Menschen, die sie sahen.

Für die Familie Ajayi war Aminas Erfolg ein Lichtblick in einer Zeit voller Herausforderungen.

Es gab ihnen die Kraft, weiterzumachen, und die Hoffnung, dass sie eines Tages ihr Ziel erreichen würden – ein Leben in Sicherheit und Würde, in dem sie ihre Träume verwirklichen und ihre Talente voll entfalten konnten.

Ein unerwarteter Rückschlag

Die Familie Ajayi hatte sich gerade erst ein wenig stabilisiert, als eine neue Welle von Unsicherheiten über sie hereinbrach. Trotz ihrer Fortschritte in der Integration und der kleinen Erfolge, die sie erreicht hatten, erwies sich das deutsche Bürokratiesystem als eine undurchdringliche Festung, die sie erneut in eine Spirale der Angst und Verzweiflung stürzte.

Schon seit ihrer Ankunft in Deutschland hatte die Familie Ajayi mit der Bürokratie zu kämpfen. Unzählige Formulare, Anträge und Interviews hatten sie durchlaufen, doch es schien, als ob jedes neue Dokument, das sie ausfüllten, nur noch mehr Fragen aufwarf. Sie hatten gehofft, dass mit der Einleitung der Berufung zumindest ein Teil dieser Last von ihren Schultern genommen würde, doch die Realität sah anders aus.

Eines Tages, als Ayo und Funmi gerade ein einfaches Mittagessen vorbereiteten, klopfte es an der Tür ihres Containers. Funmi öffnete und fand einen Beamten des Ausländeramtes vor, der mit einem Ausdruck von ernster Professionalität auf sie herabblickte.

„Guten Tag, Frau Ajayi", begann der Mann, während er ihr einen Stapel Dokumente reichte. „Ich bin vom Ausländeramt. Es gibt eine neue Entwicklung in Ihrem Fall, die wir besprechen müssen."

Funmi nahm die Papiere mit zitternden Händen entgegen und spürte, wie sich ein schwerer Kloß in ihrem Magen bildete.

„Was ist passiert?", fragte sie besorgt, während Ayo nähertrat.

Der Beamte seufzte und sprach in einem Ton, der kaum Trost bot.

„Es gibt eine erneute Überprüfung Ihres Asylstatus. Aufgrund neuer Regelungen und interner Überprüfungen ist es notwendig, dass Ihr Fall erneut untersucht wird."

Ayo, der neben Funmi stand, spürte, wie ihm das Blut in den Adern gefror.

„Aber warum?", fragte er mit brüchiger Stimme. „Wir haben doch schon alles durchgemacht. Wir warten auf die Berufungsverhandlung. Warum jetzt diese neue Überprüfung?"

Der Beamte sah ihn mit einem ausdruckslosen Blick an.

„Es ist ein Standardverfahren", erklärte er knapp. „Es gibt immer wieder Änderungen in der Asylpolitik, und in Ihrem Fall wurde entschieden, dass eine weitere Überprüfung notwendig ist, um sicherzustellen, dass alle Kriterien erfüllt sind."

Funmi fühlte, wie ihre Knie nachgaben, und sie musste sich an Ayo festhalten, um nicht das Gleichgewicht zu verlieren.

„Das kann doch nicht wahr sein", flüsterte sie. „Wie sollen wir das alles noch einmal durchstehen?"

Der Beamte, der offenbar wenig Empathie für ihre Situation hatte, fügte trocken hinzu:

„Sie haben jetzt zwei Wochen Zeit, um alle geforderten Dokumente und Beweise erneut vorzulegen. Danach wird Ihr Fall neu bewertet."

Ayo spürte eine Welle von Wut in sich aufsteigen, doch er zwang sich, ruhig zu bleiben. „Und was passiert, wenn wir nicht alles rechtzeitig zusammenbekommen?", fragte er, obwohl er die Antwort bereits befürchtete.

„Dann könnte Ihr Asylstatus widerrufen werden", antwortete der Beamte kühl. „Es ist in Ihrem besten Interesse, alle erforderlichen Dokumente fristgerecht einzureichen."

Mit diesen Worten drehte sich der Beamte um und verließ den Container, ließ Ayo und Funmi in einem Zustand tiefer Verzweiflung zurück. Die Dokumente, die Funmi in den Händen hielt, fühlten sich an wie eine Last, die sie kaum tragen konnte.

In den folgenden Tagen war das Leben der Familie von der erneuten Überprüfung ihres Asylstatus bestimmt. Die Anweisungen, die sie vom Ausländeramt erhalten hatten, waren umfangreich und kompliziert.

Sie mussten erneut Beweise für ihre Fluchtgründe vorlegen, aktuelle Informationen über die Lage in Nigeria sammeln und zahlreiche Dokumente und Formulare ausfüllen, die ihre rechtliche Situation in Deutschland betrafen.

„Es ist, als ob sie uns zwingen wollen, aufzugeben", sagte Ayo eines Abends, als er zusammen mit Funmi die neuesten Formulare durchging. „Wir haben alles schon einmal gemacht. Warum müssen wir es jetzt wieder tun?"

Funmi, die an einem der Formulare saß und versuchte, die komplexen Fragen zu verstehen, schüttelte den Kopf.

„Es ist einfach zu viel, Ayo. Wie sollen wir das schaffen? Wir haben doch kaum noch Kraft."

Ayo nahm ihre Hand und drückte sie beruhigend.

„Wir müssen stark bleiben, Funmi. Wir dürfen jetzt nicht aufgeben. Wir haben schon so viel durchgemacht, wir dürfen nicht zulassen, dass sie uns brechen."

Doch die Bürokratie war unerbittlich. Die Dokumente, die sie benötigten, waren nicht leicht zu beschaffen. Viele der Informationen, die sie vorlegen sollten, betrafen Ereignisse in Nigeria, die sie nicht ohne Weiteres nachweisen konnten.

Zudem verlangten die Behörden neue Beweise für die Gefährdung, der sie in ihrem Heimatland ausgesetzt gewesen waren – Beweise, die schwer zu beschaffen waren, da viele der relevanten Personen und Organisationen in Nigeria nicht mehr erreichbar waren.

„Es ist, als ob sie uns unmögliche Aufgaben stellen", sagte Funmi verzweifelt, als sie feststellte, dass einige der geforderten

Dokumente schlichtweg nicht zu beschaffen waren. „Wie sollen wir das alles rechtzeitig zusammenbekommen?"

Ayo seufzte schwer und fühlte sich hilflos.

„Vielleicht können wir unseren Anwalt um Hilfe bitten", schlug er vor. „Er hat uns bisher gut unterstützt, vielleicht kann er uns auch diesmal helfen."

Am nächsten Tag suchten Ayo und Funmi ihren Anwalt auf, um über die neue Situation zu sprechen. Der Anwalt, ein engagierter Mann, der bereits bei der Einlegung der Berufung geholfen hatte, sah die Dokumente, die sie mitbrachten, aufmerksam durch.

„Das ist leider nicht ungewöhnlich", sagte er schließlich und legte die Papiere beiseite. „In den letzten Monaten hat es immer wieder Fälle gegeben, in denen Asylanträge und der Status erneut überprüft wurden. Die Behörden versuchen, mögliche Lücken in den Anträgen zu finden und die Zahl der Flüchtlinge in Deutschland zu reduzieren."

Funmi sah ihn fassungslos an.

„Aber wir haben doch schon alles durchgemacht. Warum müssen wir das noch einmal ertragen?"

Der Anwalt nickte verständnisvoll.

„Ich weiß, dass es schwer ist, aber wir dürfen nicht aufgeben. Es ist wichtig, dass wir die Fristen einhalten und so viele Beweise wie möglich vorlegen. Ich werde mein Bestes tun, um Sie zu unterstützen."

Ayo lehnte sich nachdenklich zurück.

„Was passiert, wenn wir nicht alle Dokumente beschaffen können?"

Der Anwalt seufzte und zögerte kurz.

„In diesem Fall könnte es schwierig werden, den Asylstatus zu verteidigen. Aber ich werde mich darum kümmern, dass wir zumindest einen Aufschub bekommen, falls wir mehr Zeit brauchen. Es gibt immer Möglichkeiten, gegen die Entscheidungen der Behörden vorzugehen, aber es wird nicht einfach."

Funmi, die die ganze Zeit still dagesessen hatte, sah ihren Anwalt mit einem Ausdruck von Verzweiflung an.

„Wie lange können wir das noch durchhalten? Wir haben kaum noch Kraft, und jetzt droht uns wieder die Abschiebung."

Der Anwalt sah sie fest an.

„Sie müssen stark bleiben. Ich weiß, dass es hart ist, aber Sie haben schon so viel durchgemacht. Lassen sie sich von der Bürokratie nicht unterkriegen. Wir werden kämpfen, und solange Sie den Willen dazu haben, gibt es immer Hoffnung."

Zurück im Lager, setzten Ayo und Funmi alles daran, die erforderlichen Dokumente zusammenzutragen. Sie suchten Kontakt zu alten Freunden in Nigeria, die ihnen helfen könnten, Informationen zu beschaffen, und verbrachten Stunden damit, die Formulare auszufüllen und alle geforderten Beweise zu sammeln.

Doch trotz all ihrer Bemühungen schien die Zeit gegen sie zu arbeiten. Die Fristen rückten immer näher, und es war unmöglich, alles rechtzeitig zu erledigen. Die Behörden schickten immer wieder neue Briefe mit zusätzlichen Anforderungen, die sie kaum bewältigen konnten.

„Es fühlt sich an, als ob wir gegen eine Mauer rennen", sagte Ayo eines Abends erschöpft, als er zusammen mit Funmi am Tisch saß. „Wir geben unser Bestes, aber es ist nie genug."

Funmi nickte müde.

„Es ist, als ob sie uns zermürben wollen. Aber wir dürfen nicht aufgeben, Ayo. Wir haben schon so viel geschafft. Wir müssen weitermachen, für uns und die Kinder."

Die ständige Unsicherheit und die drohende Gefahr einer Abschiebung lasteten schwer auf der Familie. Sie hatten sich gerade erst ein wenig Stabilität aufgebaut, doch nun schien alles, wofür sie gekämpft hatten, erneut in Gefahr zu geraten.

Die erneute Überprüfung ihres Asylstatus setzte die gesamte Familie unter enormen Druck. Die ständige Angst vor einer möglichen Abschiebung schwebte wie ein Damoklesschwert über ihnen. Sie versuchten, ihren Alltag so gut es ging fortzusetzen, aber die Unsicherheit nagte an ihnen.

„Es ist so schwer, normal weiterzumachen, wenn man nicht weiß, was die Zukunft bringt", gestand Funmi eines Abends, als sie mit Ayo über die Situation sprach. „Wie sollen wir weitermachen, wenn wir nicht wissen, ob wir bleiben dürfen?"

Ayo legte liebevoll einen Arm um sie und versuchte, sie zu trösten.

„Wir müssen einen Weg finden, mit dieser Unsicherheit zu leben. Es ist nicht einfach, aber wir dürfen nicht aufgeben. Wir haben schon so viel durchgestanden, und wir werden auch das überstehen."

Doch trotz aller Bemühungen spürten sie, wie der Druck immer größer wurde. Die Bürokratie stellte ihnen scheinbar unüberwindbare Hindernisse in den Weg, und die ständige Angst vor der Zukunft ließ ihre Nerven bis zum Zerreißen angespannt sein.

Während die Fristen näher rückten, setzte die Familie alles daran, die erforderlichen Beweise und Dokumente zu beschaffen. Der Anwalt, der ihnen zur Seite stand, kämpfte unerbittlich für ihr Bleiberecht und reichte mehrere Anträge und Einsprüche ein, um die Entscheidung hinauszuzögern.

„Wir müssen jede Möglichkeit nutzen, um Zeit zu gewinnen", erklärte der Anwalt bei einem weiteren Treffen mit der Familie. „Je mehr Zeit wir haben, desto besser stehen unsere Chancen, den Asylstatus zu verteidigen. Es wird ein harter Kampf, aber wir dürfen nicht aufgeben."

Die Familie wusste, dass sie erneut kämpfen mussten – nicht nur gegen die bürokratischen Hürden, sondern auch gegen die wachsende Verzweiflung, die sie zu überwältigen drohte.

Doch trotz aller Rückschläge und Herausforderungen klammerten sie sich an die Hoffnung, dass es einen Weg geben würde, in Deutschland zu bleiben und endlich ein Leben in Sicherheit und Würde aufzubauen.

Nachdem die Familie Ajayi von der erneuten Überprüfung ihres Asylstatus erfahren hatte, fühlten sie sich zunächst allein und überwältigt.

Doch bald zeigte sich, dass sie nicht so isoliert waren, wie sie geglaubt hatten. Eine Welle der Unterstützung aus der Zivilgesellschaft setzte sich in Bewegung, die den Kampf der Familie in eine neue Richtung lenkte und ihnen Hoffnung gab, dass sie doch in Deutschland bleiben könnten.

Der erste Schritt zu dieser Unterstützung kam von einer kleinen, engagierten gemeinnützigen Organisation, die sich für die Rechte von Flüchtlingen und Migranten einsetzte. Die Organisation war durch den Artikel in der Zeitung auf die Ajayis aufmerksam geworden und erkannte sofort, dass hier Handlungsbedarf bestand.

„Wir müssen etwas unternehmen", sagte Anna, die Leiterin der Organisation, bei einem Treffen mit ihrem Team. „Diese Familie hat sich bemüht, sich in Deutschland zu integrieren, und jetzt wird ihr Bleiberecht erneut in Frage gestellt. Wir dürfen nicht zulassen, dass sie einfach abgeschoben wird."

Die Organisation beschloss, aktiv zu werden, und nahm Kontakt zu den Ajayis auf. Anna besuchte die Familie persönlich im Lager und sprach mit ihnen über ihre Situation. Sie versprach, ihnen bei der Beschaffung der notwendigen Dokumente und Beweise zu helfen und sie bei den bürokratischen Hürden zu unterstützen, die ihnen im Weg standen.

„Wir sind hier, um euch zu helfen", sagte Anna mit einem warmen Lächeln. „Ihr seid nicht allein in diesem Kampf. Wir haben Erfahrung mit solchen Fällen, und wir werden alles tun, um sicherzustellen, dass ihr eine faire Chance bekommt."

Funmi, die von der plötzlichen Unterstützung tief berührt war, konnte ihre Erleichterung kaum verbergen.

„Wir sind so dankbar für Ihre Hilfe", sagte sie leise. „Es ist schwer, in dieser Situation stark zu bleiben, aber zu wissen, dass es Menschen gibt, die uns unterstützen, macht einen großen Unterschied."

Die Organisation erkannte, dass der Kampf um das Bleiberecht der Ajayis nicht allein auf rechtlichem Wege gewonnen werden konnte. Sie mussten auch die Öffentlichkeit mobilisieren, um Druck auf die Behörden auszuüben. Deshalb starteten sie eine Medienkampagne und eine Online-Petition, um das Bewusstsein für die Situation der Familie zu schärfen.

„Wir müssen sicherstellen, dass so viele Menschen wie möglich von diesem Fall erfahren", sagte Anna, als sie die Kampagne plante. „Je mehr Unterstützung wir mobilisieren können, desto größer sind unsere Chancen, die Abschiebung zu verhindern."

Die Online-Petition, die die Organisation startete, wurde in klaren, eindringlichen Worten formuliert:

„Die Familie Ajayi hat alles getan, um sich in Deutschland zu integrieren. Sie verdienen die Chance, hier zu bleiben und ein neues Leben aufzubauen. Wir fordern die Behörden auf, den Asylstatus der Ajayis nicht zu widerrufen und ihnen ein dauerhaftes Bleiberecht zu gewähren."

Innerhalb weniger Tage hatte die Petition Tausende von Unterschriften gesammelt. Die Menschen, die die Geschichte der Ajayis durch den Zeitungsartikel kennengelernt hatten, waren tief berührt und teilten die Petition über soziale Medien.

Kommentare wie „Diese Familie verdient eine Chance" und „Lasst uns ihnen helfen, hier ein neues Zuhause zu finden" verbreiteten sich im Internet und zeigten, dass die öffentliche Unterstützung wuchs.

Parallel zur Petition veröffentlichte die Organisation regelmäßig Updates und Berichte über den Fall der Ajayis auf verschiedenen Blogs und alternativen Nachrichtenportalen. Diese Berichte beleuchteten die Schwierigkeiten, die die Familie durchmachte, und riefen die Menschen dazu auf, sich für ihr Bleiberecht einzusetzen.

Ein solcher Artikel begann mit den Worten: „Die Familie Ajayi hat bereits mehr durchgemacht, als die meisten von uns sich auch nur ansatzweise vorstellen können. Doch trotz ihrer Bemühungen, sich in Deutschland ein neues Leben aufzubauen, steht ihr Bleiberecht erneut auf der Kippe. Wir dürfen nicht zulassen, dass sie zurück in die Unsicherheit und Gefahr geschickt werden. Diese Familie verdient unsere Unterstützung."

Diese Berichte wurden von immer mehr Menschen gelesen und geteilt, was dazu führte, dass die Geschichte der Ajayis zunehmend in den Fokus der Öffentlichkeit rückte.

Neben der Unterstützung durch die Organisation und die mediale Aufmerksamkeit begann auch eine Welle individueller Unterstützung, die für die Ajayis von unschätzbarem Wert war. Es waren nicht nur Aktivisten oder Mitglieder von Organisationen, sondern auch ganz normale Bürger, die von der Geschichte der Ajayis berührt waren und beschlossen, ihnen zu helfen.

Herr Müller (Name wurde aus rechtlichen Gründen geändert), ein pensionierter Lehrer, war einer dieser Menschen. Nachdem er den Artikel über die Ajayis gelesen hatte, entschied er sich, sich persönlich für die Familie einzusetzen. Herr Müller hatte jahrelange Erfahrung im Umgang mit der deutschen Bürokratie und wusste, wie er ihnen bei den anstehenden Herausforderungen helfen konnte.

„Ich habe viel Erfahrung mit bürokratischen Verfahren", sagte Herr Müller, als er die Ajayis zum ersten Mal besuchte. „Wenn ich euch irgendwie helfen kann, werde ich es tun."

Er begann, die Familie regelmäßig zu besuchen und half ihnen dabei, die komplizierten Formulare auszufüllen und die geforderten Dokumente zu sortieren. Mit seiner ruhigen, freundlichen Art wurde er schnell zu einem wichtigen Verbündeten für die Ajayis und half ihnen, sich in der verwirrenden Welt der Bürokratie zurechtzufinden.

„Herr Müller ist ein Segen für uns", sagte Funmi eines Tages, als sie ihn begleitete, um einige Unterlagen beim Ausländeramt abzugeben. „Er hat uns so viel geholfen, dass wir endlich das Gefühl haben, wieder ein wenig Kontrolle über unser Leben zu haben."

Auch andere Bürger engagierten sich. Eine Gruppe von Müttern, die Funmi in ihren Sprachkursen kennengelernt hatte, organisierte eine Spendenaktion, um Geld für den Anwalt der Ajayis zu sammeln.

„Jede kleine Hilfe zählt", sagte eine der Mütter, als sie das gesammelte Geld überreichte. „Wir wollen, dass ihr wisst, dass wir hinter euch stehen."

Die Unterstützung aus der Zivilgesellschaft war überwältigend und gab der Familie Ajayi das Gefühl, dass sie nicht mehr allein waren. Die Solidarität, die ihnen entgegengebracht wurde, stärkte ihren Glauben daran, dass es eine Zukunft für sie in Deutschland geben konnte.

Die Bemühungen der Organisation, die mediale Aufmerksamkeit und die individuelle Unterstützung hatten einen spürbaren Effekt. Der Druck auf die Behörden wuchs, und es wurde zunehmend schwieriger, eine Abschiebung der Ajayis zu rechtfertigen.

Ihr Anwalt, der durch die Unterstützung gestärkt wurde, sah nun eine echte Chance, den Fall zu gewinnen.

„Der öffentliche Druck ist enorm", sagte er bei einem Treffen mit der Familie. „Wir haben jetzt eine gute Position, und ich bin zuversichtlich, dass wir das Ruder herumreißen können. Aber wir müssen weiterkämpfen."

Ayo und Funmi, die durch die Unterstützung eine neue Hoffnung geschöpft hatten, waren entschlossen, weiterzumachen. Sie wussten, dass es immer noch ein langer Weg war, aber sie fühlten, dass sie nun die Kraft und die Unterstützung hatten, um es zu schaffen.

Und so ging der Kampf weiter, diesmal mit einem Netzwerk von Unterstützern an ihrer Seite, die ihnen halfen, die Hürden zu überwinden. Die Familie Ajayi wusste, dass der Weg nicht einfach sein würde, aber sie glaubten nun fest daran, dass sie es schaffen konnten – mit der Hilfe und der Solidarität der Menschen, die an sie glaubten.

Die letzten Monate waren für die Familie Ajayi geprägt von Hoffnung und Angst, von Unterstützung und Kampf. Doch gerade als sie dachten, es könnte nicht schlimmer kommen, ereignete sich ein Vorfall, der ihre hart erarbeitete Stabilität erneut ins Wanken brachte. Tunde, der sich nach seinen bisherigen Schwierigkeiten langsam wieder in die Schule integriert hatte, geriet in eine Situation, die die Familie an den Rand der Verzweiflung brachte.

Tunde war immer noch dabei, sich in der neuen Umgebung zurechtzufinden. Er war dreizehn Jahre alt und steckte mitten in der schwierigen Phase der Pubertät, die ohnehin schon genug Herausforderungen mit sich brachte. Obwohl er in der Schule Fortschritte machte und seine Lehrer sein Potenzial erkannten, fühlte er sich oft fehl am Platz. Seine Wurzeln, die Flucht, die ständige Unsicherheit – all das lastete schwer auf ihm, und er trug diese Last oft still mit sich herum.

In der Schule hatte sich Tunde in den letzten Wochen zunehmend isoliert gefühlt. Einige seiner Mitschüler, die von den politischen Spannungen und den Vorurteilen ihrer Eltern beeinflusst waren, begannen, ihm das Leben schwer zu machen. Es gab subtile Sticheleien, abfällige Kommentare und gelegentliche Schubser, die sich immer mehr häuften.

Eines Tages, nach einem besonders anstrengenden Tag in der Schule, wurde Tunde auf dem Heimweg von einer Gruppe älterer Schüler angesprochen. Sie waren eine Clique von einheimischen Jugendlichen, die dafür bekannt waren, Probleme zu machen und Schwächere ins Visier zu nehmen. Tunde hatte sie in der Schule oft beobachtet, doch bisher hatten sie ihn weitgehend in Ruhe gelassen.

„Hey, Tunde!", rief einer der Jungen, während sie sich ihm näherten. „Wie läuft's, Kumpel?"

Tunde spürte sofort, dass etwas nicht stimmte. Die Art, wie sie ihn ansahen, das Grinsen auf ihren Gesichtern – es war alles andere als freundlich. Er hielt inne, wusste aber nicht, ob er weglaufen oder sich der Situation stellen sollte.

„Ich hab' gehört, du hast hier nicht wirklich was verloren", sagte der Anführer der Gruppe, ein Junge namens Lukas, und schritt näher auf Tunde zu. „Wir brauchen keine weiteren Assis in unserem Land."

Tunde ballte die Fäuste, doch er wusste, dass er gegen die Gruppe keine Chance hatte.

„Ich will keinen Ärger", sagte er leise, seine Stimme zitterte leicht. „Ich will nur nach Hause."

Doch die Gruppe war nicht bereit, ihn so einfach gehen zu lassen. Sie umringten ihn, drängten ihn gegen eine Mauer und begannen, ihn zu bedrängen.

„Was ist los?", spottete Lukas. „Hat dir niemand gesagt, dass du hier nicht willkommen bist?"

Die Situation spitzte sich zu, als einer der Jungen begann, Tunde zu schubsen.

„Was willst du überhaupt hier?", fragte ein anderer höhnisch. „Geh doch zurück, wo du hergekommen bist!"

Tunde, der spürte, dass seine Wut und Verzweiflung überhandnahmen, versuchte sich loszureißen.

„Lasst mich in Ruhe!", rief er, doch das schien die Jungen nur noch mehr anzustacheln.

In einem verzweifelten Versuch, sich zu verteidigen, stieß Tunde Lukas von sich. Doch dieser verlor das Gleichgewicht und fiel rücklings auf den Boden, was die Situation endgültig eskalieren ließ. Lukas sprang wütend auf und schlug Tunde ins Gesicht, bevor die anderen Jungen sich ebenfalls auf ihn stürzten.

Es war ein kurzer, aber heftiger Kampf, bei dem Tunde am Boden lag und Schläge einstecken musste. Die Jungen ließen erst von ihm ab, als ein Passant die Szene bemerkte und laut rief:

„Hey, was macht ihr da? Lasst den Jungen in Ruhe!"

Die Gruppe ergriff die Flucht, bevor der Passant näherkam, und ließ Tunde blutend und zitternd zurück. Der Mann, ein älterer Herr, half Tunde auf die Beine und fragte besorgt:

„Geht es dir gut, Junge? Soll ich dich ins Krankenhaus bringen?"

Doch Tunde, der sich vor Scham und Angst schüttelte, schüttelte den Kopf.

„Nein, ich... ich muss nach Hause", stammelte er, während er versuchte, sich die Tränen zu verbeißen.

Der Mann sah ihn skeptisch an, doch Tunde bestand darauf, alleine nach Hause zu gehen. Er wollte nicht, dass jemand erfuhr, was passiert war – vor allem nicht seine Eltern. Er hatte Angst, dass dies ihre Situation noch weiter verschlechtern könnte.

Als Tunde endlich zu Hause ankam, versuchte er, die Verletzungen zu verbergen. Doch Funmi bemerkte sofort, dass etwas nicht stimmte.

„Tunde, was ist passiert?", fragte sie alarmiert, als sie das Blut an seiner Lippe und die blauen Flecken auf seinem Gesicht sah.

„Nichts, Mama", sagte Tunde schnell und wich ihrem Blick aus. „Ich bin nur hingefallen."

Doch Funmi ließ sich nicht so leicht täuschen. Sie nahm Tundes Gesicht in ihre Hände und sah ihm tief in die Augen.

„Hör auf, mir etwas vorzumachen. Wer hat dir das angetan?"

Tunde versuchte, stark zu bleiben, doch die Erlebnisse des Tages brachen über ihn herein, und er konnte seine Tränen nicht mehr zurückhalten.

„Es waren einige Jungs aus der Schule", gestand er leise. „Sie... sie haben gesagt, ich soll verschwinden. Dass wir hier nicht willkommen sind."

Funmi spürte, wie ihr das Herz schwer wurde, und sie zog ihren Sohn in eine enge Umarmung.

„Oh, Tunde", flüsterte sie, während sie ihm über das Haar strich. „Es tut mir so leid."

Als Ayo von der Arbeit nach Hause kam und von dem Vorfall erfuhr, war er außer sich vor Wut und Sorge.

„Das kann nicht so weitergehen", sagte er mit zitternder Stimme, während er sich an den Tisch setzte. „Wir müssen etwas unternehmen."

„Was sollen wir tun?", fragte Funmi verzweifelt. „Zur Polizei gehen? Und was dann? Sie werden uns noch mehr schikanieren. Ich habe solche Angst um ihn, Ayo."

Ayo wusste, dass seine Frau recht hatte. Eine Anzeige bei der Polizei könnte die Situation noch verschlimmern, vor allem wenn die Familie ohnehin schon unter Beobachtung stand.

„Vielleicht sollten wir es lieber nicht riskieren", sagte er schließlich, obwohl es ihm schwerfiel, diese Entscheidung zu treffen. „Aber wir müssen sicherstellen, dass Tunde sicher ist."

In den folgenden Tagen zog sich Tunde immer mehr zurück. Er ging nur widerwillig zur Schule und sprach kaum noch mit seinen Eltern. Die Wut und die Demütigung, die er erlitten hatte, nagten an ihm, und er wusste nicht, wie er damit umgehen sollte.

Doch Funmi und Ayo wussten, dass sie ihren Sohn nicht alleine mit seinen Gefühlen lassen durften. Sie suchten das Gespräch mit ihm und versuchten, ihm zu helfen, das Erlebte zu verarbeiten.

Eines Abends, als Tunde still in seinem Zimmer saß, setzte sich Ayo zu ihm.

„Tunde, ich weiß, dass du dich schlecht fühlst", sagte er sanft. „Aber du darfst nicht zulassen, dass sie dich brechen. Du bist stärker, als du denkst."

Tunde sah seinen Vater an, die Augen voller Schmerz.

„Ich weiß nicht, wie ich weitermachen soll, Papa. Ich habe das Gefühl, dass ich nirgendwo hingehöre. Sie hassen uns einfach, nur weil wir anders sind."

Ayo legte einen Arm um die Schultern seines Sohnes.

„Es gibt immer Menschen, die andere wegen ihrer Unterschiede hassen", sagte er ruhig. „Aber das bedeutet nicht, dass sie recht haben. Du bist klug, stark und gutherzig, Tunde. Du hast so viel Potenzial, und das dürfen sie dir nicht nehmen."

Tunde schwieg eine Weile, dann sagte er leise:

„Ich möchte einfach nur normal sein, Papa. Ich möchte, dass wir hier ein normales Leben führen können."

Ayo nickte. „Das wollen wir alle. Aber um das zu erreichen, müssen wir weiterkämpfen. Wir dürfen nicht aufgeben, Tunde. Du darfst nicht aufgeben."

Auch in der Schule blieb der Vorfall nicht unbemerkt. Tundes Klassenlehrerin, Frau Wagner, die ihn immer als einen ruhigen, aber talentierten Schüler geschätzt hatte, bemerkte seine Veränderung und sprach ihn nach dem Unterricht an.

„Tunde, ich mache mir Sorgen um dich", sagte sie, als sie mit ihm in einem leeren Klassenzimmer saß. „Du bist in letzter Zeit sehr still geworden. Ist etwas passiert?"

Tunde zögerte, doch schließlich erzählte er ihr von dem Vorfall. Er sprach leise und schaute dabei auf seine Hände, doch Frau Wagner hörte aufmerksam zu und spürte den Schmerz und die Verzweiflung in seinen Worten.

„Das tut mir sehr leid, Tunde", sagte sie, nachdem er geendet hatte. „Es ist schrecklich, was dir passiert ist. Aber du darfst nicht denken, dass alle Menschen so sind. Es gibt viele, die dich unterstützen und die dich hier willkommen heißen."

Tunde sah sie skeptisch an.

„Aber was soll ich tun? Ich habe das Gefühl, dass ich nirgendwo hingehöre."

Frau Wagner lächelte sanft.

„Du gehörst hierher, Tunde. Du bist ein wichtiger Teil dieser Schule, und wir alle wissen, wie viel Potenzial in dir steckt. Lass dich nicht von ein paar Idioten unterkriegen. Wenn du jemals Hilfe brauchst, sei es bei deinen Aufgaben oder bei anderen Dingen, kannst du immer zu mir kommen."

Diese Worte gaben Tunde neuen Mut. Er spürte, dass es Menschen gab, die an ihn glaubten, und das half ihm, den Vorfall zu verarbeiten und sich wieder auf seine Ziele zu konzentrieren.

Langsam begann Tunde, sich wieder zu fangen. Mit der Unterstützung seiner Eltern und Lehrer lernte er, mit dem Vorfall umzugehen, ohne dass er ihn völlig zerstörte. Er wurde vorsichtiger, aber auch entschlossener, seine Träume zu verfolgen und sich nicht von den Vorurteilen anderer abhalten zu lassen.

Die Familie Ajayi erlebte durch diesen Vorfall einen weiteren Schicksalsschlag, der ihre Stabilität gefährdete. Doch sie schafften es, gemeinsam einen Weg zu finden, um sich wieder aufzurichten.

Tunde lernte, dass Stärke nicht darin liegt, keine Schwierigkeiten zu haben, sondern darin, diese zu überwinden und gestärkt daraus hervorzugehen.

Und so fanden sie langsam wieder zu einer gewissen Normalität zurück, trotz der Hürden, die ihnen immer wieder in den Weg gestellt wurden.

Sie wussten, dass der Weg noch lang und steinig sein würde, aber sie waren bereit, ihn gemeinsam zu gehen – als Familie.

Ein Blick in die Zukunft

Der Tag der Entscheidung war gekommen. Für die Familie Ajayi fühlte sich dieser Tag an, als ob ein unsichtbarer Schleier aus Angst und Ungewissheit über ihnen hing. Seit der Nachricht, dass ihr Asylantrag erneut geprüft werden sollte, lebten sie in einem Zustand ständiger Anspannung. Jetzt, da das Urteil kurz bevorstand, wog die Last der Angst schwerer als je zuvor.

Am Morgen des Urteilstages war die Stimmung im Container der Ajayis düster. Die Nacht war für Ayo und Funmi eine quälende, schlaflose Tortur gewesen. Funmi hatte stundenlang wach gelegen, während ihre Gedanken unaufhörlich um das Szenario kreisten, was passieren würde, wenn das Urteil negativ ausfiele. Ayo, sonst immer der ruhige Fels in der Brandung, hatte schweigend auf der Bettkante gesessen und ins Leere gestarrt, als würde er verzweifelt versuchen, die aufsteigende Panik zu unterdrücken.

Das Frühstück stand unberührt auf dem kleinen Tisch, der in der Ecke des engen Containers stand. Die Kinder hatten keinen Appetit, und Funmi hatte nicht die Kraft, sie zum Essen zu drängen. Stattdessen packte sie hastig die nötigsten Sachen zusammen und überprüfte zum dritten Mal die Dokumente, die sie mitnehmen mussten. Ihre Hände zitterten leicht, und sie zwang sich, tief durchzuatmen.

„Wir müssen los", sagte Ayo schließlich mit rauer Stimme. Er versuchte, entschlossen zu klingen, doch die Anspannung war unüberhörbar. Er sah seine Familie an – Funmi, die verzweifelt versuchte, stark zu bleiben, Tunde, der still neben ihr stand und Amina, die ihn mit großen, unsicheren Augen ansah.

Der Gedanke, dass dies der letzte Morgen in Deutschland sein könnte, durchzuckte ihn wie ein Schock.

Funmi nickte, ein schwaches, gezwungenes Lächeln auf den Lippen, welches die Kinder beruhigen sollte.

Doch es wirkte eher wie eine schmerzvolle Grimasse. Sie nahm Amina an die Hand, während Tunde schweigend neben ihnen herging.

Die Schwere des Moments lastete auf ihnen allen, und obwohl niemand es aussprach, wussten sie, dass dies der entscheidende Tag war.

Der Weg zum Bahnhof war still und bedrückend. Die Straßen von Aachen, die sie in den letzten Monaten als ihre vorläufige Heimat angesehen hatten, wirkten plötzlich kalt und abweisend. Der Himmel war bedeckt, und ein scharfer Wind blies ihnen entgegen, als wollten die Elemente selbst sie zurückdrängen. Funmi zog Amina näher an sich, als könnte sie damit die unbehagliche Kälte und die noch viel kältere Angst abwehren, die tief in ihrem Herzen wühlte.

„Es wird alles gut, Mama", sagte Amina plötzlich, als hätte sie die Ängste ihrer Mutter gespürt. Funmi blickte in die unschuldigen Augen ihrer Tochter und spürte, wie ihr das Herz schwer wurde.

Sie zwang sich zu einem Lächeln, kämpfte gegen die aufsteigenden Tränen an und antwortete mit brüchiger Stimme:

„Ja, Schatz, es wird alles gut."

Doch in ihrem Inneren war Funmi weit entfernt von Zuversicht. Die letzten Wochen hatten sie zermürbt. Die beunruhigenden Zeichen hatten sich gehäuft. Der Anwalt, der zu Beginn des Verfahrens noch voller Zuversicht gewesen war, hatte in den letzten Gesprächen eine unbestimmte Zurückhaltung an den Tag gelegt. Seine Worte klangen mehr nach vorsichtigem Trost als nach echter Hoffnung, und das beunruhigte sie mehr als alles andere.

Im Zug nach Köln herrschte eine beklemmende Stille. Die Familie saß eng beieinander, doch niemand wagte es, ein Wort zu sagen. Jeder war in seine eigenen düsteren Gedanken vertieft, während der Zug monoton durch die winterliche Landschaft ratterte. Ayo starrte aus dem Fenster, doch seine Gedanken waren weit entfernt.

Die vertrauten Geräusche des Zuges, das rhythmische Klackern der Räder auf den Schienen, wirkten an diesem Tag lauter, bedrohlicher.

Jeder Kilometer, den sie zurücklegten, brachte sie näher an das Urteil heran, das über ihre Zukunft entscheiden würde.

In Köln angekommen, wirkte die Stadt noch fremder und einschüchternder als bei ihrem letzten Besuch. Die hohen Gebäude, die Geschäftigkeit der Straßen und die winterliche Kälte verstärkten das Gefühl der Isolation und Einsamkeit, welches die Familie Ajayi empfand. Sie bahnten sich ihren Weg durch die Menschenmengen, doch es fühlte sich an, als ob sie in einer Blase gefangen wären, die sie von der restlichen Welt trennte.

Vor dem Gerichtsgebäude wartete ihr Anwalt bereits auf sie. Er stand am Eingang, das Gesicht von tiefer Sorge gezeichnet, und nickte ihnen nur kurz zu.

„Wir gehen hinein und hören uns das Urteil an", sagte er, ohne ihnen direkt in die Augen zu sehen. „Es ist wichtig, dass wir ruhig bleiben, egal was passiert."

Ayo fühlte, wie sein Herz bis zum Hals schlug. Er konnte den Kloß in seinem Hals kaum hinunterschlucken, als er leise fragte:

„Wie sind unsere Chancen?"

Der Anwalt zögerte lange mit seiner Antwort, bevor er antwortete.

„Es ist schwer zu sagen", meinte er schließlich, und seine Stimme klang müde. „Das System ist unberechenbar, und wir müssen uns auf jede Möglichkeit einstellen."

Funmi spürte, wie ihre Knie weich wurden, doch sie zwang sich, stark zu bleiben. Sie konnte es sich nicht leisten, jetzt zusammenzubrechen – nicht, wenn ihre Kinder auf sie angewiesen waren. Doch die Sorge, die in den Augen des Anwalts lag, machte es schwer, auch nur den kleinsten Funken Hoffnung zu bewahren.

Der Gang durch die Flure des Gerichtsgebäudes war ein Marsch ins Ungewisse. Die Schritte hallten laut wider, und jede Bewegung schien in einer endlosen Wiederholung widerzuhallen. Die Atmosphäre war kalt und formell, als ob das Gebäude selbst keine Gefühle kannte und den Menschen, die es betraten, ihre letzte Hoffnung nehmen wollte.

Im Gerichtssaal angekommen, setzte sich die Familie steif auf die harten Holzbänke. Die Wände waren grau und kahl, und die wenigen Menschen im Raum schienen von der Schwere des Moments erdrückt zu werden.

Ayo griff nach Funmis Hand und spürte, wie sie leicht zitterte. Sie saß aufrecht neben ihm, ihre Augen starrten auf den Tisch vor ihnen, als wollte sie sich auf das Unvermeidliche vorbereiten. Tunde und Amina saßen neben ihnen, ihre kleinen Gesichter ausdruckslos, doch ihre Augen verrieten die Unsicherheit und Angst, die sie empfanden.

Der Richter betrat den Raum, ein älterer Mann mit strengem Gesicht und einem distanzierten Blick, der die vielen Jahre und die vielen Urteile widerspiegelte, die er gefällt hatte. Er setzte sich auf seinen Platz und ordnete langsam die Akten vor sich.

„Wir werden nun das Urteil im Fall Ajayi verkünden", sagte er in einer Stimme, die keine Emotionen verriet.

Die Spannung im Raum war erdrückend, als der Richter begann, die rechtlichen Grundlagen und die bisherigen Ergebnisse des Verfahrens zusammenzufassen. Seine Worte klangen mechanisch, fast emotionslos, als ob er nur einen weiteren Fall abarbeitete, der für ihn keinerlei Bedeutung hatte.

„Nach eingehender Prüfung der vorliegenden Dokumente und unter Berücksichtigung der aktuellen Lage im Herkunftsland der Antragsteller...", begann er und machte eine Pause, während er in die Akten sah. Jeder Atemzug im Raum schien in diesem Moment zu ersticken.

Ayo spürte, wie ihm das Blut in den Adern gefror. Funmi hielt seine Hand so fest, dass ihre Fingernägel sich in seine Haut bohrten, aber er fühlte es kaum. Es war, als würde die Zeit stillstehen, während der Richter die Worte wählte, die ihr Schicksal besiegeln würden.

„…haben wir festgestellt, dass die vorgelegten Beweise nicht ausreichend sind, um eine unmittelbare Gefährdung im Heimatland eindeutig zu belegen. Aufgrund der derzeitigen politischen und sozialen Entwicklungen in der Region…“

Funmi unterdrückte ein Keuchen. Sie fühlte, wie ihre Welt zerbrach, noch bevor der Richter das Urteil ausgesprochen hatte.

„Nein, bitte nicht“, flüsterte sie, ihre Stimme war kaum hörbar. Die Kälte in ihren Adern ließ sie erschauern, und sie kämpfte verzweifelt gegen die aufsteigenden Tränen an.

„…kommt das Gericht zu dem Schluss, dass die Voraussetzungen für einen dauerhaften Aufenthaltstitel nach deutschem Recht nicht erfüllt sind.“

Ayo konnte die Worte kaum fassen. Es fühlte sich an, als würde ihm der Boden unter den Füßen weggezogen. Seine Gedanken rasten, während er versuchte, die Bedeutung dessen, was gerade gesagt wurde, zu erfassen.

„Wir werden abgeschoben“, dachte er, unfähig, einen klaren Gedanken zu fassen. „Alles war umsonst…“

Die Reaktion auf die scheinbare Entscheidung war verheerend. Funmi begann unkontrolliert zu zittern, während die Tränen unaufhaltsam über ihre Wangen liefen. Sie wollte schreien, wollte protestieren, doch die Worte blieben ihr im Hals stecken. Ayo, der immer versucht hatte, stark zu bleiben, konnte nur fassungslos auf den Tisch vor sich starren.

Er fühlte sich, als hätte er versagt – nicht nur sich selbst gegenüber, sondern auch gegenüber seiner Familie.

Tunde, der sich in der Stille des Raumes zusammengekauert hatte, sah zu seinem Vater auf, die Augen voller Angst und Verwirrung.

„Papa, was heißt das?", flüsterte er, obwohl er bereits eine dunkle Vorahnung hatte.

Ayo brachte es nicht über sich, seinen Sohn anzusehen. Er fühlte, wie ihn die Verzweiflung übermannte.

„Es… es ist vorbei, Tunde", antwortete er schließlich mit brüchiger Stimme. „Wir haben verloren."

Amina klammerte sich an ihre Mutter, die kaum noch die Kraft hatte, sie zu beruhigen.

„Wir müssen stark bleiben", sagte Funmi, mehr zu sich selbst als zu ihrer Tochter. „Wir dürfen nicht aufgeben, egal was passiert."

Doch in ihrem Inneren fühlte sie sich zerbrochen. Die Gedanken, dass all ihre Bemühungen, all ihre Opfer vergebens gewesen sein könnten, fraßen an ihr. Der Mut, den sie so lange aufrechterhalten hatte, schien in diesem Moment endgültig zu schwinden.

Als der Richter schließlich seine Entscheidung abschloss, nickte er dem Anwalt der Familie kurz zu, bevor er aufstand und den Raum verließ. Die kalte, formelle Atmosphäre des Gerichts schien alle Hoffnung aus dem Raum gesogen zu haben.

Der Anwalt wandte sich langsam der Familie zu, sein Gesicht ausdruckslos.

„Es tut mir leid", sagte er schließlich leise. „Ich weiß, das war nicht das, was wir uns erhofft hatten."

Ayo nickte mechanisch, unfähig, etwas zu sagen. Er fühlte sich, als wäre er in einem Albtraum gefangen, aus dem es kein Erwachen gab. Die Worte des Anwalts, die einst wie eine Verheißung geklungen hatten, schienen nun hohl und bedeutungslos.

„Was sollen wir jetzt tun?", fragte Funmi, ihre Stimme kaum mehr als ein Flüstern. Sie sah den Anwalt an, als könnte er irgendeine magische Lösung aus dem Ärmel ziehen, doch sie wusste tief in ihrem Inneren, dass es keine einfachen Antworten gab.

Der Anwalt zögerte einen Moment.

„Es gibt immer noch rechtliche Möglichkeiten", sagte er, obwohl seine Worte sehr wenig Überzeugungskraft hatten. „Wir könnten versuchen, Berufung einzulegen, aber die Chancen..."

„Die Chancen sind gering, nicht wahr?", unterbrach Ayo, seine Stimme rau vor unterdrückter Wut und Verzweiflung. „Wir haben alles getan, was man von uns verlangt hat, und doch..."

Der Anwalt seufzte schwer.

„Ich verstehe, wie schwer das ist", sagte er. „Aber wir dürfen noch nicht aufgeben. Es gibt immer noch Hoffnung, auch wenn es jetzt so scheint, als wäre alles verloren."

Doch in diesem Moment konnte keiner der Ajayis wirklich an diese Worte glauben. Sie fühlten sich, als wäre ihnen der letzte Funken Hoffnung genommen worden, und das Leben, das sie sich in Deutschland aufgebaut hatten, war plötzlich zerbrechlicher denn je. Die letzten Worte des Anwalts hallten in ihren Köpfen wider, doch sie klangen wie leere Versprechen, die in der düsteren Realität keine Bedeutung hatten.

Der kalte Wind schien jede Hoffnung aus ihnen herauszuziehen, als die Familie Ajayi die Treppen des Gerichts in Köln hinunterging. Das Urteil war gefallen – zumindest glaubten sie das.

Der bittere Geschmack der Niederlage lag auf ihren Zungen, während die Worte des Richters in ihren Köpfen widerhallten. Alles, was sie sich erhofft hatten, schien in einem Moment zerstört zu sein.

Ayo ging mechanisch, fast wie in Trance, den Weg zum Ausgang. Funmi hielt Amina an der Hand, die leise weinte.

Tunde lief schweigend neben ihnen her, den Blick auf den Boden gerichtet, seine Schultern hingen schlaff herab.

Es gab nichts zu sagen, denn die Verzweiflung sprach für sich selbst. Sie hatten verloren, und die Leere, die sich in ihnen ausbreitete, war unendlich.

Als sie schließlich die Tür des Gerichtsgebäudes erreichten, hielt Ayo inne und sah in den trüben Himmel. Wolken hingen schwer und dunkel über der Stadt, als ob die Natur selbst ihre Trauer widerspiegelte. Ein Teil von ihm wollte sich auf den Boden sinken lassen, die Kälte in sich aufnehmen und einfach aufgeben. Doch etwas hielt ihn davon ab – ein Funke, der sich weigerte, vollständig zu erlöschen.

„Papa… was passiert jetzt?", fragte Amina leise, ihre kleine Hand immer noch fest in der ihrer Mutter.

Ayo blickte auf seine Tochter hinunter, ihre großen, feuchten Augen, die ihn flehentlich ansahen. Er öffnete den Mund, doch bevor er antworten konnte, wurde er von einer Hand auf seiner Schulter unterbrochen.

Der Anwalt, der sie die ganze Zeit begleitet hatte, war ihnen gefolgt und sah sie mit einem ungewöhnlich ernsten Ausdruck an. Seine Stirn war in tiefe Falten gelegt, und in seiner anderen Hand hielt er ein Dokument, das er gerade aus seiner Tasche gezogen hatte.

„Herr Ajayi, Frau Ajayi", begann er vorsichtig, als ob er die Worte sorgfältig abwägen müsste. „Ich denke, es gibt etwas, das wir vielleicht übersehen haben."

Funmi und Ayo starrten ihn an, verwirrt und überrascht zugleich. Funmi, die bisher kein Wort herausgebracht hatte, spürte plötzlich eine Welle der Ungeduld in sich aufsteigen.

„Was meinen Sie?", fragte sie, ihre Stimme zitterte vor Anspannung.

Der Anwalt deutete auf das Dokument in seiner Hand.

„Ich habe das Urteil des Richters noch einmal durchgesehen, und es gibt einen Punkt, der mir merkwürdig erscheint." Er hielt inne, als wollte er sicherstellen, dass sie ihm genau zuhörten.

„Es geht um eine Formulierung, die vielleicht missverstanden wurde. Ich muss es mit Ihnen besprechen."

Funmi fühlte, wie ihr Herz einen Schlag aussetzte. Ayo, der die ganze Zeit über apathisch gewirkt hatte, wurde plötzlich aufmerksam.

„Was für eine Formulierung?", fragte er, während er versuchte, seine aufkeimende Hoffnung zu unterdrücken, um nicht wieder enttäuscht zu werden.

Der Anwalt führte sie beiseite, weg von den Ohren der anderen Menschen, die das Gericht verließen.

„Der Richter hat die Ablehnung des Asylantrags in einer Weise formuliert, die auf den ersten Blick endgültig klang", erklärte er leise. „Aber ich habe es mir noch einmal genau angesehen. Es gibt eine Bedingung, die nicht sofort klar ersichtlich war. Der Richter hat festgelegt, dass die Entscheidung nur dann endgültig ist, wenn die zusätzlichen Dokumente, die Sie innerhalb einer bestimmten Frist einreichen können, nicht ausreichen, um die Entscheidung zu revidieren."

Funmi starrte ihn an, als ob er in einer fremden Sprache sprechen würde.

„Wollen Sie damit sagen, dass es noch nicht vorbei ist?", fragte sie, ihre Stimme war kaum mehr als ein Flüstern.

„Genau das sage ich", bestätigte der Anwalt, während er das Dokument hochhielt. „Wir haben noch eine Chance, Frau Ajayi. Der Richter hat uns die Möglichkeit gelassen, dass neue Beweise eingereicht werden können, die die Entscheidung ändern könnten."

Ayo spürte, wie seine Gedanken in einem wilden Chaos explodierten.

„Warum haben Sie uns das nicht früher gesagt?", fragte er, und seine Stimme war voller Emotionen, die zwischen Wut, Verwirrung und Hoffnung schwankten.

Der Anwalt seufzte schwer.

„Es tut mir leid", sagte er ehrlich. „Die Formulierung war so verwirrend, dass ich erst sicherstellen wollte, dass ich sie richtig verstehe, bevor ich Ihnen falsche Hoffnungen mache. Aber nachdem ich es noch einmal überprüft habe, kann ich Ihnen versichern, dass wir noch eine Chance haben."

Funmi fühlte, wie ihre Knie nachgaben, und sie musste sich an Ayo festhalten, um nicht zu Boden zu sinken.

„Das... das kann nicht wahr sein", flüsterte sie, als die Tränen, die sie eben noch aus Verzweiflung vergossen hatte, nun aus Erleichterung zu fließen begannen.

„Es ist wahr", sagte der Anwalt ernst. „Aber wir müssen diese Chance nutzen. Der Richter hat uns eine Frist von drei Wochen gesetzt, um neue Beweise vorzulegen. Es wird nicht einfach sein, aber wenn wir das tun können, haben wir eine reale Möglichkeit, den Fall zu gewinnen."

Ayo, der den emotionalen Sturm in sich zu beherrschen versuchte, atmete tief ein.

„Was müssen wir tun?", fragte er, seine Stimme fester als zuvor. „Wie können wir diese Beweise beschaffen?"

„Ich werde alles in Bewegung setzen, um die notwendigen Dokumente zu beschaffen", antwortete der Anwalt entschlossen.

„Es wird harte Arbeit sein, aber wir haben bereits Kontakte in Ihrem Heimatland, die uns helfen können. Wir müssen jede mögliche Spur verfolgen, um sicherzustellen, dass wir genug Material haben, um den Richter zu überzeugen."

Funmi wischte sich die Tränen aus den Augen und sah den Anwalt mit neuer Entschlossenheit an.

„Wir werden alles tun, was nötig ist", sagte sie mit fester Stimme. „Wir werden nicht aufgeben, nicht jetzt."

Die Familie Ajayi blieb noch eine Weile vor dem Gericht stehen, unfähig zu begreifen, wie sich ihre Welt in wenigen Minuten erneut verändert hatte. Die Kälte des Tages, die Schwere des Urteils, die sie eben noch erdrückt hatte, schien plötzlich weniger bedrohlich. Die Lichter der Stadt, die vor wenigen Augenblicken noch kalt und fern gewirkt hatten, begannen jetzt, einen Hauch von Wärme zu spenden.

Tunde, der die ganze Zeit über still gewesen war, sah zu seinem Vater auf.

„Papa, also haben wir noch eine Chance?", fragte er, seine Stimme war voller vorsichtiger Hoffnung.

Ayo kniete sich hin, damit er Tunde in die Augen sehen konnte.

„Ja, mein Sohn", sagte er leise, aber mit einer Kraft in der Stimme, die zuvor fehlte. „Wir haben noch eine Chance. Und wir werden kämpfen, um sie zu nutzen."

Amina, die mit angehaltenem Atem zugehört hatte, lächelte schwach und drückte die Hand ihrer Mutter.

„Ich wusste, dass es gut ausgeht", flüsterte sie, als ob sie die ganze Zeit an das Gute geglaubt hätte.

„Wir werden alles tun, um diese Chance zu nutzen", sagte Funmi, ihre Augen auf den Anwalt gerichtet. „Danke, dass Sie uns diese Möglichkeit eröffnet haben."

Der Anwalt nickte ernst.

„Das ist noch nicht das Ende, Frau Ajayi", sagte er. „Wir haben noch einen langen Weg vor uns, aber wir gehen ihn gemeinsam."

Auf dem Rückweg nach Aachen saßen sie eng beieinander, doch diesmal war die Stille nicht mehr von Verzweiflung geprägt.

Es war eine Stille des Nachdenkens, des Planens und der Vorbereitung.

Sie wussten, dass die kommenden Wochen entscheidend sein würden.

Es gab keine Zeit zu verlieren, aber auch keine Angst mehr, die sie lähmte. Stattdessen war da eine neue Entschlossenheit, eine neue Stärke, die in ihnen wuchs.

„Wir haben noch einen Kampf vor uns", sagte Ayo schließlich, als der Zug in den Bahnhof von Aachen einfuhr. „Aber diesmal sind wir vorbereitet. Wir werden alles tun, um diesen Kampf zu gewinnen."

Funmi nickte, ihre Hand fest in seiner.

„Ja", sagte sie leise, aber mit einer neuen Kraft in der Stimme. „Wir werden es schaffen."

Als sie den Zug verließen und in die kalte Nacht hinaustraten, fühlte sich die Dunkelheit nicht mehr so überwältigend an wie zuvor. Die Lichter der Stadt leuchteten ihnen den Weg, und zum ersten Mal seit langer Zeit fühlten sie, dass diese Lichter nicht nur den Weg nach Hause wiesen, sondern auch den Weg zu einer besseren Zukunft.

Die Familie wusste, dass sie noch einen langen Weg vor sich hatten, dass der Kampf noch nicht vorbei war. Aber sie waren bereit, ihn aufzunehmen – mit neuer Hoffnung, neuer Stärke und dem Wissen, dass sie nicht allein waren. Sie hatten eine weitere Chance bekommen, und diesmal würden sie alles tun, um sie zu nutzen.

Die Wochen nach der Entdeckung der neuen Chance zogen sich quälend langsam hin. Die Familie Ajayi befand sich in einem Zustand ständiger Anspannung, in dem jede Stunde wie ein Tag, jeder Tag wie eine Woche schien. Die Realität, dass sie möglicherweise noch eine Chance hatten, weckte in ihnen eine Hoffnung, die gleichzeitig von der lähmenden Angst überschattet wurde, dass es vielleicht doch nicht genug sein würde.

Der Anwalt der Ajayis war unermüdlich. Er setzte alle Hebel in Bewegung, um die notwendigen Beweise zusammenzustellen. Es gab zahllose Anrufe in das Heimatland der Ajayis, nervenaufreibende Gespräche mit Kontakten, die bereit waren, Risiken einzugehen, um die Wahrheit ans Licht zu bringen. Dokumente wurden beschafft, Zeugenberichte gesammelt, und jede noch so kleine Spur verfolgt, die helfen könnte, die Dringlichkeit ihrer Situation zu untermauern.

Ayo und Funmi waren in jeden Schritt eingebunden. Der Anwalt bestand darauf, dass sie die Bedeutung jedes Dokuments, jedes Zeugnisses verstanden, um vollständig auf das vorbereitet zu sein, was kommen würde.

Doch je mehr sie in die Details involviert waren, desto mehr wuchs ihre Angst. Was, wenn all diese Anstrengungen nicht ausreichten? Was, wenn sie am Ende doch verloren?

„Es muss klappen", sagte Ayo eines Abends zu Funmi, während sie am kleinen Tisch in ihrem Container saßen, umgeben von Papieren und Notizen. „Es darf einfach nicht anders kommen."

Funmi nickte, ihre Augen voller Sorge.

„Ich weiß", antwortete sie leise. „Aber wir müssen realistisch bleiben. Wir dürfen uns nicht zu sehr auf diese Hoffnung versteifen, sonst wird die Enttäuschung unerträglich."

Ayo griff nach ihrer Hand.

„Wir haben schon so viel durchgemacht", sagte er. „Dies ist unsere letzte Chance. Wir müssen an den Erfolg glauben, auch wenn es schwerfällt."

Die Kinder spürten die Anspannung ihrer Eltern, auch wenn sie nicht alles verstanden. Tunde hatte sich wieder mehr zurückgezogen, und Amina, die sonst so lebensfroh war, war ungewöhnlich still geworden.

Der Alltag im Lager verlief monoton, doch die Ungewissheit über ihre Zukunft hing wie ein dunkler Schatten über allem.

Nachdem die neuen Beweise eingereicht waren, begann das Warten. Es war eine unerträgliche Zeit, in der jede Nachricht, jeder Anruf den Atem stocken ließ. Sie warteten auf ein Zeichen, eine Antwort, die ihre Zukunft besiegeln würde. Tage vergingen, dann Wochen, und die Spannung in der kleinen Unterkunft der Ajayis stieg ins Unermessliche.

„Wie lange noch?", fragte Amina eines Nachts, als sie sich neben Funmi ins Bett kuschelte. „Wann erfahren wir, was passiert?"

Funmi streichelte das Haar ihrer Tochter und versuchte, ihre eigene Unsicherheit zu verbergen.

„Bald, mein Schatz", antwortete sie sanft. „Wir müssen nur noch ein wenig Geduld haben."

Doch Geduld war das, was ihnen am schwersten fiel. Jede Nacht lag Ayo wach und dachte darüber nach, was sie tun würden, wenn die Entscheidung negativ ausfiele. Wie sollten sie überleben, wenn sie zurückgeschickt würden? Diese Gedanken waren wie giftige Dornen, die ihm den Schlaf raubten und seine Hoffnung nach und nach zermürbten.

Funmi versuchte, den Alltag so normal wie möglich zu gestalten. Sie ging weiterhin zur Suppenküche, half dort aus und versuchte, ihre Gedanken auf die Aufgaben zu lenken. Doch auch sie konnte die ständige Unruhe nicht abschütteln.

Jeder, der im Lager wohnte, wusste, dass die Familie Ajayi auf eine entscheidende Nachricht wartete. Die Blicke der anderen Bewohner waren oft von Mitleid oder Neugier geprägt, was die Situation noch unerträglicher machte.

Als die Wochen verstrichen, und noch immer keine Entscheidung verkündet worden war, begann die Anspannung, die Familie zu zermürben. Funmi bemerkte, wie Tunde immer öfter in schweigendes Grübeln verfiel, während Amina sich in ihrer Kunst verlor, um der bedrückenden Realität zu entfliehen. Ayo versuchte, stark zu bleiben, aber auch ihm fiel es schwer, die aufkommende Verzweiflung zu unterdrücken.

„Es fühlt sich an, als ob wir nur auf unseren Untergang warten", sagte Tunde eines Abends unvermittelt, während sie gemeinsam zu Abend aßen. Seine Stimme war leise, fast gebrochen, und die Worte trafen Ayo und Funmi wie ein Schlag.

Ayo legte sein Besteck beiseite und sah seinen Sohn an.

„Das darfst du nicht denken, Tunde", sagte er ernst. „Wir haben noch eine Chance, und wir müssen bis zum Ende kämpfen."

„Aber was, wenn es nicht genug ist?", fragte Tunde und sah seinem Vater direkt in die Augen. „Was, wenn wir verlieren?"

Funmi griff nach der Hand ihres Sohnes.

„Dann werden wir einen Weg finden", sagte sie, obwohl sie selbst nicht wusste, wie. „Wir haben es bisher geschafft, zusammen zu bleiben. Das ist das Wichtigste."

Die Familie hielt sich an diesen Gedanken fest – dass sie zusammen waren und dass sie gemeinsam jede Herausforderung überstehen würden. Doch die Tage zogen sich weiter hin, und das Warten wurde zur Qual. Jeder Tag brachte neue Ängste, neue Sorgen, und das Gefühl, dass die Entscheidung bald kommen würde, wurde immer stärker.

In den letzten Tagen vor der erwarteten Entscheidung war die Anspannung beinahe unerträglich. Funmi konnte kaum schlafen, während Ayo jede Nacht lange wach blieb, in Gedanken versunken. Er ging jeden möglichen Ausgang der Entscheidung durch, aber keine seiner Überlegungen brachte ihm Frieden.

Der Tag der Entscheidung rückte näher, und mit ihm wuchs die Angst ins Unermessliche. Die Familie wusste, dass alles, wofür sie gekämpft hatten, auf dem Spiel stand.

Und obwohl sie sich gegenseitig Mut zusprachen, war die Ungewissheit wie ein schwerer, dunkler Schleier, der ihre Herzen umklammerte.

Die Tage vergingen, und die angespannte Erwartung wurde für die Familie zur alltäglichen Last. Jeder Morgen begann mit der gleichen Hoffnung – dass heute der Tag sein könnte, an dem sie endlich erfahren würden, wie es weitergeht. Doch der Tag verstrich, und die Hoffnung wich der Ernüchterung, dass sie weiterhin in Unsicherheit leben mussten.

Es war ein grauer, regnerischer Morgen, als das Warten ein Ende fand. Funmi stand in der kleinen Küche des Containers, um das Frühstück vorzubereiten, doch ihre Gedanken waren wie immer weit entfernt. Sie hatte kaum noch Appetit, und auch Ayo, der still auf der Bank saß, rührte sein Essen kaum an. Die Kinder waren ungewöhnlich schweigsam, Amina kritzelte abwesend auf einem Blatt Papier, während Tunde mit leerem Blick vor sich hinstarrte.

Plötzlich durchbrach das schrille Klingeln des Telefons die Stille, und alle fuhren erschrocken zusammen. Für einen Moment hielt Funmi inne, ihr Herz setzte einen Schlag aus, bevor sie sich eilig zum Telefon wandte. Auch Ayo richtete sich auf, seine Augen waren weit geöffnet, während er Funmi beobachtete.

„Wer könnte das sein?", flüsterte Amina, ihre kleine Hand klammerte sich an Funmis Arm, als ob sie die Angst ihrer Mutter spüren konnte.

Funmi hob zögernd den Hörer ab, als ob sie sich vor den Worten fürchtete, die sie hören würde.

„Hallo?", sagte sie mit bebender Stimme, während die ganze Familie in einer angespannten Stille verharrte.

„Frau Ajayi? Hier spricht Ihr Anwalt", ertönte die vertraute Stimme am anderen Ende der Leitung. Sie klang fest, doch Funmi konnte einen leisen Unterton von Nervosität nicht überhören.

Funmi spürte, wie ihr Puls in die Höhe schoss.

„Ja, ich bin's", antwortete sie hastig. „Gibt es... gibt es Neuigkeiten?"

Der Anwalt zögerte einen Moment, als ob er seine Worte sorgfältig wählen müsste.

„Es gibt eine Entscheidung", sagte er schließlich, und diese Worte ließen Funmi fast das Telefon aus der Hand fallen.

„Was... was bedeutet das?", fragte sie, ihre Stimme zitterte vor Anspannung. Ayo, der bisher regungslos zugesehen hatte, stand nun auf und trat näher, seine Augen waren auf das Gesicht seiner Frau fixiert, während er jeden ihrer Atemzüge zählte.

„Ich würde es vorziehen, Ihnen die Details persönlich mitzuteilen", antwortete der Anwalt. „Können Sie und Ihre Familie nach Köln kommen? Es ist wichtig, dass wir uns so bald wie möglich treffen."

Die Welt schien für einen Moment stillzustehen. Funmi hielt den Atem an, unfähig zu antworten. Ihre Gedanken rasten, sie versuchte, in der Stimme des Anwalts irgendein Zeichen, irgendeine Andeutung zu erkennen, die ihr sagen könnte, was sie erwarten sollte. Doch es gab nichts – nur diese unerträgliche Unsicherheit.

„Wir... wir kommen sofort", brachte Funmi schließlich heraus, ihre Stimme kaum mehr als ein Flüstern. Sie spürte, wie ihre Hände zu zittern begannen, und sie legte den Hörer langsam zurück auf die Station. Für einen Moment stand sie da, unfähig, sich zu bewegen, bevor sie sich schließlich zu Ayo umdrehte.

„Was hat er gesagt?", fragte Ayo, seine Stimme klang gedrückt, voller angesammelter Angst.

„Es gibt eine Entscheidung", antwortete Funmi, ihre Augen suchten die seines Mannes, als ob sie in ihnen den Mut finden könnte, den sie selbst kaum noch spürte. „Wir sollen nach Köln kommen. Er möchte es uns persönlich mitteilen."

Die Fahrt nach Köln war eine der längsten in ihrem Leben. Jeder Kilometer, den der Zug zurücklegte, zog sich endlos hin. Die üblichen Geräusche des Zuges – das Rattern der Schienen, das leise Summen der Lüftung – schienen lauter, unheilvoller als je zuvor. Keiner von ihnen sprach ein Wort, die Spannung war beinahe greifbar.

Funmi saß starr neben Ayo, ihre Hände fest in ihrem Schoß gefaltet, als ob sie sich damit beruhigen könnte. Ihre Gedanken kreisten unaufhörlich um das bevorstehende Treffen. Was würde der Anwalt ihnen sagen? Warum hatte er am Telefon nichts Näheres erwähnt?

Die Angst vor dem Ungewissen nagte an ihr, ließ ihre Gedanken sich in dunklen Szenarien verlieren.

Ayo spürte die Angst seiner Frau und griff nach ihrer Hand.

„Egal, was passiert", sagte er leise, „wir werden es zusammen durchstehen."

Funmi nickte schwach, doch die Worte erreichten sie kaum. Es war, als wäre sie in einem Nebel gefangen, unfähig, klar zu denken oder die Hoffnung zu spüren, die Ayo zu verbreiten versuchte.

Auch Tunde und Amina, die sonst immer neugierig und lebhaft waren, saßen schweigend neben ihren Eltern.

Tunde hatte die Arme vor der Brust verschränkt, sein Gesicht zeigte keine Regung, doch in seinen Augen lag eine tiefe Unsicherheit. Amina hielt sich an ihrem kleinen Rucksack fest, als ob er ihr eine gewisse Sicherheit bieten könnte, während sie ängstlich aus dem Fenster starrte.

Als der Zug schließlich in den Bahnhof von Köln einfuhr, waren die Nerven der Familie Ajayi bis zum Zerreißen gespannt. Funmi fühlte, wie ihre Knie weich wurden, als sie aus dem Zug stieg. Sie musste sich an Ayo festhalten, um nicht zu stolpern, so sehr zitterten ihre Beine.

„Wir schaffen das", murmelte Ayo, mehr zu sich selbst als zu ihr. „Wir müssen es schaffen."

Der Weg zum Büro des Anwalts schien endlos. Jeder Schritt, den sie machten, fühlte sich schwerer an als der vorherige. Funmi spürte, wie ihr Herz immer schneller schlug, je näher sie dem Gebäude kamen. Ihre Hände waren schweißnass, und sie konnte kaum glauben, dass dies der Moment war, auf den sie so lange gewartet hatten.

Das Büro des Anwalts war so, wie sie es in Erinnerung hatten – kühl, ordentlich, sachlich. Doch diesmal schien die Atmosphäre noch bedrückender, als wäre der Raum erfüllt von den unausgesprochenen Ängsten und Sorgen, die sie mit sich brachten.

„Bitte setzen Sie sich", sagte der Anwalt, als sie das Büro betraten. Seine Stimme war ruhig, doch Funmi konnte den leichten Unterton von Anspannung nicht überhören.

Die Familie setzte sich in die gepolsterten Stühle vor dem Schreibtisch, doch keiner von ihnen lehnte sich zurück. Sie saßen aufrecht, angespannt, jeder Muskel in ihren Körpern war zum Zerreißen gespannt.

Der Anwalt setzte sich hinter seinen Schreibtisch, schlug die Akte auf, die vor ihm lag, und begann, durch die Seiten zu blättern. Das leise Rascheln des Papiers war das einzige Geräusch im Raum, doch es schien, als würde es den Raum mit jeder Sekunde kälter machen.

Funmi wagte kaum zu atmen. Sie konnte spüren, wie Ayo neben ihr die Luft anhielt, während Tunde und Amina regungslos neben ihnen saßen. Jeder in diesem Raum wartete auf die Worte des Anwalts, die über ihre Zukunft entscheiden würden.

„Ich habe mit dem Richter gesprochen", begann der Anwalt schließlich, seine Stimme war ruhig, aber ernst. „Es war ein schwieriger Prozess, aber die neuen Beweise haben ihren Zweck erfüllt."

Ein Zittern durchlief Funmi, als sie die Worte hörte, doch sie wagte nicht, zu viel Hoffnung zu schöpfen.

„Was... was bedeutet das?", fragte sie vorsichtig, ihre Stimme kaum mehr als ein Flüstern.

Der Anwalt sah sie direkt an, seine Augen waren fest und entschlossen.

„Es bedeutet, dass der Richter seine Entscheidung überdacht hat", sagte er. „Die neuen Beweise haben gezeigt, dass Ihre Situation im Heimatland zu gefährlich ist, um eine Abschiebung zu rechtfertigen."

Für einen Moment konnte Funmi nicht glauben, was sie hörte. Die Worte des Anwalts schienen nicht real, als ob sie aus einer anderen Welt kamen. Ihr Herz begann zu rasen, und sie musste sich an der Stuhllehne festhalten, um nicht zusammenzubrechen.

„Das heißt...?", fragte Ayo, seine Stimme zitterte vor aufkeimender Hoffnung, doch er traute sich noch nicht, den Gedanken zu Ende zu denken.

„Das heißt", sagte der Anwalt und lächelte leicht, „dass Sie in Deutschland bleiben dürfen. Der Asylantrag wurde letztendlich doch genehmigt."

In diesem Moment schien die Zeit stillzustehen. Funmi starrte den Anwalt an, als ob sie die Worte nicht fassen könnte, die soeben ausgesprochen wurden.

Dann, als die Bedeutung der Worte in ihr Bewusstsein drang, fühlte sie, wie ihre Knie nachgaben. Tränen stiegen in ihre Augen, und sie ließ sich in Ayos Arme sinken, unfähig, den Schwall der Emotionen zu kontrollieren, der sie überrollte.

Ayo, der sonst immer der starke Fels in der Brandung war, konnte die Tränen ebenfalls nicht zurückhalten.

„Wir... wir haben es geschafft", flüsterte er, seine Stimme erstickt von den Emotionen, die ihn überwältigten. „Wir haben es wirklich geschafft."

Die Worte des Anwalts hallten noch in den Köpfen der Familie Ajayi wider. Sie hatten es geschafft – nach all den Kämpfen, all den Rückschlägen, war ihr Asylantrag endlich genehmigt worden. Doch selbst als sie die Entscheidung hörten, fiel es ihnen schwer, die Wahrheit vollständig zu begreifen.

Es war, als ob sie aus einem tiefen Albtraum erwacht waren, in dem die Grenzen zwischen Realität und Angst so lange verschwommen waren, dass die plötzliche Erleichterung fast überwältigend war.

Funmi blieb in Ayos Armen, unfähig, sich zu rühren. Tränen der Erleichterung strömten über ihr Gesicht, und sie zitterte unter der Wucht der Gefühle, die sie überkamen. In ihrem Inneren kämpften Freude, Erleichterung und ein tiefes Gefühl des Unglaubens miteinander. Es war, als hätte sich das Gewicht der Welt, das so lange auf ihren Schultern lastete, plötzlich aufgelöst und sie fast taumeln lassen.

Ayo hielt sie fest, seine eigene Erleichterung war nicht minder überwältigend. Er fühlte, wie die monatelange Anspannung, die ständige Angst und das endlose Warten von ihm abfielen. Zum ersten Mal seit langer Zeit konnte er wieder tief durchatmen, ohne dass die Last der Ungewissheit ihm die Luft abschnürte.

„Funmi…", flüsterte er, seine Stimme war rau vor unterdrückten Tränen. „Wir haben es wirklich geschafft."

Tunde, der die ganze Zeit über still und angespannt gewesen war, stand nun auf und sah den Anwalt an. Sein Gesicht, das in den letzten Monaten so viel Reife und Entschlossenheit gewonnen hatte, brach plötzlich in einem breiten, erleichterten Lächeln auf.

„Wir dürfen bleiben", sagte er leise, als ob er die Worte zum ersten Mal richtig hörte. „Wir müssen nicht zurück."

Amina, die das Gespräch mit großen Augen verfolgt hatte, sprang plötzlich von ihrem Stuhl auf und warf sich in die Arme ihrer Mutter.

„Mama, wir dürfen bleiben!", rief sie, ihre Stimme überschlug sich vor Freude. „Wir müssen nicht weg!"

Funmi schloss ihre Tochter fest in die Arme und nickte, unfähig, vor Erleichterung zu sprechen. Die Angst, die sie so lange erdrückt hatte, löste sich nun in einem Fluss von Tränen auf, die sowohl von Freude als auch von der Erschöpfung der letzten Monate zeugten.

Der Anwalt sah die Familie an und lächelte leicht, auch wenn seine Augen die Ernsthaftigkeit der Situation widerspiegelten.

„Es war ein harter Kampf", sagte er schließlich, „aber Sie haben es geschafft. Sie können nun in Deutschland bleiben und Ihr Leben hier aufbauen."

Der Moment der Freude war überwältigend, doch bald kehrte der Anwalt zu den Formalitäten zurück.

„Wir müssen noch ein paar Dinge klären", sagte er, während er einige Papiere auf seinem Schreibtisch ordnete. „Das offizielle Urteil muss unterschrieben und von Ihnen allen bestätigt werden. Es gibt noch einige bürokratische Schritte, die notwendig sind, bevor alles endgültig ist."

Ayo nickte, während er versuchte, seine Emotionen unter Kontrolle zu bringen.

„Natürlich", sagte er und wischte sich mit der Hand über das Gesicht. „Was müssen wir tun?"

Der Anwalt reichte ihnen die Dokumente, die den endgültigen Status ihres Asylantrags besiegelten.

„Hier", sagte er und deutete auf die Stellen, die unterschrieben werden mussten. „Sobald Sie das unterschrieben haben, wird der Prozess abgeschlossen sein. Von diesem Moment an sind Sie auch offiziell berechtigt, in Deutschland zu bleiben."

Funmi nahm den Stift in die Hand und sah auf die Dokumente hinunter. Ihre Hand zitterte, als sie den Stift zum Papier führte. Es war ein einfacher Akt – eine Unterschrift, ein paar Striche auf einem Blatt Papier – doch die Bedeutung dessen, was sie da tat, war immens. Mit jeder Zeile, die sie unterzeichnete, fühlte sie, wie die Last der Vergangenheit von ihren Schultern abfiel.

Ayo folgte, seine Unterschrift war fest und entschlossen. Auch Tunde, der mittlerweile alt genug war, wurde gebeten, zu unterschreiben. Es war ein Moment, den er nicht so schnell vergessen würde. Er wusste, dass diese Unterschrift den Beginn eines neuen Kapitels in ihrem Leben markierte.

„Es ist offiziell", sagte der Anwalt, nachdem alle Unterschriften geleistet waren. „Sie sind jetzt rechtmäßig hier. Sie können sich auf den Aufbau Ihres Lebens in Deutschland konzentrieren."

Die Worte des Anwalts erfüllten den Raum mit einer Art heiliger Ruhe. Die monatelangen Ängste und Unsicherheiten schienen in diesem Moment zu verschwinden. Funmi fühlte, wie ihre Hände aufhörten zu zittern, während Ayo das Dokument betrachtete, das ihre Zukunft besiegelte.

Ein Gefühl der Erleichterung und des tiefen Friedens breitete sich in ihnen aus – sie hatten es endlich geschafft.

Die Familie Ajayi verließ das Büro des Anwalts mit einem Gefühl der Euphorie. Die Straßen von Köln, die ihnen an diesem Morgen noch so bedrohlich erschienen waren, wirkten jetzt wie ein frischer Beginn. Jeder Schritt fühlte sich leichter an, als ob die Welt ihnen plötzlich neue Möglichkeiten eröffnet hätte.

Funmi, die Hand ihrer Tochter fest in ihrer eigenen, konnte sich ein Lächeln nicht verkneifen, als sie den Himmel betrachtete.

Die Wolken, die den Tag so trüb begonnen hatten, schienen nun aufzubrechen, und die ersten Sonnenstrahlen bahnten sich ihren Weg durch die graue Decke.

„Es fühlt sich an, als ob die Sonne nur für uns scheint", sagte sie leise und drückte Amina an sich.

„Vielleicht tut sie das auch", antwortete Ayo und legte einen Arm um seine Frau. „Wir haben es endlich geschafft. Jetzt können wir wirklich anfangen, unser Leben zu leben."

Tunde, der hinter ihnen ging, konnte das Lächeln nicht von seinem Gesicht wischen. Es war ein Lächeln, das den Triumph, die Erleichterung und den Stolz widerspiegelte, den er in diesem Moment empfand.

„Ich kann es kaum glauben", murmelte er vor sich hin, während er sich umsah, als ob er die Stadt mit neuen Augen betrachtete. „Wir sind wirklich hier. Und wir dürfen bleiben."

Als sie zum Bahnhof gingen, um den Zug zurück nach Aachen zu nehmen, spürte die Familie eine Leichtigkeit, die sie seit ihrer Ankunft in Deutschland nicht mehr erlebt hatte. Die Menschen um sie herum gingen ihren täglichen Aufgaben nach, und zum ersten Mal seit langem fühlten sich die Ajayis als Teil dieser Welt, nicht mehr als Außenseiter, die um ihren Platz kämpfen mussten.

Der Zug fuhr ein, und sie stiegen ein, diesmal jedoch mit einem Gefühl der Zuversicht und Hoffnung. Ayo und Funmi setzten sich nebeneinander, die Kinder gegenüber, und für einen Moment war alles still. Doch es war eine Stille, die von Frieden und der Erkenntnis erfüllt war, dass sie gemeinsam alles überwinden konnten.

„Was jetzt?", fragte Tunde, seine Augen leuchteten vor Aufregung, aber auch vor dem Wunsch, endlich nach vorne zu schauen.

Ayo sah seinen Sohn an und lächelte.

„Jetzt bauen wir unser Leben auf", sagte er ruhig. „Jetzt beginnt unsere Zukunft."

Funmi nickte, ihre Augen strahlten.

„Wir haben es geschafft, hierher zu kommen, und jetzt werden wir alles tun, um zu bleiben", fügte sie hinzu. „Es wird nicht einfach sein, aber wir sind bereit."

Als der Zug Fahrt aufnahm, blickte die Familie aus dem Fenster. Die Landschaft zog an ihnen vorbei, doch diesmal sahen sie nicht nur die vorbeiziehenden Bäume und Gebäude, sondern auch die Zukunft, die vor ihnen lag – eine Zukunft, die voller Herausforderungen, aber auch voller Möglichkeiten war.

Als die Familie mit dem Zug nach Aachen zurückkehrte, lag ein Hauch von Aufbruch in der Luft. Die schwere Last, die sie monatelang bedrückt hatte, war endlich von ihren Schultern genommen. Doch mit dieser neuen Freiheit kamen auch neue Herausforderungen – die Herausforderung, ein neues Leben in einem fremden Land aufzubauen, in dem sie sich nun dauerhaft niederlassen konnten.

Als sie in Aachen ankamen, war der Tag bereits weit fortgeschritten. Die Straßen der Stadt waren geschäftig wie immer, doch die Ajayis gingen diesmal mit einem anderen Gefühl durch die Gassen. Die Zweifel und Ängste, die sie so lange verfolgt hatten, schienen wie weggeblasen. Sie waren zwar immer noch Fremde in diesem Land, aber nun waren sie auch Einwohner, Menschen mit Rechten und einer Zukunft.

Im Lager wurden sie von den anderen Bewohnern mit gemischten Gefühlen empfangen. Einige hatten von der Entscheidung bereits gehört, und es gab leise Worte des Glückwunsches, die in der kühlen Luft des Abends hingen. Doch es gab auch Blicke – einige voller Neid, andere voller Resignation. Die Ajayis wussten, dass sie in einer besseren Position waren als viele andere hier, aber sie fühlten auch die Verantwortung, die mit dieser Position einherging.

„Es wird Zeit, dass wir anfangen, nach vorne zu schauen", sagte Ayo, als sie ihren Container betraten. Er sah sich um, nahm die beengten Verhältnisse wahr, die sie so lange ertragen hatten, und wusste, dass dies nicht das Ende ihrer Reise war.

„Wir müssen überlegen, wie es weitergeht. Dies ist nur der Anfang."

Funmi nickte zustimmend.

„Wir haben so lange um das Recht gekämpft, hier zu sein. Jetzt müssen wir es nutzen", sagte sie, während sie die kleinen, aber vertrauten Räume betrachtete. „Aber es wird nicht leicht sein. Wir haben noch viel vor uns."

In den folgenden Wochen begann Ayo, aktiv nach einer festen Anstellung zu suchen. Er wusste, dass er nicht nur für sich, sondern vor allem für seine Familie ein stabiles Einkommen sichern musste. Die ersten Versuche waren entmutigend – die Sprachbarriere und die Vorurteile, denen er begegnete, machten es ihm schwer, etwas Passendes zu finden. Doch er gab nicht auf.

Eines Tages stieß Ayo auf eine Anzeige für eine Stelle in einem kleinen Handwerksbetrieb am Stadtrand von Aachen. Es war kein hochbezahlter Job, aber es war eine ehrliche Arbeit, und es bot ihm die Möglichkeit, seine Fähigkeiten weiterzuentwickeln. Ayo zögerte nicht lange und bewarb sich.

Die ersten Tage waren hart. Ayo musste sich an das schnelle Arbeitstempo gewöhnen und seine rudimentären Deutschkenntnisse erweitern, um mit den Kollegen kommunizieren zu können. Doch er blieb dran, lernte schnell und zeigte eine Arbeitsmoral, die seinen Arbeitgeber beeindruckte.

„Du bist ein harter Arbeiter, Ayo", sagte sein Chef eines Tages, als sie zusammen auf der Baustelle standen. „Wir brauchen mehr Leute wie dich, die sich nicht davor scheuen, die Hände schmutzig zu machen."

Ayo nickte, dankbar für die Anerkennung.

„Ich werde mein Bestes tun", antwortete er in gebrochenem Deutsch, doch seine Entschlossenheit war deutlich spürbar.

Mit der Zeit wurde Ayo fester Bestandteil des Teams. Die Arbeit gab ihm nicht nur finanzielle Sicherheit, sondern auch ein Gefühl der Zugehörigkeit. Er wusste, dass dies der erste Schritt war, um seiner Familie ein besseres Leben zu ermöglichen.

Während Ayo arbeitete, begann Funmi, sich auf ihre eigene Weise in die Gesellschaft zu integrieren. Sie wusste, dass Sprache der Schlüssel war, um in Deutschland Fuß zu fassen, also schrieb sie sich in einen Sprachkurs ein. Die ersten Stunden waren überwältigend – das neue Alphabet, die ungewohnten Laute und die Komplexität der deutschen Grammatik forderten sie heraus.

Doch Funmi war entschlossen. Jeden Tag, wenn Ayo zur Arbeit ging und die Kinder in die Schule schickte, nahm sie ihre Bücher und übte stundenlang. Sie fand Freude daran, neue Wörter zu lernen und ihre Fortschritte zu sehen, auch wenn sie klein waren.

„Es ist, als würde ich eine neue Welt entdecken", sagte sie eines Abends zu Ayo, als sie zusammen die Hausaufgaben durchgingen. „Die Sprache öffnet mir Türen, von denen ich nicht wusste, dass sie existieren."

Ayo lächelte stolz.

„Du machst das großartig, Funmi. Bald wirst du besser Deutsch sprechen als ich", scherzte er, was Funmi zum Lachen brachte.

Doch Funmi wollte nicht nur die Sprache lernen, sondern auch etwas zurückgeben. Im Lager hatte sie bereits begonnen, in der Küche zu helfen, doch nun wollte sie mehr tun.

Mit ihrer neu gewonnenen Sprachkompetenz und ihrem unermüdlichen Engagement begann sie, anderen Flüchtlingen im Lager zu helfen, ihre eigenen Sprachkenntnisse zu verbessern.

„Wir müssen uns gegenseitig unterstützen", sagte Funmi zu einer kleinen Gruppe von Frauen, die sich im Gemeinschaftsraum des Lagers versammelt hatten. „Wir alle sind hierhergekommen, um ein besseres Leben zu finden. Und das fängt damit an, dass wir die Sprache lernen."

Die Frauen hörten ihr aufmerksam zu, und einige begannen, regelmäßig zu den informellen Unterrichtsstunden zu kommen, die Funmi abhielt. Es war ein kleiner Schritt, aber es gab ihr das Gefühl, etwas Bedeutendes zu tun, und es half ihr, sich in ihrer neuen Heimat zurechtzufinden.

Auch Tunde und Amina begannen, ihre neuen Möglichkeiten zu erkunden. Tunde, der sich zuvor in eine Schale aus Trotz und Angst zurückgezogen hatte, fand nun langsam den Mut, sich wieder zu öffnen. Inspiriert von der Unterstützung seiner Eltern und der neuen Sicherheit, die sie gefunden hatten, begann er, sich in der Schule stärker zu engagieren.

„Ich will Ingenieur werden", sagte Tunde eines Tages zu seinem Lehrer, der überrascht war von der plötzlichen Klarheit, mit der der Junge sprach. „Ich will Dinge bauen, die Menschen helfen."

Der Lehrer nickte anerkennend.

„Das ist ein gutes Ziel, Tunde", sagte er. „Aber dafür musst du hart arbeiten. Mathe, Physik – das sind die Fächer, in denen du gut sein musst."

Tunde nickte entschlossen. „Ich werde es schaffen", sagte er, und in seinen Augen funkelte ein Feuer, das der Lehrer zuvor nicht gesehen hatte. Es war der Wille, etwas zu erreichen, etwas aus seinem Leben zu machen.

Amina, die jüngste, fand Trost und Ausdruck in ihrer Kunst. Ihre Zeichnungen, die zu Beginn noch von den Schrecken ihrer Flucht geprägt waren, begannen sich zu verändern. Die dunklen, schweren Farben wichen helleren, lebendigeren Tönen.

Ihre Bilder erzählten Geschichten von Hoffnung, von Neubeginn und von einer Zukunft, die voller Möglichkeiten war.

„Amina hat ein großes Talent", sagte eine Lehrerin zu Funmi, als sie eines von Aminas Bildern in der Hand hielt. „Vielleicht sollten Sie überlegen, sie in einer Kunstschule anzumelden."

Funmi lächelte stolz, während sie das Bild betrachtete.

„Wir werden darüber nachdenken", sagte sie. „Amina hat durch ihre Kunst eine Möglichkeit gefunden, ihre Gefühle auszudrücken. Es macht mich glücklich zu sehen, dass sie darin aufgeht."

Die Monate vergingen, und die Ajayis begannen, ihre Zukunft in Deutschland zu formen. Es war kein einfacher Weg – es gab immer noch Herausforderungen, Vorurteile und Momente der Unsicherheit. Doch sie waren fest entschlossen, das Beste aus ihrer Situation zu machen.

Ayo und Funmi arbeiteten hart daran, ihre Kinder zu unterstützen und gleichzeitig ihre eigene Integration in die Gesellschaft voranzutreiben. Jeder Schritt, den sie machten, war ein kleiner Sieg, der sie weiter voranbrachte.

„Wir haben einen langen Weg hinter uns", sagte Ayo eines Abends, als sie gemeinsam am Küchentisch saßen. „Aber ich glaube, der schwierigste Teil liegt hinter uns."

Funmi nickte und legte ihre Hand auf seine.

„Wir haben es geschafft, Ayo. Und jetzt, da wir hier sind, werden wir dafür sorgen, dass unsere Kinder eine bessere Zukunft haben."

Die Familie Ajayi war nicht mehr die verängstigte, unsichere Gruppe von Menschen, die vor Monaten in Deutschland angekommen war. Sie hatten sich verändert, waren gewachsen und stärker geworden.

Ihre Reise war noch lange nicht vorbei, aber sie wussten, dass sie es gemeinsam schaffen würden.

Als sie an diesem Abend zu Bett gingen, lag eine Ruhe über ihrem kleinen Zuhause, die sie lange nicht gekannt hatten.

Die Zukunft lag vor ihnen – ungewiss, ja, aber auch voller Möglichkeiten.

Und diesmal wussten sie, dass sie bereit waren, diesen neuen Weg zu gehen, Seite an Seite, als Familie.

Epilog

Die Reise der Familie Ajayi war lang, voller Herausforderungen und Prüfungen, die sie an den Rand der Verzweiflung brachten. Doch sie war auch eine Reise der Hoffnung, des unerschütterlichen Glaubens an eine bessere Zukunft und der Entschlossenheit, das Unmögliche zu erreichen.

Diese Geschichte ist nicht nur die Erzählung ihrer Flucht und ihres Überlebens, sondern auch ein Zeugnis für die Kraft des menschlichen Willens und den Mut, den es braucht, um in der Fremde neu anzufangen.

In einem Land wie Deutschland, das für seine kaum nachvollziehbar geordnete Bürokratie und seine strengen Gesetze bekannt ist, steht die Geschichte der Ajayis stellvertretend für viele andere, die auf der Suche nach Sicherheit und einem neuen Leben diese Hürden überwinden müssen.

Die bürokratischen Hindernisse, die oft unüberwindbar erscheinen, können eine Familie zermürben und ihre Träume zerschlagen. Doch die Ajayis haben bewiesen, dass Entschlossenheit, Geduld und der Glaube an die Gerechtigkeit am Ende siegen können – auch wenn der Weg dorthin mit Unsicherheiten und Ängsten gepflastert ist.

Als Autor dieser Geschichte möchte ich betonen, dass die Reise der Ajayis ein Symbol für die vielen unsichtbaren Kämpfe ist, die täglich von Menschen geführt werden, die alles hinter sich lassen mussten, um ein neues Leben zu beginnen.

Ihre Geschichte ist eine Erinnerung daran, dass Mut nicht die Abwesenheit von Angst ist, sondern die Stärke, trotz der Angst weiterzumachen.

Deutschland, wie viele andere Länder, steht vor der Herausforderung, Menschen in Not eine faire Chance zu geben, sich zu integrieren und ein neues Leben aufzubauen. Die bürokratischen Prozesse, die oft als undurchdringlich erscheinen, dürfen nicht zur unüberwindbaren Hürde für diejenigen werden, die Schutz suchen.

Es liegt in unserer gemeinsamen Verantwortung, sicherzustellen, dass das Recht auf Asyl nicht nur ein theoretisches Konzept bleibt, sondern auch in der Praxis mit Menschlichkeit und Gerechtigkeit umgesetzt wird.

Ich hoffe, dass die Leserinnen und Leser durch diese Geschichte nicht nur die Schwierigkeiten und das Leid verstehen, die Flüchtlinge auf ihrer Reise ertragen müssen, sondern auch die unglaubliche Stärke und den unerschütterlichen Willen, den es braucht, um sich in einem neuen Land ein Leben aufzubauen.

Die Ajayis sind mehr als nur Figuren in einem Buch; sie repräsentieren echte Menschen, deren Kämpfe und Siege oft im Verborgenen bleiben.

Zum Schluss möchte ich Ihnen, den Leserinnen und Lesern, danken. Danke, dass Sie die Reise der Familie Ajayi begleitet haben, dass Sie sich mit ihrer Geschichte auseinandergesetzt und sich in ihre Lage versetzt haben.

Ihr Interesse und Ihre Empathie sind der Schlüssel dazu, dass Geschichten wie diese erzählt werden – Geschichten, die sonst vielleicht ungehört geblieben wären.

Lassen Sie uns gemeinsam daran arbeiten, dass solche Geschichten nicht nur in Büchern enden, sondern auch in der realen Welt zu Veränderungen führen.

Denn am Ende des Tages sind wir alle ein Teil einer größeren Menschheitsgeschichte, in der jede Stimme zählt und jede Tat einen Unterschied machen kann.

Möge die Geschichte der Ajayis in Ihnen nachklingen und Sie daran erinnern, wie wichtig es ist, für Menschlichkeit und Gerechtigkeit einzustehen – für uns alle.

In Verbundenheit,

Peter Grosche